월두,
네가 뜨는
밤에

월두, 네가 뜨는 밤에

초판 1쇄 찍은 날 | 2016년 8월 24일
초판 1쇄 펴낸 날 | 2016년 9월 01일

지은이 | 비다
펴낸이 | 서경석

편 집 책 임 | 조윤희
편 집 | 이은주
최고은
디 자 인 | 신현아

펴 낸 곳 | 도서출판 청어람
등록번호 | 제387-1999-000006호
등록일자 | 1999. 5. 31
어람번호 | 제5-453호

주소 | 경기도 부천시 원미구 부일로 483번길 40 서경B/D 3F
(우) 14640
전화 | 032-656-4452 팩스 | 032-656-4453
http://www.chungeoram.com
E—mail | chungeorambook@daum.net

ISBN 979-11-04-90936-8 03810

도서출판 청어람

목차

서장.
천박한 계집

달이 뜨는 밤.

창살 사이로 비치는 달빛이 여인의 하얀 속적삼에 닿아 시린 빛을 품었다. 여인은 병환이 깊어 자리를 보전하고 누운 지아비를 지그시 바라보았다. 무릎 위에 가지런히 모여 있던 손끝이 떨렸다. 여인은 입술을 꼭 깨물며 잠시 흔들렸던 마음을 다잡아본다.

하얀 속치마가 자리에서 일어나 지아비에게 향했다. 사각사각 소리를 내며 그가 누운 자리로 다가갔다. 이불을 들치고 지아비의 손을 꺼내어 손목을 잡았다.

'살아 있는 사람은 맞는지.'

차가운 손목을 잡았던 손을 거두고 다시 망설이기 전에 움직였다.

지아비의 속바지를 잡고 매듭을 지은 끈을 풀었다. 손이 떨렸다. 두 손가락을 펴 드러난 단전을 지그시 눌렀다. 병든 지아비를 깨우기 위해 익혀둔 지압 점을 찾아 자극하였다. 미동도 없이 누워 있는 몸에 닿은 손이 떨리고 있었다.

그러다 불현듯 누워 있는 지아비의 얼굴을 보았다. 그가 눈을 뜨고 자신을 보는 듯한 느낌이 들었다. 하지만 그것은 착각이었던 듯, 지아비의 눈은 언제나 그렇듯 굳게 감겨 있었다. 여인은 고개를 돌려 버렸다. 그리고 손을 툭 떨어뜨렸다. 떨리는 손을 주먹 쥐어 잠재워 보려 했다.

"천박한 계집."

눈물이 툭 불거져 나왔다. 위에서 시키는 일이라 해도 제가 벌이는 일에 자책감이 드는 건 어쩔 수 없었다.

'울어서는 안 되는데.'

감정이란 것을 버린 지 오래라 생각했다. 눈물이 말라 감정 또한 메마른 줄 알았더니 아직 비우지 못한 것이 남아 있었던 건가.

지아비를 앞에 두고도 떠오르는 다른 이의 얼굴에 고개를 저었다.

'영영 버리지도, 비우지도 못할 사람.'

고운 황금색 비단 이부자리를 적시는 눈물이 뚝뚝 떨어졌다. 그녀는 바닥에 엎드려 입을 틀어막고 오열했다.

그러다가 잠잠해졌다. 여인은 옷매무새를 만지고 머리를 정리하고는 자리에서 일어났다. 이내 눈물도 말끔히 감추었다.

'오늘도 씨를 받지 못했으니, 내일 또 이 일을 해야 하는구나.'

머리까지 쓰개치마를 뒤집어썼다. 여인은 얼굴을 가리고 방 사이를 나눈 문을 열고 방을 나왔다. 뒤쪽으로 이어지는 빈 통로를 통해 몸을 숨겨 복도를 걸었다. 삐걱대는 마룻바닥 소리가 함구해야 할 밤의 비밀을 폭로할 뿐이었다.

조선의 국모, 지존의 지어미 윤 씨는 밤을 비추는 초롱불 하나 없이 몰래 숨어들었던 길을 빠져나갔다. 무너지지 않으려 당당히 걷던 걸음이 흔들리고 땅에 풀썩 주저앉았다. 흙바닥에 앉았다가 고개를 들어 흘러가는 달무리를 바라보았다. 저 달을 보면 누군가가 떠올랐다. 그래서 달을 보면 숨어버리고 싶었다. 그의 이름이 입술에 맺혔다. 그러나 뱉지 못한 그 이름을 얼른 지우고 바닥에서 일어나야 했다. 여인은 숨을 크게 들이쉬고 호흡을 가다듬고는 왕의 침전을 나왔다.

여인이 왕의 침전을 나간 후, 상궁 하나가 방으로 들어가 자리에 누운 주상전하의 용태를 확인하였다. 이 시간 문 앞을 지키고 있어야 할 나인들은 삼십 보 떨어진 곳에 앉아 있었다. 주상전하의 밤 진찰을 마친 어의가 침전을 나왔다는 지밀상궁의 말에, 나인 여섯이 걸어와 왕의 침소 앞을 다시 지켰다. 그들을 감시하던 지밀상궁 엄 씨는 걱정스러운 표정으로 닫힌 방문을 바라보았다. 지밀 일지에 오늘도 '불합(不合)' 표식을 남겨야 했다.

제1장.
달을 이고 사는 아이

"쌰."

사내아이가 짜증을 내며 억센 가지를 잡아당겨 보아도, 땅에 깊게 뿌리 내린 나무는 쉽게 뽑히지 않았다. 이제 겨우 열넷이 된 사내아이는 자기 키보다 큰 나무를 뿌리째 뽑아보겠다며 손 껍질이 벗겨지도록 매달리고 있었다. 산에 있으니 다행이지 길바닥에 앉아 있으면 딱 거지꼴인 넝마를 입은 아이였다.

"그리해서 뽑히겠느냐?"

산을 지나던 노승은 잠시 가던 길을 멈추고 바위 위에 앉아 숨을 고르던 참이었다. 아까부터 용을 쓰는 사내아이의 모습에 참견을 안 할 수 없었다.

"멀쩡히 있는 나무는 뽑아다 뭐에 쓰려고?"

"상관 마시지."

이 마을에 사는 사람이라면 노승이 관운사의 주지 스님 해운이라는 것쯤은 알 터인데, 말버릇이 참으로 고약했다.

"되지도 않는 욕심이다. 뿌리째 뽑아 집에 심어둔다고 달곰한 머루를 매일 먹을 수 있을 줄 아느냐? 과실이 탐스럽게 맺히는 건 좋은 터에 뿌리를 내려서니라."

'어찌 알았지? 점쟁이라도 되나.'

왜? 힘들게 산에 오르지 않고 머루를 먹을 수 있는데, 잠깐 힘든 게 뭐 문제라고. 망탱이 노승 같으니라고. 사내아이는 노승은 상관치 않고 하던 일에 힘을 썼다.

"어른 무서워하지 않는 거야, 제놈이 배운 게 없어서이겠지만. 산신을 무서워하지 않는 것은 어리석다 해야겠다."

산신은 무슨. 내, 이 산을 내 집처럼 타고 산 지가 육 년이나 되었다. 늙은 빡빡이 중을 본 시간도 그만큼이겠지. 늙탱이 중, 아직도 나한테 웬 관심이 이리 많아?

"절로 올라오거라. 우리 절 앞마당에는 풍성히 자란 머루 나무가 몇 그루인지 몰라."

"일없어."

"그놈 참, 말 짧다. 그럼 올라와서 한 그루 뽑아가려무나. 그 얇은 가지에 열리는 머루와는 비교도 안 되는 굵직한 놈들이 천지이다."

"산신 걸 도둑질한다, 뭐라 하더니. 부처님 걸 훔치라고?"

"어허, 그놈. 이치는 밥에 말아 먹어 모를 놈 같더니. 부처님도 아느냐?"

"박박 머리 밀고 모시는 금덩이야 알지."

"나무아미타불 관세음보살. 부처님, 잠시 귀를 막고 저놈 입에서 나오는 말에 자비를."

우지끈.

드디어 나무뿌리가 땅을 헤집고 튀어나왔다.

"됐다."

태생이 심술보를 타고난 듯했던 아이의 얼굴에도 잠시 미소가 비추었다. 사내아이는 흙이 떨어져 옷이 더럽혀지는 것도 개의치 않고 머루 나무를 어깨에 둘러멨다.

"생각 있으면 언제든 올라오려무나."

생각 없어. 이 끈질긴 노승.

"월두야."

갈 길을 가던 사내아이가 들리는 이름에 멈칫했다.

"그 이름으로 부르지 말랬지. 왜 자기 마음대로 이름을 붙이고 난리야, 퉤."

침을 뱉는 아이의 뒷모습을 보며 노승은 빙긋 미소를 지었다.

"달의 기운이 흐르는 아이. 달을 이고 살아, 그래서 빛을 피해 사는 운명."

아이에게 '월두'라는 이름을 지어준 사람은 바로 해운 자신이었다. 갓난아이를 품에 안고 절로 숨어든 최 씨를 처음 보았을 때, 그들에게 드리운 운명을 점쳤다. 해를 품어야 할 아이가 어찌 달의 기운을 안고 태어난 것인지, 해운에게는 의문이었다. 그것이 저 아이에게 주어진 운명이라면, 뒤바뀐 운명을 바꿀지 말지는 제 몫이었다. 끝내 '월두'라는 이름을 거두지 않는 아이의 고집만 봐도 갈 길은 빤하지만서두.

아이가 눈앞에서 사라지자 노승은 그만 쉬었으면 되었다 싶어 바지를 탁탁 털며 일어났다.

"오늘이 아니면 내일이 되면 되겠구나."

해운은 긴 막대기를 지팡이 삼아 땅을 짚으며 산을 올랐다.

최 씨가 저 아이의 나이 여덟에 죽었으니 벌써 육 년간 아이의 주변을 맴돌았다. 자꾸 이름을 불러주며 절로 올라오라고 꼬드겨 봐도 통 고집불통이었다. 그래도 최 씨의 마지막 부탁이라도 들어주어야 죽은 영이 구천을 떠돌지 않을 것이니. 제 고집이 센지, 누구의 것이 세고 질긴지는 두고 보자꾸나.

나무를 지고 마을 집까지 내려온 사내아이는 장독대 뒤쪽에 봐두었던 자리를 살폈다. 장독대라 봤자 밑 깨진 독 몇 개인 것이 전부였지만, 여기가 집에서 가장 볕이 좋은 자리였다. 땅을 파고 머루 나무를 심었다. 물이라도 주려고 부엌으로 들어가 독에 담긴 물을 떠 와 땅에 붓고 있을 때였다.

와장창.

갑자기 마당에서 들리는 소리에 사내아이가 벌떡 일어나 달려나갔다. 마당에는 상이 엎어져 있고, 그릇이 뒹굴고 있었다. 그리고 누이 양덕이가 흙바닥에 엎드려 있었다. 이런 성깔을 부릴 사람은 이 집에 한 사람뿐이었다, 치도리. 양덕 누이의 사내 치도리는 밥상을 엎은 데 이어 뭔가 화를 풀 거리를 찾고 있었다. 치도리가 발을 들어 쓰러진 양덕이를 걷어차기 시작했다.

"그만해."

사내아이는 몸을 던져 양덕이 대신 등을 발로 차였다.

퍽퍽퍽.

상대가 바뀌자 치도리는 더 성이 나 발로 걷어찼다. 제 덩치의 반밖에 안 되는 아이의 몸을 분에 못 이겨 두들겨 댔다.

사내아이는 옆구리를 정통으로 채여 숨이 막히고, 입술에서 짠 피 맛이 나는데도 피하지 않았다. 누군가에게 화를 풀지 않으면 치도리는 그치지 않을 것이다. 제가 맞지 않으면 양덕이가 맞겠지. 이리 맞다가 지난번에 양덕이가 피를 흘리며 쓰러진 적이 있었다. 그 일로 양덕이는 배 속에 아이를 잃었다고 했다.

퍽퍽, 퍽퍽퍽.

"에이씨, 독한 애새끼."

언젠간 매도 멈추게 되어 있었다. 분대로 마음껏 두들긴 치도리가 욕을 뱉고는 집을 나가 버렸다. 사내아이가 부르르 떨리는 손으로 몸을 지탱하고 자리에서 일어났다. 양덕이는 아직도 바닥에 엎드려 울고 있었다. 사내아이가 일어나 양덕이 앞에 섰다. 일으켜 세우려고 손을 내밀려다가 고개를 치켜들고 노려보는 눈에 손을 거두었다.

"이 미친놈아. 때리면 도망을 치든가. 왜 병신처럼 맞고 자빠졌냐? 독한 놈. 이 독한 새끼. 산에 들어가 내려오지 말지. 뭐 하러 또 내려와? 네가 눈에 띄면 저 사람 성질 더 돋우는 거 몰라서 이래? 가! 눈앞에서 사라지란 말이야."

사내아이는 여러 번 짓이겨졌던 다리를 절며 사립문을 열고 그 집을 나왔다.

"개문이 너 다시는 오지 마. 네놈은 나 이렇게 사는 거 쌤통이다 할 거야. 우리 어머니도 뺏더니. 나한테 뭘 더 빼앗아 가려고 엉겨 붙냐? 너 때문에 내 꼴이 이 모양인데. 나쁜 놈. 진저리 나도록 미운 놈!"

개문이. 사내아이는 천한 이름으로 불렸다. 천한 피를 타고났으니 그리 불렸다. 궁녀의 사생아, 개문이. 그게 사내아이의 혈통이었다. 그러니 누이 양덕이 자신을 저주하며 집안의 수치라 부르는 건 당연한 일이었다. 궁녀가 아이를 낳아 궁에서 쫓겨났다는 소문. 그래서 이런 강원도 산골 마을에 숨어 살아야 하는 신세. 정작 양덕이는 궁녀였던 최 씨의 양녀로 사내아이와는 피한 방울 섞이지 않았건만, 동네에서 같은 종자라는 손가락질을 받았다.

사내아이는 개문이라 불리는 걸 싫어했다. 그리 부르는 놈이 있으면 그가 어른이라 해도 달려들었다. 이렇게 사나운 이를 드러내는 아이를 마을 사람들은 '미친개'라고도 불렀다. 이상하게도 개문이라면 으르렁거리는 아이가 미친개라는 이름에는 넘어갔다.

미친개, 개문이. 아이는 어머니 최 씨가 살아 있던 시절에 집이라 생각했던 곳을 이제 다시는 오지 않기로 결심했다.

"썅."

사내아이는 입안에 터졌던 피를 뱉어내고는 산으로 올라갔다.

*

"아씨, 같이 가유."

여종은 차홍의 걸음을 따라잡느라 땀을 뻘뻘 흘리고 있었다.

어린 아씨 걸음이었지만, 쉬지도 않고 가는 턱에 몸종은 힘에 부쳤다. 산 중턱까지 올라 힘이 다 빠진 몸종 유단은 다리가 후들거려 점점 더 아씨와의 거리가 벌어졌다.

"아, 아씨. 아이고, 숨차. 잠시만유."

그래도 차홍은 발걸음을 늦춰 줄 생각이 없어 보였다.

"어! 꺄아악!"

차홍이 발을 헛디뎠는지, 갑자기 산비탈에서 미끄러졌다.

"아씨!"

유단은 놀라 아씨가 넘어진 곳으로 달려 올라갔다.

"아씨, 괜찮으신 거요? 어디, 어디."

진 땅에서 미끄러져 차홍의 비단신과 노란 치마가 붉은 진흙에 엉망이 되어 있었다.

"아, 아아."

차홍이 치마를 걷어 다리를 만졌다.

"어디 다치셨어유? 어디, 발목이 아파유?"

"아, 아파."

"아고, 그러게 천천히 좀 가시라니깐."

"성구가 절에 있다는데 천천히 가라니!"

아프다며 성질은 다 내는 아씨를 보고 유단이 입을 삐죽였다.

"지는 아씨 생각해서 그런 거지유."

"아, 아. 그렇게 가만히 있지만 말고 나를 일으켜라."

유단이 아씨의 팔을 잡고 끌어당겨 일으켜 보았다. 그러나 차홍은 신음을 내고는 다시 풀썩 주저앉아 버렸다.

"아, 너무 아프구나."

"못 걸으시는 거요? 이를 어째. 산 중턱에서 이러면 어쩌나유."

차홍은 반쯤 오른 산 위를 올려다보았다.

"절에 가서 사람을 데려오거라. 지게를 지고 오라 해."

차홍이 예전 한양에 살던 때, 봉원사에 가다가 험한 산길을 만나면 노복 칠복이가 진 지게에 올라 오르고는 했었다.

"저 혼자요?"

"그럼?"

차홍은 답답해서 목청을 높이다가 아픈 발목을 부여잡으며 앓는 소리를 내었다.

"내가 못 일어나니 너를 시키는 게지."

"히이, 길도 잘 모르는디유. 알겠어유."

"얼른 다녀와."

차홍은 떠나는 유단을 보았다. 굼뜬 걸음의 몸종을 얼마나 기다려야 할지 걱정이 되었다. 설상가상 아까 넘어져 미끄러진 곳의 진 땅이 꺼져, 자신이 앉아 있는 쪽으로 흙이 흘러내리는 게 보였다.

"이를 어째."

차홍은 손으로라도 바닥을 짚고 몸을 움직여야 했다. 그러나 움직일 때마다 발목이 너무 아파서 이동할 수 없었다.

"어디 부러지기라도 한 건가. 꼼짝할 수가 없네."

더 움직일 수 없는 탓에 위쪽에서 흙이 미끄러져 내려오는 걸 보면서도 피하지 못했다. 붉은 진흙에 비단 치마가 더럽혀지는 것보다, 동생 성구를 찾아 빨리 걸음을 떼지 못하는 것이 속상할 뿐이다. 한양에서 살던 아가씨가 이런 산골에 보내진 것도 서러운데 성구까지 절에 보내지다니. 한양에 계신 아버님이 원망스러웠다.

저벅저벅.

한참을 기다리고 나서야 어딘가에서 발소리가 들렸다. 차홍이 주변을 두리번거리니 저 멀리 사람이 걸어 내려오는 것이 보였다.

"여보시오. 여기요! 나 여기 있네."

차홍이 반가움에 소리를 질러도 사내는 알아채지 못하는 듯하였다. 차홍이 급한 마음에 붉은색의 꽃신을 벗어 손에 쥐고는 흔들었다.

"여기! 여기야!"

사내가 이쪽으로 가까이 다가오고 있기는 했다. 그런데 방향은 이리 오는 듯하였지만, 또 시선은 다른 곳을 향하고만 있었다.

들은 게야, 못 들은 게야.

"이봐! 여기라고! 나 여깄다니깐. 어딜 보나?"

드디어 사내가 고개를 돌려 이쪽을 보았다.

"여기! 여…… 뭐야?"

어른이 아니잖아. 키만 컸지 얼굴은 또래로 보이는 사내아이가 차홍에게 다가오고 있었다.

"네가 뭔데, 날 부르는 거냐? 썅."

전에 들어본 적 없는 말이어도 욕인 줄은 알겠다. 이놈이 어디서 욕지거리야.

"무엄하구나. 어느 앞이라고."

차홍은 화를 내려다가 곧 참았다. 주변에 저 아이 빼고는 아무도 없다는 사실이 평소대로 행동하지 못하게 만들었다. 사람을 기다리며 여기 홀로 앉아 있던 시간이 길었다. 이러다 산중에서 날이 저물기라도 한다면.

"지게는 없는 것이냐?"

사내아이는 진흙 바닥에 앉아 꼴이 엉망인 계집아이를 빤히 보다가 그대로 돌아서려 했다.

"어딜 가는 게냐? 멈추거라. 나를 옮겨야 할 것이 아니냐?"

"허, 내가 왜?"

"너는 절에서 내려온 사람이 아니냐?"

"아니다."

역시 유단이가 불러온 이가 아니구나. 하긴, 유단이 그 굼뜬 걸음으로는 아직 절에 닿지 못했을 테지.

"내가 다쳤다. 그러니 나를 절까지 옮겨다오. 사례는 충분히 하겠다."

"훗."

비웃더니 사내아이는 차홍을 무시하며 뒤돌아 가던 길을 다시 가려 했다.

"섰거라. 서라는 데도. 어딜 가는 게냐? 이봐라."

또 들리지 않는지 사내아이는 벌써 저만치 멀어졌다. 차홍은 당황해 몸을 움직였다.

"아! 아아."

차홍의 입술 사이로 신음이 흐르자 사내아이가 잠시 멈칫하는 게 보였다.

"아, 아야. 내가 많이 아프다. 이리 돌아오너라."

하지만 사내아이는 차홍을 다시 무시한 채 갈 길을 갔다.

“네 이놈! 아픈 이를 두고 모른 체하다니. 네가 그러고도 사내냐? 여봐라. 거기 서지 못해!”

차라리 동정심이라도 일으키는 신음을 더 낼걸. 악을 쓰며 소리를 지르니 도와줄 리 만무했다. 사내아이는 등을 보인 체 저벅저벅 산을 내려갔다.

“나쁜 놈. 이 나쁜 놈아. 네 이름이 뭐냐? 내 너를 가만히 두지 않을 것이야. 이놈, 이름도 없는 상것이로구나. 부모가 있다면 이름을 지어주었을 텐데. 나쁜 짓을 하고 다니니 이름을 남기지도 못하는구먼. 그래 맞다. 내가 네 이름만 알면 그냥 둘 성싶으냐? 이 나쁜.”

사내아이가 딱 멈추더니 뒤를 돌아 차홍을 노려봤다. 멀리 있었지만 그 눈빛이 부리부리하니, 서슬 퍼렇게 노려본다는 걸 알았다. 그리고 사내아이는 몇 걸음 만에 비탈을 올라 차홍의 앞으로 다가왔다.

“내 이름을 알면?”

“뭐, 뭐냐?”

사내아이가 너무 가까이 다가왔다.

“내 이름을 알려주고 너를 늑대 굴에 던져 줄까?”

“어찌 그리 극악한 말을 하느냐?”

사내아이가 겁을 줄 심산으로 그런 말을 했을 테지만. 차홍은 흔들리지 않는 표정으로 그이를 보았다.

“그래도 나를 도우려고 온 게 아니냐? 이 진 땅에서만 옮겨다오. 그러고는 네 갈 길을 가거라. 그러면 너를 벌하지 않겠다.”

사내아이가 인상을 쓰며 쳐다봤다.

"하긴, 거기 계속 앉아 있다가는 흙에 쓸려 여기 골짜기로 뒹굴어 떨어질 게다. 어젯밤에 비가 내린 땅을 헛밟으셨네. 여기 땅이 돌이 없는 진흙밭이라 비가 온 후에는 산사태가 나거든. 그러게 왜 그런 땅을 오르셨나, 멍청하게."

차홍은 욱하다가, 사내아이의 말대로 앉아 있는 땅바닥이 밑으로 쓸려 움직이는 걸 느끼고는 침을 꿀꺽 삼켰다.

"나를 도우면 후하게 사례하겠다."

"뭘 줄 건데?"

"내, 돈주머니가 있다."

"돈주머니가 있다면 그냥 채가면 되지. 왜 도와줘?"

사실 돈주머니도 없었다. 성구가 절로 보내졌다는 말을 듣고, 급하게 달려 나오느라 돈을 챙길 생각을 못 했다.

"돈을 바라지 않으면, 뭐로 대가를 치르면 되겠느냐?"

"대가?"

아이는 차홍을 천천히 훑어보았다. 차홍은 괜히 긴장되었다.

"너한테 가장 귀한 거."

"뭐?"

무슨 장난을 치자는 것이야.

"여기 두면 죽을지도 모르는데. 목숨보다 더 귀한 건 없잖아."

"알았다. 나를 도와주면 내 귀한 걸 주마."

사내아이가 그러고도 아직 잴 것이 있는지 고민하는 눈치였다.

"네 이름을 말해다오. 사내가 이름을 걸고 하는 일에 거짓으로 행동하지는 않겠지."

혹여나 허튼수작하면 이름 석 자라도 알아둬야 할 것이다.

"그거야 이름이 중한 양반 놈들이나 하는 짓거리지."

"네 이름을 알아야겠다. 그러지 않고는 여기서 한 발자국도 움직이지 않아."

미친 아가씨가 아닌가. 지금까지 도우라고 소리를 지르더니.

"그래도 이름은 있을 것이 아니냐?"

"……."

"이름이 아니라면 아명이라도 밝혀라. 뭐라도 누군지 알 수 있는……."

"……."

"없느냐?"

"월…… 두."

"월두? 성은?"

"없어!"

월두가 순식간에 차홍을 둘러업었다. 갑작스레 벌어진 일에 발이 허공에 버둥거리게 되자 차홍은 놀라 소리를 질렀다.

"뭐, 뭐 하는 것이냐?"

"그럼, 업고 가지. 어떻게 산을 오르게?"

차홍은 이내 잠잠해졌다. 월두가 차홍을 업자 둘의 무게가 합해져, 지지하고 있던 땅이 미끄러져 내리고 있었다. 힘겹게 진흙밭을 걷는 월두를 보며 차홍은 눈치껏 입을 닫았다.

월두라는 사내아이의 등은 단단했다. 열셋이나 열넷 정도로 보이는 사내아이의 등이라기에는 단단한 근육이 돌덩이 같았다. 차홍은 이질적인 그 느낌이 신경 쓰여 몸을 움직여 최대한 그와 닿지 않으려 노력했다.

"가만히 있어. 같이 구르고 싶어?"

월두가 바닥을 기어 산을 오르자 그 아이에게 매달릴 수밖에 없는 처지가 되었다. 사내아이는 요리조리 발을 움직여 나무뿌리나 돌을 밟고 비탈을 올라갔다. 사내아이의 등에 땀이 송골송골 맺히는 걸 봐도, 사람까지 업고 진흙땅을 밟아 오르는 일은 힘겨운 것이었다.

한참 동안 산비탈을 올랐다. 이미 비를 머금은 진 땅은 벗어난 것 같은데도 사내아이는 쉬지도 않고 산을 올랐다. 차홍은 그 부분에 대해서는 따지지 않았다. 묵묵히 산을 오르는 사내아이의 어깨를 잡고 이제야 안심하며 마음을 놓았다.

"산길은 저쪽으로 나 있는데."

월두가 행인이 닦아놓은 좋은 길을 두고 험한 길로 오르자, 차홍은 이번에는 가만히 있을 수 없었다.

"그 길은 질다고. 자꾸 말하면 버리고 간다."

차홍은 입을 꾹 닫았다. 조용히 월두의 등에 매달려 산을 오르다 보니 관운사까지 다다랐다. 월두라는 이름을 걸더니 사내아이는 약속은 지켰다. 이제 문제는 차홍이었다. 돈주머니도 차고 오지 않았건만.

월두가 차홍을 내려놓고 그 앞에 떡하니 섰다. 월두의 등에서 내리고 보니 차홍의 옷에 묻어 있던 진흙이 그 아이의 바지를 더럽혀 놓은 것이 보였다. 뭐 진흙이 아니라도 원체 더럽고 낡은 옷을 입고 있었지만.

"자, 살려줬다. 넌 뭘 줄 거냐?"

오만방자한 놈 같으니라고. 네까짓 게 가진 것 중, 나는 가지고 싶은 게 하나 없다는 식이었다. 옷을 더럽혀 조금 미안해지려던 마음이 싹 가셨다. 저자에 누운 거지같이 누더기나 걸치고 있는 주제에. 고개를 빳빳이 들고 양반가 여식을 능멸하려 들다니.

차홍은 지지 않고 고개를 빳빳이 들고 월두의 얼굴을 똑바로 보았다. 그러다가 눈을 질끈 감고 그 아이의 입술에 입을 맞추었다. 갑작스러운 느낌에 월두가 놀랐다.

놀란 건 차홍도 마찬가지였다. 무례한 놈의 눈빛이 도발하게 만들었을까? 돈이 한 푼도 없다는 걸 이실직고해야 하는 데에 대한 자존심 때문이었을까. 왜 이런 상놈에게 입을 맞춘 것이지?

"되었느냐?"

차홍은 순간 몸이 그렇게 한 일을 뒷수습하기 위해 애써 태연한 표정을 지었다.

"이…… 이, 미친. 미친 계집애, 퉤퉤."

월두는 뭐 더러운 것이라도 닿았던 것처럼 소매로 입을 닦고 침을 뱉었다. 그러고는 차홍을 쏘아보았다.

"어디에 입을 갖다 대는 거냐? 천박한 계집."

그렇게 내뱉고 월두는 돌아서 산을 뛰어 내려갔다. 남겨진 차홍은 말문이 막혀 소리도 못 냈다.

'천박한 계집이라고! 감히, 감히 상놈 주제에.'

그런 상놈에게 입을 맞추다니. 자신이 한 일에 충격이 가시지 않았다. 차홍은 아까 월두가 했던 것처럼 입술을 닦아내었다.

'난 내가 뱉은 말에 책임을 진 거라고. 내가 지금 가진 값진 건, 내 몸 하나니까.'

상놈의 막말에 오르는 화를 참는 데에 정신이 팔린 탓이었다.

차홍은 그만 생각 없이 발을 움직이고 말았다.

"아, 아야! 아파라, 아."

차홍은 찌릿한 통증에 그대로 풀썩 주저앉았다.

"아씨, 어떻게 오셨어유?"

절에서 내려오던 유단이 차홍을 발견하고는 얼른 달려왔다.

"넌, 아직도 여기 있었던 것이냐? 내가 어떤 일을 겪은 줄 아느냐?"

"땅이 질어서 저도 몇 번을 넘어지고서야 겨우 절로 왔어유. 스님 모시고 인제 가려고 했는데유. 어찌 오셨어유? 발은 괜찮은 건가 봐유."

"너는 참 정말. 성구, 성구는 어디 있느냐? 우선 나를 옮겨 그 아이에게 데려다주렴."

곧 차홍은 유단이가 불러온 스님이 짊어진 지게에 올라 절 안으로 옮겨졌다.

월두는 산 중턱의 굴로 돌아오자마자 입구에 서서 오줌발을 뿌렸다. 적당한 잠자리를 찾지 못한 산짐승이 들어오는 걸 막기 위해 냄새를 뿌리는 것이었다. 그리고 굴 입구에 장작을 쌓아 불을 피울 준비를 했다. 분주히 움직이다가 잠시 멍하니 서 있게 되었다.

"으윽, 미친 계집."

다시 몸이 부르르 떨려와 침을 퉤 뱉었다. 입술에 닿았던 말캉한 느낌이 떠올라 온몸에 소름이 돋았다. 생전 처음 겪어본 느낌이었다. 기분이 나쁜 건 아닌데, 그걸 떠올릴 때마다 가슴이 답답하니 짜증이 났다. 월두는 머리를 휘휘 저어 잡생각을 쫓아냈다. 한가하게 요상한 감상이나 하고 있을 때가 아니었다.

작년 장맛비에 토굴이 무너져 생매장을 당할 뻔하지 않았던가. 동굴로 잠자리를 옮겼으니 비나 눈 걱정은 안 해도 되었지만, 산짐승의 공격에는 무방비라는 말이었다. 산 생활에 아무리 익숙해져 있어도 곳곳에 위험이 도사리고 있었다.

잘 준비를 마친 월두는 굴 밖으로 나와 해가 저무는 하늘을 바라보았다.

밤, 두려운 시간. 밤을 무사히 넘기기 위해 동물적인 감각만이 남는다. 월두는 동굴 입구에 쌓은 나무에 불을 붙였다. 짙은 연기를 내고, 동굴 안 깊은 곳으로 연기를 피해 들어갔다.

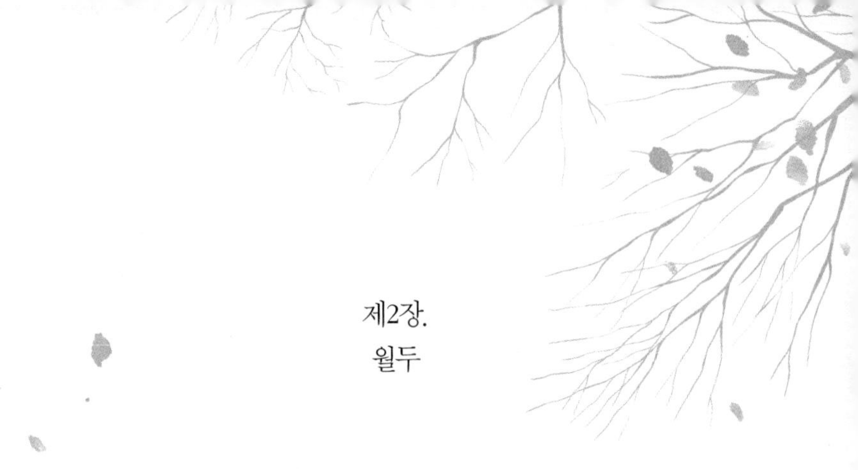

제2장.
월두

바스락.

나뭇가지를 밟는 소리에 귀가 예민해진 노루가 멈추어 섰다. 순간, 폭발적인 힘으로 내달리더니 추격자를 피해 빠르게 방향을 바꾸어 달린다. 사냥감을 쫓던 발걸음이 빨라졌다.

월두는 달리며 화살을 들어 사냥감에 조준했다. 굵은 팔뚝에 근육이 튀어 오르고, 폭발 직전 긴장감에 팽팽해졌다. 활시위가 힘껏 당겨졌다.

휘리릭.

화살 하나가 바람을 가르고 날아가니, 달리던 사슴이 쿵 하고 쓰러졌다. 마지막까지 방심하지 않는 사냥꾼은 몸을 낮추고 사슴이 쓰러진 곳으로 다가갔다. 화살 한 대를 더 꺼내 들었으나, 이미 날린 한 발의 화살에 숨통이 끊어져 있어 활을 내려놓았다.

이제 월두는 사슴 한 마리를 등에 질 수 있을 만큼 건장한 사내가 되었다. 칠 년 전 사내아이와 비슷하다 할 것은 낡고 해진 옷밖에 없었다. 산이 기른 아이는 매서운 눈매에 동물적인 감각이 발달한 수컷으로 자랐다. 사냥을 주업으로 삼은 몸에는 잔근육이 뒤덮여 있었다. 큰 키에 탄탄한 몸이 균형 있게 발달한 강한 포식자의 모습이었다.

사슴을 어깨에 이고 가던 월두가 갑자기 멈추어 섰다. 진달래꽃이 만발한 숲가에 차홍이 앞을 막고 서 있었기 때문이다.

"비켜."

"제 놈이 비킬 것이지."

꽃이나 따고 있는 주제에 차홍은 길을 내주지 않았다. 그도 그럴 것이 산속에 길이 하나인 것도 아니고. 풀을 가르는 번거로움이 있지만, 월두가 옆으로 조금 돌아가면 될 일이었다.

"비켜."

"아휴, 귀찮아. 이 숲이 다 제 놈 것도 아니고. 원님께 고해 세전이나 왕창 받으라고 해야지. 세전 한 푼 안 내고 사는 주제에."

또 아는 체. 천하에 잘난 분이라 아는 것도 많아 좋겠다. 원님이 나한테 뭐 해준 게 있다고 세를 거둬들여. 집도 절도 없는 나에게 어떻게 세를 매기겠다고.

오늘은 적당히 성질을 돋우고는 차홍이 길 옆으로 비켜섰다. 엔간히 거치적거리더니, 그나마 언제부터 아가씨라고 부르라는 말은 하지 않아 덜 성가셨다. 제집에서나 아가씨지. 산에 살면 짐승이나 사람이나 양반이나 다 똑같지. 죽지 않기 위해 사는 목숨 줄이 다 같지.

'에이, 귀찮은 계집.'

차홍은 월두가 산을 내려가는 모습을 보았다. 그의 어깨에 걸린 혀를 축 늘인 사슴을 보고는 인상을 썼다.

"으, 짐승 같은 놈."

차홍은 이내 월두 같은 놈에게는 신경 끊고 꽃가지나 꺾었다.

차홍은 봄에 활짝 핀 진홍색 진달래꽃 몇 가지를 손에 쥐고 관운사로 올랐다.

"성구야."

마당에 돌을 던지고 있는 남동생 성구의 뒤로 가 진달래꽃을 내밀었다.

"어허허, 꽃이다. 예뻐, 예뻐."

"누이가 늦었지? 그 벌로 이렇게 꽃을 가지고 왔다. 성구, 오늘도 누이랑 공부할 거지?"

"응, 응. 누이랑 공부해요."

올해 열셋이 되었는데도, 성구는 어릴 때 쓰던 복건을 쓰고 있었다.

"성구야, 새 복건을 주었는데 왜 이걸 쓰고 있어?"

복건 이야기를 하자 성구가 불안하게 머리를 만졌다.

"누이, 복건 싫어요. 어머니가 성구 복건 쓰라고 했어요."

휴, 차홍은 한숨이 나왔다. 주지 스님께서 돌봐주시면서 많이 좋아졌는데. 글도 읽을 줄 알고, 의젓한 모습을 보일 때도 있어 좋아졌다 여겼거늘.

성구의 병은 어지행지(語遲行遲), 말이 늦고 걸음이 늦은 병이었다. 어릴 적에 차홍은 동생이 앓고 있는 병이 말을 다 배우게 되면 없어지는 줄로만 알았다. 성구는 이제 말을 하고 천자문도 적을 수 있었다. 그러나 여전히 이 아이는 느리다.

성구의 병은 왠지 머리에 있는 병 같았다. 의원도 고칠 수 없다는 병을 차홍이 어찌할 수 없겠지만. 동생을 위해서라면 무슨 짓이든 해서 병을 고쳐 주고 싶었다. 병이 있다고 이런 강원도 산골에 보내지고, 마을 사람들의 눈 때문에 산 생활을 해야 하는 동생이 가여웠다.

"오늘 가져온 글을 보겠느냐?"

"글 배우고 성구가 훈장님이 될 거야."

"훈장님? 우리 성구, 글공부 열심히 해서 훈장님 될 거야?"

"응. 성구 훈장님이야. 월두가 배워."

월두라는 이름에 차홍의 신경이 예민해졌지만 무시했다. 차홍은 동생의 손을 끌어당겨 그늘진 정자로 가서 앉았다. 정자라고 해봐야 울퉁불퉁한 나무 바닥을 대고 틈이 벌어진 지붕을 겨우 댄 형태였지만, 이곳에 앉아 보는 산 아래 경치만은 일품이었다.

차홍은 가져온 시문을 꺼내 성구 앞에 놓았다.

對酒不覺瞑 대주불각명
落花盈我衣 낙화영아의
醉起步溪月 취기보계월
鳥還人亦稀 조환인역희

"어려워요."

그래, 이백의 시 '자견(自遣)'은 동생이 읽기에는 어려울 것이다. 그래도 차홍은 동생이 또래의 도령들처럼 이런 시를 읽고 제법 컸다며 술맛도 궁금해하면 좋겠다.

"술을 마시다가 어두워지는 줄도 몰랐더니. 꽃잎 떨어져 내 옷에 가득하네. 취한 걸음 달 비추는 계곡으로 옮기니. 새들은 가고 사람 또한 드무네."

"누이, 나 이거 알아. 술!"

"그래, 취할 취(醉) 자야. 술에 취한다는 말이야."

"술 취하면 기분 좋아."

동생이 획수가 많은 어려운 글자를 집어내자 대견하여 차홍은 밝게 웃었다.

"응? 성구가 취하는 걸 알아?"

"응, 취하는 거 좋아."

성구는 손으로 잔 모양을 만들어 꼴깍 들이키는 시늉을 했다.

잠시 후, 차홍은 계곡물이 흐르는 소리를 따라 큰 바위를 짚고 씩씩대며 내려가고 있었다.

'내 이놈을, 어디 우리 성구에게 술을 먹여?'

마음이 급하니 제법 틈이 벌어진 바위도 껑충껑충 뛰어넘었다. 저 앞 작은 폭포수 아래 바위 사이로 움직이는 검은 머리칼이 보였다. 생각대로 월두는 이곳에서 물고기를 잡고 있었다.

"이놈! 네가 대체 뭔데. 아, 아악!"

호령하며 바위를 뛰어넘는데 그만 비단신 한쪽이 벗겨졌다. 차홍은 물 아래로 떨어지는 신을 잡으려 몸을 구부렸지만, 신을 구하지 못했다. 물로 떨어진 신은 금세 물살을 타고 떠내려갔다.

"내 신! 내 신이 떠내려간다."

차홍은 치마를 부여잡고 떠내려가는 신을 따라 종종걸음으로 뛰었다. 힘을 다해 쫓았으나 비단신은 작은 폭포로 떨어져 물속으로 푹 꺼져 버리고 말았다.

"어!"

다시 물 위로 떠오른 신을 발견했다. 둥둥 배처럼 떠내려가던 신이 월두의 다리에 걸려 출렁이고 있었다. 그런데 저놈이 신을 잡지 않고 제 할 일만 하며 물속이나 들여다보고 있었다.

"내 신."

결국 신은 물살을 따라 다시 떠내려갔고, 차홍은 물 아래까지 신을 따라 달려야 했다. 한참 아래까지 가서야 바위틈에 낀 신을 발견했다. 차홍은 욕지거리를 하며 하얀 버선을 벗고 치마를 말아쥐고는 물속에 발을 담갔다.

"앗, 차가워."

늦봄이라 해도 차가운 계곡물에 발이 시렸다.

차홍은 물에서 겨우 신을 건져 내고 바위 위로 올라왔다. 젖은 치맛단에서 물이 주르르 마른 바위 위로 떨어져 내렸다.

"이놈, 떠내려가는 신을 보고도 줍지 않는 심보가 고약하구나."

월두는 아직도 물속을 살피는 일에만 집중하고 있었다. 무슨 중요한 일을 한다고 이렇게 무시하나 했더니, 물속에서 작고 반짝이는 돌을 주워 바위 위에 쌓아놓는 게 전부였다. 대꾸도 안 하고 자신을 무시하는 그를 보고 차홍은 화가 치밀어 올랐다.

차홍은 그에게 다가가 쌓여 있는 돌무더기를 발로 차버렸다.

모아놓았던 작은 돌이 물로 후드득 떨어지자, 월두가 고개를 바짝 들고 차홍을 노려보았다.

"이씨……."

그가 험한 욕을 뱉기 전에 차홍이 먼저 악을 썼다.

"이놈! 왜 우리 성구에게 술을 퍼먹였느냐?"

"꺼져."

"이놈이, 어디 상전에게."

한동안 잠잠하다 했더니 또 상전 타령하시네.

"무슨 장난이 치고 싶어, 몸도 아픈 아이에게 술을 먹여? 네 심보가 고약한 것은 알았다만. 우리 성구에게 그런 짓을 하는 건 용서할 수 없다!"

"아가씨."

처음으로 그의 입에서 나온 소리였다. '아가씨'라는 말에 차홍이 오히려 당황했다.

"꺼지십시오."

"나쁜, 나쁜 놈!"

차홍은 남아 있는 돌무더기를 발로 재차 차내었다. 이리해서 제 성질이 다 풀릴 거냐마는. 상놈 주제에 자신을 무시하는 월두가 미웠다.

차홍이 악을 쓰자 월두도 더는 참지 못했다. 그는 한 번의 움직임으로 바위를 밟고 차홍이 선 곳으로 올라왔다. 우뚝 앞에 선 월두의 키가 커 차홍은 움찔했다. 앞섶이 헤쳐진 그의 넓은 가슴팍을 보고는 자신도 모르게 뒷걸음질 쳤다.

월두는 화가 나 오늘은 저 상전 계집을 손봐주려 했다. 차홍에게 다가가며 어떻게 혼내주지 생각했다. 눈을 크게 뜨고 자신을 노려보는 계집의 몸이 떨리는 것을 보았다. 그리고 그녀의 치맛단이 젖어 맨발로 서 있는 게 눈에 들어왔다. 작고 하얀 발이었다.

"뭐, 뭐냐? 잘못은 네가 먼저 한 거다. 난 당연히 그런 널 벌해야 했고."

차홍이 고개를 빳빳이 들고 말했다.

"사내 녀석이 열셋이 되었으면 또래들이 하는 것처럼 술맛도 보고, 사내 짓거리도 해보는 거지. 동생이라고 치마폭에 감싸 병신 만들고 싶은가 보지."

"뭐야?"

차홍은 지난밤, 술에 취해 비틀거리며 산을 오르는 그를 보았었다. 술을 얼마나 마셨는지 평소 하지도 않는 실수로 계곡물을 건너다 발이 빠졌더랬다.

"기방에서 술 먹고 노는 버릇을 성구에게 가르치겠다는 말인가? 허! 네가 뭔데? 무슨 마음으로 성구를 위하는 척하냐고?"

월두는 산에서 잡은 사냥감을 팔러 한 달에 두 번은 마을로 내려갔다. 그가 산을 비우는 날이면 어디서 술을 잔뜩 마시고는 돌아왔다. 차홍이 삼천배를 드리기 위해 절을 찾아 밤을 새워 기도를 드리는 날에, 하필 그런 그를 목격한 것이다.

옷도 누더기를 입고 다니면서 꼴에 기녀들에게는 인기란다. 이런 말은 몸종 유단이 전한 이야기였다. 듣고 싶지 않았지만, 강원도 외진 마을에 살며 들리는 이야기야 이런 이야기가 다였다.

이곳처럼 작은 마을에는 기방이 없었으니, 그렇다면 기방을 찾아 두 고개를 넘어 건넛마을까지 간다는 소리였다. 천박하기는 자기가 더 하면서. '천박한 계집'이라 말하며 저를 더러운 것이라도 되는 양 쳐다보던 어린 소년의 눈빛은 내내 잊히지 않았다.

"아무튼, 그 더러운 물 우리 성구에게는 들이지 마라. 알아들었어?"

"손쓸 수가 없군."

그가 손을 들어 차홍의 얼굴에 손대려 했다. 차홍은 그가 자신을 때리기라도 하려는 줄 알고 눈을 질끈 감았다. 그러나 그는 이내 손을 거두고 차갑게 다른 말을 뱉고는 벌어진 옷자락을 펄럭이며 물가를 떠났다. 차홍이 천천히 눈을 떴다. 그가 마지막으로 뱉은 말이 무엇인지 잘 들리지 않았지만, 답답한 심정을 말했을 뿐 욕은 아니었다. 월두를 자극하면 욕설을 들을 줄 알았기에 다행이면서도, 왠지 그냥 저렇게 떠나는 월두의 뒷모습에 차홍의 가슴이 답답해졌다.

월두가 맨발로 비탈을 오르자 허리춤에 말려 있던 바지가 내려와 골반이 드러났다. 그가 움직일 때마다 사내다운 등 근육이 꿈틀거렸다. 유단이가 말하길, 저런 다부진 몸집을 가진 사내를 보고 계집들이 침을 흘린단다.

자기 몸도 간수하지 못하고 맨살을 드러내기를 밥 먹듯이 하는 천박함이 어디가 좋다고.

"일부러 저러고 다니는 게지. 더러워."

월두만 생각하면 이렇게 화가 바짝 올라 쉽게 꺼지지 않았다. 성구 일이라면 물불 안 가리는 차홍이었으니 이렇게 화를 낼 이유는 충분하였다.

월두가 사라지고 차홍은 고개를 숙여 바닥에 흩어져 있는 반짝이는 돌을 내려다보았다. 인상을 쓰며 제 성깔에 걷어차여 흩어져 뒹구는 돌을 보다가 월두가 사라진 산비탈을 보았다. 화풀이 상대가 사라지자 씩씩대던 가슴도 진정되고 한숨을 내쉬게 되었다.

차홍은 몸을 굽혀 돌을 하나 집어 손바닥에 놓았다. 햇살을 받아 반짝이는 돌이 신비로웠다. 차홍은 바위 위에 아무렇게나 흩어진 반짝이는 원석을 빤히 내려다보았다. 그리고 품에서 하얀 손수건을 꺼내어 빛나는 돌을 주워 담았다. 갖고 싶었다. 제 것이 아닌 줄 알지만 보는 이가 없으니 품에 담아두고 싶은 욕심이 들어 돌을 주웠다.

월두는 저자로 내려와 주막에 들렀다. 사냥감을 다 모은 것도 아닌데, 잡은 토끼 두 마리만 들고 내려왔다. 열불이 날 때는 이렇게라도 풀어야 했다. 고기를 판 얼마 되지 않는 돈을 챙겨 주막에서 그 돈을 다 썼다.

"이 맛을 알면 그런 소리 못 하지."

탁주를 벌컥벌컥 시원하게 들이켜고 자리에서 일어났다.

"왜 벌써 가나?"

주막집 딸내미 막딸이가 짧은 옷고름을 배배 꼬며 월두에게 눈길을 건네었다. 이 아이 나이가 올해 열다섯이 되었을 거다. 월두가 스물하나를 먹었으니 이 아이는 그쯤. 꼬맹일 때부터 보아 온 아이가 벌써 그리 나이를 먹고, 제법 처녀티가 나는 얼굴로 월두를 향해 웃어 보였다.

"너네 엄니 보면 너 또 맞는다."

말이 떨어지기가 무섭게 주막집 주모가 나와 딸아이 등짝을 때리며 끌고 들어갔다.

월두는 주막을 나와 저자를 걸었다. 적당히 오른 취기에 한숨을 내쉬었다. 걷다 보니 사람들이 모여 있는 곳에 이르렀다. 벽에 방이 붙어 마을 사람들이 그 앞에 모여 있었다. 글을 읽지 못하는 자가 태반이니, 글을 읽는 생원이 나서 방을 읽어주고 있었다.

"처녀 단자를 올리라는 나라의 명이오. 간택령이오."

"처녀 단자? 오메, 간택령이라면 지존의 혼사 말이오?"

사람들이 웅성거리며 시끄러웠다. 그래, 월두에게는 그저 시끄러운 소리였다. 세상사에는 관여하지 않고 산골에 숨어 사는 사람. 월두에게는 다 필요 없는 소리였다.

산으로 돌아왔다.

월두는 이곳이 마음 편했다. 사람들 틈에 끼어봐야 속만 시끄러웠다.

궁녀가 낳은 사생아. 어머니가 죽은 후 세상의 손가락질은 두 남매에게로 향했다. 왕만을 섬겨야 할 궁녀가 간통해 낳은 아이.

월두 때문에 양덕 누이의 삶이 다 망가졌다고 한다. 월두에 이어 양덕이까지 사생아라고 의심받으니, 참 미안한 일이지. 그래도 하나 남은 가족이었으니, 서너 달에 한 번은 집안 꼴을 들여다보러 월두는 산에서 내려왔다.

양덕이는 제 서방이 그렇게 손찌검을 해대는데도 그자를 감쌌다. 그러다 치도리 그자는 지난겨울 술에 취해 길바닥에서 자다가 동상이 걸려 죽게 생길 모양이었다. 그렇게 사람 패는 거 좋아하더니, 동상에 그 잘난 손이 썩어 들어갔다. 소식을 듣고 온 월두를 향해 양덕은 욕을 해대며 재수 없으니 꺼지라고 했다. 지난

번 화를 못 참고 치도리의 코뼈를 부러뜨린 일이 있으니 더욱 앙칼지게 욕지거리를 뱉었다.

'그래, 이 모든 게 내 탓이다. 나 같은 놈이 태어나 어머니도 고생만 하다가 마을 사람들의 조롱을 받다가 죽고, 누이 인생도 내가 다 망쳤다.'

월두는 이게 마지막이다 하는 마음으로 사냥을 해서 사슴 고기를 팔아 양덕이에게 가져다주었다. 제 서방을 살리기 위해 양덕이는 그리 원망하던 동생의 돈을 받았다. 그러나 결국 손부터 시작하여 탈저(脫疽)로 몸이 썩어 들어가던 치도리는 죽었다. 치도리가 죽자 다시 월두는 죽일 놈 소리를 들었다.

여기까지이다. 월두는 양덕이의 사내가 죽음과 동시에 세상과의 인연은 끊고 다시는 마을로 내려가지 않겠다 다짐했다. 그런데 자꾸 자신을 세상으로 끌어당기는 귀찮은 사람들이 이 산에 있다. 글 조각을 가져오고, 마음을 흔드는 악기를 손에 들려주는 사람이.

월두의 발길은 어느새 관운사에 다다랐다. 산에서의 낮은 짧아, 산 위에 오르니 해는 이미 저물어 있었다.

어둠이 깔린 작은 정자를 찾아 자리를 잡고 앉았다. 이 정자는 월두가 몇 해 전에 지은 거였다. 해가 쨍쨍한 낮에 그늘 자리가 없어, 강가에 있던 정자를 보았던 게 생각나 지은 것이었다. 지붕선이 멋들어진 그런 정자와는 영 달라 그냥 허물어 버릴까도 했지만, 모양새와는 상관없는지 쓰는 사람이 있어 그냥 두었다.

월두는 정자에 앉아 저고리 안쪽에서 대금을 꺼내 들었다. 술기운이 묻은 입가를 쓱쓱 닦고 악기를 입에 대었다.

대금 소리가 흘렀다. 묵직한 소리를 뱉어내자 가슴이 트였다. 그래서 가끔 이렇게 정자에 올라 소리를 낸다.

입을 열면 욕이나 튀어나오는 자였다. 욕이란 욕은 다 찾아 뱉어봤지만, 그래도 속이 시원해지지 않았다. 그러나 이렇게 악기를 불면 이상하게도 가슴속에 맺혔던 불덩이가 사그라졌다. 월두는 눈을 감고 연습으로 갈고닦아 제법 듣기 좋게 뻗어 나가는 소리를 만들었다.

이 소리를 가르쳐 준 것이 관운사 주지 스님이었다. 노승이 아무리 꾀어내어도 혹하지 않았으나, 이 소리를 듣고 월두는 제 발로 관운사를 찾아왔다. 세상에 태어나 처음 들어보는 소리였다. 풀피리나 불어봤으니 생소한 소리였다. 이리 묵직한 소리가 나무 조각에서 새어 나오다니 신기했다.

"녀석, 통돼지를 구워 냄새를 피워도 꿈쩍도 안 할 것 같던 놈이. 귀가 예민해 이리 찾아왔어."

그날 노승은 이긴 싸움이라고 생각했는지, 기분 나쁘게 웃으며 말했다. 월두는 그렇게 노승에게 소리 내는 법을 익혔다.

"월두야, 사람이 미워 숨어 지낼 수는 있지만, 너 또한 사람이라는 걸 잊어서는 안 된다."

월두가 대금의 음색을 고루 내던 날 노승이 그런 말을 했다. 대금 하나 부는 일이 뭐 그리 대단하다고, 이깟 것 하나 불면 사람 노릇 한다는 말인가.

산에 살던 아이의 음기가 가득한 눈매는 산짐승처럼 푸른빛을 띠었었다. 제힘으로 살아남겠다는 본능만 키운 아이. 그런 아이도 누군가에게는 길들여졌다. 아이는 자신의 운명이 흐릿하게 보이는 날이면, 주지 스님 해운에게서 배운 대로 대금을 불었다. 아이는 그렇게 자신의 기운을 다스리는 법을 배워나갔다.

이제는 그 아이의 마음이 편안해진 것인지, 첫날 서툴고 불안하기만 했던 소리는 어느새 변해 있었다. 차분한 대금 소리가 관운사를 감싸 흐르며 조용히 울려 퍼지고 있었다.

관운사 법당 구석에서 울고 있는 이에게까지 그 소리가 전해졌다. 차홍은 몸을 감싸고 어두운 법당 구석에 앉아 눈물을 뚝뚝 흘리고 있었다.

한양에서 차홍의 아버지가 내려왔다. 칠 년간 어머니와 자식을 찾지 않은 아버지였지만, 차홍은 원망하지 않으려 했다. 이제라도 오셨으니 그것만으로도 기뻤다. 성구 병이 다 나으면 데리러 오신다고 하셨으니. 그 약속을 지켜주신 거라 믿었다.

"어머니, 성구야."

차홍은 아버지와 함께 한양으로 올라가야 한다 하였다. 그러나 어머니와 성구는 이곳에 남아야 한단다. 차홍에게 가족은 어머니와 성구뿐이었다. 그들 때문에 외로운 날을 버틸 수 있었다. 그런데 아버지는 가족을 버리고 떠나라고 한다. 그들은 차홍의 앞길을 막는 짐일 뿐, 이곳에 남아 더 고생할 필요 없다고 한다.

"흑흑, 흐으윽."

차홍은 어머니와 성구를 버릴 수 없었다. 매정한 아비처럼, 자식이 병신이라는 이유로 이렇게 버려두는 아버지처럼은 살 수 없었다. 차홍은 눈물범벅이 된 눈으로 문살에 비친 달그림자를 바라보았다. 눈이 시큰하니 아파왔다.

문밖에서 들리는 저 대금 소리가 지금 차홍의 마음을 더욱 아프게 만들었다.

차홍에게 소리는 슬픈 음률이 되었다. 무릎 위에 비스듬히 고개를 누이고 흘러들어 오는 대금 소리에 눈물을 뚝뚝 흘렸다.

동굴 안에서 매캐한 연기를 참으며 월두는 눈을 붙였다. 잠을 자기 위해 눕기는 했지만 몸에 밴 습관으로 주변을 경계하는 선잠을 잘 수밖에 없었다. 오늘 운 좋게 멧돼지 한 놈을 만나 사투를 벌인 끝에 사냥감을 잡았다. 멧돼지는 한 번의 화살로 잡을 수 없어 칼을 들고 마지막 숨통을 끊기 위해 깊게 목에 칼날을 박아 넣어야 했다.

사냥감은 동굴과 멀리 떨어진 곳에 땅을 파고 만든 저장고에 숨겨두었다. 피 냄새를 풍기다가는 동굴로 산짐승이 들어올 수 있어, 일을 다 마치고 피곤한 몸을 이끌어 계곡물에 몸을 담가 피를 씻어내었다. 사냥으로 먹고사는 산사람이었으나, 피칠을 벗겨내며 기분이 좋지는 않았다. 살이 붉어지도록 벅벅 문질러 닦고, 어두워진 후에야 동굴로 돌아와 자리에 누웠다.

부스럭.

힘든 상대를 만나 진을 뺀 후라 몸이 평소보다 둔하게 반응하였던 모양이다.

부스르륵.

소리가 다시 난 후에야 월두는 눈을 떴다. 몸을 조용히 움직여 활을 들고 자리에서 일어났다. 피곤한 터라 마른 나뭇가지를 덜 주워와 젖은 나무로 불을 피워서일까. 입구에 피워놓은 불씨가 죽어가며 연기를 내고 있었다.

밖에서 나무 밟는 발소리가 들렸다. 동굴 주변으로 뿌려놓은 나뭇가지들이 적의 침입 방향을 알려주었다. 소리로 보아 몸집이 제법 큰 짐승이었다. 가까이 다가오는 소리가 이어지자 월두는 손에 든 활의 시위를 조준하며 동굴 밖으로 나왔다.

드드 드드드르.

활시위를 힘껏 당겼다. 어둠 속에서 다가오는 형체를 찾아 화살 방향을 조준하였다.

피융.

긴장감을 안고 당기던 활시위가 마지막 순간에 방향을 틀었다. 겨우 마지막에 힘을 놓은 화살은 땅으로 곤두박질쳐 그대로 박혔다.

"너 뭐야!"

붉은 치마를 입은 여인이 어둠에서 나와 불가로 다가오고 있었다. 믿을 수 없게도 차홍이 월두 앞에 서 있었다.

"이 밤에 죽으려고 환장했어!"

차홍은 입술을 꼭 다물고는 월두를 지나쳐 동굴 안으로 들어갔다.

저 계집이.

이래서 동굴 주변에 덫을 놓지 못한다. 저리 사리분간 못 하고 제 마음대로 하는 사람이 얼쩡거릴까 봐.

"어딜 들어가!"

월두가 따라와 차홍의 팔을 잡아채었다. 차홍은 그런 월두의 팔에 잡혀 그를 올려다보았다.

"나를 가지거라."

차홍이 뱉은 말에 월두의 눈썹이 올라갔다.

또 무슨 정신 나간 수작을 부리려고, 이게.

"나가."

"안 들리느냐? 나를 주겠다질 않느냐. 나를 범하거라."

"죽고 싶은 게냐? 이 야밤에 혼자 산길을 헤매다가 이렇게……. 아니, 긴말할 거 없다. 나가!"

차홍이 자신을 잡은 월두의 손을 꼭 쥐었다. 그리고 제 얼굴에 가져다 대었다.

"나도 여인인데. 왜 안고 싶지 않으냐? 사내라면 치마 두른 여인은 다 범하고 싶다던데."

월두는 손 아래 놓인 부드러운 살결을 느끼며 놀라 그녀를 보았다. 월두가 흔들리는 듯하자 차홍이 그의 손에 자신의 얼굴을 문질렀다.

"나도 큰맘 먹고 온 것이니, 내 뜻대로 해다오."

"무슨 뚱딴지같은 말도 안 되는 소리야."

월두가 그녀의 얼굴에 닿은 손을 치웠다.

"그렇게도 싫으냐? 내가 가진 귀한 거라고는 이 몸뚱이 하나가

다인데. 너한테는 아무것도 아니야?"

차홍은 이를 악물고 월두를 바라보았다.

"왜 갑자기 너를 주려는 거냐. 뭐, 예전에 네가 한 약속이라도 지킨다는 거냐?"

"네까짓 거와의 약조가 뭐가 중하다고."

그럼 그렇지. 이렇게 나와야 차홍이지. 월두는 차홍이 이상한 장난질을 한다 여겼다.

"나 한양으로 돌아간다."

차홍은 다음 말을 바로 이을 수 없어, 잠시 월두를 바라보기만 하였다.

"아버님께서 나를 데리러 오셨다, 나만. 이대로 떠나면 영영 돌아올 수 없게 돼. 이게 마지막 기회야."

"기회는 무슨 기회? 귀한 한양 아씨라며. 따라가면 될 것이 아냐. 왜 나를 찾아와 단잠을 깨워?"

"바보, 멍충이. 나만, 나만 데리러 왔단 말이다. 나는 궁으로 들어간다. 임금님의 간택령으로 내가 중전 자리에 오른다고."

월두는 놀라 눈이 커졌다가 갑자기 웃음을 터뜨렸다.

"허허, 이런 미친 계집을 봤나. 간택령 방을 보고 와서는 이리 유세였구나. 조선 여인이라면 다 간택령에 응해야 한다더라. 네 꿈이 야무지다. 중전? 너같이 욕지거리를 잘하는 게 중전이라니."

"너는 내 아비를 몰라. 우리 아버님은 뭐든 한다면 하시는 분이다. 정부인도 버리고, 자식도 버리고, 다 이룰 분이야. 내가 가면 우리 어머니와 성구는 어쩌냐? 어머니 앞으로 있던 전답도 빼앗겼다. 쌀이라고는 구경도 못 해본 지가 삼 년이야. 내가 가면 우리 성구는 누가 거두니. 나는 방도를 찾아야 해. 아버님을 막을 길은 이것뿐이라고."

차홍의 눈에 눈물이 차올랐다. 월두는 더는 그녀의 말을 비웃을 수 없었다.

"시끄러워. 신세 한탄을 하려면 노승에게나 가서 해. 난 더 자야겠으니. 절에 올라가려거든 저 불이나 한 덩이 신세 져라."

월두가 타고 있는 장작개비 하나를 들어 차홍의 손에 쥐어주었다. 그리고 동굴 깊숙한 자리로 들어와 등을 돌리고 누워버렸다.

잠시 후 월두가 들어간 길을 따라 동굴 안으로 서서히 불빛이 차고 들어왔다. 등을 돌리고 누워 있던 월두는 주변까지 불이 밝히고 들어오자, 벌떡 자리에서 일어났다.

"야! 이씨."

불이 붙은 장작개비는 차홍의 발밑에 떨어져 그녀를 비추고 있었다. 차홍이 옷고름을 푸르고 하얀 저고리를 벗어내었다. 붉은 비단 치마도 벗겨져 땅에 떨어졌다. 월두의 눈에 하얀 속옷을 입은 여인의 몸이 불빛에 투과되어 보였다. 얇은 옷감 사이로 비친 여인의 굴곡이 일렁였다.

월두는 놀라 침을 꿀꺽 삼켰다.

차홍이 속저고리를 벗어내니 그녀의 하얀 어깨가 드러났다.

"그만둬."

그러나 차홍은 멈추지 않았다. 월두가 자리에서 벌떡 일어나 속치마 끈을 푸는 차홍의 손을 잡았다.

"천박한 계집처럼. 뭐 하는 짓이야?"

차홍이 붉어진 눈으로 월두를 노려보았다.

"아비에게 복수할 거야. 궁으로 들어가려면 처녀여야 한다더라. 앵무새 피로 처녀가 아닌 게 밝혀지면, 아버님 뜻대로는 안 될 거야. 내 몸이 더럽혀진 걸 알면 절대 마음대로는 못 하겠지."

"뭐?"

그게 네 계획이야? 그딴 계획을 세우고는 나를 찾아왔다고.

"싫으냐? 그렇게도 싫어? 그럼 하는 수 없지. 여인이라면 다 좋아한다길래 나도 괜찮을 줄 알았다. 네가 싫다면야 다른 이를 찾는 수밖에."

차홍이 땅에 떨어진 옷가지를 주웠다.

"너, 정말 미친 것이 아니냐? 그게 하는 말이야? 네 몸을 스스로 더럽힌다니!"

"됐다. 너와는 볼일 없다. 이제는 정말 너와는 끝이야! 내가 한양에 올라가면 속 시원하겠지. 그러니 내 부탁이라는데도……."

차홍이 입술을 떨며 치마를 챙겨 입었다. 이 모습을 지켜보던 월두는 화가 나 가슴팍이 오르락내리락했다. 그래도 끝까지 참으며 차홍이 옷을 다 입도록 기다렸다.

"따라와."

월두는 차홍의 손을 잡아끌고 불씨를 들고 동굴을 나왔다. 관운사까지 그녀의 손을 잡아끌고 올라갔다. 차홍은 제 손을 억세게 쥔 그의 손 때문에 아프다는 말도 않고 묵묵히 그를 따라갔다. 절에 다 올라서야 월두는 차홍의 손을 놓았다.

"천지 멍청한 것은 너야!"

차홍이 소리치고는 그대로 절의 뒤채로 뛰어 들어갔다.

남겨진 월두는 아직도 화가 난 채였다. 짜증이 밀려와 머리를 벅벅 긁으며 절을 내려왔다.

"멍청한 것. 자기라도 한양에 올라가 호강하며 살면 되지."

월두는 내내 씩씩거렸다.

*

주막의 구석진 곳에서 술을 마시던 손님이 술잔을 박살내고는 주막을 뛰어나갔다. 한창 재미있는 이야기를 하던 주막집 주모 옹심이네는 화들짝 놀라 엎어진 상을 바라보았다.

"오마나, 저것이 미쳤나."

성질 더러운 개문이 놈이 하는 짓이 그렇제.

딸아이를 시켜 상을 정리하게 시키고 주모 옹심이네는 덕팔 어멈과 하던 이야기를 계속했다.

"그래서 정말 윤 승지 댁 아씨가 중전마마가 된다는 말이여?"

"삼간택이라고 아남? 그게 지금 세 명의 처녀가 올려졌는데, 그중 윤 승지 댁 아씨도 들어 있댜."

"에이, 그럼 안 될 수도 있는 거네."

"뭘 모르는구먼. 삼간택이면은 궁에 들어가는 거랑 매일반이여. 중전이 안 되면은 후궁이라도 되는 거라고. 후궁 자리가 안 나면 평생 수절하며 임금님을 모시고 살고."

"옴마, 그럼 좋은 일만도 아니네."

"이런 말 안 통하는 여편네. 아가씨가 궁에 들어가면 동네 경사가 아니어. 그래서 지금 고을 수령님이 보통 신경 써서 미는 게 아닌데. 그 댁으로 요즘 매일 방물장수가 드나드는 거 몰러? 수

령님이 하사한 선물 꾸러미가 들어가는 거라네. 우리 마을이 중전마마를 낸 이름을 얻게 되는 거라고."

"그래도 아가씨 신세를 보면 불쌍하기도 허네. 평생 수절이라니. 사내 품에 안겨 사는 맛도 모르고, 불쌍혀."

"됐어. 난봉꾼 서방 믿고 사는 바에야, 그냥 죽부인이나 끌어안고 마마 소리 들으며 사는 게 편하지."

"헤헤헤, 그런가. 호강하며 산다믄야. 외로운 밤 무서울랑꼬."

"그챠."

"그런데 이상허네. 그렇게 귀한 몸이 될 아씨를 승지 나리께서는 왜 이제껏 버려놓으셨대? 한양에 첩실만 끼고 산다던데."

"쉿. 누가 들어. 윤 승지 댁 일로 입방아 찧다가는 관아에 잡혀가 볼기짝 맞는다고."

하긴 지방에 내려와 시집가기 전에 조신하게 내훈이라도 익히는 모양이었나 보지. 하루가 멀다고 절에 올라 삼천배를 올리던 아가씨이니까. 정신 놓고 사는 윤 승지 댁 마님 밑에서 그 정도면 잘 자란 아가씨이지.

차홍은 경대를 열어 얼굴을 비추어 보았다. 선물 받은 머리 장식에 달린 옥이 흔들리고 있었다. 어울리지 않는 머리 장식을 빼 보석함에 넣었다.

이틀 후면 한양에 올라간다. 이번에 올라가면 다시는 돌아오지 못한다.

이대로 목을 매고 죽어버릴까도 생각했다. 그토록 아버지의 뜻대로 살고 싶지 않았건만. 아버지를 향한 마음은, 그리움에서, 원망에서, 지금은 미움만이 남았다. 한양에 올라갈 생각에 이렇게 가슴이 무너지는 것은 아버지를 향한 미움 때문일 것이다. 비단에 값비싼 장신구를 품고 호강하며 살 거라는 달콤한 말로 꾀려 해도. 남겨진 가족을 생각하면 한양이라는 곳에는 가고 싶지 않았다.

'내가 어떻게 이곳에서 버티었는데. 어머니와 성구를 위해서 산 거였소. 아비를 위한 게 아니었다고요.'

지방으로 내쳐지고 한양 본가에서의 지원이 끊긴 차홍이네 살림은 양반이라는 이름이 무색할 정도로 점점 궁핍해졌다. 어머니 앞으로 되어 있던 전답도 팔리고 곡식이 나올 땅이 없으니, 나가서 품팔이라도 해야 겨우 먹고사는 신세가 되었다.

주인댁 형편이 어려워지니 하인들도 짐을 싸 한양 본가로 올라가 버렸다. 어릴 때부터 함께하던 유단이는 그래도 곁에 남아주었다. 때때로 유단이가 나가서 일해 받아온 곡식을 나누어 주기도 하였다. 염치없지만, 하루 종일 멍하니 앉아만 있는 어머니의 밥이라도 내야 했기에 받아먹기만 했다.

차홍은 가만히 있을 수만은 없어 산에 올랐다. 겉으로는 도도한 아가씨 행세를 했지만, 한 끼 죽이라도 챙겨 먹으려면 산을 돌아다니며 칡이라도 캐야 했다. 산에 올라 나물이나 도라지, 칡을 캐 몸종 유단이에게 장에 나가 팔아오라고 했다. 그것 또한 돈벌이가 되지는 않았다. 산간 지역에 널린 것이 나물이니 필요하면 아낙이 나가 캐오면 될 터였으니까.

돈을 더 벌 수 있는 수단을 궁리하다가 약초를 캐는 일을 찾았다. 관운사 주지 스님께서는 의술에도 능하시니, 물어물어 귀한 약초에 대해 공부할 수 있었다. 마을 사람들이 아는 대로 불심이 유독 강해 절에 오른 게 아니라, 먹고살아야 하니 매일같이 산에 올랐던 것이다. 그렇다고 삼천배를 잊었던 것은 아니다. 매일을 빌고 또 빌었다. 아버지가 제발 어머니와 성구를 가엽게 여겨 이 지긋지긋한 생활에서 구원해 주기를 빌었다.

산에서 나오는 약초로 입에 풀칠을 해야 하다 보니 산에 머무는 시간이 길어졌다. 그러니 같은 산을 누비며 살아가는 월두와 부딪치는 일이 잦았다.

자꾸 주변에 시선이 걸렸으니, 자연스레 주머니 두둑이 돈을 챙기는 월두를 보았다. 행색은 허름하게 하고 다녀도, 이 마을에서 월두만큼 사냥을 잘해 돈 버는 수완 좋은 사내가 없었다. 그 사냥하는 재주 하나는 뛰어나 월두는 큰돈을 한 번에 쥐었다.

혼자 건사하는 몸 하나 있는 놈이 저 많은 돈으로 뭘 하나 했더니, 술이나 사 먹고 계집질이나 한단다. 저는 죽지 않을 만큼만 먹고사는데. 인정도 없는 놈. 본 세월이 얼마인데 잘 사나 안부 한 번 물은 적이 없다.

그래도 차홍은 저놈 앞에서 마지막 자존심을 굽힐 수야 없었다. 산에 오를 때도 비단옷을 꺼내 입고 갔다. 짐승처럼 사는 놈과 자신을 구분하는 유일한 수단이, 녀석의 넝마와 자신의 비단옷이었다.

버림받았다고 짐승처럼 살지는 않아. 죽더라도 양반으로서의 체통은 지키고는 죽을 테다.

이곳을 떠날 생각을 하자 지난 일들이 서글프게 회상되었다. 그렇게 늦은 밤 슬픈 마음으로 자신을 치장하던 여인은 멍한 눈으로 한참 면경 안 자신의 모습을 보다가 경대를 덮었다.

그리고 고개를 돌리는데 갑자기 입을 막는 손이 있었다. 소리를 지르려 했지만, 사내의 우악스러운 손이 차홍의 입을 틀어막았다.

'도둑이다!'

차홍은 머리에 울린 위험 신호에 도망치려 했다. 그러자 사내는 몸으로 차홍을 덮쳐 단숨에 제압했다. 차홍은 사내의 몸 아래에서 신음했다. 그러다가 복면을 쓴 사내의 눈을 보았다.

이글이글 자신을 보는 눈빛이 낯설었지만, 어딘가 익숙하기도 했다.

눈을 굴려 사내의 소맷단을 보았다. 낡은 행색이 천것의 옷이었다. 차홍은 곧 반항을 멈추고 잠잠해졌다. 차홍의 입에 재갈이 물렸다. 그리고 사내는 차홍을 어깨에 둘러멨다.

산 중턱에 무성한 나무로 둘러싸인 곳에 굴이 있었다. 사내는 입구를 막아 놓은 나무를 발로 차 쓰러뜨리고 차홍을 안으로 데리고 들어갔다.

차홍의 몸이 바닥에 떨어졌다. 입에 물렸던 재갈이 벗겨지자 차홍은 그를 올려다보았다. 복면을 벗은 자는 월두였다.

이미 알고 있었다. 이 근방에서 저 정도로 낡은 옷을 입고 다니는 사람은 월두밖에 없었다. 그러나 그가 왜 자신을 보쌈까지 했는지 이해할 수 없었다.

그가 차홍을 묶었던 줄을 풀었다. 그리고 차홍의 치마를 거친 손길로 걷어 올렸다.

"뭐 하는 거냐?"

"널 가질 거다."

차홍은 자신에게 달려드는 그에 놀랐다.

"나 같은 건 싫다더니. 이제 와서 왜?"

차홍의 옷고름이 풀어지고 저고리가 벗겨졌다. 월두는 그녀의 몸에 올라타 치마끈을 잡아챘다.

"말해봐. 다른 놈에게 줬냐, 안 줬냐?"

"뭐? 줬는지 안 줬는지 물으러 잡아온 것이냐? 궁으로 들어간다잖냐. 그걸 보면 모르냐. 숫처녀이니 들어가는 게 아니냐."

"귀한 댁 아가씨가 천한 것에게 몸을 주어서야 되겠냐. 널 보쌈해 온 것은 나야. 너를 짓밟은 건 나라고. 너를 오늘 가질 거니까. 넌 궁에는 이제 못 가."

"흐음!"

갑작스레 그의 단단한 입술이 차홍의 입술을 덮었다. 입안을 헤집고 들어온 그의 혀에 차홍은 숨이 막혔다. 화가 난 채 차홍을 안는 월두는 거칠기 짝이 없었다.

차홍이 숨이 막혀 신음을 흘려도 그는 멈추지 않았다. 차홍의 입술을 차지하고 월두는 그녀의 치마 안으로 손을 넣었다.

지지직.

우악스러운 손은 그녀의 속치마를 찢어버렸다.

옷을 다 갈기갈기 찢으려는지 그는 거칠게 옷고름을 쥐었다. 속저고리가 벗겨졌다. 가슴을 동여맨 치마끈 위로 오른 뽀얀 젖가슴 살을 월두가 씩씩대며 바라보았다. 그의 눈은 붉게 충혈되어 있었다. 그의 얼굴에 차홍은 겁을 먹었다. 그러나 차홍은 꿋

꼿이 허리를 펴고 그를 노려보았다.

월두가 그런 차홍의 허리를 잡고 끌어당기더니, 부푼 가슴에 제 얼굴을 부볐다. 혀를 내밀어 살의 맛을 보는 그의 모습에 차홍은 더는 버티지 못하고 눈을 질끈 감았다. 월두의 손이 부드러운 살갗을 문지르자 거친 느낌에 피부가 아려왔다. 그 손이 차홍의 가슴에 묶인 치마를 잡아끌어 내렸다.

흐윽.

가슴이 드러나자 차홍은 이제야 무슨 일이 일어나는지 실감하였다.

사내 앞에서 젖무덤을 드러내고 앉아 있다니.

가슴이 쿵쾅쿵쾅 뛰어 드러난 가슴이 요동치게 만들었다. 그 모습에 월두는 배 아래로 빳빳이 피가 쏠리는 걸 느꼈다.

그가 입을 크게 벌려 차홍의 가슴을 물었다. 차홍은 놀라 치맛자락을 꼭 쥐었다. 그가 소리를 내며 가슴을 빨아댔다. 손으로는 하얀 가슴 위에 핀 분홍빛 유두를 만졌다. 노골적인 느낌에 차홍은 정신이 번쩍 들었다.

차홍이 생각한 건 이런 게 아니었다. 그냥 눈을 감고 있으면 숨겨진 그곳을 찾아 사내가 뚫어준다고 하였다.

차홍이 남녀 간 교접에 대해 모르는 건 아니었다. 어찌 가능한 일인지 알아둬야 했다. 자신의 몸을 내던지기 전에 그 정도는 사전에 알아보았는데. 월두가 지금 하는 이런 행동은 듣지 못했다.

그는 차홍의 가슴을 우악스럽게 손으로 쥐고 흔들다 빨아대더니, 혀를 내밀어 날름날름 그것을 핥았다. 확 고개를 돌리고 외면하고 싶은데, 젖꼭지가 퉁퉁 붓는 느낌에 차홍은 자꾸 그가 자신에게 하는 짓을 확인하게 되었다.

그가 머리를 들어 차홍의 눈을 보았다. 차홍은 숨을 헉 들이마셨다. 가슴을 빨던 입술이 차홍의 입으로 돌진했다. 도톰하게 굴곡진 입술을 그대로 느낄 수 있도록, 그는 차홍의 작은 입술을 죄다 덮어버렸다.

긴 혀가 작은 입속으로 쑥 들어왔다. 제 안으로 들어와 헤집는 단단한 혀의 느낌에 차홍은 입을 닫고 싶었다. 얼굴을 뒤로 빼려 하자 그의 손아귀에 얼굴이 잡혔다. 그는 억지로 입을 열게 하고는 얼굴을 틀어 더 깊숙이 혀를 밀어 넣었다.

그의 힘에 밀려 차홍의 몸은 뒤로 기울어 팔로 땅을 짚고 버티게 되었다. 차홍의 고개가 뒤로 떨어지자. 월두가 몸을 일으켜 세우고는 그녀의 위에서 작은 입속으로 혀를 밀어 넣었다.

허업.

차홍은 더 참지 못하고 얼굴을 돌렸다. 그의 입술을 피한 덕에 이제 그의 혀는 다른 곳으로 향하였다. 볼을 타고 내려가더니 귓가에 멈추어 귓바퀴에 닿았다. 질퍽한 소리가 귓가에 울리자 소름이 돋았다. 그리고 그의 손은 아래, 저 아래로 향하고 있었다.

찢어놓은 하얀 속치마를 헤집더니 허벅지를 잡고는 쓱쓱 문질렀다. 귀를 핥는 느낌은 이제 신경 쓰이지 않았다. 저 아래 허벅지를 꾹꾹 누르는 손에 온 신경이 쏠렸다. 그의 손이 더 올라가지 못하도록 잡아 뿌리치고 싶었다.

그러나 몸종 유단이에게 들은 대로, 사내가 하는 대로 가만히 있어야 한다 되새겼다.

'참아야 한다. 이걸 참아야 해.'

그의 손은 아주 천천히 살을 타고 올라왔다.

월두는 그녀의 허벅지를 잡은 순간 그 사이를 벌리고 자신의 부푼 곳을 밀어 넣고 싶다는 생각밖에 나지 않았다. 그러면서도 겁이 났다. 그녀는 너무도 부드러웠다. 자신이 가져 본 적이 없는 부드러움에 흥분하면서도 당황하였다. 허벅지 안쪽 살을 만지자 그녀의 근육이 움찔하였다.

월두는 차홍의 얼굴을 바라보았다. 그녀는 고개를 젖히고 눈을 꼭 감고 있었다. 하얀 목을 타고 시선을 내려 탐스럽게 피어난 둥그런 가슴을 보았다. 눈으로 보고 있으면서도 진짜 여인의 몸을 안고 있나 싶었다. 차홍을 차지하는 이런 건 현실일 수 없으니. 그래서 더 확인해야 했다.

월두는 붉은 비단 치마를 걷어내고 제가 찢어놓은 얇은 속치마를 헤쳤다. 손에 닿았던 하얀 허벅지를 눈으로도 담았다. 다 보고 싶었다.

'넌 이제 다 내 꺼야.'

그녀를 손에 넣은 이상, 꿈에서나 만져 보던 느낌이 맞는지 다 확인하고 싶다.

하얗게 뻗은 두 다리를 벌리고 그 사이를 덮은 하얀 천을 만졌다. 손이 떨려와 서둘러 그걸 잡아 풀어내었다. 막상 천을 걷어내고 검은 수풀이 덮인 그곳을 보자 월두는 움직일 수 없었다. 멍하니 바라보자니 숨이 차올랐다.

헉헉헉헉.

차홍은 헐떡이는 거친 소리에 눈을 떴다. 단단히 준비하였는데 아무 일도 벌어지지 않자 눈을 떠봐야 했다. 월두의 손이 자신의 다리를 벌리더니 거친 숨소리만 내고 있었다. 그러던 그가 갑자기 달려들었다.

"악."

차홍은 외마디 비명을 질렀다. 그의 입술이 자신의 다리 사이에 닿자 충격에 입을 벌렸다. 이로 입술을 아프게 깨물었다. 치마폭으로 숨은 그의 머리가 움직이기 시작했다. 치마 안에 숨겨진 그의 혀가 그녀를 맛보고 있었다. 차홍의 놀란 가슴이 헐떡였다. 그를 막고 싶어 손으로 치마 안에 숨은 그의 머리를 쥐었다. 그러자 그는 머리를 덮은 치마를 걷어치웠다. 그 탓에 차홍은 그가 지금 하는 짓을 다 보게 되었다.

자신도 알지 못했던 그런 곳에다 머리를 박고 할짝대고 있었다. 차홍의 손이 그를 다시 막으려다가 툭 떨어졌다. 어찌할 수 없는 당혹감만 일 뿐 그를 막지도 못했다. 고개를 돌려 버릴 뿐이었다. 제가 원하던 일이었다. 월두가 이렇게 할지는 몰랐지만. 그렇다고 이제 와 이 일을 멈출 수는 없었다.

이렇게라도 복수한다고 다른 사내에게라도 안기려고 했잖아. 이런 걸 다른 사내와 하느니, 월두가 나았다.

월두가 하는 일은 정상적으로 보이지는 않았다. 그는 이제 혀를 내밀어 음부를 위아래로 핥더니, 입술로 빨아대고 있었다. 차홍은 수치심에 눈을 감아야 했다.

양반이었다면 그처럼 이런 걸 할 리가 없다. 월두는 산사람이고, 그는 천하니까 이런 짓을 하는 거라 생각했다.

월두는 그녀의 다리 사이를 샅샅이 관찰했다. 사람이 싫어 산을 택했지만, 사내의 몸으로 자라자 여인의 몸을 찾고 싶은 욕망은 어쩔 수 없었다. 차홍의 몸 깊은 곳을 보며 월두는 기뻐 죽을 지경이었다. 욕망을 누를 대로 누른 몸은 차홍의 깊은 샘을 단박에 사랑하게 되었다.

월두는 세상에서 가장 귀한 것을 보듯 그녀의 것을 바라보고, 만지고 맛을 보았다. 행복해서 죽을 지경이었다. 태어나 이런 느낌은 처음이었다. 길게 드러난 붉은 살이 사랑스럽게 보였다. 이런 걸 품고 있었던 여인이라 욕지거리를 해도 밉지 않았던 거였나.

길게 갈라진 분홍 살 위로 난 작은 돌기를 손으로 만져 보았다. 그러자 차홍이 신음을 내었다. 그녀도 월두만큼 이 일을 좋아한다는 확신이 들어 웃었다.

저 안에는 무엇이 있을까. 손으로 예민한 살을 가르자, 그 안에 자신을 담그고 싶다는 욕망이 강하게 밀려왔다.

차홍은 하도 이를 악물어 부들부들 떨려왔다. 그의 혀가 푹 깊게 찔러 넣는 느낌을 받았다. 눈도 뜰 수 없었다. 겁이 났다. 이런 게 정상적인 행동일 리가 없었다.

월두를 선택한 건 잘못이었다. 그는 자신을 능멸하기만 한 사내가 아닌가. 그에게 몸을 맡기면 이리될 줄 왜 몰랐던가. 그는 차홍을 혼내려고 이렇게 치욕을 안겨주고 있나 보다.

흠, 흐음, 크음.

그의 입에서 나는 짐승 같은 소리에 차홍의 두려움이 더해졌다. 더 무얼 하려고, 나를 어찌할 셈이냐.

'빨리 끝내라.'

그렇게 명령하고 싶었다. 그러나 차홍은 입이 떨어지지 않았다. 왠지 모르지만, 그에게 명령조로 말해서는 안 될 것 같았다.

지금 이 순간, 그가 자신을 지배한다는 본능적인 감각이 일었다. 차홍은 그의 앞에서 작아짐을 느꼈다. 차홍 자신은 월두의 무자비한 손아귀 아래에서 힘이 없다.

차홍은 팔에 힘이 풀려 서서히 뒤로 누웠다. 이부자리도 깔리지 않은 동굴 바닥에 등이 배겼다. 차라리 등에 닿는 거친 바닥이 지금 신세를 위로해 주었다.

'나는 그에게 당하는 거야. 천하디천한 그의 몸이 나를 이렇게나 능멸하니. 어쩔 수 없이 당하는 것이야.'

"아아악."

그의 혀가 아니라 묵직한 무언가가 다리 사이에 강한 통증을 만들었다. 차홍은 고통에 입술을 떨었다. 월두는 차홍의 다리 사이에 그를 담그고 있었다.

으으 으으으.

차홍은 정신을 잃을 것만 같았다. 제 몸 위에 선 사내를 바라볼 용기가 나지 않아 천장을 큰 눈으로 응시했다.

"하아."

또 한 번 화끈대는 느낌이 일었다. 월두가 차홍의 두 다리를 잡고 안으로 밀고 들어왔다.

'이거였구나. 이제 되었다. 이거면 되었어.'

그러나 그렇게 끝이 아니었다. 월두의 신음이 짙어지고 그의 허리가 슬쩍슬쩍 움직였다. 차홍은 가만히 누워 천장만 바라보며 그를 받아내었다.

"크헉."

한 번 탄식을 내뿜더니 그의 허리가 빠르게 움직였다. 차홍의 다리 사이는 불에 댄 것같이 화끈댔다. 몸을 세워 자신을 범하던 그가 내려와 차홍을 덥석 안았다. 차홍은 고개를 돌리고 입술을 물었다.

"차홍아."

월두가 부드러운 음성으로 차홍의 이름을 불러 귀에 반응케 하였으나, 그의 아래는 부드러움이라고는 모르고 여인을 괴롭혔다. 그가 부들부들 떨며 엉덩이를 밀어붙였다. 차홍은 자신을 꼭 안은 그를 밀어내고 싶었다. 자신을 안는 그의 행동은 꼭 둘이 함께하고 있다는 기분을 느끼게 했다.

차홍은 팔로 그의 가슴을 밀어내었다. 월두의 가슴이 들리고 그의 팔이 땅을 짚었다.

이제 차홍은 눈으로까지 자신을 탐하는 그를 보게 되었다. 저 아래 월두의 다리 사이로 붉어진 것이 자신을 범하는 것과 같이, 월두의 눈도 뿌옇게 변해 먹잇감을 보듯 차홍을 보았다. 그런데 왠지 저 아래 움직이는 저 물건은 흉하고 무서웠지만, 자신을 보는 그의 눈을 미워할 수는 없었다.

"차홍아."

그의 눈은 귀한 것을 보듯 차홍에게 향하였다. 행복해서 죽을 것만 같다는 표정으로 자신을 보았다. 차홍은 그 얼굴에서 시선을 떼지 못했다. 우악스럽게 자신의 다리를 벌리고 엉덩이를 붙이는 그의 행동도 용서될 만큼, 그 눈빛에서 위로를 얻었다. 차홍은 입술을 물며 자신을 흔드는 월두의 눈을 바라보았다.

다리가 활짝 벌려지고 단단한 물건이 더 깊이 들어오자 몸이 뒤틀릴 만큼 아팠다. 그러나 그의 눈을 보며 참았다. 저렇게나 좋아하는 그를 위해 참아내고 싶어졌다. 차홍의 몸이 사시나무 떨리듯 떨려왔다.

“좋아?”

월두가 웃으면서 말했다. 제 허리를 빠른 속도로 움직이면서.

‘미친놈. 이런 게 좋을 리가 없잖아.’

차홍은 두 팔로 월두의 어깨를 잡았다. 몸이 더는 버티지 못할 것 같았다. 그는 너무나 빨리 들어왔다 나갔다, 차홍의 몸을 흔들었다.

“아아 아아아.”

아팠다. 그를 받아내는 일이 힘에 겨워 소리가 나왔다. 자존심을 위해 그랑 똑같이 짐승 같은 신음을 내지 않기 위해 입술을 물었는데도, 소리가 새어 나와 버렸다.

월두는 자기가 차홍을 눌렀다 생각했는지 정신을 놓고 소리를 지르며 엉덩이를 흔들었다.

‘나는 이렇게 죽는구나. 결국, 네 손에 죽게 되어.’

사납게 움직이는 그의 아래 눌린 차홍은 통증에 정신이 혼미해졌다. 무자비한 놈이 단단해진 배를 내밀며 더 깊이 푹푹 들어왔다. 빠르게 그런 행동을 하더니 ‘으윽’ 소리를 내고는 풀썩 꺼졌다.

‘허억, 이제…… 끝났다. 견뎌내었다. 그를 견뎠어.’

아직 정신을 잃지 않아 다행이었다. 그랬다면 놈이 제가 해놓은 짓에 더 좋아 죽었을 것이다. 월두가 몸을 일으키고는 인상을 쓰며 제가 쓴 물건을 손으로 잡아 빼내었다. 차홍은 그걸 본 걸 후회했다. 저런 걸 자신의 몸에 넣었다니.

그의 배꼽 아래부터 이어진 검은 음모의 물결이 다리 사이까지 이어져 있었고, 그 아래로 길고 툭 불거진 물건이 곤두서 있었다. 세상에 태어나 처음 본 날것 그대로인 수컷의 모습에 차홍은 다시 한 번 충격을 받았다. 이어 다리 사이에 얼얼한 통증이 밀려오고 액이 흘러나왔다. 차홍은 당황하여 다리를 오므렸다.

월두는 처음이라 그런지 아픈 성기를 잡고 인상을 썼다. 그런 자신의 모습을 차홍이 보고 있었다. 일을 제대로 잘해낸 녀석이 자랑스럽게 느껴진 월두는 배를 내밀어 그녀의 앞에 제 물건을 보였다. 좋아 정신을 쏙 빠지게 해주었으니, 그녀는 저런 표정으로 자신을 우러러보는 걸 거라 생각했다.

한껏 얼굴이 달아올라 아직도 흥분해서 헐떡이는 표정이 예뻐 죽겠다. 월두는 그녀를 끌어안았다. 그리고 입을 맞추었다.

좋으면서도 싫은 척하는 게 차홍이 요것이니까.

차홍이 고개를 돌려도 또 끌어다가 혀를 밀어 넣고 달콤한 그녀를 맛보았다. 월두는 자신의 가슴에 뭉클하게 닿은 그녀의 가슴이 주는 느낌이 좋았다. 어디 도망가기라도 할까 봐, 꼭 끌어안아 그 느낌을 잡아 두었다.

월두가 몸을 일으키다가 그녀의 다리 사이를 보았다. 그 사이에 뭉쳐 있던 하얀 천에 붉은 자국이 있는 걸 발견했다. 처녀의 자국을 보자 월두는 안심했다.

'이제 차홍이는 떠나지 못한다.'

월두는 차홍을 안아 들고 동굴 밖으로 나왔다. 옷 하나 걸치지 않았으나 부끄러움 없이 밤의 숲을 걸었다. 차홍은 그런 월두를 막지 않았다. 좀 전에 했던 짐승이나 할 법한 행동을 하고 난 후라 이런 나체로 그와 있는 게 뭐가 대수인가 싶어졌다. 한번 버려진 몸은 제 것이 아닌 듯 느껴야 치욕에서 벗어날 수 있었다.

월두는 차홍을 안고 계곡으로 내려왔다. 차가운 계곡물에 천천히 그녀를 내려놓았다. 차홍은 그가 하는 대로 허벅지까지 오르는 물에 서 있었다. 월두가 손에 물을 담아 그녀의 몸을 씻어냈다. 자신이 차지했던 곳에 난 흔적을 물로 지웠다.

붉은 자국을 지우고 그녀를 안고 물에 들어갔다. 차가운 물속이었지만, 그녀의 체온을 안고 뒹구니 몸에 열이 올랐다.

월두는 차홍을 안고, 수영을 하다가 물가로 나왔다.

차가운 물 기운에 차홍은 정신이 들었다. 현실을 부정하고 싶은데 월두는 자꾸 차홍을 끌어당겨 앞에 있는 그를 느끼도록 만들었다. 이런 그가 미웠다.

'이런 짓을 벌이다니. 내가 미쳤어. 제정신이 아니었어.'

차홍은 힘없이 월두의 손에 맡겨졌다. 그는 차홍을 바위 위에 올리려 가는 허리를 잡았다. 그러더니 휙 차홍의 몸을 돌려세웠다. 그는 바로 그녀의 다리를 들고는 뒤에서 비스듬히 안으로 밀고 들어왔다. 차홍은 울고 싶어졌다. 그러나 그런 그의 행동도 그대로 두었다.

'어차피 짐승이나 하는 짓을. 이런 꼴을 당해도 싸.'

얼마나 더 이 짓을 견뎌야 처녀성을 잃을 수 있는지 몰랐다. 그를 따라 물가로 나오며 붉은 피를 보았지만. 그가 끝을 내지 않는 걸 보니 뭔가 더 과정이 남았나 보다 생각했다.

강원도 산골에 버려져 여인으로서의 교육도 제대로 받지 못한 이름뿐인 아가씨였다. 몸종에게나 궁금한 것을 물었으니 아는 게 없었다. 그 몸종도 주인집에 돈이 없어 머리를 올려주지 못해 처녀의 몸이었거늘. 뭘 배워놓은 게 없었다.

월두는 물기 어린 얼굴로 차홍의 입술을 빨았다. 바위를 잡고 제 앞에 선 차홍의 턱을 끌어당기며 고개 숙여 입술을 가져갔다. 그리고 뒤에서 길고 단단한 그를 밀어 넣었다. 차홍의 머릿속에 아까 보았던 그의 다리 사이에 달린 물건이 떠올랐다. 차홍은 바위에 팔을 기대고 고개를 파묻었다.

차홍의 몸에 물이 철썩철썩 닿아 들썩였다.

개나 하는 이런 짓을. 어릴 적, 차홍은 길을 가다 암수 두 마리의 개가 짝을 짓는 광경을 본 적이 있었다. 수컷이 뒤에 매달려 움직이며 암컷을 끌고 이리저리 다녔다. 차홍은 놀랐지만 당하는 개를 구해주려고 돌을 집어 들었다. 그러자 수컷이 날카로운 이를 드러내고 짖으며 차홍에게 덤벼들었다. 수컷의 무자비함에 암컷이 짓밟혀 깽깽 소리를 질렀다. 차홍은 귀를 막고 그곳에서 도망쳐 버렸었다.

"크흐으음."

차홍의 귓가에서 또 그 소리가 들려왔다. 월두의 입에서 흘러나오는 소리는 교미하는 난폭한 수컷의 소리였다. 차홍은 그의 아래 눌리면서 겁이 났다. 그를 밀어내면 자신을 물어버릴 것 같았다. 자신에게 무자비하게 들어오는 그는 그런 힘이 충분히 있었다. 그가 더 폭발하게 되면 죽을 것 같이 자신을 몰아붙일 것을 알기에 겁이 났다.

"허어어."

짐승이 된 기분이었다. 뒤에서 자신을 가지는 그를 용서할 수 없었다.

'나를 이렇게나 능멸하다니.'

뜨거운 입김을 내며 월두는 차홍의 허리를 잡고 뒤에서 쑥쑥 밀고 들어왔다. 차홍의 몸은 점점 기울어 바위를 잡고 버텨내었다. 낮 동안 데워졌던 바위는 따듯했다. 허리부터 차 있는 차가운 물기운과는 반대로 따듯한 기운을 잡고 그걸 견뎌내었다.

그러다가 이상한 느낌이 차올랐다. 입술을 악물고 그를 받아내며 참아낸 고통 끝에 이상한 느낌이 밀려왔다. 다리 사이가 뜨거워지더니 배 안이 꿈틀거렸다. 그런 긴 물건을 안에 넣었으니 배가 다 차는 기분이었다. 배를 채우는 풍만한 느낌에 허리를 요동치고 싶어졌다. 그런 짓은 월두가 제 몸을 드나들며 하는 짓이었다. 허리를 움직이고 싶다는 생각에 수치심이 일었다. 이성을 차리려는데 훅 밀려오는 느낌에 엉덩이를 들어 그에게 밀었다. 차홍은 이내 놀라 그런 행동을 멈추었다.

뒤에서 허리를 미친 듯이 움직이는 짐승과 다른 건 차홍은 이성을 차린다는 점이었다. 정신이 혼미해지려는 걸 막기 위해 손등을 깨물었다.

'참으면 곧 끝나.'

월두는 차홍의 귀에 대고 헉헉 소리를 내며 멈추지 않고 계속 움직였다. 차홍도 숨이 차올라 터질 것 같았지만, 자신을 붙잡았다. 그렇게 참고 눌렀는데도 뒤돌아 월두의 얼굴을 보고 싶다는 생각이 내내 머릿속을 차지하자 당혹감이 일었다. 아까처럼 그런 표정을 지을 건가? 저런 소리를 내는 월두는 어떤 표정일까 궁금해졌다.

월두가 차홍의 목을 쥐며 귀를 물고 얼굴을 핥았다. 차홍은 싫은 표정을 지으며 그를 뿌리쳤다. 그러자 그는 화가 났는지 차홍의 엉덩이를 짝 때렸다.

“악.”

차홍은 입술을 깨물고 눈물을 참았다. 몸이 요동쳤다. 수컷을 화나게 한 대가로 그는 무자비하게 단단한 물건을 쑤셔 넣었다. 이제 그의 얼굴 따위는 보고 싶지 않았다. 무서운 표정으로 자신에게 달려들 것 같아 겁에 질려 버렸다. 바위를 잡은 손이 미끄러지면 잡고, 미끄러지면 잡고 버티었다.

월두는 차홍의 허리를 잡고 빠른 속도로 풍성한 엉덩이골 사이에 자신을 밀어 넣고 있었다. 성나 움직이던 그가 끝을 내려 했다. 차홍은 조금 더 힘을 내 쓰러지지 않기 위해 버텼다.

“크어억.”

퍽. 엉덩이에 살이 닿은 강한 파열음이 난 후 그는 차홍의 등에 풀썩 쓰러졌다. 다 끝났다 여겼을 때, 그의 손이 미끄러지고 그의 혀가 등을 타고 아래로 내려가고 있었다.

‘안 돼. 그러지 마.’

그의 혀는 엉덩이를 핥고는 그 아래 골로 들어갔다. 그는 차홍의 다리 사이에 얼굴을 묻었다. 그리고 조금 전 딱딱한 물건이 차지했던 깊은 우물을 빨아 마셨다. 끈적이는 소리를 내며 엉덩이에 머리를 부비는 그를 느끼며 차홍은 엎드려 얼굴을 묻었다.

‘내가 무슨 짓을 벌인 것이야.’

가빠지려는 숨을 삼키다가 눈물이 흘렀다.

*

이틀 후, 월두는 한양으로 떠나는 차홍을 산기슭에 숨어 지켜보았다. 그녀가 돌아오기를 기다리던 월두는 불안했지만, 앵무새 피로 검사를 하면 드러날 일을 의심할 이유가 없었다.

차홍이 안 보인 지 닷새가 되자, 월두는 궁금한 마음에 그녀의 집에 찾아갔다. 노승에게 부탁한 승려복을 입고 삿갓을 쓰고 갔다. 승려복이 자신의 옷보다는 깨끗해 보여 그걸 얻어 입고 가길 잘했다는 생각이 들었다.

차홍의 어머니 김 씨 부인은 마루에 앉아 하늘을 보고 있었다. 중년 여인의 눈빛으로 보아 정신을 딴 데 두고 산다는 걸 알았다.

월두는 들고 온 쌀을 담아둘 만한 항아리를 찾으러 부엌으로 들어갔다. 차홍을 따라다니는 몸종이 하나 있던 것을 보았는데, 살림이 야무진지 깨끗이 정리된 모습이었다. 그러나 쌀독을 찾아 뚜껑을 열어보니 독이 비어 있었다. 월두는 이상하다고 생각하며 쌀을 부어 넣었다. 그러고 보니 중식 시간인데도 부뚜막에 온기가 없는 점도 이상했다. 뭐 생각해 보면 양반집이라 해도 산간 살림에 두 끼만 먹을 수도 있으니까.

월두는 부엌 장을 열어보았다. 삼나무에 옻칠이 된 장은 좋아 보였지만, 안에 든 식기라고는 나무 그릇과 나무로 된 투박한 숟가락과 젓가락이 다였다.

"무슨 양반집에 놋수저 하나가 없어?"

월두는 더 둘러보고 싶었지만 주인 없이 혼자 무례한 짓 같아 부엌만 살피고는 마당으로 나왔다.

"차홍이냐?"

집을 둘러보고 떠날 즈음에는 마님의 눈빛이 돌아와 있었다.

"아가씨가 보내 왔습니다."

"스님."

김 씨 부인이 월두에게로 다가와 두 손을 모으며 인사를 했다. 월두는 갑자기 마님이 인사를 하자 자신도 손을 합장하고 주뼛주뼛 인사를 했다.

"나무아미타불 관세음보살."

노승이 하는 대로 입에서도 이런 말을 따라 했다.

"시주해 온 쌀을 독에 부어두었습니다. 주지 스님께서 보내신 겁니다."

"아닙니다, 스님. 제가 시주를 해야지요. 잠시만요. 저희 집 독에 쌀이 그득하답니다. 지난가을 풍년이 들어 저희 주인께서 한양으로 쌀을 이고 가셨지요. 남은 쌀이 독에도 그득하답니다."

말려도 김 씨 부인이 부엌으로 뛰어 들어가자, 월두는 그냥 그 집을 나왔다.

"뭐야. 양반집이 왜 이래?"

겉만 그럴싸한 기와집이고 집에 돈이 될 만한 물건도 없어 보였다.

옷은 고운 비단옷을 입고 다니면서, 왜 저리 살림이 기운 것인지 이해할 수 없었다.

차홍이라 치면 이 마을에서 가장 고급스러운 비단옷을 입고 다니는 예쁜 얼굴의 계집이었다. 매일같이 잔뜩 꾸미고 다니니, 차홍이 저자를 걸으면 빤히 쳐다보는 사내놈들 시선이 주변을 따라다녔다. 월두는 차홍이 일부러 사내들을 다 홀려놓으려고 치장하는 것이지 싶어 이를 못마땅하게 생각했었다.

그 반반한 얼굴에 월두가 흔들린 것은 아니었다, 결단코. 가만, 그렇다고 성격이 좋아서 품은 것도 아니었다. 이유가 뭐든 월두는 차홍을 품은 날 이후로 계집에 대한 생각이 떠나질 않았다. 그래서 궁금한 마음에 어디 물을 데도 없어, 차홍의 집에 시주 간다는 주지 스님 대신 마을로 내려온 거였다.

"뭐가 잘못된 거지? 절간 밥을 동냥할 만큼 왜 가세가 기운 거냐고."

차홍이 산에 오가며 약초를 캐는 것은 알았지만, 차홍은 주지 스님의 제자라고 스스로 으스대며 학문을 닦는 일이라고 자랑을 해대었다. 생각해 보니 그간 신경 끄려고 했던 것 중 몇 가지 이상한 점이 있었다.

"어디 물으려면 노승밖에 없는데 말이야. 아, 낯 팔리게."

예전에 성구가 왜 절에 있는지, 노승에게 물은 적이 있었다. 그러자 노승은 '성구 이야기가 궁금하느냐 차홍이가 궁금하느냐.' 하며 기분 나쁘게 웃더랬다. 또, '세상사에 궁금해 죽겠지?' 하며 놀려댈 것 같았다. 그러나 차홍의 집을 직접 살피고 오니 뭔가 이상하다 싶어 이번에는 그냥 넘기지 못하겠다.

"아냐. 차홍이 돌아오면 물으면 될 것을."

역시나 노승이 재밌어 하는 꼴은 못 보겠다.

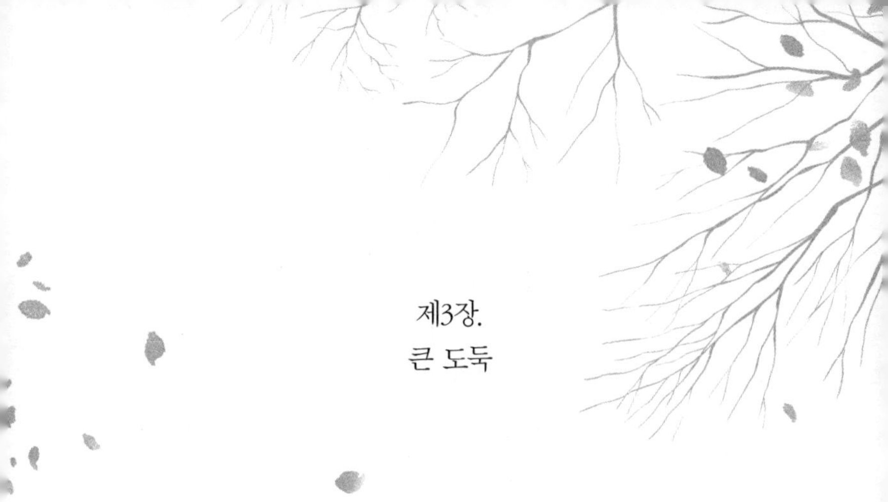

제3장.
큰 도둑

마을에 잔치가 벌어졌다. 윤 승지 댁 아가씨가 중전마마로 간택되었다는 소식이 전해지자, 고을 수령 양문택은 집마다 엽전 한 냥씩을 하사했다. 그리고 사당패를 불러 풍물놀이판을 벌였다.

장구와 북소리에 맞춰 마을 사람들이 덩실덩실 춤을 추었다. 중전마마를 배출한 고을이니, 외진 마을을 나라님이 굽어살펴 주시겠지. 기대하는 마음들이 모여 잔치판을 벌였다.

"캬아악."

잔치를 벌이던 사람들이 상을 뒤엎는 사내의 횡포에 도망치며 소리를 질렀다.

"그만둬. 다 그만두라고!"

개만도 못한 놈, 개문이. 동네 사람들은 개라 조롱하며 행패를 부리는 사내에게 손가락질했다.

술을 마시고 난동을 피운 죄로 월두는 바로 잡혀 관아의 어두운 옥사에 갇히게 되었다. 밖에서는 사람들이 웃고 떠들고 즐기는데, 월두는 좁은 옥사에 갇혀 작은 창에 비친 달을 보았다.

'널 주었으면서. 어떻게? 왜?'

궁으로 들어갔다는 차홍이 중전마마가 되었다는 말을 믿을 수 없다. 그럴 거면 왜 제 품에 안긴 것인지. 그녀에게 묻고 싶었다.

월두는 시린 달빛에 눈이 붉어졌다. 참고 참던 울음이 터졌다.

인간으로 태어나 자랐지만, 인간 취급을 받지 못하고 살았던 지난날이 한꺼번에 회한으로 밀려와 눈물이 났다. 소매춤으로 눈물을 닦고 옥사 바닥에 벌러덩 누워버렸다.

'네깟 계집. 나도 버릴 것이다. 너 같은 거 필요 없어.'

월두에게 가슴이 아프게 응어리져 숨도 쉴 수 없는 이런 고통은 처음이었다.

*

월두는 한양으로 떠날 노자를 마련하기 위해 노루 두 마리와 뱀을 가득 담은 망태기를 가져다 팔았다. 그동안 모았던 돈과 합하면 한양까지 떠날 노자는 충분하였다.

길을 떠났다.

차홍이 정말 궁에 들어간 것이 사실인지라도 알아내야 했다. 누구의 말도 믿지 않았다. 원래 월두는 자신밖에 믿지 않았다. 차홍이 기다리라는 말은 하지 않았지만, 그 눈빛이 한 말을 알아들었다. 그래서 월두는 기다렸다. 차홍이의 사내는 월두이니 당연히 차홍이는 자신에게 돌아올 줄 알았다.

차홍이가 궁에 사는지 두 눈으로 확인하고 나면 돌아올 것이다. 제 어미와 동생을 버리고 떠난 매정한 계집. 그들이 어떻게 살고 있는지, 욕을 바가지로 해주고는 돌아와 버려야지.

"늙은 주지 스님이 돌보면 얼마나 돌본다고, 성구 놈이 자기 없으면 어떻게 살겠어."

하고 싶은 말은 다 내뱉으며 길을 걸었다.

시간을 절약하기 위해 잠도 자지 않고 밤에도 산을 탔다. 원체 산에서 자란 놈이라 이런 산행은 일도 아니었다. 한양으로 가는 길이 제아무리 험하다 한들, 돈이 떨어지면 한잠을 자고, 사냥을 해 배만 채우고 이동하면 된다.

"내 얼굴을 보면 계집이 놀라 자빠지겠지. 내가 한번 물면 놓지 않는 개인 걸 잊었느냐."

소나무가 늘어선 길을 걷고 있을 때였다. 앞으로 가는 길이 두 갈래로 나뉘어 있었다. 강원도 산골을 벗어난 적이 없는 월두는 한양으로 향하는 길을 몰랐다. 그래서 노자가 필요했다. 주막을 들르거나 역참을 거치며 인적이 드나드는 곳을 찾아 물어물어 길을 가야 했다.

'낮에 들른 주막에서는 한 길이라 했는데.'

갈림길 중 한쪽은 길이 잘 닦여 있었다. 마을과도 한참 떨어진 숲길에 사람 손이 닿아 있다니 수상했다. 월두는 주변을 살피다가 길이 잘 닦인 길이 아닌 풀이 우거진 길을 택해 걸었다. 등짐을 지고 걷다가 월두는 신경 쓰이는 바람 소리에 갑자기 뛰기 시작했다. 월두가 뛰자 주변을 둘러싼 바스락거리는 소리가 요동쳤다.

'도적 떼다!'

원재령을 넘을 때는 산적을 조심해야 한다는 말이 떠올랐다.

한양에 빨리 당도해야 한다는 마음이 앞서 주변을 경계하는 일에 방심했나? 아니다, 분명 행인들의 발자취를 살펴 움직였다. 수상한 움직임이 찍힌 발자국이 난 길이나, 외진 산속에 여럿이 움직인 흔적을 발견하면 숲길로 몸을 피했다.

월두가 숲을 가르며 빠르게 달리자 뒤쫓는 무리가 모습을 드러냈다. 스물은 넘는 자들이 월두를 추격했다. 이어 등 뒤로 화살이 날아들었다. 단거리에서 쏘는 짧은 화살은 다리를 겨냥한 듯 날아오다 굴곡되어 아래 풀밭으로 꽂혔다.

월두는 화살을 피해 방향을 틀어 소나무 숲으로 달렸다. 굵은 나무에 화살촉이 박히는 소리가 연이어 들렸다. 재빠르게 몸을 움직이며 산속으로 도망쳤다.

벌판이 나타났다. 허리까지 자란 풀숲이 있는 벌판으로 뛰어들어, 저 속에 숨으면 가능했다.

죽을힘을 다해 달리던 월두가 갑자기 쿵 하니 쓰러졌다.

휭휭휭.

소리가 날아들더니 월두의 발을 묶고는 그를 쓰러뜨렸다. 월두는 두 다리를 옭아 묶은 밧줄을 내려다보았다. 버둥거리며 줄을 풀어보았지만, 끝에 돌이 말려진 밧줄은 다리에 얽혀 손으로는 풀어낼 수 없었다. 월두는 재빨리 허리춤에 찬 칼을 뽑아 줄을 잘라내고 일어났다.

그 순간, 월두의 앞을 검은 말이 가로막았다. 검은 말은 발을 구르며 월두를 위협했다. 입김을 뿜는 말이 날뛰자 월두는 뒤로 주춤주춤 물러났다. 그 뒤로는 스물이 넘는 도적 떼가 그를 둘러싸고 있었다.

"워워."

말을 탄 사내가 말 등에서 뛰어내렸다. 복면을 쓰고 긴 칼을 빼 든 사내가 번뜩이는 칼날을 월두의 목에 겨누었다. 월두는 그자를 노려보았다.

"관군의 정찰병이냐?"

두목이었다. 그자의 말하 주변 무리가 긴장하는 게 느껴졌다.

'이자만 제압하면 승산이 있을까?'

"허튼짓하지 말거라. 네놈이 한 걸음 움직이면 귀를 베어낼 것이고, 두 걸음에는 심장을 꺼낼 것이다."

그 말대로 사내는 긴 칼을 월두의 귀로 가져다 댔다. 월두는 품에 숨겨두었던 돈주머니를 꺼내 땅에 던졌다.

"할 일 더럽게 없네. 고작 이깟 돈 뜯겠다고 스물이 넘는 놈들이 매복하고 덤비나?"

두목의 눈빛이 날카롭게 빛났다. 그자가 고개를 끄떡이니 공중으로 묵직한 나무 몽둥이가 날아왔다.

'이 새끼들, 비겁하게 뒤에서.'

월두는 머리를 울리는 둔탁한 충격과 함께 앞으로 고꾸라졌다.

월두가 일어난 곳은 짚으로 지은 움집 안이었다.

자리에서 벌떡 일어나다가 머리가 깨질 듯 아파 신음을 냈다. 머리에는 하얀 천이 묶여 있었다. 그리고 포박도 없이 팔다리가 자유로웠다. 월두는 일어나 움집 밖으로 나왔다.

주변을 돌아다니던 자들의 시선이 일제히 월두에게로 향했다.
'이곳이 화적들이 사는 곳이군.'
곳곳에 세워진 움집이 보였다. 시선을 빠르게 돌려 주변을 파악하다가 검은 천으로 세워진 막사를 발견했다. 그 막사 앞에 드리운 천을 들추고 말 위에 있던 사내가 나왔다.
월두는 그 사내의 눈을 피하지 않고 마주 보았다. 사내가 가까이 다가왔다.
"역시 정찰병은 아니었군."
이 산채의 수장 하국은 부하들의 보고를 받았었다. 산길을 읽을 줄 아는 자가 원재령으로 향하고 있다는 보고였다. 길목마다 지키는 화적을 피해 다니는 자라니, 관군의 정찰병이 잠입한 것이라 생각했다.
"한양으로 가고 있었나?"
"그렇다."
"돈을 다 털리고 한양까지 갈 수 있을까?"
"돈이 없어도, 갈 수 있다."
"글쎄. 밥이나 사 먹고 주막에서 이슬을 피하라고 노자가 필요한 것이 아니다. 산 고개를 넘을 때마다 나타나는 화적 떼에게 자릿세를 내야 하기 때문이지. 상도상, 닷 푼 내어주마. 한양까지 열 배, 아니 그 곱절은 될지도 모를 도적단에게 건넬 통행세로는 턱없이 부족하겠으나 이게 내 아량이다."
두목이 닷 푼을 땅에 던져주자 주변을 둘러싼 도적들이 웃어댔다. 월두는 동요하지 않았다.
"잡지 않겠다니, 떠난다."

월두는 숲을 떠나려 했다.

"그런 건가? 죽을 길이라도 떠나나 보군."

그자의 말에 월두의 발걸음이 멈추었다.

그럴지도. 더는 그곳에서 살 수 없어 떠났다. 그 산을 헤집고 다닐 때마다 괴로울 텐데. 남은 생을 그딴 계집 생각이나 하며 살고 싶지 않았다.

산은 월두가 나고 자라 본 모든 거였다. 그곳에서 나고 자라, 그곳에서 죽을 줄 알았던 운명이었다. 죽을 자리가 바뀐다고 뭐가 대수일까. 나 하나 죽어도 슬퍼할 이 하나 없는 인생인 것을.

"이 산에 남으면 어떠냐? 이곳 제법 살 만하다."

"수장!"

부두목이라도 되는지 건장한 사내 하나가 발끈하여 나섰다. 수장 하국은 눈빛 하나로 반발하는 자들의 싹을 잘랐다.

"네놈 몸 재간이 마음에 든다. 가르친다고 아는 것이 아닌 것을."

아까 보았던 것은 짐승의 움직임 같았다. 살아남기 위해 숲을 마음껏 뛰어다니는 한 마리의 짐승.

"됐다. 일없어."

월두는 저벅저벅 숲길로 걸어갔다.

"수령, 은둔지까지 아는 자를 저대로 보내도 됩니까!"

화적들이 술렁였다.

"그냥 두거라. 돌아온다면 큰 도둑이 될 것이고, 돌아오지 않는다면 제 명줄이 거기까지인 게지."

화적 무리가 숲을 떠나는 사내의 등을 불안하게 바라보았다.

*

물건을 가득 실은 수레가 산속을 지나고 있었다. 수레를 따라 하얀 평복을 입고 봇짐을 든 사내 열다섯이 줄지어 걸었다. 상인의 차림으로 위장했지만, 이들은 모두 잘 훈련된 군사들이었다. 군은 수도 근처에서 출몰하는 화적 떼를 잡기 위해 진상품을 옮기는 무리로 위장하고 있었다. 화적 떼의 행태가 얼마나 무도한지, 무장한 군사의 행렬을 보면 더 덤벼들었다. 그래서 진상품을 옮기는 진짜 군행은 이렇듯 위장을 하고 다녔다.

화적 떼는 그 무리와 수가 날로 늘어 한양으로 올라오는 진상품들을 곳곳에서 털어댔다. 잘 훈련된 군사라 해도 산세에 밝은 화적들을 상대하기에는 역부족이었다.

그리고 이동하는 행렬 중에는 종사관 김삼춘이 있었다. 그 또한 패랭이를 쓰고 봇짐을 진 상인 행색이었다. 그러나 그는 특별임무를 맡고 무리에 섞여 이중 위장 중이었다.

화적 떼에 의해 진상품의 약탈이 빈번하다 보니 이를 이용하는 지방 관아도 있었다. 지방에서는 보냈다고 하였으나, 중앙 관서에는 올라오지 않는 진상품의 양이 많아도 너무 많았다. 화적 떼의 짓이라고 해도 그 양은 의심스러웠다.

특히 제주 지방에서 올라오는 전복이나 귀한 녹각 등 특수 진상품이 수급되지 않고 있었다. 모두 임금에게 올리는 진상품에나 포함되지, 값을 치른다고 구할 수 있는 품목이 아니었다. 이렇듯 진상품 비리를 잡아내는 것이 김 종사관의 드러난 임무였다. 그러나 김삼춘이 이곳으로 파견된 비밀 임무는 하나 더 있었다.

김 종사관은 바짝 신경을 곤두세우며 패랭이 아래로 눈을 굴려 주변을 경계하였다.

슈슈슝.

순식간이었다. 바람 소리가 들릴 뿐이었는데 말이 날뛰고 말에 연결된 수레가 뒤집혔다. 그 바람에 수레에 실린 소금이 쏟아지고, 그 안에 숨겨진 궤짝이 부서져 삼베가 땅바닥에 나뒹굴었다.

슈슈 슈슈슝.

날카로운 바람 소리가 들리자 김 종사관은 몸을 낮추고 공격 방향을 찾았다.

숲이다!

소리가 나는 방향으로 나무 사이사이 얇은 대나무 가지가 이어져 있었다. 활처럼 휜 대나무에 묶은 줄을 끊어내면, 대나무가 회초리처럼 바람 소리를 내어 공포감을 조성했다. 바람이 회초리를 휘두르는 듯한 귀를 째는 굉음은 말과 군사들을 동요케 하였다.

물건을 실은 말들이 날뛰고 도망치는 바람에 주변은 아수라장이 되었다.

김 종사관은 시작된 공격에 가슴이 뛰었다. 이 정도 수법이라면 이곳은 입수한 정보대로 늑대 머리 수장의 랑패(狼覇)가 이끄는 화적 떼의 본거지일지도 모른다.

"따르라!"

공격 지점을 파악한 김 종사관이 수레 안에 숨겨두었던 긴 검을 빼 들었다. 군사들이 모두 칼을 들고 나섰다. 김 종사관은 군사의 선봉에 서 숲으로 달려들어 갔다.

늑대 머리 수장이 산 중앙에 섰다. 동물의 가죽을 두른 몸에 나무로 깎은 늑대탈을 쓴 사내는, 바람에 나부끼는 털가죽이 덮인 육중한 몸을 세우고 관군을 내려다보았다. 사람 살을 파먹고 산다는 괴소문의 주인공인 늑대 머리를 본 관군들은 두려움에 휩싸였다.

"잡아라! 수장을 잡고 화적 떼를 진압한다!"

김 종사관이 동요하는 부하들을 향해 소리치자, 늑대 머리가 바람처럼 달려 산을 탔다.

'저건 인간이 아니다.'

설(說)대로 저건 짐승이었다. 산을 호령한다는 원령.

늑대 머리 수장은 산으로 뛰어올랐다. 그 뒤를 관군이 쫓았다.

늑대 머리가 산을 휘저으며 관군을 따돌리는 사이, 화적의 남은 무리는 진상품이 실린 마차를 털 것이다.

그런데 뭔가가 이상했다.

퓨우우. 푸우.

늑대 머리 탈 사이로 관을 진동하는 바람 소리가 산에 울렸다. 늑대 머리는 입에 문 나무 피리를 불어 부하들에게 흩어지라는 신호를 보냈다.

저들의 움직임이 이상했다.

진상품을 운반하는 지방 군사 따위가 아니었다. 저들은 잘 훈련된 정예군이었다. 저런 군력이 진상품이나 운반하는 데 투입되다니. 화적의 수장은 뭔가 일이 잘못되었다는 직감이 들었다.

화적 떼 서른이 넘는 무리가 피리 소리에 흩어졌다.

이제 살아남는 자는 이틀 밤을 산에서 지새우고 화적 마을로 돌아가야 한다. 추적자를 붙여 마을로 들어가면 산 터에 남은 가족들은 죽는다. 삼 년간 불어난 화적 수대로 딸린 가족의 수도 늘었다. 산속 깊이 밭도 일궈 정착한 화적민은 제 한 목숨보다 지킬 것이 많아졌다.

수장은 일부러 흔적을 남기며 산을 탔다. 저들을 따돌려야 했다. 시간을 벌어줘야 했다.

늑대탈 사이로 품어내는 짙은 숨소리가 들짐승같이 으르렁대었다.

관군은 수장을 쫓았다.

관군이 산세를 파악한다 한들, 이곳을 생활 터전으로 하는 화적 떼보다 재빠를 수는 없었다. 그리고 늑대 머리 수장은 어느 누구보다 빨랐다.

화적의 수장은 물소리를 따라 벼랑으로 달렸다. 저 길은 누구도 탈 수 없다. 위에서 쏟아지는 화살을 막아줄 거대한 바위가 있는 벼랑 끝, 그곳으로 숨어들려 했다.

소나무 숲을 벗어나자 시원하게 물소리가 터졌다.

크흐, 크흐, 크하하하.

늑대 머리 사이로 호탕한 웃음이 흘렀다. 그때였다. 하늘을 덮으며 그물이 떨어졌다. 수장은 그물망에 잡힌 채 몸을 굴렸다. 몸이 구르다가 멈추었다. 그물에 걸린 수장의 몸을 막는 발끝에 늑대 머리 탈은 그자를 올려다보았다.

"두삼이, 어서 풀어라."

화적 떼의 일원 두삼이 그물을 풀려는 몸짓을 했다. 그러다가

다가오는 관군의 발소리에 손을 멈추었다.

"무엇 하느냐. 어서!"

"그때 그냥 뜨지 그랬냐? 그랬다면 관군에 잡혀 개죽음 당하지는 않았을 텐데. 진상품을 약탈하다가 잡히면 효수형이다. 머리가 잘려 창에 꽂혀 성문에 효수한단 말이다. 네놈은 그 늑대 머리를 꽂으면 되겠구나. 짐승처럼 살길 원하더니, 꼴좋다."

"두삼이, 이놈!"

두삼은 불만을 품고 있었다. 화적 떼의 규모가 커지자 전 수장 하국은 무리를 나눠 떠났고, 지금의 랑패를 두삼이 아니라 이놈 늑대 머리에게 맡겼다. 두삼이 늑대 머리에 대한 정보를 관군에 흘린 것은, 자신을 두고 타지에서 굴러들어 온 놈에게 수장의 자리를 내어준 데에 대한 복수심이었다.

미개령을 지나 원재령으로 향하는 상단 무리가 이상하다는 전갈이 랑패에 전달되었을 때, 물론 두삼은 하국의 경고를 숨겼다. 오늘을 위해 이를 갈았으니 늑대 머리의 저 목이 날아가는 것을 지켜볼 것이다.

"그 늑대 머리를 쓰면 왕이라도 되는 기분이었냐? 늑대 머리를 쓰고 계집 위에 올라타니, 그년들은 좋아하더라. 네가 버린 탈은 내가 잘 쓰마. 누가 쓰든 가면은 가면이다. 흐헤헤헤."

"두삼이. 네 뼈를 갈아 잘근잘근 씹어주마."

늑대 머리 탈이 으르렁대자 두삼이 움찔하였다. 그러나 두삼은 두려움을 감추기 위해 침을 탁 바닥에 뱉으며 낄낄거렸다. 관군의 발소리가 가까이 다가오고 있었다. 두삼은 뒷걸음질 치다가 그대로 돌아서 도망쳤다.

관군의 무리가 소나무 숲을 빠져나와 달려오고 있었다.

늑대탈 사이로 나오는 숨이 뜨거워졌다. 화적의 수장은 선택해야 했다. 몸을 묶은 그물망은 움직일수록 더 옥죄어 왔다. 이대로 관군에 잡힐 것인지, 몸을 굴려 벼랑으로 떨어질지 두 가지 선택이 남았다.

"휴, 쉽군."

선택은 어렵지 않았다. 다만 마지막으로 떠오르는 얼굴을 이제는 정말 볼 수 없다는 사실을 인정하는 데 시간이 필요했다.

'어차피 살아서는 만나지 못하니.'

늑대 머리는 몸을 굴렸다. 한 번 몸을 굴리자 속도가 붙어 벼랑을 향해 빠르게 뒹굴었다.

"안 돼!"

벼랑에 몸을 던지는 화적의 두목을 발견하고 김 종사관이 소리 질렀다. 종사관은 빠르게 달려 벼랑으로 떨어지는 몸을 감싼 그물을 손으로 움켜쥐었다. 이대로 죽게 둘 수 없었다. 산 채로 추포하여 화적의 근거지까지 알아낸 후 일망타진해야 했다.

종사관이 땅에 발을 박고 버텨보아도 속력이 붙은 몸의 추락을 막을 수 없었다. 김 종사관은 한쪽 팔을 그물 사이에 끼우고 칼집을 들어 땅에 꽂았다. 한 번 땅에 박아 넣은 칼이 빠져나오자 두 번, 세 번 땅에 칼을 꽂았다.

크흐으!

그물을 말아 쥔 종사관의 팔에 통증이 느껴졌다. 이대로라면 김 종사관도 함께 벼랑으로 떨어진다.

크아아악!

종사관의 옷이 찢기며 칼을 잡은 팔이 떨어져 나갈 지경으로 늘어졌다. 그렇게 죽기 살기로 버텨내었다. 구르던 몸은 겨우 벼랑 끝에서야 아슬아슬하게 멈추었다. 김 종사관은 입을 채운 흙을 뱉어내며 욕지거리를 했다.

김 종사관은 일어나 땅에 박힌 칼을 뽑아 휘둘렀다. 화적의 몸을 감은 그물망을 잘라내었다. 종사관의 칼날은 찬기가 서려 냉정했다. 칼을 치켜든 종사관은 도둑의 목을 밟았다.

늑대 머리 수장, 원재령의 주인이라는 자. 조선에는 왕이 있어도, 원재령의 왕은 따로 있다는 괴소문을 만든 사내.

늑대 머리는 저항하지 않았다. 김 종사관은 긴 칼로 늑대탈을 들어내었다. 지금까지 기다려 온 순간이었다. 칼날로 늑대 머리의 목을 겨눈 채 얼굴을 확인하였다.

"……어떻게?"

탈을 벗겨내 수장의 얼굴을 본 김 종사관은 놀라 말을 이을 수 없었다.

늑대탈 아래에서 화적의 수장 월두가 눈을 떴다. 자신이 가야 할 길을 막아선 자를 향해 서리 가득한 눈을 들었다.

그곳에 짐승 같은 푸른 눈빛을 한 사내가 종사관을 노려보고 있었다.

구중궁궐 중궁전.

수라간 나인들이 중전마마의 점심상을 방에서 내왔다. 수라간 김 상궁은 그릇 뚜껑을 열어 남은 음식의 양을 확인하고 기록하였다.

"손도 대지 않으셨구나."

상궁은 식사를 거르는 중전마마가 걱정이었다. 수라간 김 상궁은 고개를 저으며 나인들을 이끌고 중궁전을 나왔다.

중전 윤 씨는 상을 물리고 방 안에 홀로 앉아 있었다.

'오늘은 시간이 빨리 흘러주려나.'

차홍이. 중궁전 주인의 이름을 불러주는 이는 이제 아무도 없었다. 그저 중전이라는 이름으로 살며 삼 년이라는 세월이 흘렀다. 더디기는 해도 시간은 흘렀다.

"중전마마, 박 상궁이옵니다."

들라는 말이 따로 있지는 않았다. 중전마마는 묵언 수행을 하는 수도승처럼 저리 입을 닫고 지낸 지가 석 달이 넘었다. 박 상궁이 방에 들었다.

"마마, 궐 내 이상한 움직임이 있어 들었나이다."

또 무응답.

"마마, 의금부에 병사들의 움직임이 부산하다 하옵니다. 오늘이라도 의금부 옥고를 치르시는 윤 판관 나리를 찾아뵈어야 하옵니다. 주상전하께서 자리보전하고 계시는데도, 의금부 관할 사법 판결이 나고 있다 하옵니다. 국구께서 당부를 하신 일이었사옵니다."

'조용히, 듣기 싫다.'

"국구께서 드시면……."

차홍은 눈을 들어 박 상궁을 보았다. 귀를 닫아버리니 저 사람의 소리가 더는 거슬리지 않았다. 붕어처럼 입을 뻐끔거리는 상궁의 모습이 그저 우스울 뿐이었다.

차홍의 주변 누구도 제 사람이 아니었다. 어차피 나는 아버님의 뜻대로 움직이는 꼭두각시이니. 그대들의 뜻대로 감정 없이, 생각 없이 살아주지.

그러니 옥고를 치른다는 이복동생 윤학우에 대한 감정 또한 없다.

'나한테 매달리지 마라. 난 귀찮으니까.'

눈에 초점 없이 앉아 있는 중전마마를 보고 드디어 박 상궁이 입을 닫았다. 오늘 중으로 중전마마께서 의금부로 납시어야 한다, 국구 윤 대감의 신신당부가 있었다. 윤 대감의 자제인 윤학우의 진상품 비리 수사 판결이 나기 전에, 그가 중전의 혈육임을 의금부에 각인시켜야 할 판인데. 중전마마는 요지부동, 정신을 놓은 듯 행동한다.

박 상궁은 국구께 뭐라 전할지 걱정하며 방을 나갔다.

이 시각, 궐 내 의금부의 동태가 변한 것은 진상품 비리에 연루된 중전마마의 이복동생인 윤학우 때문이 아니었다. 진상품 수사를 위해 급파된 김 종사관이 궐로 돌아와 의금부를 휘저었기 때문이었다.

의금부에 잡혀 온 죄인의 머리에는 자루가 씌워져 있었다. 자루가 벗겨지자 월두는 부신 눈을 떴다. 재빨리 눈을 굴려 주변을 살폈다. 감옥 창살을 등지고 무사 하나가 앞에 서서 자신을 노려보고 있었다. 산에서 보았던 관군의 지휘관이었다.

월두는 벽에 걸린 날이 선 칼과 도끼, 꼬챙이, 인두를 보았다. 모진 고신이 이어질 것이다. 고문 끝에 화적 떼의 본거지를 누설하게 된다면, 사내들을 따라 산으로 올라온 아낙들과 그 아이들까지 모조리 개죽음을 당할 것이다.

월두 앞에 선 무관, 저자가 자신을 막았다. 그때 벼랑에 떨어져 깔끔하게 끝냈어야 했는데. 저자가 몸을 던져 월두의 가는 길을 막아버렸다.

'빨리 끝내라.'

월두는 속으로 으르렁대었다. 그들은 월두가 혀를 깨물고 자결하지 못하도록 입은 천 뭉치로 틀어막고 재갈을 물려 놓았다.

김 종사관은 화적 떼 수장의 얼굴을 덮었던 자루를 벗기고 저 얼굴이 드러나면서부터 인상을 쓰고 있었다. 저를 노려보는 자의 얼굴 생김새 하나하나를 보다가 미간이 더욱 좁아졌다.

'저 얼굴, 어찌 이럴 수가 있단 말인가.'

잠시 후, 의금부 깊은 곳 밀실 문이 열리고 한성부 판윤 윤종수가 들어왔다. 밀실로 들어온 윤종수는 놀라 멈춰 섰다. 윤종수 또한 김 종사관과 똑같은 표정으로 말문이 막혀 도적의 얼굴을 보게 되었다.

"이게 어찌……."

'그 밀서가 사실이었단 말인가!'

판윤 윤종수는 놀라 김 종사관을 바라보았다. 종사관이 천천히 고개를 끄덕였다. 윤종수는 고개를 돌려 다시 그자를 보았다. 눈앞에 결박당한 채 눈을 부라리는 사내의 얼굴은 윤종수에게 지난 과거의 일을 떠올리게 했다.

*

십육 년 전, 윤종수는 지금의 대비마마인 누이 윤 씨의 급한 전갈을 받고 궁으로 들었다. 중궁전으로 들어간 윤종수는 누이인 중전마마의 눈물을 보았다.

"왜 그러십니까? 중전마마."

그때의 중전 윤 씨는 떨리는 손으로 실로 묶인 종이 뭉치를 내밀었다. 윤종수는 누군가의 일기로 보이는 종이 뭉치를 받아 펼쳤다.

—조선의 해가 떠올랐다. 해가 지지 않고 밤까지 뜨니, 해와 달이 밤을 밝히었다. 구월 육일생(九月六日生). 해가 뜨면 달이 져야 하는 법. 해의 찬란함에 달을 숨기었다. 미천한 궁인의 치마폭에 숨긴 달의 빛을 가리니. 차디차게 식은 달이 가엽구나.

"마마, 이게 무엇입니까?"

일기라고 쓰여 있기는 한데 시문 같은 은유적인 표현이 이해되지 않아 윤종수가 물었다. 일기를 쓴 사람을 보니 궁인 최가라고 적혀 있었다. 최가?

"혹 이 글이 마마를 모시던 최 상궁의 일기입니까?"

"여보게. 이를 어찌하나. 최 상궁…… 최 상궁이 죽어 남긴 글이네."

윤종수는 칠 년 전, 지병으로 갑자기 궁을 나간 최 상궁을 기억하고 있었다. 대대로 궁중 최고 상궁을 낸 가문 출신에 신의가 넘치는 궁인이었다. 중전마마를 위해 제 목숨도 아끼지 않는 진정한 신하였다.

그런 최 상궁이 돌림병으로 의심되는 병을 앓았다고 했다. 궁에서 시작된 돌림병이라니. 궁인은 궁을 나가야 했다. 소문으로는 치료를 위해 어느 산간 절에 들어갔다는 말이 있었다. 마지막까지 중전마마를 위해 살신성인하는 모습이 기억에 남았더랬다.

—旺盱(왕우).

궁인 최 씨의 일기에 마지막에는 두 글자가 적혀 있었다.

旺, 성할 왕.
盱, 탄식할 우.

旺이란 글자의 부수 日(해)와 盱라는 글자의 부수 月(달)을 떼어 의미를 살펴보아야 할 수수께끼 같은 글이었다. '해는 성하여 왕이 되고(旺), 달은 탄식한다(盱)'라는 의미를 숨겨 지은 글이었다.

종이를 쥐고 '旺盱(왕우)'라는 글을 읽는 윤종수의 손에 힘이 들어갔다.

"이명 왕자가 태어나고…… 다른 아이가 있었소."

누이 윤 씨의 말에 윤종수는 최 상궁의 글에 담긴 해(日)와 달(月), 두 글자를 짚어보았다.

“어찌 그런…….”

“나는 그 아이가 죽은 줄 알았소. 최 상궁이 달을 숨겨 도망쳤네. 난 정말 몰랐어.”

이명 왕자를 낳은 구월 육일, 그때의 중전 윤 씨는 사내아이의 우렁찬 울음 뒤에도 산고를 겪었다. 복중에 또 다른 아기씨가 있다는 산파의 말에 출산 후 정신없던 윤 씨는 그럴 리 없다며 고개를 저었다. 다시 이어지는 산고에 윤 씨의 눈이 붉어졌다. 몸이 저절로 아이를 밀어내어 세상에 빛을 보려 하고 있었다. 윤 씨는 이를 악물고 다리를 모아 배를 부여잡고 출산을 하지 않으려 버티었다. 윤 씨는 태어난 왕자를 위해 복중 아기를 품고 죽어야 한다 생각했다.

왕가에 쌍생아는 불온한 상징이다. 같은 날 같은 시에 왕의 기운을 타고 태어난 아이가 둘이어서는 안 되었다.

그러나 복중 아기의 살려는 의지가 중전 윤 씨의 것보다 강했다. 윤 씨는 원치 않은 출산을 했다.

두 번째 출산 후, 출혈이 심해져 중전 윤 씨는 의식을 잃어가고 있었다. 하지만 왕자, 왕조의 대를 이을 세자가 될 첫째 아이 걱정에 눈을 감을 수 없었다. 혼미해져 가는 의식 속에 중전은 명주솜이 꽉 채워진 단단한 베개를 들었다.

‘조선 왕조를 위해서.’

자신이 주었던 생명을 거두어들이고, 중전 윤 씨는 혼절했다.

윤 씨가 눈을 떴을 때, 최 상궁이 곁을 지키고 있었다. 해가 중천에 뜬 오후였다.

"아이는?"

"왕자마마께서는 수모의 젖을 받아들였사옵니다. 중전마마께서 몸이 많이 상하셨으니 쉬셔야 합니다."

"아이는?"

이 중궁전에서 일어나는 모든 일을 최 상궁은 알고 있었다.

"해가 뜨면 달이 지는 것이 이치이옵니다."

윤 씨는 상궁을 물리고는 자리에서 일어나지 못하고 입을 틀어막으며 울었다.

최 상궁은 정말 그리했다. 고귀한 혈통을 제 손으로 땅에 묻었다.

작은 궤에 두 번째 태어난 왕자마마를 담아 야심한 밤에 궁을 나왔다. 직접 제 손으로 왕가의 비밀을 묻으려 했다. 차가운 궤를 구덩이에 넣고 떨리는 손으로 흙을 덮었다.

흙을 던지며 이를 악물고 눈물을 참았다. 그때, '애앵' 하는 소리가 들렸다. 최 상궁은 밤의 적막을 뚫고 번지는 아기 울음소리에 귀를 막았다. 흙을 퍼 덮자 곧 그 소리는 멈추었다.

최 상궁은 어둠이 덮은 산을 내려왔다. 궤를 감쌌던 작은 요를 품에 꼭 끌어안고 정신없이 걸었다.

'아기씨가 춥지 않도록 이불을 덮어드렸어야 했는데…….'

넋이 나간 채 산길을 걷는 최 상궁의 귓가에는 왕자마마의 울음소리가 맴돌았다. 최 상궁은 고개를 젓다가 몸을 돌렸다. 그러고는 정신없이 달려 흙무덤 자리로 되돌아갔다.

괭이로 땅을 파고 다급한 마음에 손톱으로 흙을 긁어내었다.

땅속에 묻었던 궤를 꺼내었다. 뚜껑을 열고 하얀 보를 푸니, 푸른 낯빛으로 변한 아기씨의 모습이 드러났다. 최 상궁은 아기씨를 꺼내어 손으로 몸을 문질렀다.

"마마, 마마."

굳은 몸이 숨을 내쉬지 않자, 제 입으로 작은 입을 덮어 숨을 불어넣었다.

하아아.

작은 가슴이 부풀어 오르는 것이 느껴졌다. 다시 한 번, 한 번 더, 숨을 불어넣었다. 제발!

후우우.

작은 숨을 내쉬는 소리를 분명 들었다. 최 상궁은 고개를 들어 아기씨의 얼굴에 혈색이 점점 돌아오는 것을 확인했다.

"마마."

최 상궁은 왕자마마를 품에 꼭 끌어안았다. 죽었다가 살아난 왕자마마를 보며 이 또한 이분의 운명이라 생각했다.

'해와 달이 함께 뜰 수는 없다.'

그러니 달의 기운을 품은 왕자마마가 세상에 알려져서는 안 된다.

최 상궁은 빈 궤를 땅에 묻었다. 이렇게 숨기었다. 쌍생아 왕자마마의 탄생을 비밀에 묻어두어야 했다.

일을 처리하고 궁으로 들어온 최 상궁은 하늘 중심에 떠오른 해를 손바닥으로 가렸다.

'해를 가리고 달에 숨어 살아야 할 운명을 지신 분.'

최 상궁은 왕자를 숨겨 궁을 떠났다. 그리고 칠 년간 꼭꼭 그분의 존재를 숨겼다.

그렇게 비밀을 묻으려 하였다. 그러나 최 씨는 폐증(閉證)을 앓아 죽음을 예감하며 왕자의 운명을 바꾼 자신을 돌아보게 되었다. 칠 년간 왕자마마의 곁을 지키며 최 씨는 이분이야말로 이렇게 천하게 살 운명을 지지 않았다고 생각했다. 그래서 죽음을 앞둔, 한때 나라를 위해 살던 궁인 최 씨는 '월두'라는 이름에 운명을 걸기로 결심하였다. 왕자의 나이 여덟이 되도록 한 번도 불러준 적이 없던 이름 '월두', 죽기 전에 그 이름을 세상에 내놓았다. 살아남을 운명이라면 살 것이고, 아니라면 생을 준 분의 결정에 따라 월두는 자신의 운명을 그대로 질 것이다. 그렇다 해도 월두와 저승에서 다시 해후하는 것 또한 한때 어미였던 최 씨의 몫이니 받아들이리라.

최 씨는 죽기 전에 주지 스님 해운에게 마지막 말을 남겼다. 자신이 죽거든 일기를 중전마마께 전해 달라는 유언이었다.

*

최 상궁이 궁을 떠난 후 스물세 해가 흘렀다.

의금부 밀실에 죄인을 앞에 둔 윤종수는 과거를 회상하다가 중얼대었다.

"왕의 얼굴."

최 상궁이 남긴 일기가 정녕 사실이었다니.

"네 이름이 월두냐?"

이곳에서 한마디도 발설하지 않으려던 월두의 눈빛이 윤종수가 뱉은 이름에 흔들렸다.

월두, 이 이름을 아는 자는 누구인가? 이름을 지어준 사람과 자신이 제 이름이라 알려준 계집. 자신의 사람이 아닌 자에게 이름을 알려준 일이 없다. 월두는 이 이름을 알고 있는 이자들이 자신에게 위협이 될 거라는 걸 직감했다.

一月頭(월두).

최 상궁이 남긴 일기에 적힌 이름이었다.

一月頭以霸(월두이패, 월두로 인해 달이 비로소 빛을 얻는다).

이제야 이 문장을 이해할 수 있었다. 월두, 왕의 얼굴을 가진 자가 나타났다. 그가 나타나면 달이 빛을 얻는다 하였다.

"그냥 죽여라."

의금부 옥사에 갇힌 월두가 사납게 말했다.

왕의 얼굴과 같았으나, 저 눈빛은 달랐다. 달의 음산함을 담은 눈빛이 푸르게 빛났다.

"최 상궁을 아나?"

월두의 눈빛이 다시 요동쳤다.

어머니 최 씨가 죽기 전 그에게 남긴 유언이 있었다. 누군가가 최 상궁이라는 이름을 입에 올리면 월두의 태생의 비밀이 밝혀질 거라 했었다.

월두가 잡혀 온 이곳은 궁의 의금부였다.

'궁녀가 아이를 낳은 죄를 묻기 위해 이곳에 잡혀 왔구나.'

월두는 그들이 알아낸 자신의 비밀이란, 궁녀의 사생아라는 태생의 비밀일 것이라 생각했다.

"그냥 조용히 죽여다오."

어머니 최 씨의 이름이 더럽혀지길 원치 않았다.

어머니 최 씨는 자신이 죽으면 한양에서 월두를 찾으러 손님이 올 거라는 이야기를 했었다. 한양 손님이 오면 그들의 결정에 따르라 당부했다. 죄를 물을 죄인이니, 월두를 살리든 죽이든 그걸 받아들이라 했다.

누구도 원망해서는 안 된다고, 그 말을 되풀이하다가 폐가 썩어드는 병증에 피를 토하고 죽은 어머니. 고생만 하다가 병들어 죽으면서도 어머니 최 씨는 궁에 대한 이야기만 한 맺히게 남겼다. 그러나 아무도 여덟의 나이에 홀로 남겨진 월두를 찾지 않았다.

차라리 궁녀의 사생아가 맞는지 속 시원히 말하고나 죽지. 월두 혼자 남아 운명을 기다리게 만들고는 어머니는 그렇게 갔다.

'이제야 때가 온 것이구나.'

월두는 이자들이 자신의 목숨을 두고 어떤 결정을 내려도 상관없었다. 이젠 월두도 지쳤다. 세상에 혼자라는 외로움을 이 정도면 잘 버텼다. 살아봐야 의미 없는 목숨이었다.

"죄를 다 인정했는데 무얼 망설이느냐? 내가 화적 떼의 수장이다. 내가 국고를 턴 도둑의 왕이란 말이다. 내가, 월두다."

사내는 소리치다가 이제는 싸늘하게 웃었다. 그 표정을 보고 있는 윤종수와 김 종사관은 동시에 주먹을 불끈 쥐었다.

'어찌 이런 일이. 이 나라의 지존이 둘이 있다니.'

판윤 윤종수는 이 일을 은밀히 처리해야 했다. 월두의 존재는 조선의 왕권을 위협할 것이다.

*

월두는 죽임을 당하지 않았다. 고문도 없었다. 삼 일을 그 창도 없는 밀실에 갇혀 있다가 밤의 어둠을 타 옮겨졌다. 눈을 가리고 이동하였다. 그러나 궁 담을 넘지 않았다는 걸, 궁에 들어오며 맡았던 피어오르는 복숭아꽃 향기로 알았다.

궁궐 어딘가 깊숙한 곳에 숨겨졌다. 포박도 하지 않고 이렇게 죄인을 아주 허술하게 가두다니. 그리고 생전 처음 보는 고급 비단옷이 입혀졌다.

'대체 이자들이 뭘 하려는 거야?'

상다리가 부서지도록 찬을 올린 상을 내오자 의심하지 않을 수 없었다. 적이 준 음식에 손을 대는 것은 미련한 짓이지만 월두는 차려진 상을 깨끗하게 비웠다. 저들이 원하는 것이 뭐든 장단에 맞춰주다 보면 실마리를 잡게 되겠지.

상을 물리고 월두는 자신이 앉아 있는 방을 둘러보았다. 역시 이 방, 늑대 머리라 불리던 산 귀신 같은 화적 떼의 수장을 감금한 방으로는 허술하기 그지없었다. 마치 자신이 제 발로 이 방을 나가기를 원하는 거 같다는 생각마저 들었다.

그나마 다행인 건 모진 고문을 버티며 적어도 삼 일을 벌어야 화적 떼가 멀리 산채를 도망칠 수 있을 터인데, 그 삼 일은 지났다는 거였다.

누구 하나 몸에 손대지 않았고 더 이상의 취조도 없다니, 더 불안한 일이었다.

잠시 후, 월두를 이곳에 가둔 자가 나타났다. 판윤 윤종수는 희정당(熙政堂)으로 들어 월두의 앞에 앉았다.

"삼 일이 지났다."

판윤 윤종수는 아직 이 일에 관해 결정하지 못했다.

십육 년 전, 최 상궁의 일기를 보여주던 누이 윤 씨는 갑자기 태도를 달리하였다. 윤종수에게 비밀을 밝히고 며칠 후에 다시 궁으로 부르더니, 월두라는 사내아이는 존재하지 않는다고 말을 바꾸었다. 절대 그런 일은 있지 않다고 말하며 불안에 떠는 누이 윤 씨에게 윤종수도 그래야 한다 말했다.

적장자인 왕자 이명이 여덟 살이 되면 세자에 올린다는 어명이 있었다. 세자 위에 오를 날이 얼마 남지 않은 때, 어떤 방해물도 있어서는 안 되었다. 그렇게 같은 목적을 위해 감추었던 비밀이다.

그때의 중전 윤 씨는 윤종수에게 절대 그 아이나 최 씨의 존재에 대해 궁금해하지 말라 하였다. 윤종수는 끝내 최 씨가 숨은 곳의 위치를 숨기는 중전마마를 보고, 누이 윤 씨가 왕자를 지키고 싶어 함을 눈치챘다. 그래서 당분간은 윤종수도 쌍생아 왕자를 찾지 않았다. 그러나 그 일이 사실이라면 그냥 둘 수는 없는 법. 오 년이 지나 세자 이명의 자리가 굳건해지자, 비밀리에 김종사관을 밀사로 임명하여 전국 방방곡곡을 뒤져 왕의 얼굴을 가진 자를 찾으라 명하였다.

"나를 어찌할 거야?"

왕이 입는 야장의를 걸쳤으나 거칠게 자란 사내의 말투는 천박했다. 윤종수는 앞에 앉아 천한 피를 여과 없이 드러내는 자를 보며 인상을 지었다.

정말 쌍생아의 존재를 믿어 김 종사관에게 금상의 얼굴을 닮은 자를 찾으라는 비밀 임무를 내렸던 것은 아니었다. 오히려 그의 존재는 최 상궁이 지어낸 이야기라는 사실을 이제라도 증명하고 싶었다. 그러면 대비마마의 불안한 심기를 살필 수 있을 거라 생각했다. 어진 대비마마였으나, 아직도 그 일이 마마를 괴롭힌다는 걸 알았다.

쌍생아가 있다는 사실을 말하는 누이 윤 씨의 그런 모습은 처음이었다. 그렇게나 강하던 분이 흔들리던 모습은 윤종수에게 충격적이기까지 하였다.

"네가 할 일이 있다. 내 말을 따르면 목숨은 살려줄 것이다."

윤종수가 월두를 바라보며 차갑게 말했다.

"내가 언제 목숨을 구걸했나?"

이 나라 판윤 자리까지 오른 대비마마의 혈육인 대감도 두려울 것이 없는지, 월두는 눈을 똑바로 뜨고 말했다.

"목숨도 아깝지 않다면, 지키고 싶은 건 없나?"

"없다."

"과부로 혼자 산다는 누이도?"

월두의 눈썹이 치솟아 올랐다.

월두라는 이름이 실제로 존재한다는 사실을 알자, 윤종수는 이자의 용모파기를 화적단이 출몰했던 원재령 주변 관아에 보내 조사하였다. 그간 왕의 얼굴을 닮은 사내를 찾는 일에 조심하였지만, 어쩔 수 없이 탐방 조사를 펼쳤다. 그동안 월두는 강원도 용매골에 숨어 살고 있었다. 강원도 강릉 관아를 통해 월두에게 누이가 있다는 사실을 보고받았다. 그리고 월두가 용매골 고을에서는 궁녀의 사생아로 소문이 돌았다는 사실도 알아냈다.

"궁녀가 사생아를 낳았으니 국법으로 엄히 다스려야 하는 법. 죄인이 죽고 없으니 부관참시의 형벌을 내릴 것이다. 죽은 자의 무덤을 파내어 사지를 찢어 전국 곳곳에 보내 효시할 것이다. 그 이름 석 자를 기록하여 후대까지 경계하는 명분을 세울 것이야."

"나라 녹을 먹는 자들은 하나같이 멍청하다더니. 산 사람이 여기 있는데 뭐 하러 죽은 사람 무덤을 파? 허허."

월두는 웃으며 손가락으로 귀를 후벼 팠다.

"산 사람이 무서워하는 것이 하나도 없으니까 말이다."

윤종수는 이제야 월두 이자를 어찌 이용해야 할지 결심이 섰다. 왕의 얼굴을 닮은 사내, 이용 가치는 충분하였다.

월두는 하얀 야장의를 입고 자리를 보전하고 누웠다. 자신이 대신해야 할 자리의 사람이 병자였는지 내내 잠옷 차림으로 누워 있어야 했다.

부관참시다, 참수다, 신분을 빼앗아 노비로 전락한다, 온갖 협박을 해대더니. 원하는 게 뭐냐 한번 들어나 보자 했더니만, 그냥 이렇게 누워만 있으면 된다고 한다.

세상에 쉬운 일이 없기는 했지.

누워 있는 일이 좀이 쑤셔 미칠 것 같기는 했다. 한 끼 배불리 먹이더니 그 후로는 밥도 하루 한 끼만 맨 주먹밥만 들여주는 바람에 짜증이 이만저만이 아니었다. 병자 꼴 만든다고 생사람을 잡을 심상인 모양이다.

'그러게 그냥 쉽게 가자니까.'

뭐 이 상태로라면 굶어 죽을 수도 있겠군.

제일 곤혹스러운 것은 하루 세 번씩 욕창이 생길라, 옷을 벗기고 몸을 닦아대는 궁녀 때문이었다. 병자 행세를 해야 한다며 어떤 일이 있어도 반응해서는 안 된다고 협박에 가까운 당부가 있었다. 그러나 그런 손길을 참고 산송장처럼 있기란 무척 힘들었다.

방에 아무 인기척도 없는 걸 확인하고 월두가 슬그머니 눈을 떴다. 자신이 누운 금빛 비단 이불을 흘끔 보았다. 밤이 깊었으니 조금만 더 참으면 일어나 기지개라도 켤 수 있다.

문밖을 지키던 궁녀들이 자리를 떠나는 소리가 들렸다. 월두는 씨익 미소를 지었다.

누운 자세에서 무릎을 구부렸다 폈다, 다리 운동을 했다. 소리만 안 내면 움직여도 되었지만, 산을 타며 자유롭게 활보하던 사내가 이런 좁은 방에만 갇혀 있는 것 자체가 고문이었다.

'빌어먹을. 배고파 죽겠네.'

판윤 윤 대감이라는 자에게 배짱 좋게 천 냥의 거래를 했다. 그 값에 이 정도 고생은 엄살이었다.

'양덕이 이제 투덜거리는 소리 안 하겠지. 제가 언제 그 많은 돈을 구경이나 해봤겠어.'

더 불렀어도 들어줬을는지 천 냥도 순순히 내어주겠다 하더라. 돈까지 받아 처먹었으니 약속대로 산송장 노릇은 해줘야지.

손으로 머리를 괴고 옆으로 비스듬히 누웠다.

'아니지, 제 놈이 천 냥을 줬는지 안 줬는지, 내가 확인할 길이

없잖아.'

그러니 대충 눈치를 보다 이곳을 빠져나가야겠어.

이 계획도 마음에 들었다. 정말 천 냥을 줬으면 그 돈을 노자로 멀리 숨어버리고, 안 줬다면 나도 약속을 지킬 필요가 없지.

다리 근육을 풀며 누웠는데 인기척이 났다. 월두는 화들짝 놀라 바로 누우며 눈을 감았다. 걷어찬 이불을 끌어당겨 몸을 다 덮지 못했건만, 문이 조용히 열리는 소리가 들렸다. 월두는 눈을 감고 있었으나 소리의 방향으로 옆방과 이어진 사잇문이 열리는 걸 알았다. 방과 방을 넘어 몰래 드는 발걸음이라니. 누군가 잠입한 것이라 생각했다. 월두는 위험한 상황에 대비하여 몸을 잔뜩 긴장시켰다. 선제공격은 안 된다. 어떤 함정을 놓은 것일 수도 있으니 상대의 움직임을 기다렸다.

월두는 방바닥을 걸어오는 버선발 소리에 온 신경을 집중하였다. 얕은 무게로 사뿐히 걷는 걸음이 여인이었다. 긴장을 조금 풀었지만, 비밀리에 방에 든 여인은 여전히 수상하였다.

여인은 곧바로 월두에게 걸어왔다.

사각사각.

얇은 감의 천이 움직이는 소리가 나고, 여인이 월두의 옆에 이불을 밟고 선 소리가 들렸다. 눈을 감고 누워 이런 상황을 소리로만 상상하는 월두의 가슴이 당황하여 빠르게 뛰었다. 여인이 잠시 망설이는 듯하더니 천천히 자리에 앉았다. 여인의 치마가 월두의 허벅지를 스치며 내려앉는 느낌이 들었다.

여인의 손이 이불을 걷어내더니 월두의 바지춤을 만지고 있었다. 갑작스러운 일에 월두는 숨을 멈추었다. 이어 손가락으로 배를 꾹꾹 누르는 손길에 월두는 그 손길의 주인은 내의녀일 거라 생각했다. 낮에도 내의녀가 들어 단전에 뜸을 뜨고 나갔었다. 내의녀는 이번에는 따끔한 침이라도 놓으려는지 침 자리를 찾고 있었다. 그러다가 그 손길이 바지 끈을 풀어내었다.

'어? 어, 어디다 침을 놓으려는 거야?'

의녀는 단심을 지그시 눌렀다. 놀란 월두는 하마터면 소리를 낼 뻔하였다. 그러더니 또 그 아래를 눌렀다. 그 손이 점점 아래로 내려왔다. 단전을 자극한 느낌에 월두의 남근은 순식간에 곤두서 버렸다.

'뭐, 뭐야? 이거 뭐야?'

분명 죽은 사람처럼 누워만 있으라 하였는데, 순식간에 벌어진 일을 제어할 수 없었다.

월두의 몸에 손을 대던 여인이 주춤하듯 가만히 미동도 없더니 손이 다시 움직였다. 이번에는 더 아래 단심을 누르다가 그 아래로 향하였다. 월두는 더는 참지 못하고 번쩍 눈을 떴다. 튕겨나갈 듯한 긴장감에 벌떡 일어나 그녀의 몸을 낚아채 바닥에 눕히고 여인의 몸을 짓눌렀다.

"뭐 하는 짓이냐?"

억센 손에 잡혀 육중한 몸 아래 깔린 여인이 꿈틀대었다. 월두의 씩씩거리는 소리와 여인의 헐떡이는 소리가 방 안을 채웠다. 그리고 달빛이 창문으로 들어와 그들의 주변을 마저 채웠다.

"너!"

월두는 자신의 아래에 깔려 숨을 헐떡이는 여인을 보았다.

"네가 왜 여기 있어?"

차홍이 입술을 깨물며 월두를 올려다보고 있었다. 월두는 천천하 차홍의 얼굴에서 시선을 내려 속이 훤히 보이는 그녀의 속저고리로, 그리고 그 안에 헐떡이는 가슴을 타고 내려가다가 자신의 풀어 헤쳐진 바지를 보았다.

"너, 너 이 천박한 계집."

월두의 몸 아래 깔려 고개를 돌리고 누워 있던 차홍이 그 목소리에 그의 눈을 바라보았다. 화난 금상의 얼굴을 보며 차홍은 그와 겹치는 얼굴을 생각했다.

"비켜주시지요."

차홍의 목소리를 듣자 더 화가 난 월두는 그녀의 몸을 더욱 강하게 짓눌렀다.

"이런 계집이더냐? 사내의 몸이나 탐하고 다니는?"

차홍이 그를 밀어내려 해도 억센 사내의 힘에 눌려 꼼짝할 수 없었다.

"어의를 부르겠사옵니다. 차도를 보이시어 깨어나셨으니. 시진하라 하겠나이다."

'어의…… 어의?'

월두는 자신의 눈을 피하며 말하는 차홍을 보다가 기억해 내었다.

'그래, 넌 중전이 되었다 하였지.'

월두는 그녀를 풀어주고 자리에서 일어났다. 자신의 몸을 더듬던 이가 차홍이라는 사실에 정신없이 휘몰아치던 화를 누르고, 이 상황을 이해해 보려 노력했다.

그녀와 그를 둘러싼 주변을 둘러보았다. 둘이 앉아 있는 금빛 비단 이불, 벽에 걸려 있는 금실로 수놓은 옷. 금사로 뒤덮인 이불을 덮을 수 있는 사람은 이 나라에 하나였다.

"내가 누구냐?"

월두의 물음에 차홍이 고개를 들었다. 그 물음은 이곳에 있는 차홍의 잘못을 묻는 것 같아 변명의 말을 찾아야 했다. 그러나 이 상황을 설명할 어떤 말도 떠오르지 않았다.

"오래 자리보전코 계셨사옵니다. 이제 깨어나셨으니 어의를 부르겠사옵니다."

"내가 누구냐?"

차홍이 냉담한 표정으로 월두를 보았다.

"이 나라의 지존이 아니십니까."

잠시 월두를 향하던 차홍의 시선이 바닥으로 떨구어졌다.

어의가 들자 차홍은 침전을 나왔다.

이 밤, 차홍이 몰래 왕의 침전에 들었다는 사실이 기록되어서는 안 되었다. 뒤채로 몸을 숨겨 나오며 차홍의 가슴은 터질 듯 두근대었다. 밖으로 나와 담장을 넘어 돌아서 벽에 기대어 섰다. 침전 안에서 보았던 모습에 놀라 숨을 제대로 쉴 수가 없었다.

차홍은 밤을 틈타 주상전하의 침소로 든다. 한 달에 한 번 수태일이 되면 지아비의 침소를 찾아야 했다. 웃전의 명이었다. 대를 이을 후손이 없어 조정이 불안하다는 말은 중전의 허물이었다.

궁에 들어와 삼 년이 되도록 수태를 못 하는 여인.

주상전하께서 저리 몸져누운 지 석 달이 넘어가자, 웃전에서는 무슨 수라도 써야 한다 다그쳤다. 그래서 차홍은 밤도둑처럼 다니며 씨를 구걸해야 했다.

축시(새벽 3시경)에 들어 기를 북돋우면 차도가 있을 거라는 비책을 받았다. 이 비책이 어디서 나왔는지는 모르지만, 어의도 모르게 움직여야 하는 걸 보면 내의원에서 흘러나온 건 아니었다.

두 번 실패하고 난 후에는 한 달에 닷새간, 날짜가 더 잡혀 내려졌다.

"내가 누구냐?"

화난 그 음성에 차홍의 마음이 얼어붙었다. 어둑한 방 안에서 그의 얼굴을 똑바로 바라보았을 때, 또 한 번 마음이 울렁였다.

'월두.'

다시는 생각하지 말자던 이름이 떠올랐다. 그일 리가 없는데.

이전에도 이런 적이 있었다. 궁에 들어 혼례를 올리던 날. 가례가 끝나고 고개를 들어 주상전하의 용안을 보고는 지금과 같이 놀랐더랬다. 어찌 월두가 내 앞에 앉아 있는 것인지. 나를 데리러 와준 것인지. 차홍은 서러워 눈물이 났다.

"중전은 마음이 약한 분이시군요. 궁에서의 생활이 힘겨울까, 눈물이 나십니까."

그러나 그 말을 하던 그는 월두가 아니었다. 얼굴은 그의 얼굴을 하였지만, 따듯한 음성으로 말을 거는 것이, 또한 그가 아니었다.

차홍이 시집을 온 곳은 궁이었고, 지아비는 금상이었으니까. 월두일 리가 없지.

그런가? 월두는 그저 내 꿈속에서나 나오는 허상이었나 보다. 그래, 그럴지도. 강원도 마을 사람 누구도 월두라는 이름을 알지 못했다. 그는 산 귀신 같은 사람이었다. 홀연히 사라졌다가, 어딜 간 건지 궁금해지면 차홍이 걷는 길 바위 위에 앉아 대금을 불고 있었다.

어디 마음이라고는 두고 다니는 사람이 아니었으니, 그가 차홍을 찾을 리도 없다.

차홍의 곁에 실존하는 사내는 금상, 주상전하였다. 월두일 리가 없다. 몇 번이나 되뇌었던 말이었다.

"월두가 아니야."

차홍은 숨을 가다듬고 기대었던 담벼락에서 몸을 일으켜 중궁전으로 향하였다.

뒷문을 통해 중궁전에 들어오는 중전마마의 뒤를 박 상궁이 따랐다. 박 상궁까지 움직이면 아랫것들의 입방아에 오를 수 있어, 조용히 중전마마 홀로 움직이는 행보였다.

"주상전하께서 깨어나셨네."

박 상궁은 주상전하께서 깨어나셨다는 말에 놀라고, 드디어 중전마마께서 입을 여신 데 한 번 더 놀랐다.

"다시 가야 하는가?"

"예? 그건, 웃전의 분부를 받아오겠나이다."

오늘이 아니면 안 된다 하시니. 중전 윤 씨는 자리에 들어 웃전의 하명을 기다려야 했다.

침전에 앉아 있던 월두는 아직도 화가 난 채였다. 당장에라도 방을 뛰쳐나가 이게 다 무슨 짓거리인지 알아내고 싶었다. 그러나 겨우 마음을 누르고 어의에게 손을 내주고는 숨을 헐떡이며 앉아 있었다.

"옥체에 열이 불덩이처럼 오르니, 의녀는 물수건을 준비하게."

"나가."

월두가 어의의 손에 잡혔던 팔을 빼내며 화난 소리를 냈다.

"예, 주상전하. 진맥은 끝났사옵니다. 혈이 막혀 있으니 잠시 침을 놓겠사옵니다."

"나가."

으름장 같은 말투에 어의가 당황하다가 엄 상궁을 보았다. 엄 상궁은 어의에게 고개를 끄덕였다.

지밀상궁 엄 씨는 중전마마께서 합일에 드는 사실을 알았다. 하필 오늘, 주상전하께서 이처럼 법도에 어긋나는 행동을 아셨으니 진노하심은 당연했다. 씨를 내기 위해 의식도 없는 옥체를 마음대로 하였으니. 엄 상궁은 오늘 일을 웃전에 보고해야 했다. 대비마마께 주상전하께서 이 일을 두고 무척 진노했다는 내용을 전해야 했다.

궁인들이 나가고 홀로 남은 월두는 좀체 분을 삭이지 못했다.

'왜? 왜 저렇게 살고 있어? 중전이라며. 이 나라 국모라며. 왜 기생이나 하는 짓을 하며 살아.'

*

다음 날, 날이 밝자마자 윤종수가 임금의 침전으로 들었다. 월두는 윤 대감이 방에 들었는데도 누워만 있었다.

"자리에서 일어나시지요."

"……."

"어젯밤 일을 다 알고 있으니 일어나시지요."

월두가 눈을 번쩍 뜨고 자리에서 일어나 윤종수를 보았다.

어젯밤 일을 다 알아? 그럼 이자가 이런 일을 꾸몄단 말인가?

"누워만 있으라 했는데. 그게 그리 어려운 일인지요."

"그런 상태로 누워만 있으라니. 당신도 고자인가?"

판윤 윤종수는 그의 말투가 거슬렸다.

처음부터 이런 일을 꾸민 건 무리였나? 하지만 이건 하늘이 내린 빛줄기로 보였다.

금상은 오랜 지병을 앓고 있었다. 약효가 있다가도 몸져눕는 주상전하의 병환으로 조정은 혼돈을 겪었다.

병조와 형조가 손을 잡고 법을 제 마음대로 하는 상황에서 왕권은 위기를 맞게 되었다. 지존이 자리를 비우니 왕좌를 들고 노는 자들이 나타나는 건 당연지사.

그리고 왕의 건강에 대해 조심스러운 보고가 있었다. 은수저로도 잡아내지 못하는 독도 있다는 보고였다. 주상전하의 병환이 중독 증세와 유사한 듯하다며 장 어의가 목숨을 걸고 고했다.

가능성이라 해도 의심해야 했다. 누군가 정말 독을 썼다면, 증좌를 찾기 전에 주상전하의 옥체를 보전해야 했다. 병환에 약해질 대로 약해진 옥체는 이대로도 위중하다 하였다. 그래서 왕이 의식을 잃고 누워 있는 사이, 은밀히 궁 밖의 사가로 옮겼다. 누군가 암살을 시도한 것이라면 옥체를 보전하기 위해 무슨 일이든 해야 했다. 그리해서 왕과 닮은 월두가 주상전하 대신 적의 표적이 되어 자리에 누운 일이었다. 이는 윤종수 독단으로 결정한 일이었다. 대비마마가 왕이 궁을 비우는 일을 절대 윤허할 리 없었다. 그리고 더욱이 저자 월두의 존재를 알릴 수 없었다.

"이왕 이리된 거, 해줄 일이 있습니다."

그래, 이 자리. 주상전하 어쩌고 다들 머리를 조아리더니. 대감이라는 이자도 자신에게 존대를 하고 있었다. 월두는 판윤 대감이라는 자가 경계심을 풀게 하도록 과장된 몸짓과 말투로 위장하고 있었다. 저들만 월두에게 원하는 것이 있는 게 아니었다. 월두도 이 궁에서 버텨야 할 이유가 있으니. 저들이 생각하는 대로 천박한 무식쟁이 도둑놈 행세를 하며 상대를 방심하게 만들었다.

"뭐?"

"머리가 있다면 지금 이 자리가 보통의 왕족을 대신한 자리는 아님을 깨달았겠지요. 지금 조정에 중요한 사안이 있습니다."

판윤 윤종수는 말을 일찍 끝맺었다. 굳이 이자에게 자세한 설명을 할 필요는 없다는 생각이 들었다. 월두 이자가 의심이라도 품게 되면 골치 아픈 일이었다. 그러다가 머리를 긁으며 천한 눈동자나 굴리는 그자의 모습에 헛웃음을 지었다. 고귀한 피를 타고 태어나도 천박하게 자라 도둑의 수장이나 된 놈이었다. 뭔가를 이룰 놈이었으면 저렇게 도둑질이나 하다 관군에 잡히지 않았을 터였다. 그러니 복잡하게 생각할 거 없이 천하디천하게 자란

자를 다급한 시기에 잠시 이용할 뿐이다.

알 수 없는 적으로부터 숨겨둔 주상전하의 병환이 벌써 차도를 보이고 있었다. 궁에서 벗어난 지 사흘 만에 맥이 서서히 돌아오니 의심은 확신이 되었다. 왕이 깨어날 때까지만, 월두 이자가 시간을 벌어주면 된다.

"조정에 나가 읽어주는 상소문을 듣기만 하면 될 터."

판윤 윤종수가 딱딱한 표정으로 말했다.

"그럼, 이제 누워 있는 건 끝인가?"

"일을 잘해낸다면 그리될 수 있겠지요. 입을 닫고 있으면 됩니다. 병환에 차도는 있되, 아직 완쾌된 것은 아닌 것으로 하지요."

월두는 상대의 속을 들여다보다가 미소를 지었다.

먼저 말을 하지 않는군. 내가 그렇게나 임금과 닮았나? 그 말은 되물을 필요도 없었다. 이것이 이자의 약점이 될 거니까. 이자가 자신에게 바라는 것이 있다는 것에 감사할 뿐이다.

'내게 유리한 싸움이군.'

궁에 남을 수 있는 핑계를 알아서 대주다니.

"쉽군."

"그리고 절대 이 궁 안의 누구와도 말을 섞어서는 안 될 것이오. 특히 상선은 항시 보필하니 말을 걸어도 대답도 하지 마시오."

왕은 오랜 병환으로 입을 열 수 없을 만큼 기력이 상했으니, 입만 닫으면 넘어갈 수 있을 것이다. 눈앞에 앉은 도적 두목은 입만 닫고 있으면 윤종수도 알아채지 못할 만큼 왕과 닮아 있었다.

판윤 대감이 월두에게 마저 당부하고는 침전을 나갔다.

월두는 손가락으로 귀를 만지다가 사람을 불렀다. 한마디도 뻥긋하지 말라는 당부는 한 귀로 듣고 한 귀로 흘린 게다.

"예, 주상전하."

부르면 바로 달려오는 나이 든 내시를 보며 월두는 재미를 느꼈다.

별 재미없이 사는 인생에 다시 이런 재미있는 걸 찾았는데, 입 다물고 가만히 있으라고?

"내시."

"상선 명 받잡습니다."

자기편 하나 없이 적진에 뛰어든 마당에 미쳤다고 입 다물고 가만히 시키는 대로 할까. 누군가를 포섭하여 돌아가는 상황을 파악하는 것부터가 시급했다. 기침만 하여도 쪼르르 방으로 들어오는 내시는 참으로 적합해 보였다. 그래서 어젯밤 의원을 물리고 주변이 정리되자 내시를 방으로 불러들였다. 눈을 감고 누운 월두는 밤새 내시에게 본인에 대한 이야기를 해보라 시켰다. 내시는 올해 나이가 쉰이라는 말부터 해주었다.

"내시."

"상선, 듣사옵니다. 말씀하시옵소서, 주상전하."

어릴 때 사고로 양물이 잘려 나가 다섯의 나이에 내시 가문에 양자로 들어갔다고 한다. 대대로 왕을 보필하는 종이품 관직인 상선을 배출한 가문이었다. 철저히 내관으로 교육받은 후 열다섯의 나이에 입궐하여 내내 궁에서만 살았다고 했다. 선왕을 모시다가 현왕이 세자에 즉위한 여덟의 나이부터 동궁전에 배치되었다고 하니, 내시가 현왕의 곁을 지킨 것만 십육 년이라고 하였다. 내시에게 자신에 대해 이야기하랬더니, 온통 왕에 대한 이야기만

하는 것을 봐도 내시는 왕을 위해 사는 사람이었다.

“그래, 상선. 내가 많이 달라 보이나?”

그런 자를 무슨 수로 속이겠는가. 왕의 숨소리만 들어도 어디가 아픈지 안다고 말하는 자를 무슨 수로.

“예, 주상전하. 쾌차하신 지 하루가 지났을 뿐이오나 몰라보게 혈기 왕성해지셨사옵니다. 안색이 밝고 콧방울이 두터워졌으며, 안광이 영롱하니, 이는 분명…….”

말이 많은 자였다. 정보를 얻기 위해 입을 열게 하였더니, 밤새 지치지도 않고 그간의 모든 이야기를 다 해주었다.

“그래서 이상한가?”

“예, 주상전하. 소신은 마치 이것이 꿈인 것만 같아…….”

양물이 잘리면 여인처럼 변한다는 소리를 어디선가 들었는데, 정말인지 내시는 눈물도 많은 듯하였다. 왕의 건강에 대한 이야기만 하면 눈물을 지으며 감복하였다.

“그래, 상선. 내가 다르게 보일 거야. 구천을 수 개월간 떠돌다가 겨우 궁을 찾아왔어. 죽을 고비를 넘겨서인지 아니면 죽기 전에 사람이 달라진다는 것인지 모르지만.”

“주상전하, 어이 그런 말씀을 하시옵니까. 병환이 싹 달아난 듯 건강한 모습이시옵니다. 소신, 전하의 뒤만 따르기로 염원하였으니, 쾌차하신 주상전하의 곁에서 목숨 바쳐 보필하겠사옵니다.”

내시와 나눈 하룻밤의 긴 이야기로 저 사람은 다 파악하였다. 왕이 죽으면 따라 죽겠다는 다짐으로 사는 내시였다. 그러니 왕이 살아나 자신도 살게 되었으니 얼마나 좋겠는가.

내시에게 미안한 일이지만, 혹 이 사람의 눈에 의구심이 비칠 때면 월두는 가슴을 부여잡고 기침을 해댔다. 그러면 내시는 얼굴이 백지장처럼 하얘져 월두의 건강에만 신경 썼다.

"그래, 내가 다시 사는 인생이다 생각하고, 이제껏 못 해본 일 다 하고 싶어."

"예, 그리하시옵소서. 성심이 닿는 대로 하시옵소서, 전하."

"그래, 상선. 그래서 말인데 혹 오늘 밤에도 중전이 오나?"

"예? 중전마마라 하시면…… 아니옵니다. 옥체를 보전키 위해 머무는 희정당 침전으로는 중전마마께서 행차하지 않으십니다."

그래? 그거 이상하군. 어젯밤에 본 건 중전마마님이 아니면 누구냐?

한 달 중 닷새간은 지밀부만이 남아 왕의 침전을 지키는 날이다. 웃전에서 내려진 명이었다. 그러니 어젯밤 중전마마가 희정당에 들었던 일은 상선도 알지 못하는 일이었다.

왕의 못마땅한 표정을 본 상선이 머리를 조아렸다.

"주상전하께서 명하지 않으시면 들지 않으십니다."

"명하면 들고?"

"그러하옵니다. 중궁전에 기별을 넣을까요?"

"음, 아니다."

지금 중전을 불렀다가는 대감이 와서 이 자리를 당장 무르라고 하겠지.

"이따 밤에 불러라. 밤에 만나고 싶다."

상선은 고개 숙여 명을 받들면서도 의아하기는 하였다. 이전에 주상전하께서 따로 중전마마를 찾는 일이 없으셨거늘. 병환을 깊이 앓고 죽을 고비를 넘기니 지어미에 대한 연민을 느끼시는 것인가. 주상전하의 말대로 이제까지 보아온 적이 없는 눈빛이며 혈기며 다르긴 하였다. 그러나 현왕의 세자 시절 열셋의 나이가 될 때까지는 꼭 저런 모습이셨다. 건강이 악화되며 의기를 잃으셨고 약해지셨다. 지난밤은 상선에게 꿈같은 시간이었다. 밤새 주상전하의 옆을 허락하시니, 그동안의 세월을 털어놓으며 꾹꾹 눌러두었던 서러움이 터져 나와 주책없이 눈물도 흘렸다. 그리 밤을 보내고 나니 오늘 아침은 세상이 달리 보이고, 그간의 한이 죄다 풀리는 기분이었다. 한낱 신하의 말을 밤새워 들어주시다니. 자신이 모시는 주군을 더욱 사랑하게 되었다. 그러하니 성심이 닿는 일이라면 주군을 위해 무엇이든 하리라 다짐했다.

차홍은 중궁전에 앉아 궁녀들이 얼굴에 화장하는 것을 기다렸다. 밤 화장은 옅게 분칠을 하고, 향을 내는 일에 공을 들였다. 가지런히 머리를 빗어 넘기고 동백유를 발라 윤기를 더했다. 옷차림으로는 하얀 속저고리와 속치마만을 입었다. 밤에 부름을 받고 갈 때는 몸치장은 하지 않았다.

"옷을 입혀다오."

"하지만, 마마."

"내게 수치심을 느끼게 하는 것이 자네 일인가?"

궁중 법도가 지엄하나 밤의 법도는 여염집이나 다를 바 없다. 남녀 짝을 이루는 밤이면 솔직히 다가가면 되는 법이거늘. 옷을 차려입고 치장하고 나서면, 혹여나 주상전하께서 중전마마를 어려워하지나 않으실까 그것이 걱정이었다.

"부끄러워 그러십니까. 쓰개치마를 쓰고 나인이 겹겹이 둘러싸 마마의 부끄러움을 덮겠사옵니다."

박 상궁이 한 번 더 권했다.

결국, 차홍은 속옷 차림으로 중궁전을 나섰다. 어차피 궁궐 안에서 제 마음대로 할 수 있는 건 아무것도 없었다.

임금의 명으로 희정당 침전으로 불려온 중전은 하얀 쓰개치마로 몸을 가리고 홀로 긴 복도를 지나 왕에게로 걸어갔다. 차홍은 이렇게 궁녀들이 보는 앞에서 침전에 든 적이 없었다. 이곳에 새벽어둠이 깔리는 시각을 틈타 은밀히 드나든 기억밖에 없었다.

겹겹의 문이 열리고 차홍은 마지막 방문 앞에 섰다.

"주상전하, 중전마마 드셨사옵니다."

"……."

"주상전하."

"……."

문 앞을 지키는 엄 상궁이 자신을 올려다보자 차홍은 문을 열라 고개를 끄덕였다.

문이 열리고 차홍이 방으로 들어갔다.

주상전하는 자고 있었다. 불을 환히 밝힌 방에서 이불 위에 누워 손을 모으고 눈을 감고 있었다.

"밤 문안드리고, 신첩 물러나옵니다."

차홍은 조용히 말하고는 자리에서 일어나려 했다.

"잠깐."

주상전하가 눈을 떴다. 눈을 뜬 금상을 보고는 차홍이 전하의 곁에 머물렀다. 차홍은 손을 포개고 앉아 있었다. 한참을 그렇게 있어도 왕은 다시 눈을 감고는 아무 말이 없었다.

"시작해."

주상전하는 여전히 눈을 감은 채였다.

"어젯밤에 하던 걸 해보시오."

"무얼…… 말씀이시옵니까."

"어제 나한테 하려던 거."

왕이 그 일로 진노하여 자신에게 화를 낸 걸 벌써 잊었겠는가. 중전이라 해도 주상전하의 옥체에 함부로 손대다니, 중죄였다.

"신첩은 그저 주상전하의 잠자리를 살피러 들었나이다."

그의 의식이 어느 정도 깨어 있었는지 알 수 없는 지금, 그 일을 다 기억하지 못하기만을 바랐다. 여인으로서 너무도 수치스러운 일이니까.

"다시 해봐."

눈을 뜬 왕의 눈빛은 무서웠다. 왕이 오늘 밤 자신을 벌하기 위해 불렀다는 걸 이제야 알았다.

왕의 명을 거역할 수는 없는 일이었다. 잠시 멈칫하던 차홍은 자리에서 일어나 기름잔에 불을 껐다.

월두는 차홍이 움직이기 시작하자 눈을 감았다.

어느 정도까지 타락한 것이냐. 네 입으로 양반임을 말하던 자존심은 다 어디로 간 것이냐.

차홍이 다가와 월두의 바지춤에 손을 대었다. 가는 손이 떨려왔다. 그리고 바지 끈을 풀어 끌어당겼다.

"단심을 누르고, 숨을 참고 셋을 센다. 그 아래, 한 마디. 압점을 찾아 누르고 셋을 센다."

말하는 차홍의 목소리가 점점 떨려왔다.

"그리고 그 아래 한 마디, 숨을 참고, 그리고 아래."

그리고 그 아래……. 차홍의 목소리가 동요하더니, 손을 치웠다. 떨리는 두 손을 움켜쥐다가 눈을 감고 누워 있는 왕을 보았다. 원망스러웠다. 그가 원망스러웠다.

"축시에 들어 달의 기운을 품고."

차홍이 치마를 들고 일어났다.

"합을, 합을."

차마 그의 위에 앉지 못하고 다시 자리에 주저앉았다.

"어제는 그리 잘 찾더니. 그새 길을 잃었나 보군, 중전."

왕이 자리에서 벌떡 일어나 차홍을 보았다.

"겨우 이러려고…… 나가. 다신 그 얼굴 보고 싶지 않아."

처음부터 이러려고 중전을 부른 월두였다. 현왕이 중전을 그리 미워했다니 지난밤의 과오에 대해 왕이라면 이렇게 했으리라 여겨 계획한 행동이었다. 그러나 월두는 진심으로 차홍에게 화가 치밀어 올랐다. 저 얼굴 한 번 더 보려고 이러고 있으면서도, 더는 얼굴을 보고 싶지 않은 상반된 감정이 일었다. 아무 감정도 없이 사는 듯한 그녀의 표정을 보자 화가 났다. 그래서 연기가 아닌 월두의 감정대로 그녀에게 모질게 말했다.

차홍은 일어나 절을 하고 방을 나왔다. 발걸음마다 열리는 문을 넘으며 울음을 참았다.

"마마."

지밀상궁 엄 씨가 다가왔다.

"역린(逆鱗)을 거스르셨나이까?"

상궁 따위가 중전에게 왕의 심기를 건드렸느냐고 탓하는 건,

내명부 안에서 차홍의 위치를 보여주었다. 차홍은 엄 상궁의 눈을 똑바로 보았다.

"파문을 일으켰으니 옥체를 살피시게."

"예?"

"발기하셨네."

중전이 내뱉고 간 말을 되씹던 엄 상궁의 얼굴이 밝아졌다.

"전하, 주상전하."

어린 나이부터 잦은 병환으로 심신이 미약해진 옥체에, 발기라니. 경사, 경사일세.

"어의, 어의를 부르거라. 당장."

소란스런 나인들을 뒤로하고 차홍은 왕의 침전을 나왔다.

차홍이 직접 확인한 일이었다. 어젯밤 차홍이 놀란 것은 잠에서 깨어나 자신을 짓누르던 주상전하 때문만이 아니었다. 어둠 속에서도 식별이 가던, 바지 천을 뚫을 듯 잔뜩 일어난 물건을 보고 놀랐었다.

발기되다니. 그리고 오늘 또다시 확인하였다. 차홍이 자극 점을 짚어 양기를 하단으로 흘리자, 그곳이 섰다.

주상전하의 심신이 강녕하시니 이제 후사를 보는 일이 남았다. 이렇게 저는 임금의 눈에 밉보여 내쳐졌지만, 궁중에 들어온 세 명의 후궁이 있으니 자신이 걱정할 일은 아니겠지.

차홍은 그만 중궁전으로 들어가 쉬고 싶을 뿐이었다.

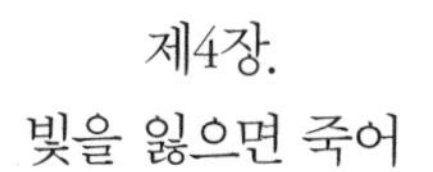

제4장.
빛을 잃으면 죽어

정전 안에서 가장 높은 자리에 앉은 월두는 오른쪽 왼쪽, 파를 갈라선 대신들을 내려다보았다. 이 잘난 분들이 조선을 쥐락펴락하는 권세가들이시군. 눈은 쪽 째지고 코는 묵직한 것이, 욕심 많게도 생겼구나.

"경상도 지역의 수비대 수를 늘려 달라는 청원이옵니다."

윤종수가 오늘 월두를 정전에 불러들인 이유이며, 저자가 자리에서 일어나 궁을 활보할 수 있도록 허락한 이유가 바로 이 안건 때문이었다. 현왕이 병환으로 오랫동안 정무에 참여하지 못하는 동안, 저들은 지속해서 중앙군 병력의 개편을 요구하였다. 그들의 주장대로라면 병조로 이동하는 병권이 지나치게 강해졌다.

왕의 잦은 병환으로 수렴청정을 맡은 대비마마가 계셨지만, 정전에 직접 행차하는 일은 드물었다. 그러니 눈에 보이지 않는 왕권에 대한 도전이 잇달았다. 이와 같은 상황에서 왕이 얼굴을 보이고 아직 건재함을 보이는 방법이 가장 강력하리라.

월두는 정전 안을 훑다가 윤 대감의 눈치를 살폈다.

"윤허한다."

월두는 윤 대감이 주는 신호대로 손에 펴든 상소를 통과시켰다. 그 모습에 윤종수의 입가에 회심의 미소가 걸렸다.

왕의 얼굴을 보여주자 생각보다 쉽게 신하들은 고개를 숙였다. 왕이 사경을 헤맨다는 소문까지 돌던 마당에 건강한 모습으로 나타난 왕을 보자 모든 의구심이 사라졌다. 방금 상소된 중앙군 정비 내용만 보더라도, 지역 수비대를 늘리는 내용으로 왕의 권력을 침범하지 않는 수준으로 조정되어 상소문이 올려졌다. 역시나 왕이 용상에 오르자 저들은 도발의 싹을 감추었다. 왕과 신하의 관계란 그러하였다. 팽팽한 권력 경쟁을 통해 신하를 통치하는 강한 군주의 모습을 보여야 했다.

처음부터 월두 저자를 이렇게 쓸 목적은 아니었다. 그러나 제 마음대로 살던 자가 하던 대로 일을 내었다. 병석을 지키라 말한 지 채 이틀도 되지 않아 자리를 박차고 일어났다. 그것도 펄펄 병이 다 나은 모습으로.

이미 어의가 들어 진맥까지 마쳤다니 되돌릴 방법이 없었다. 다만, 윤종수의 사람인 장 어의를 들여 다시 진맥하게 하고, 지나치게 활맥이 도는 지난 기록을 지우게 하였다. 그리고 앞으로 장 어의만 왕의 시진을 들도록 손을 썼다. 일이 틀어졌다 생각했을 때, 저자의 얼굴을 이용할 다른 방도가 떠올랐다.

곧 다른 상소가 읽혔고, 용상에 앉은 월두가 윤 대감을 보았다.

윤종수가 눈을 두 번 깜빡여 표시하자 왕은 상소를 불허하였다.

일이 쉽게 돌아갔다. 윤종수만 입 다물면 월두의 태생을 아는 사람은 없다. 아직 한 사람, 대비마마를 속이는 일이 남았으나, 지난 세월 대비전에서만 칩거하셨으니 어렵지 않으리라. 오랜 병환으로 거동이 불편한 현왕이 궁을 옮겨 다니며 문안 인사를 하는 일도 없었다. 대비마마가 정전에 드는 일만 없으면 마주칠 위험도 없는 일이었다.

이렇게 되면 왕을 쥐락펴락하게 된 윤종수의 손에는 강력한 무기가 쥐어진 셈이었다. 윤종수는 이 자리에서 확인한 자신이 손에 거머쥔 권력에 흥분되었다. 월두 저자만 조종하면 원하는 대로 조정을 움직일 수 있게 된다.

"지루해."

정전에서 밀린 상소를 처리한 월두는 바로 집무실인 편전에 들었다. 그러나 그곳에도 상소 두루마리가 무더기로 쌓여 있었다.

"썅."

욕을 내뱉었다. 연기라 할 수 없도록 절로 나왔다.

"예절 교육이 필요하다더니, 시급하군요."

편전에서 기다리던 김 종사관이 구석진 자리에서 나왔다.

"뭐 왕은 욕도 안 하고 사나?"

"욕은 할 수 있지요. 그러나 무슨 말이든 풍기는 인덕이 가르게 됩니다."

흥, 덕은 개뿔.

궁 안에서는 입도 뻥끗 말라 하더니, 예절 교육은 받아야 한단다. 말하지 않아도 풍기는 것이 덕이라니.

김 종사관이 전담하여 월두를 가르쳤다. 월두는 왕의 별도 집무실에서 한 시진은 꼬박 앉아 있게 되었다. 궁궐 왕족의 가계도니, 조정 신료의 신상이니, 말투니 예법이니. 이런 내용을 들어야 했다. 그러나 월두는 그들이 바라는 대로 고분고분 말을 다 들어줄 생각은 없었다. 월두가 이 궁에 순순히 남은 이유야 바라는 것이 이 안에 있기 때문이었다. 우선 그들을 방심하게 만들어야 했다. 그리고 틈을 타 움직이는 것이 월두의 계획이었다.

돈에 눈이 멀어 왕 노릇을 대신하는 어리석은 도적놈이 되었으니, 그에 맞는 수준으로 행동해 줘야지.

"에이, 썅."

월투가 또 천박하게 썅 소리를 뱉자. 김 종사관이 자리에서 일어나 벽에 걸린 장검을 집어 월두에게 던졌다.

"몸을 풀까요?"

무예 훈련도 덕을 쌓는 일이란다. 그렇다면 나는 덕이 그득한 자다. 태생이 쌈박질이나 하는 자이니 덕의 완전체이다.

무예 연마장으로 향하였다.

그곳에서 칼을 뽑아 휘두르는 종사관에게 밀리자 월두는 당황하였다. 이런 장검은 다룬 적이 없어 휘청하는 사이, 무관은 허점을 파고들었다. 무관의 비웃는 듯한 표정이 월두를 자극했다.

월두는 칼을 칼집에 넣었다. 그리고 칼집을 짧게 잡고는 단도를 쓰듯 곧게 밀고 들어왔다. 공격술을 바꾸자 월두는 무기와 하나처럼 움직이며 빠르게 찌르고 들어와 무관의 어깨를 탁 쳤다.

후후. 이래야 제맛이지. 월두는 의도대로 공격이 제대로 먹히

자 하얀 이를 드러내며 미소 지었다.

당황한 김 종사관이 호흡을 가다듬고는 칼을 겨누고 신중히 적의 빈틈을 노렸다. 반면, 월두는 날쌔게 날라 여러 번의 공격으로 상대의 빈틈을 만들었다.

퍼벅.

다시 월두의 칼집이 무관의 옆구리를 치자, 연마장에서 훈련하던 병사들의 시선이 모였다. 김 종사관은 월두의 마지막 공격에 주변 공기가 바뀌었음을 느꼈다.

"이만하지요."

월두는 칼집에 칼날을 밀어 넣는 무관의 행동을 믿을 수 없었다. 칼을 쥔 무사가 겁을 먹고 꼬리를 내리다니.

월두는 멈추지 않고 칼집을 휭휭 돌렸다. 그의 행동이 병사들의 시선을 다시 끌었다.

"전하, 중식 드실 시간입니다. 그 전에 무예 수업은 끝냅니다."

무관들의 시선을 지나치게 끌고 있었다. 갑자기 이렇게 실력이 출중해지는 게 불가능하다는 걸 무관이라면 안다. 더 시선이 쏠리기 전에 종사관은 월두와의 대련을 마쳐야 했다.

'사내가 밥이나 먹기 위해 칼을 접다니. 재미없는 왕이었군.'

월두는 칼집을 던져 무관에게 건네고 터덜터덜 연마장을 걸어 나왔다.

월두의 검술은 화적단의 하국에게서 전수받은 검법이었다. 김 종사관과의 대련은 스스로에게도 자신의 검술 실력을 가늠해 볼 좋은 기회였다. 스승인 하국의 실력을 이미 넘어선 월두인지라 결과야 만족스러웠다. 월두는 빙긋이 웃으며 기분 좋게 무예 연마장을 걸어 나왔다.

“지나치게 발걸음이 당찹니다.”

별. 그럼 걷다 쓰러져 넘어지기라도 하나?

오랜만에 몸을 풀어 활기찬 기분도 누르라고 재차 지적을 받았다. 월두는 보란 듯이 천천히 걸어 침전으로 향했다. 그러다 가는 길에 보이는 궁 앞에서 걸음을 멈추었다.

“중궁전입니다.”

월두의 걸음은 느릿느릿 그 앞을 지났다.

“중전마마와는 되도록 말을 섞지 마십시오. 평소대로 그리하시는 겁니다.”

그럴 생각 없다. 월두는 굳은 표정으로 중궁전을 지나갔다.

월두는 중식으로 나온 온면을 한 그릇 후딱 비우고 연못이 있는 뜰을 산책했다. 걸을 때마다 내관들이 따라오는 통에 귀찮아 죽겠다. 특히, 이 상선이라는 노친네는 옆에 딱 달라붙어 끊임없이 말을 했다. 내시의 마음을 허문 듯하여 반가우면서도 아니었다. 내시의 말을 계속 듣는 일에 귀가 피로하여, 혹 지난 행적을 정리한 글이 있으면 가져 오라고 하였다. 그 이유로는 아파 누워 있는 사이 지난 조정이 어찌 돌아가는지 알고 싶다 말을 덧붙였다. 상선에게서 돌아온 말은 매일의 기록은 사관(史官)이 남기는 사초(史草)로 기록되나, 왕정 중에 사관의 기록을 보면 실록에 관여한다는 말이 나올 거라 했다.

월두는 진짜 왕은 아니었으니, 그럼 몰래 보면 되는 일이었다. 밤 시간을 틈타 내서고나 사관이 일하는 관서인 승정원을 뒤져 볼 생각이었다. 몇 번 밤에 몰래 침전 주변을 둘러보니 의외로 경계가 삼엄하지 않았다. 궁 안 보다 궁 밖에서 지키는 군의 수가 많은 까닭이었다. 궁 안을 지키는 병력의 수를 늘린다는 말이 곧 내정의 불안을 말하는 것일 테니 그러했다.

월두는 조금씩 활동 범위를 넓혀 가며 저들의 눈을 피해 궁을 조사하였다. 이 방법이 저들이 원하는 제대로 왕 노릇을 하는 길에 더 부합되는 일일 것이다. 아침 일찍 입궁하여 궁문이 닫히도록 곁에서 하나하나 가르치려 드는 지겨운 종사관보다야 글로 배우는 편이 빠르지.

"그것은 말이옵니다. 부역을 내려달라는 청이온대, 영상 대감께서 승인한 일인 줄로 아옵니다."

내시의 말이 아직도 끝나지 않았다. 허, 내가 언제 물었나. 제가 먼저 꺼냈으면서 말을 어찌 돌리고 돌려, 내가 물은 것처럼 답했다. 현왕도 이럴 때는 짜증을 냈으리라.

"중전마마이시옵니다."

오늘 상선이 한 말 중 이 말이 제일 거슬렸다. 상선이 꺼낸 말대로 연못을 거니는 다리 위에 중전이 서 있었다.

차홍은 주상전하를 발견하고는 원삼 아래로 손을 가리고, 고개 숙여 절을 했다. 월두는 인상을 쓰고는 그냥 돌아서려 하였다. 저 얼굴만 보면 화가 올라 당장에라도 달려가 팔을 잡고 흔들어놓고 싶어졌다.

'정신 차리라고. 네가 이렇게 사는 줄 알았으면 월담하여 널 납치라도 했을 거다.'

"중전마마께서는 심기가 편치 못해 안면에 빛을 잃었사옵니다.

혈육지간인 윤 판관의 처우가 곤하여 병조로 압송되었으니 수심이 가득한 것이옵지요."

월두는 차홍을 바라보다가 고개를 돌렸다. 수심이 차거나 말거나 내 알 바 아니다.

왕이 서 있기만 하니, 중전이 다리를 건너 이리로 다가왔다.

"주상전하, 중식 마치셨나이까."

모두 그놈의 밥걱정이군. 임금이 한 끼 굶는다고 죽는 것도 아니고. 모두 임금 걱정이나 하고 있어. 자기는 저리 수척하게……. 월두의 시선이 차홍에게로 한 번 향하자 그대로 고정되었다.

왕의 시선이 닿자 차홍은 고개를 숙였다.

"산책하시옵소서. 신첩은 물러나 있겠사옵니다."

수심이 가득한 얼굴은 맞았다. 밤에 보았을 때는 몰랐는데, 낮에 보니 그 빛을 잃은 것도 상선의 말대로였다. 월두는 손을 들어 안쓰러운 그 얼굴을 만지고 싶어졌다.

"희빈의 처소로 드시는 날이옵니다. 지밀상궁을 통해 준비시키겠사옵니다."

월두의 눈썹이 크게 올라갔다.

뭐? 네 처소가 아니라 희빈의 처소로 들라고? 그런 말을 그리 아무렇지 않은 표정으로 하는 거냐? 네 사내를 다른 여인에게 돌리며, 준비를 하겠다고?

월두의 손에 힘이 들어가 주먹이 쥐어졌다.

"중전은 좋겠습니다."

주상전하의 말에 차홍이 고개를 들었다. 말을 걸어주시는 것이 지난밤의 부덕을 용서하시려는 겐가.

"이 방 저 방 알선하는 창기가 따로 없네."

허억.

중전의 뒤에 줄지어 선 궁녀들이 방금 들은 왕의 말에 민망해 고개를 숙였다. 차홍도 충격에 싸여 시선을 떨어뜨렸다.

"종묘를 위한 길이니까요."

궁중의 꽃은 모두 왕을 위한 거라더니. 중전이라는 꽃송이는 홀로 피지도 못하고 시들어 있었다. 월두는 그게 못마땅했다.

그리 떠났으면 잘 살기라도 할 것이지. 자신이 알던 그 버르장머리 없고 자기만 아는 데다 우악스럽던 계집은 어디를 가고, 이렇게 궁상이나 떨며 빛을 잃은 퇴기 같은 여인이 된 거냐.

"그리 권하니 희빈의 처소로 들지. 상선, 들었나. 오늘 밤은 희빈이야."

"명 들었나이다."

상선 영감이 기어들어 가는 소리로 말했다. 그 말을 듣고 잠시 멈춰 있던 중전이 시선을 들고 일어났다.

"신첩은 이만 자리를 비켜드리겠사옵니다."

"그러시오. 어서 가보시오."

중전이 떠나고 줄줄이 늘어선 나인들이 빠른 걸음으로 그 뒤를 따라갔다.

오늘 일로 나인들 사이에 돌던 소문이 확인되었다. 중전마마께서 음행을 저지르자 주상전하의 눈 밖에 났다는 소문. 주상전하는 천한 짓이라며 내명부 안주인의 행실을 탓했다고 한다.

그리고 또 은밀히 돌던 소문. 주상전하께서 밤일이 가능하다는 희소식. 그에 궁녀들은 아직 받지도 않은 승은에 감사드리며 들떠 있었다. 그간 왕을 정성껏 모셔야 할 궁녀의 본분을 다하지 못해 얼마나 서운했던가. 이제 지존의 양기가 살아났다 하니, 궁녀들도 음기를 모아 음양의 조화를 이루어야 할 때이지.

승은을 내리소서. 저마다 달에 빌고 또 빌어보았다.

궁에서 단 한 사람, 다른 마음을 품은 왕의 여인이 있었으니.

차홍은 부용지를 떠나며 이제는 정말 주상전하의 눈에 났구나 생각했다. 바라던 일이었건만…….

이전과 별다른 점은 없겠지만, 아랫것들 앞에서 이런 대우를 받았으니 궁 생활이 좀 더 힘들어질 것이다.

내명부란, 이름으로 돌아가지 않는다. 제아무리 내명부의 수장이 중전이라 하나, 섬기는 태양, 왕의 사랑 없이는 힘을 가지지 못한다.

그래도 차홍은 마지막 자존심을 끌어 올려 허리를 꼿꼿이 세우고 중궁전으로 걸어갔다.

밤이 되기를 기다리던 월두는 막상 시간이 되자 눈치를 보고 선 상선만 바라보고 있었다.

"주상전하, 침소를 정하셔야 할 시각이 돼 온지라……."

왕은 이글대는 시선으로 상선만 뚫어지게 쳐다보았다.

낮에 왕이 그 많은 나인들 앞에서 권 희빈의 처소에 들겠다 선포하였으니, 다시 물을 필요는 없는 것이었다. 그러나 선왕과 현왕, 두 왕을 모신 상선의 감각으로 오늘 밤 뭔가 더 있다는 걸 느꼈다. 왕의 진심은 희빈이 아닐지도 모른다는 육감이…….

"희빈의 처소로 간다."

……틀렸다. 오늘 밤 왕은 희빈 권 씨의 처소로 발걸음한다 선언하셨다.

문밖에 대기하던 지밀상궁이 나인을 불러 희빈 권 씨 처소로 기별을 넣으라 명했다. 지밀상궁은 오늘 밤 주상전하의 마음이 바뀌면 어느 처소에나 드실 수 있도록, 세 명의 후궁들 모두 준비를 하시라 기별은 미리 넣어두었다.

중궁전이야, 오늘 낮의 그 난리로 제외되었다. 정비와의 합궁에는 더욱 신경을 써야 하는 법이었는데, 오늘은 후궁의 처소로 납시니 지밀부 궁녀들의 수고가 덜 부산스러웠다.

왕은 두 개의 초롱을 앞세워 밤을 밟고 후궁의 처소로 향했다.

희빈 권 씨, 영의정 권영철의 여식이었다. 지존의 기운이 회복되자마자 가장 아끼는 애첩을 찾는 일은 누가 보아도 이상할 것이 없었다.

그 시각, 희빈 권 씨는 별궁에서 지아비를 기다리며 안절부절못하고 들떠 있었다. 드디어 주상전하께서 처소에 다다랐다는 소식을 나인이 전했다. 이 얼마만인가. 궁에 들어온 지 일 년이 다 되도록 제대로 합방을 이루지 못하였다. 오래된 병환으로 기력을 잃은 주상전하의 옥체를 걱정하면서도, 합을 이루지 못하는 밤이면 여인의 설움이 쌓이고 쌓였더랬다.

오늘 밤은 바로 그날이 아닌가.

지아비의 품에 안길 생각에 권 씨는 들떠 참지 못하고 버선발로 마당으로 뛰어나왔다.

주상전하의 총애를 입은 이유가 닭달하지 않고 어진 모습을 보여서이건만, 오늘 밤은 순진한 척 앉아 있지만은 못하겠다.

"주상전하께서는?"

희빈이 마당으로 뛰어나와 둘러보아도 그곳에서 왕의 모습은 찾을 수 없었다.

"마마, 그것이. 방금 들어오셨다가…… 다시 나가셨사옵니다."

"뭐라?"

주상전하가 방금 나가셨다는 문을 따라 희빈의 영혼도 빠져나가는 것만 같았다.

희빈의 처소까지 당도했던 왕을 모시던 행렬이 다시 우르르 별궁을 빠져나왔다. 왕이 갑자기 뒤돌아 별궁을 나가자 따르던 무리는 하문도 못 하고 오던 길을 되돌아가게 되었다.

"주, 주상전하. 어디를 가시옵니까."

상선이 주상전하의 뒤를 바짝 쫓으며 말했다.

"……."

"주상전하, 길을 알면 호호(好好)할 것이옵니다. 어두운 밤길을 돌아가지 않도록 신에게 길을 정해주시옵소서."

"……."

"길을 돌려 가더라도 희빈마마의 처소를 나온 이유를 대야, 후에 잡음이 없을 줄로 아옵니다."

아, 참, 말 많다. 영감탱이!

"내명부에서 정한 택일을 바꾸려면 합당한 이유가 있어야, 내명부의 기강이 살고……."

월두는 인상을 팍 쓰며 발길을 다시 돌려 희빈의 처소로 향했다. 왕이 돌아서자 따르던 신하들도 우르르 회전하였다.

왕이 희빈의 처소로 들어가 마당에 우뚝 멈추어 섰다.

"희빈."

멍하니 마당에 서 있던 희빈이 돌아온 주상전하의 용안을 보고 기뻐하며 달려왔다.

"희빈, 그 옷 마음에 안 들어."

왕은 손가락질을 하고는 휙 하니 희빈의 처소를 또다시 나갔다. 남은 희빈 권 씨는 방금 들은 왕의 말에 휘청하였다.

왕의 뒤를 따라 나온 상선은 이제 더는 어디를 가시냐 묻지 않았다. 희빈에게 남긴 황망한 말에 궁에서 구를 대로 구른 상선도 당황하였지만, 주상전하의 활기찬 모습에 눈물이 나도록 기뻤다.

어릴 적부터 모셔왔지만. 항상 몸이 불편하여 가진 성정대로 뛰고, 웃고, 즐기지 못하셨다. 상선은 알고 있었다. 주상전하께서 기력을 찾으시면 꼭 지금과 같은 모습일 줄 알았다. 너무 약을 써 몸에서 더 이상 받지 않아, 마신 약물이 입과 코로 쏟아져 나오는 중에도 기운을 차리려 노력하던 분이셨다.

"상선, 마신 게 그대로 나온 것 같으니. 약을 다시 끓일 필요 없겠어."

상선은 그런 상황에서도 농을 하시던 왕과의 기억을 떠올렸다.

신하를 이끌고 걷는 왕의 뒷모습을 보며 상선은 울컥 눈물이 맺혔다.

'주상전하, 옥체 강령하시니 감복할 뿐이옵니다.'

눈물이 많아진 신하는 감복하여 울며 왕의 뒤를 따랐다.

왕의 발걸음이 멈춘 곳은 중궁전이었다. 왕의 굳건한 표정에 상선이 먼저 나섰다.

"주상전하 납시오."

밤을 대비하지 못해 불이 꺼진 중궁전 안에서 소란이 시작되었다. 중궁전 박 상궁이 뛰어나와 주상전하를 맞이하고, 나인 넷이 뒤따라 나와 줄지어 섰다.

"중전은 뭐 하고?"

"주상전하, 송구하옵니다. 중전마마께서는 지금 채비를 하고 계십니다."

왕은 중전이 맞으러 나올 때까지 기다릴 것인지, 마당에서 움직이지 않았다. 이런 마당 분위기는 아는지, 잠시 후 발걸음 소리도 내지 않고 마루를 걸어 나온 중전마마가 차분히 신을 신고 마당에 나왔다.

'제 서방은 다른 계집 찾아 떠났는데. 아주 태평하시군.'

"주상전하, 드셨나이까."

아까 본 후궁처럼 허겁지겁 뛰어나오지 않은 모습이 한편으로는 월두의 마음에 들었다. 월두는 차홍의 곁을 지나 중전의 침전으로 들어갔다. 고개 숙이고 서 있던 차홍도 왕의 뒤를 따라 침전으로 들었다.

월두가 방문을 벌컥 열고 먼저 방으로 들어갔다. 촛불 하나 켜져 있는 방 안에 뒷짐을 지고 섰다.

"주상전하, 준비가 늦어져 송구하옵니다. 곧 채비를 하라 이르겠나이다."

"준비?"

월두는 뒤돌아 중전을 끌어당겨 입을 맞추었다.

'준비는 무슨 준비? 내가 너한테 올 줄 몰랐는데, 네가 무슨 수로 준비를 해.'

월두는 중전의 입술을 벌리고 뜨거운 혀를 밀어 넣었다.

흐음, 중전의 입술 사이로 신음이 흘렀다. 그의 입맞춤은 거칠었다. 준비 없이 받아들이기에 버거운 혀가 입안을 휘저었다.

흐읍.

그는 입을 크게 벌리고 중전의 작고 도톰한 입술을 차지했다. 결국, 누르던 화를 이겨내지 못하고 거칠게 그녀를 몰아붙였다. 턱을 부여잡고 자신을 받아들이라 위협했다.

흠, 흐음.

그녀의 혀를 다시 맛보자 생각이라는 건 마비되었다. 딱딱해진 그녀의 몸을 부둥켜안고, 그 숨을 차지해 버렸다.

아프게 자신을 안는 왕의 품 안에서 차홍은 신음을 냈다. 고통스러웠다. 무자비한 혀가 숨통을 막자 헉헉대었다. 그러나 그를 밀쳐내고 싶지 않았다. 아픔이라도 달게 받고 싶었다. 차홍은 너무 외로웠다.

차홍이 손을 들어 그의 옷을 쥐었다. 그리고 옷자락을 쥐었던 손이 더듬더듬 가슴으로 올라갔다. 떨리는 손이 그의 어깨에 닿고 올라가 목을 꼭 끌어안았다. 차홍은 그에게 매달렸다. 강한 그 혀의 느낌이 좋았다. 자신을 휘어잡는 그의 절박함이 느껴져 차홍도 드러내고 싶었다. 안아달라고, 나를 좀 어떻게 해줘.

허어.

월두는 차홍을 밀쳐내었다. 자신의 목을 끌어당기는 차홍을 느끼자 월두는 절망했다.

"너를 찾아오는 게 아니었어. 차라리 안 보는 게 낫다, 이건."

그냥 묻고 싶었어. 너를 한 번만 더 만나서 물어보고 싶었다.

너는 내 여인이었으면서, 왜 나를 버렸는지. 나를 보면서도 왜 알아보지 못하는지. 그렇게 안심시키는 말만 늘어놓고는, 내가 찾지도 못하는 곳으로 떠난 것인지.

그런데 넌…… 여기 숨어 잘 살고 있구나.

"말해봐. 오늘 밤 너를 가져도 돼?"

차홍은 입술을 이로 깨물며 말을 하지 못했다.

아직까지 그에게 빼앗겼던 입술이 얼얼했다. 차홍의 몸은 심하게 떨리고 있었다. 이글이글 타오르는 그의 눈빛이 차홍을 붙잡고 놓아주지 않았다. 그의 눈을 보자 마음속에서는 익숙하지 않은 외침이 일었다. 오늘 밤 그를 보내서는 안 된다, 소리쳤다.

그가 머물도록 잡아. 주상전하의 밤을 모시겠다고 해!

차홍은 입을 열 수 없었다. 내명부의 기강을 위해 택일 받은 희빈의 처소로 가십사 전해야 했다. 중전이 모범을 보이지 않으면, 후궁들도 묵언의 약속을 지키지 않을 것이다. 그런데 그 말이 나오지 않았다. 중전으로서 마땅히 고해야 하는 말이 혀에 맴돌기에 입을 꼭 닫아버렸다.

서로를 바라볼 뿐 두 사람은 입을 닫고 있었다. 입을 열면 본심이 드러날까 두려워 입술을 꼭 깨물고만 있었다.

월두는 손을 들어 차홍의 팔을 잡았다. 차홍의 팔을 잡은 손에 힘이 들어가 여린 팔을 아프게 하였다.

'왜 나를 버리고 궁으로 들어갔어?'

변명이라도 듣기를 바랐다. 그러나 곱게 머리를 올려 큰 가체를 이고, 귀한 비단으로 지은 옷을 입은 모습을 보고 알았다. 그녀는 너무도 아름다웠다. 제길, 이렇게 꾸미고 있으니 세상 사람 같지도 않게 예뻤다. 계집이 매일같이 지껄이던 소리대로, 그녀는 월두와는 다른 고귀한 피를 이어받은 양반가의 여식이었다.

조선의 지존을 지아비로 삼은 여인이니, 지금은 그보다 더 고귀하시겠지.

"왜? 내게 안기기 싫어?"

"전하께서 하시는 일에 신첩의 허락은 필요치 않나이다."

차홍의 떨리는 목소리에 월두는 싸늘히 감정이 식었다. 차홍의 팔을 쥔 손이 천천히 올라가 그녀의 어깨를 쥐었다. 억세게 차홍의 어깨를 한 번 움켜쥐었다. 그러나 그뿐, 월두의 손은 차홍을 천천히 밀어내었다. 거리를 두고 그녀를 바라보는 왕의 눈동자는 차가웠다.

차홍은 고개를 들어 용안을 바라보았다. 그의 시선과 마주쳤을 때, 차홍의 피는 반대로 뜨거워졌다. 앞에 선 화난 사내의 눈빛에 차홍의 가슴이 반응하였다. 떨리기 시작했다. 가슴 깊은 곳에 맺혔던 멍울이, 거센 심장박동을 따라 온몸에 퍼져 아파왔다. 몸에 열이 올랐다. 뜨거운 피가 머리까지 차올라 차홍은 쓰러질 것 같은 현기증을 느꼈다.

타오를 듯 저를 던지는 차홍의 눈빛에 월두는 가슴이 아팠다.

'잊었구나. 넌 다 잊었어.'

나 같은 거 따위는 다 잊고, 너는 다른 사내의 하룻밤을 얻기 위해 그런 눈빛을 하고 있구나.

"그렇게 해서야 되겠어? 다른 후궁들은 버선발로 뛰어나오던데. 중전은 이렇게 빳빳하게 서서 뭘 하겠다고?"

월두는 손을 들어 차홍의 턱을 올렸다.

"피죽도 못 먹었나. 푸석푸석하니. 중전은 관리도 안 하나? 지존을 모신다는 몸이?"

그의 손 아래 놓인 차홍의 몸이 점점 굳어갔다.

이편이 나았다. 왕을 향했던 차홍의 눈빛이 식어가자 월두는 미소를 지었다.

그는 차홍에게 가까이 다가와 귓가에 입술을 가져다 댔다.

"조금 전만 해도 너를 눕히고, 네 몸에 올라타 가지고 싶었다. 그런데 생각이 바뀌었어. 이거, 아주 재미없어."

왕은 차가운 미소만을 남기고 차홍의 방을 그대로 나갔다. 왕이 나간 후, 차홍은 다리가 후들후들 떨려 자리에 주저앉았다.

삼 년이었다. 이 궁에 들어온 후 차홍의 가슴은 뛴 적이 없었다. 살아 있는지 확인할 수도 없게끔 움직이지 않던 가슴이었다. 그러나 왕의 갑작스러운 방문에 놀란 가슴이 미치도록 뛰고 있었다. 차홍은 가슴을 부여잡았다.

그가 뱉은 말이 모질게 가슴을 후벼 파 그런 것이겠지. 차홍은 몸을 떨며 그 자리에 앉아 일어설 수 없었다.

월두는 하늘 높이 선 용마루를 밟고 우뚝 섰다. 검은 기왓등이 펼쳐진 지붕 위에 오르고 나서야 터질 것 같은 가슴을 진정시킬 수 있었다.

으아!

중궁전을 나와 당장에라도 궁궐 담을 넘어 이곳을 벗어나려고 했다. 속이 터질 것 같아, 이제 한시도 더 이곳에 있고 싶지 않아졌다. 다시 만난 차홍은 제 속을 뒤집어 버렸다.

속이 답답해 궁에서 가장 높은 곳으로 뛰어올라 왔다. 산에서라면 절벽 위에라도 서서 아슬아슬한 감정을 추슬러 볼 텐데. 사방이 막힌 궁 안에서 높은 데라고는 고작 이 정도 높이의 지붕 위가 다였다.

"그럼 그 얼굴 보고도 멀쩡할 줄 알았냐."

바보 같은 생각이었다. 궁의 의금부에 끌려와 죽음을 앞두는 상황에서도, 궁이라면 차홍이 이곳 어딘가에 있겠지 하는 생각이 들었다. 마지막으로 죽기 전에 그 얼굴을 한 번 더 보고 싶었다.

관군에 잡혔을 때, 스스로 목숨을 끊으려면 방법은 있었다. 그러나 의금부로 압송된다는 말을 듣고, 마음 한구석에서는 벌써 차홍을 다시 만날 생각이 피어올랐던 거였다. 그러니 또 살고 싶어졌다.

그들의 경고대로 중궁전에 들어가서는 안 되었다. 얼굴만 한 번 보고 떠난다 하였거늘. 생기 없는 그 얼굴이 자꾸 떠올라, 오늘 밤은 그 얼굴을 꼭 봐야 했다. 중궁전으로 들어가 이따위로 살 바에야 나랑 도망치자 말하려고 했다. 안 되면 예전처럼 보쌈이라도 해서 나오지. 화가 나서 한 행동들이었다.

그런데 차홍은 그 자리를 그렇게도 지키고 싶은 모양이었다. 그 배짱은 다 어디를 가고, 미련하게 저 꼴로 버티고 있는 것인지. 원체 환하게 웃는 모습 한 번 본 적이 없는 계집이었지만, 지금 그녀의 얼굴은 빛을 잃어버려 예전의 햇살을 담은 듯 반짝이던 모습은 사라지고 없었다.

세상 다 산 눈이더니. 아까는 자신을 안아달라는 계집의 간절한 눈빛을 보자, 월두는 절망하였다.

후우.

월두는 한숨을 내쉬며 지붕 위에 풀썩 주저앉았다. 손으로 머리를 감싸고 푹 고개를 숙이고는 눈을 감았다. 삼 년 동안 화적단에 들어 사람들 틈바구니에 살며, 이 성질머리를 조절하려고 무던히도 노력했다. 그러나 천성이 그런 걸, 쉽게 바뀌겠는가.

월두가 번쩍 고개를 들었다. 이 궁에 더 있다가는 미쳐 날뛰며 무슨 일을 저지르게 될 것 같았다.

월두는 차홍을 두고 나온 중궁전을 내려다보았다.

"너는 이곳에 있고 싶은 거잖아. 아니었다면, 벌써 나에게 왔겠지."

둘러업고 나온다고 다 해결될 줄 알았더냐. 또 그런 방법으로 무얼 얻을 수 있겠는가. 과거 자신이 했던 일을 후회하지 않은 밤이 없었다. 그때, 그녀를 안지 말았어야 했다. 제 욕심으로 그런 말도 안 되는 일을 벌여, 그녀와 자신 모두에게 상처를 남겼다.

중전을 탐한 사내. 그 사실이 밝혀지면 차홍은 목숨을 내놓아야 한다. 그래서 참고 있었다. 저렇게 가까이 있는데. 아무것도 하지 않고 가만히 참으려고 했다.

"계집, 죽고 싶은 게 아니라면 어서 빛을 찾아라. 네가 행복한 건 보기 싫지만, 그렇다고 그런 모습도 싫다."

날렵한 용마루를 따라 바람이 불어왔다. 월두는 고개를 돌려 앞을 바라보았다. 눈앞에는 탁 트인 한양성 안이 내려다보였다. 그리고 하늘에는 외로운 달 하나가 떠 있었다.

"그냥 잠시만 지켜보다가 갈 거다. 죽을힘을 다해 참을 거야. 널 흔들어놓지 않는단 말이다."

월두는 일렁이는 시선으로 달빛을 눈에 담았다.

*

왕이 내명부를 한껏 휘저어놓은 밤이 지나고, 궁 안은 시끄러워졌다. 궁녀들이 두 명 이상 모인 곳에는 입방아를 찧느라, 일손은 뒷전이기 일쑤였다.

"중전마마를 내쳤다며?"

"중전마마께서 매달리는데도 푸석푸석하다, 안을 맛이 안 난다 하셨다네."

"피죽도 못 먹었느냐, 하셨다지. 호호호."

중전마마와의 후일담에 묻혀, 굴욕의 주인공 희빈 권 씨는 그나마 안도의 숨을 내쉴 수 있었다.

"그 옷 마음에 안 들어."

지난밤에 들은 주상전하의 말에 밤새 울었던 희빈이었다. 그러나 중전에게는 더 심한 독설을 하였다니 참으로 다행이질 않나.

희빈은 사가의 어머니에게 연통을 넣었다. 중앙 상단을 통해 명나라 비단을 들이라 하였다. 주상전하의 마음을 사로잡기 위해 새로 옷을 지을 용도였다. 일 년간 승은을 입지 못한 세월에 비하면 그 정도 독설은 이 애첩의 마음을 떠보기 위함인 것이렷다.

희빈 권 씨는 주상전하의 건강이 회복된 일이 그저 기뻤다. 어젯밤 보았던 주상전하의 용태에 희빈의 가슴이 뛰었다. 사내의 기운이 펄펄 흐르는 것이 희빈의 눈을 번쩍 뜨이게 하였다.

'새 옷을 지어 입고, 전하의 가슴에 뛰어들 것이야.'

왕의 정력에 대한 문제는 함구해야 할 비밀이었다. 그래서 희빈이 초야를 치르지 못한 것 또한 비밀에 싸여 있었다. 조정을 뒤흔들 수 있는 왕의 비밀을 후궁으로서 감싸 안았다. 사실, 다른 별궁에서도 승은을 입었다고 떠들었으니, 사실인지는 몰라도 애첩으로서의 마지막 자존심을 지키던 일이었다.

'궁에 봄이 드는구나.'

궁으로 들어온 열여덟 처녀의 몸이 일 년 사이 만개하였으니. 이제 봄을 품을 준비가 되었다. 권 씨의 입가에 미소가 걸렸다.

같은 날을 맞아도 느끼는 이에 따라 감상법이 다르구나.

희빈 처소와는 달리 중궁전은 암울했다. 자신의 이야기가 아닌 봄의 노래는 중전의 가슴에 더욱 차가운 바람을 불어넣었다.

차홍은 아침 해가 뜨고도 한참이 지나도록 자리에 누워 있었다. 몸이 좋지 못하다는 이유로 대비전 아침 문안 인사도 걸렀다.

"중전마마, 박 상궁이옵니다."

귀찮다. 자신을 따르면서도 이 방에서 일어나는 일을 웃전에 소상히 고하는 상궁 따위도 귀찮고. 자신에게 고개를 숙이면서도 원삼 아래 손을 감추듯, 제 속을 감추고 자신을 비웃는 궁인들도 다 귀찮다.

그리고 자신의 침전에 들었으면서, 비참하게 무시하고 나간 왕. 가뜩이나 힘든 궁 생활을 더욱 힘들게 만드는 주상전하도, 다 귀찮다.

"중전마마, 주상전하께서 지금, 나인들의 처소에 드셨다 하옵니다."

등을 돌리고 누웠던 차홍이 눈을 떴다.

"궁녀들을 시험한다 하시는데. 무슨 일인지 모르겠사옵니다."

차홍의 눈에 힘이 들어갔다.

"아이를 시켜 무슨 일인지 알아보도록 하였사오니……."

"됐다. 피곤하구나."

박 상궁은 못마땅해 인상을 썼다. 왕의 건강이 회복되었으나, 언제 다시 자리보전하실지 모르는 법. 다른 후궁전은 지금 왕을 모시려고 난리인데. 정비에게서 얻은 적장자여야 잡음이 없는 법이거늘, 중전마마는 어찌 이리 태평인 것이야.

이른 아침, 새벽같이 대비전에 불려 갔다 온 터라 박 상궁의 심기가 좋지 못했다.

"대비전의 하명이 있었사오니, 합궁일이 곧 잡힐 것이옵니다. 준비하시라는 명이 있었사옵니다."

차홍은 그냥 눈을 감아버렸다.

지밀방 궁녀의 처소.

이른 아침부터 궁녀들이 소집되고, 무슨 시험을 거행한다는 말을 들었다.

궁녀들은 갑자기 소행 평가라도 하는 것인가, 긴장해 웅성댔다. 그러나 궁녀의 소행 평가야 감찰부 주도하에 치르는 것이 일반적이거늘, 오늘의 시험은 내시청의 소관으로 진행되고 있었다.

내명부의 일을 내시청에서 관여하다니. 더욱이 주상전하께서 몸소 참관하신다는 말도 있었다.

하아악!

정말로 눈앞에 주상전하께서 걸어오시는 모습이 보였다. 주상전하의 용안을 가까이서 보게 된 궁녀들은 가슴이 철렁 내려앉아 입을 틀어막았다. 붉은 곤룡포를 입고 저벅저벅 걸어오는 주상전하의 모습 뒤로 한 줄기 섬광이 떨어졌다. 용포 안에 감추었으나 숨길 수 없는 떡 벌어진 어깨에, 걸음 소리도 우렁차다, 튼실한 다리. 용안을 바로 보지 못하니 훔쳐보는 수밖에. 힐끔힐끔 뜬 눈을 호강시키는 잘생긴 얼굴에 저마다 제 가슴을 쥐어짜대었다. 굳이 금상이라 하지 않아도 저런 사내의 앞이라면 백번이라도 제 손으로 치마끈을 풀겠다.

'주상전하, 성은이 망극하옵니다.'

용안을 마주한 것만으로도 성은이었다. 병석에서 일어나시어 이리 늠름한 모습을 보여주시다니.

왕이 자리에서 일어나 처음으로 참관한 공식 행사가 궁녀들의 처소 답사였다. 이는 무엇을 뜻하겠는가. 궁녀들에게까지 기회를 주겠다는 암시가 아니겠는가. 궁녀들의 얼굴에 화색이 돌았다.

줄지어 선 궁녀들에게 손을 뻗으라는 하명이 떨어졌다.

헉! 저, 저건.

오래전 궁으로 들어오며 본 적이 있는 물건이었다. 하얀 사발에는 붉은 앵무새 피가 담겨 있었다.

"시험해 보면 성능을 판단할 수 있겠지."

왕은 중얼대더니 가는 눈으로 붉은 피를 노려보았다.

상선이 앞으로 나서더니 궁녀들 모두 앵무새 피로 처녀인지 시험하라 명했다. 상선은 주상전하께서 친히 이와 같은 일을 다스린다는 말에 황망하였으나, 이 또한 깊은 뜻이 있으리라 여겼다.

궁녀들 사이에는 다시 한바탕 난리가 났다. 처, 처녀 검사라니! 저 떨리는 관문을 다시 통과해야 한다고?

곧 궁녀들은 모두 소매를 걷어 올리라는 명이 떨어졌다. 팔뚝에 앵무새 피가 묻어나면 처녀, 잘 묻지 않으면 처녀가 아니라는 판별이 나온다. 시험을 하는 상궁도 검사받는 궁녀도 모두 긴장하였다.

검사 결과 한 사람이라도 처녀가 아니라면 이는 궁녀 한 사람의 문제가 아니었다. 임금만을 섬겨야 하는 궁녀의 처녀성에 문제가 생기면, 전체의 기강을 위해 피바람이 불 일이었다.

"통."

떨리는 심정으로 첫 나인의 검사를 맡은 엄 상궁이 안심한 목소리로 외쳤다.

"통."

이어지는 결과에 나인들도 하나둘 웃음을 되찾을 수 있었다. 앞줄에 선 궁녀들이 모두 '통'으로 처녀성이 검증되었다.

"잠깐."

왕이 일어나 소매를 걷더니 직접 검사에 나선다 하였다.

"전하, 아니 되옵니다. 이 일은 본디 내명부의 일이옵니다."

지밀부 최고 상궁이 나섰다.

"내명부는 왕의 말을 안 듣나?"

"예이? 그것이 아니오라."

지밀상궁 엄 씨는 고개를 숙였다.

"앵무새 피로 정말 처녀인지를 구별할 수 있다는 걸, 두 눈으로 확인하고 싶어서 그런다."

"예, 주상전하, 뜻을 받자옵겠나이다."

왕은 붓을 받아서 손에 들고 붉은 피를 듬뿍 찍었다. 왕의 앞에 팔을 내미는 궁녀의 손이 덜덜 떨렸다. 임금이 든 붓에서 하얀 피부로 피가 떨어졌다.

"음."

왕은 신중히 직접 처녀 감별에 나섰다. 시행한 다섯의 궁녀는 통을 받았다. 그리고 다음 궁녀의 손목에 피가 묻혀졌다. 피는 방울이 되더니 주욱 아래로 떨어졌다.

허억!

모여 있는 나인들이 모두 놀라 입을 막았다. 개중에는 벌써 눈물을 뚝뚝 흘리는 궁녀도 있었다.

"아, 아닙니다. 정말 아닙니다. 소녀 결백하옵니다. 믿어주시옵소서. 억울하옵니다, 주상전하."

거부 반응을 보인 궁녀가 바닥에 납작 엎드려 머리를 땅에 박았다.

"하해와 같은 성은을……. 부디, 소녀를 믿어주시옵소서."

"……."

"사, 살려주시옵소서. 주상전하, 아니옵니다."

"아니잖아."

겁에 질려 고개를 들지 못하고 땅에 엎드려 벌벌 떠는 나인을 본 월두가 입을 열었다.

"고개를 들어봐라."

옆에 서 있던 상궁이 나서 움직이지 못하는 나인의 얼굴을 잡아 쳐들었다.

"처녀가 맞느냐?"

"예, 맞사옵니다, 주상전하. 거짓은 정녕 없사옵니다. 살려주시옵소서."

"궁에만 갇혀 사는 궁녀가 처녀겠지. 아니겠는가? 아니면……."

"주상전하, 뭔가 잘못된 것 같사옵니다. 앵무새 피를 바로 내야 하는데. 시간을 지체했던 것이 원인이 아닐까 하옵니다."

지밀 엄 상궁이 나섰다. 이 일에 대해 책임을 물어야 할 최고 상궁이 긴장하여 손까지 떨며 말했다.

"역시 앵무새 피로 처녀 감별을 한다는 게 말이 안 되지. 이따위로 사람 인생을 쥐락펴락."

"예, 주상전하. 뭔가 문제가 있는 듯하옵니다. 최고 상궁의 이름을 걸고, 자세히 이유를 밝히겠사옵니다."

"그깟 앵무새의 피로 어떻게 처녀를 가려내? 그러니 틀리는 거야. 애초에 당신들이 똑바로 했으면! 이런 일이 없었잖아. 앞으로 이 방법 쓰지 마!"

왕은 불같이 화를 내고는 지밀방 처소를 떠났다.

남은 상궁들과 나인들은 겁에 질려 바들바들 떨었다. 이 일이 어떻게 번질 것인가. 또 어떤 바람이 불지 다들 긴장하였다.

왕권이 살아 있다는 본보기를 보이심이리라. 이번에는 내실을 향해 바람이 불었을 뿐이었다. 최고 상궁들은 모여 이 일에 대해 긴 회의를 벌여야 할 것이다. 이는 분명 중궁전을 향해 날을 세우신 주상전하의 어심과도 연관이 있다 여겨졌다.

오호, 통재라. 주상전하의 어심을 흔든 중전마마로 인해 내명부에도 피바람이 불겠구나. 아무리 껍데기뿐인 중전 자리라 해도, 내명부의 수장이 힘도 의지도 없으니. 궁녀들만 죽어 나가게 생겼구나.

'어질지 못한 여인이 내명부의 주인이 되어, 우리가 험한 꼴을 겪게 되는구나.'

최고 상궁들의 원망은 왕이 아닌 중전에게로 향하였다.

화난 걸음을 떼는 월두의 뒤로 소식을 듣고 달려온 김 종사관이 따랐다.

"전하, 내명부의 일에 관여해서는 안 되옵니다."

가르치려는 그의 언사에도 월두는 걸음을 멈추지 않았다.

"뵙기를 청하옵니다."

월두의 걸음이 멈추었다.

"나 화난 거 안 보여? 비켜."

김 종사관이 왕의 뒤를 따르는 상선에게 눈짓을 하였다. 눈치 빠른 상선은 왕의 뒤를 따르는 궁인들을 삼십 보 뒤로 물리었다.

"방금 조종 신료들이 모인 자리에서 대비마마께서 수렴청정을 거둘 거라는 교지가 전해졌습니다."

그래서 그게 뭐 어쨌다고? 정치고 뭐고 그런 말은 지금 월두의 귀에 들어오지 않았다.

"대비전에 가 석고대죄하고 명을 거두시라 청해야 합니다."

"싫어."

월두는 가던 길을 다시 걸었다.

혹여나 대비가 찾을 때는 병을 핑계로 자리에 누워 마주하는 일이 없어야 한다, 주의를 주던 자였다. 말을 바꾸고 귀찮게 굴어 성가셨다. 월두는 빠르게 걸어갔고 김 종사관이 그의 뒤를 바짝 쫓았다.

"수렴청정의 의미는 아십니까?"

김 종사관이 월두를 따라잡아 손을 뻗어 그의 앞을 가로막았다. 월두가 멈추어 서서 자신의 앞을 막는 종사관의 팔에서부터 시선을 들어 무관의 얼굴을 보았다. 월두의 입매 끝이 올라갔다. 종사관은 그 모습에 움찔하였다.

"너는, 지금 누구랑 함께 있는지는 알고 있나? 이런 행동에 자네 목이 날아갈 수 있다는 정도는 알지."

그 말이 끝나자 김 종사관은 놀라 움직이지도 못했다. 저 모습……. 마치 현왕이 앞에서 말을 하는 듯하였다. 말투와 억양, 목소리가 일치하였다. 그리고 저 말을 이전에 들었던 기억이 났다. 다른 신료에게 현왕이 뱉은 말이었지만, 곁에서 보위하며 들었던 기억과 꼭 같은 말이었다. 김 종사관의 눈빛이 흔들렸다.

종사관의 앞에 선 월두는 주변으로 왕의 행동을 감시하는 숨겨진 눈동자들로 시선을 주었다. 그리고 다시 월두의 눈동자는 김 종사관에게 향하여 고정되었다. 자신에게 향하는 곧은 눈빛에 김 종사관은 월두를 막아서던 팔을 내리고 고개를 숙였다.

"대비마마께서 수렴청정을 거두면, 주상전하께서 직접 친정을 벌여야 합니다. 그걸 원하는 게 아니라면 간곡히 청을 거두어주십사, 상소해야 합니다. 주상전하의 건강이 완쾌하지 못하였다는 이유를 대고, 바닥에 무릎을 꿇고 앉아 석고대죄는 하지 않을 수 있습니다."

김 종사관이 고개를 들었다. 고개를 든 무관의 눈빛에는 긴장감이 어렸다.

"그러나 아침저녁 대비마마께 문안을 여쭈며, 수렴청정을 거둔다는 하명은 아니 된다, 청해야 합니다."

"언제까지?"

"대비마마께서 명을 거두실 때까지이옵니다."

월두는 김 종사관에게로 한 발자국 다가가 그의 어깨에 손을 짚었다. 월두의 얼굴은 아직 굳은 표정이었다.

그만 김 종사관 앞에서 들키고 말았다. 종사관이 퇴청하는 시간을 틈타 승정원을 뒤져 왕의 말이 기록된 사초를 보고 익힌 말과 행동이 방금 전에 저절로 나와 버렸다. 김 종사관의 앞에서는 의심을 피하고자 무식한 도적 떼 두목이 되어야 했으나. 화가 난 탓에 잠시 다짐을 잊고 한 행동이었다.

월두는 딱딱하게 굳었던 표정을 풀고 이내 비아냥대는 표정을 지어 보였다.

"충심으로 하는 말이니, 듣지."

그 말을 마지막으로 떠나는 월두의 뒷모습을 보며 김 종사관의 미간이 좁아졌다.

월두, 저자를 믿지 않는다. 무슨 속셈으로 왕 노릇을 하며 모두를 속이는 이런 위험한 일을 허락한 것인지 모른다. 그래서 믿을 수 없다.

종사관은 분명 보았다. 그때 화적 떼의 수장을 잡으며 월두의 눈에 비친 빛을. 피칠갑을 해본 적이 있는 무사는 알아보았다. 사냥꾼에게 쫓겨 이리저리 산을 도망치다가 잡힌 짐승의 마지막 눈빛. 지칠 대로 지쳐 살기를 포기한 동물의 눈빛을 그에게서 보았다. 그러던 자가 궁으로 보낸다는 말에 살아났다. 한 줄기 빛이라도 찾은 듯 그자는 반응했다.

비밀에 싸인 사내는 위험해 보였다. 아까 저자의 입에 맺힌 미소를 보았을 때, 종사관은 머리가 쭈뼛 섰다. 그런 미소를 전에도 본 적이 있었다.

현왕의 세자 시절, 저하는 과녁에 화살을 박아 넣고 입매 끝이 올라가도록 미소를 지으셨다. 처음으로 홍심을 찌른 날이었다. 그때 저하에게서는 빛이 났다. 비록 몸은 유약했으나, 그분은 목표를 이루는 데 얼마만큼의 노력이 필요한지 알 만큼 근성이 타고난 대장부였다. 뛰어난 무인의 눈에는 그것이 보였다.

그래서 이분이야말로 왕이 될 분이다, 저하를 섬겼다. 세자저하는 뛰어난 왕의 기질을 타고나 세상의 이치에 깨어 있는 왕이 되시리라. 그의 눈빛을, 확고히 웃는 그 입매를 보고 믿었다.

그런데 그와 같은 모습을 저자, 화적 떼의 수장에게서 보았다.

"왕을 닮은 자."

위험하였다. 왕의 얼굴을 하고, 행동까지 모두 익힌 자는 종사관의 눈에도 이제 현왕으로 보였다. 무관의 피에 흐르는 본능이 위험을 알렸다. 이자에게서 흐르는 저 빛이 위험하였다.

*

차홍은 자리에 앉아 박 상궁이 분주히 움직이며 자신을 치장하는 일을 참고 있었다. 궁에 갇혀 즐길 일이라고는 값비싼 분가루를 얼굴에 찍고, 꽃잎을 띄운 화장수에 젖는 일일 테지만. 차홍은 이런 일들이 즐겁지 않았다. 한껏 꾸미고, 병석에 누워 있는 왕의 곁에 한 시각을 지키고 앉아 있을 때면, 이리 치장을 하고 있는 모습이 더욱 서글퍼졌다.

그러나 오늘 왕은 눈을 뜨고 자신을 검사할 것이다. 그의 눈빛은 그렇게 읽혔다. 주상전하의 앞에 서면, 차홍은 머리끝부터 발끝까지 발가벗겨져 검사당하는 느낌이 들었다.

"머리 장식에 옥이 하나 떨어졌네."

박 상궁이 매 같은 눈으로 장식을 마친 중전마마의 외관을 살폈으나, 아주 미세한 결점은 찾아내지 못했었다.

"정말 그러합니다, 마마."

상궁은 직접 머리 장식을 떼어내고는 꾸밈을 맡은 나인에게 눈으로 호통을 쳤다.

"대비마마께서 내리신 날이오니, 더욱 정성을 다하도록 하겠습니다."

나인 아이가 하얀 비단 천에 싸인 향낭을 들어 냄새를 맡게 해주었다. 차홍은 무슨 향이 나든 상관없다는 태도로 향낭을 채우도록 허락했다. 향낭이 가슴팍에 달리자 은은한 향이 올라왔다.

그 향으로 유혹을 위한 밤이 시작되었음을 각인했다.

"주상의 건강이 회복되었으니, 성심을 다해 모셔야 합니다."

대비마마의 노골적인 하명을 받들어야 하는 밤이었다.

사각사각.

얇은 옷감이 겹겹이 드리운 치마가 스치는 소리를 내며 자리에서 일어났다. 주상전하의 침소로 직접 들 수 있도록 허락된 사람은 정비인 중전뿐이었다. 오늘은 왕실의 제일 웃전에서 날을 잡아 합방을 치르도록 명한 날이었다.

차홍은 몰래 왕의 침전을 드나들던 수많은 밤을 생각했다. 그 생각이 떠오르자 잠시 동요하던 가슴이 차갑게 식었다.

'어차피 대를 잇기 위해 구걸하는 건 같아.'

차홍은 발걸음을 옮겨 왕의 침전으로 향하였다.

"주상전하, 중전마마 납시옵니다."

"들라."

방문이 열리고 차홍이 들었다. 월두는 자신에게 다가오는 금빛 수가 놓인 하얀 비단으로 지은 화려한 치마를 바라보았다. 차홍은 자신의 몸을 아래부터 훑는 왕의 눈빛에 시선을 내렸다.

"그날 밤과는 다르군."

그날 밤, 씨를 받겠다는 목적으로 속옷만을 걸치고 왕의 침전에 숨어든 밤.

"중전이라는 자리는 고생이 많소."

종사관에게 미리 언질을 받은 것처럼 차갑게 대하면 되었다. 그리고 차를 마신 후 몸이 좋지 못하다 중전을 물리면 되었다. 현왕이 한 것처럼 그리 대하면 된다고 들었다. 그러나 차홍의 얼굴을 보자 월두는 그냥 순순히 그녀를 보내고 싶지 않아졌다.

"내가 누워 있는 동안 그간 무슨 일을 한 것이오?"

차홍은 동요하지 않고 고개를 숙이고 앉아 있었다. 그 모습에 월두는 빤히 차홍을 바라보며 그녀의 시선을 기다렸다. 그러나 차홍은 방바닥만 보고 있다.

독한 계집이기는 했지. 한 번은 산에서 벌에 쏘이고도 제 앞이라 아픈 척도 안 하고 참는 모습을 보았더랬다. 차홍은 퉁퉁 입술이 부어오르고 나서야, 억울한지 눈물을 흘렸더랬다. 그런 독한 계집이니, 그딴 수모도 다 참고 궁에서 사는 게지.

월두의 말에 수치심을 느낄 텐데도 저렇게 참는 모습을 보니, 화가 올라왔다.

"누울까? 어때 그편이 중전이 하기에 편하겠소?"

장악원의 기녀들에게나 부리는 농일진대, 차홍은 미동을 하지 않는다.

"아니면, 내가 해줘?"

차홍에게서 어떤 반응도 얻지 못하자, 월두는 답답한 마음에 왕의 말투를 벗고 자신이 되어 말해 버리고 말았다.

이제야 차홍이 고개를 들고 왕을 보았다. 그러나 대꾸는커녕 차분한 얼굴이었다. 그 표정이 월두를 달구었다. 월두가 다시 입을 열려는 찰나 방문이 열렸다.

팽팽한 긴장감을 뚫고, 국화차를 담은 다과상이 나왔다. 문밖에서도 느낄 수 있는 분위기에 지밀상궁이 얼른 다과를 내라 시킨 것이었다. 오늘 밤 합궁을 만들어내지 못하면 지밀상궁은 자리를 내놓아야 할 것이다.

"뜻대로 하시옵소서."

웃음기 하나 없는 중전의 말에 차를 우려내던 엄 상궁의 손이 화들짝 놀라 멈추었다.

중전마마 어쩌시려고. 사내를 저리 못 다뤄서야. 살살 구슬려 밤을 맞으셔야 하는 법이거늘. 주상전하를 달구는 언사에 상궁은 이 밤도, 최고 상궁의 자리도 막 포기한 참이었다.

"차는 무슨 차. 술을 가져와라."

술잔을 기울이다 보면 분위기가 다시 살는지도. 왕의 명령에 엄 상궁은 얼른 다과상을 술상으로 바꾸었다.

술상이 놓이자 왕은 술잔을 들어 중전에게 내밀었다. 차홍은 작은 건교자상으로 두 걸음 다가가 앉아 술 주전자를 들었다.

쪼르르르.

작은 잔에 술을 따르는 손이 떨렸다. 차홍의 마음과는 다르게 떨리는 손에 월두의 입가가 올라갔다.

그래, 너란 계집은 한 번에 말을 듣지 않지. 몇 번을 그만하라는데도, 한껏 약을 올린 후에야 그만두었지.

월두는 차홍이 따른 술잔을 단숨에 비웠다.

"더."

다시 술잔에 술이 따라졌고, 월두는 그걸 비웠다. 그렇게 그녀는 술을 붓고 그는 술을 마셨다.

'존귀한 몸이 술잔을 채워주다니.'

예전에 보았던 기억 하나가 떠올랐다. 사냥한 고기를 팔러 마을에 내려갔다가 어느 집 마당에서 혼례식이 벌어지는 모습을 보았다. 월두는 활짝 열어놓은 대문을 자기도 모르게 넘어 들어갔다. 대례상을 앞에 두고 신랑과 각시가 마주 보고 서서 표주박에 채워진 술을 나누어 마시고 있었다.

월두는 그 표주박을 채운 술이 세상에서 제일 달겠구나, 그때 생각했다. 주막에 들러 앞섶을 적시며 탁주나 퍼마시던 월두가 그런 단맛을 느껴본 일이야 없었지만. 저런 술은 그런 맛이 날 거라 상상했다. 그러다가 잠깐, 언젠가는 저도 그런 술을 마실 수 있을까 생각했다. 산에서 자란 짐승 같은 놈이 무슨 어울리지 않는 생각이냐마는. 사내로 태어났으면 저런 술 한 잔은 받아봐야 사람 구실하는 거지, 그때 생각했다.

"중전이 따라준 술이라 달군. 참 달아."

월두는 기억 속의 한순간에서 멀어져 현실로 돌아와 씁쓸하게 말을 뱉었다.

어느새 차홍의 손에 들린 술 주전자가 가벼워졌다. 술 한 주전자를 다 비운 왕의 눈빛이 흔들리고 있어 차홍은 걱정되었다.

"전하."

그 이름을 부르자 그가 반응하였다. 왕이 갑자기 차홍의 팔을 잡아 끌어당겼다.

그 힘에 이끌린 차홍은 왕의 품에 풀썩 안겼다. 짧은 숨을 끊어 내쉬며 그의 가슴에 손을 얹게 되었다. 그의 얼굴이 가까이 있었다. 그의 눈은 더 가까이서 그녀를 끌어당기고 있었다. 차홍은 자신이 뭘 하는지도 모르고 그의 입술을 빤히 바라보았다.

"원하는군."

왕이 엄지손가락으로 차홍의 입술을 쓸었다. 그러다가 이내 그 손길이 떨어졌다. 그의 손길이 멀어졌을 때 차홍도 그의 품에서 벗어나게 되었다.

"몸이 좋지 않다. 물리거라."

차홍의 눈빛이 흔들렸다. 그리고 실망감에 내려앉았다.

"무리하셨사오니 편히 쉬시옵소서. 자리를 살펴드리라 엄 상궁을 들이겠나이다."

차홍은 자리에서 일어났다.

기대하지 않았는데, 왜 이런 마음이 드는 것인지. 방에서 나가란 말인데, 그래야 하는데. 쉽게 발걸음이 떨어지지 않았다.

"다른 처소로 드실 것이옵니까?"

방을 나가려던 차홍은 돌아서서 왕을 바라보며 말했다.

어찌 이러는 것인지. 발걸음을 돌려야 한다. 더 그의 성미를 건드리기 전에, 더 그가 자신을 미워하기 전에, 돌아서.

"그 말은 투기라도 하는 거로 들리는군. 다른 여인들과 자기 사내를 나누면서도 아무렇지 않은 중전이 그럴 리가 없을 텐데."

"내명부의 일이니까요."

"그래, 그게 중전이 하는 일의 전부라지."

월두가 남은 주전자의 술을 탈탈 털어 술잔에 부었다.

"과음하셨으니 오늘은 그만 자리에 드시는 것이 좋겠사옵니다. 기력이 상하실까 염려되옵니다."

그만. 이런 행동은 차홍 자신답지 않았다. 몸을 사리고 눈치를 보며, 그저 궁에서 살아남는 법만 몸에 익힌 여인이건만.

"내 걱정해 줘서 눈물 나게 고맙군."

차홍은 방을 걸어 나왔다. 겹겹이 열리는 문을 넘으며, 자신을 비웃을 나인들의 시선은 괘념치 않았다.

"엄 상궁, 주상전하의 건강이 염려되네. 술을 과하게 하신 것 같으니 살피시게."

주상전하에게 술 주전자가 다 비도록 술을 따라준 것이 차홍이었다. 뭘 바라고? 그가 술에 취해 안아주기라도 할까 봐. 왜 그리 분별없는 행동을 한 것이야?

과음은 합궁을 방해한다는 걸 직접 교육한 것이 지밀방 엄 상궁이었다.

엄 상궁은 주상전하를 잔뜩 취하게 만들고 침전을 나서는 중전마마의 뒷모습을 보았다.

'중전마마가 부덕하여 주상전하를 모시지 못하면 물러설 것이지. 초를 치는 저 심보는 또 뭐야!'

엄 상궁이 방으로 들어갔을 때, 왕은 술에 취해 자리에 누워 있었다. 한숨을 쉬던 엄 상궁이 왕의 버선을 벗겨내려 움직였다.

"가자. 나가자. 시간을 낭비할 수는 없지."

갑자기 왕이 벌떡 몸을 일으켰다.

"희빈이 마음에 들더구나. 희빈의 처소로 간다."

주상전하는 말을 하고도 한참을 자리에 앉아, 사람이 나간 흔적이 서린 문을 노려보기만 하였다.

제5장.
달에 숨어들다

"이러다 희빈이 먼저 회임이라도 한다면요."

중궁전 박 상궁의 목소리에 차홍이 참지 못하고 서안을 손으로 '쿵' 내려쳤다.

"마마."

감정 변화가 너무 없던 것이 걱정이던 중전마마가 노하자, 박 상궁은 화들짝 놀랐다.

"같은 소리를 몇 번을 하는가. 종묘사직의 대를 잇는 일인데. 누가 먼저 회임을 한들 무슨 상관인가."

"마마, 소인은 중전마마께서 심려하실까 봐 드리는 말씀이옵니다."

대비전에서 또 한 소리를 듣고 온 모양이지. 박 상궁을 탓해서 될 일이 아니었다. 중전인 자신이 부덕해 벌어진 일. 왕의 성심을 잃은 중전이 무슨 할 말이 있다고 화를 내는가.

"내 바람을 썰 것이니. 따르지 말게."

차홍은 중궁전을 나왔다. 따르지 말라는 말을 지킬 리 없는 나인들이 거리를 두고 차홍의 뒤를 따랐다.

차홍은 갑자기 속력을 냈다. 빨리 걸음을 떼다가 작은 문이 보이자 달려 모퉁이를 돌았다. 그리고 다시 담벼락 뒤로 뛰어가 기둥 뒤에 몸을 숨겼다. 우왕좌왕 소동을 부리는 나인들의 발소리가 들렸다. 차홍은 손으로 입을 가리며 피식 웃었다.

'내가 산을 탄 시간이 얼마인데.'

궁녀 가문에서 태어난 여자아이는 걸음마를 떼자마자 궁녀 수업으로 한 폭 너비의 종종걸음을 연습시킨다지.

"내가 마음만 먹으면 너희들 따돌리는 건 일도 아니야."

차홍은 오래간만에 웃다가 이내 한숨을 내쉬었다.

숨어봐야 궁 안이었다. 곳곳을 지키는 궁인들을 피해 갈 데라고는 없었다. 차홍은 벽을 따라 더 깊은 곳으로 숨어들다가, 막다른 곳에 다다라 더는 숨을 곳이 없자 툇마루에 앉았다.

궁의 하늘로 늘씬한 곡선을 그리며 치솟은 용마루를 올려다보았다.

끝없이 이어진 하늘을 바라보던 시절이 있었지. 강원도 산간에 숨어 살던 시절. 정신을 놓고 사는 어미와 머리가 아픈 동생과 숨어 살던 시절. 그래도 그 시절, 산에 올라 하늘을 올려다보면 속이 뻥 뚫렸다.

아버님의 출셋길을 방해하는 짐 같은 삶이어서 숨어 살아야 했지만. 그래도 그때가 행복했다, 이제야 생각한다. 그렇게도 도망치고 싶었던 곳이었는데. 다시 그곳으로 돌아가고 싶다니.

이어진 궁의 지붕 안으로 틀에 갇힌 하늘을 올려다보자니, 그곳이 떠올랐다.

먹을 것이 떨어져 칡뿌리나 캐야 하는 고된 삶이었지. 밤에 자리에 눕자마자 피곤함에 곯아떨어지는 삶이었다. 지금은 호의호식에 손에 물 한 방울 묻히지 않는 삶인데도, 밤이 되면 잠이 오지 않았다. 그 시절 그때처럼 쓰러지듯 잠이 드는 게 소원이 되었다. 고단했어도 그때는 행복했었다. 비록 이제야 그런 느낌이 행복이라는 걸 알았지만.

"너무 늦었지? 그렇지 않느냐?"

생각 뒤에 떠오르던 이름을 고개를 저어 지워내었다. 그 이름을 다시 생각해서는 안 되었다. 차홍의 목숨은 혼자만의 것이 아니었다. 어머니와 동생 성구가 다시 아버님의 보호를 받게 된 데에는 차홍과의 계약이 있었다.

차홍이 어렸다. 차홍이 어리석었다.

'월두.'

지금에 와서 생각하면, 아픈 이름이 되었다. 그때는 몰랐다.

그에게 몸을 내어주면 모든 게 다 해결될 거라 여길 만큼 차홍은 세상을 몰랐다. 처녀가 아니라면 궁에 들어가지 못한다는 세속적인 말을 믿을 만큼 순진했다. 삼간택에 올랐다는 통보를 받고 한양 집으로 찾아온 상궁을 맞았다. 상궁은 붉은 피가 든 작은 물 항아리를 꺼냈다.

차홍은 당당하게 손목을 내보였다. 붉은 물이 떨어져 차홍의 손목을 타고 흘러내렸다. 아버지가 들인 한양 집의 새로운 안주인 홍 씨가 긴장하며 이 모습을 지켜보았다.

아무 일도 없었다.

차홍은 그럴 자격이 없는데 삼간택에 올려졌다. 그리고 이를 거부할 시 그 죄를 물어 가문이 멸문지화를 당할 거라는 아비의 협박을 들었다.

"그렇게 되면 아버지에게 복수할 수 있겠네요."

그렇게 아비에게 큰소리를 치고는 일을 다 엎고 싶었다. 그러나 가문을 망하게 하면, 우리 성구는? 어머니는?

차홍은 삼간택을 위해 궁에 들었고, 다시는 궁에서 나오지 못했다.

자존심으로 버티었다. 그런 어리석은 짓을 하고도 인정하지 않았다. 다른 길이었지만, 이것 또한 자신을 버린 아버님에 대한 복수라고 생각했다.

모두를 기만한 여인이었다. 모두를 감쪽같이 속였으니 실컷 비웃어주고 싶었다.

그러나 스무 살이 되던 해 겨울, 마른 나뭇가지 위를 노니는 한 쌍의 새를 보고 무너졌다. 정겹게 지저귀는 한 쌍의 새를 보며 차홍은 울었다.

산속을 걷는 월두를 따라 지기 싫어 뒤를 밟던 어린 자신의 모습이 떠올랐다. 물에 떠내려가던 저에게 긴 장대를 건네던 월두가 떠올랐다. 어두운 산을 내려가다 누군가 지펴놓은 불씨를 찾아가 몸을 녹일 때면, 혹시 그가 저를 위해 일부러 불을 끄지 않고 두었나 생각했었다.

월두. 다시는 그를 만날 수 없다. 궁을 찾았던 정겨운 한 쌍의 새는 날아갔다. 그리고 차홍에게는 희망 없는 삶이 이어졌다.

"뭐야? 얼른 말해봐. 밤마다 드는 고양이가 무엇인고?"

들리는 나인의 쾌활한 목소리에 차홍은 몸을 벽에 바짝 붙여 숨었다.

"고양이가 아니라, 범. 아주 날렵하고 단단한 몸을 한 범이 온다니까."

"그래, 그 범이 밤마다 찾는단 말이지?"

궁녀 둘이 나누는 밀담에 자리를 옮겨야 했지만, 차홍이 움직이면 여기 숨어 있는 것이 들킬 거 같았다.

"희빈마마를 찾는 범이라. 애간장이 떨린다."

희빈이라는 이름이 오르자 차홍은 더 자리를 떠날 수 없었다.

보고 들은 걸 발설하지 말라는 궁녀의 규율이 있었으나, 심심한 궁 생활에 왕과 비의 이야기만큼 흥미로운 게 없으니. 두 궁녀의 밀담은 이어졌다.

"매일 밤, 나 살려라 교성이 아주."

"매일 밤? 정말 매일 밤?"

"그럼, 완전 다 살아나셨대."

"어쩜, 아당이 넌 좋겠다. 난 먼발치서 한 번 뵈었을 뿐이야. 그럼 넌 매일 밤 그분을 보겠다."

"응, 난 매일 밤 멋진 범을 만나."

"꼭 제가 모시는 것처럼 말하네."

"옷깃도 못 스치는 인연보다야. 내가 더 기회가 많지."

하하하. 궁녀들이 웃으며 마당에서 사라졌다.

차홍도 주상전하께서 희빈 권 씨를 자주 찾는다는 이야기는 들었다. 요즘 누구나 다 그 말을 하니까.

희빈은 주상전하의 총애를 숨기고 싶은 마음이 없는지, 직접 차홍을 찾아와 사실을 알려주기도 했다. 희빈전에 상주하는 나인의 수를 늘리고, 언제 주상전하가 드실지 모르니 끼니마다 수라간에서 상을 들여야 한다고 청했다. 일종의 통보였지만, 중전의 자리에 있는 차홍은 인자하게 뜻하는 대로 하라 허하였다.

"옛날의 차홍 같으면 네년은 뼈도 못 추렸다. 뒷간에 똥물을 퍼다 뿌려줬을 거야."

거친 말을 내뱉고 웃었다. 잠시 속이 시원했다. 그러다가 차홍의 표정이 점점 어두워졌다.

희빈 권 씨의 몸을 덮치는 주상전하가 떠올랐다.

남녀의 정분 쌓는 일을 모르는 차홍이 아니었으니까. 범처럼 날렵한 왕의 몸이 여인을 탐하는 모습은 쉽게 그려졌다. 사내가 붉은 용포를 벗자, 왕의 모습은 어느새 월두가 되었다. 그리고 그 밑에 깔려 신음하는 여인은 차홍이었다.

그의 무자비한 손길에 차홍은 신음하였다. 꽃송이처럼 상처입기 쉬운 차홍의 몸을 그는 거침없이 탐했다. 그의 아래 흔들리며 너무 아파 울음을 터뜨리고 싶었다. 그의 짐승 같은 울부짖음을 들으며 두려워 몸이 부들부들 떨렸다.

사내가 뒤에서 자신의 몸을 뚫고 들어온다. 이런 식으로 여인을 함부로 취하는 사내란 그저 짐승 그 자체였다. 거친 그의 허리가 움직였다. 차홍은 그의 앞에 엎드려 이를 악물고 참아내었다.

그러다 차홍은 고개를 번쩍 들고 교성을 질러대었다. 여린 잎이라 상처를 쉬이 입었으나, 그만큼 예민하게 사내를 느꼈다.

자신의 안을 채우는 사내를 바라본다.

'더, 더, 더 나는 너를 원해.'

빠르게 치솟아 들어오는 단단한 그를 다 받아주었다.

'너를 품을게. 네가 나를 다 가지도록 너에게 한껏 열어줄게.'

차홍은 몸을 일으키고 손을 들어 그의 목을 부여잡았다. 사내가 거친 손으로 뒤에서 차홍을 안고 가슴을 움켜쥐었다. 그리고 멈추지 않고 차홍의 몸에 푹푹 단단한 그를 담갔다.

아아 아아아.

여인의 입술에서 터지고 말았다. 참았던 교성을 지르는 여인 또한 교미하는 한 마리 암컷에 불과했다.

궁궐의 구석에 숨어, 벽에 기대어 눈을 꼭 감았던 차홍이 서서히 눈을 떴다. 그 사내의 품이 그리웠다. 자신을 함부로 다루던 그 손이 사무치게 그리웠다.

그의 손길을 느끼고 싶지 않아, 몇 번은 고개를 저었더랬다. 그는 상놈이니, 짐승 같은 놈이니, 자신을 탐하는 숨결도 더럽다 그를 밀어내려 해보았었다. 그러나 그의 사내다운 몸짓은 잊을 수 없는 잔상으로 남아, 차홍의 외로운 밤에 찾아왔다.

다시 그와 같은 거친 사내의 아래 깔리고 싶었다.

그런 것이 사내와 여인의 운우지정(雲雨之情)이라는 걸 알 만큼 이제는 성숙해졌다. 짝을 맞추는 일에 남녀 사이에 놓인 건 아무것도 없었다. 그저 모든 걸 벗어던지고 서로에게 주는 일이 다였다.

단 한 번 그에게 안겼던 일은 차홍에게 모든 걸 가르쳐 주었다. 그는 솔직하게 뜨거운 마음을 다 보여주었다. 그의 성난 몸이 자신을 차지했을 때, 피었더라면 좋았을 것을. 더 그를 느낄 수 있도록 꽃봉오리를 움켜쥐지 않았더라면. 그를 보듬어주고, 활짝 피웠을 텐데.

그에게 다 주지 못했던 것이 후회였다.

나도 너를 미치도록 안고 싶었노라고, 알려줬다면 좋았을 것을.

그때는 어려 몰랐다.

차홍이 그에게 자신을 주고 싶었던 그 마음은 사랑이었다는 걸, 그때는 몰랐다.

역시나 차홍이 중궁전으로 돌아와 보니 난리가 나 있었다.

"중전마마, 어디를 홀로 다녀오시는 겁니까. 나인들이 다 나서 궁을 샅샅이 뒤져 보아도 찾을 수 없었사옵니다. 이 일이 대비전에라도 알려진다면……."

차홍은 박 상궁의 말을 무시하고 방으로 들어갔다. 마당에 남은 박 상궁은 저렇게 나오는 중전마마에게 화가 났다.

다들 중궁전 최고 상궁을 맡은 박 상궁이 실세이거니 하지만, 홀대받는 중궁전 신세는 사랑받는 후궁전 신세보다 못한 법이었다. 희빈 권 씨는 궁에 들어오자마자 일 년간 왕의 성심을 독차지해 선사 받은 비단이며 장식 꾸러미며 산더미였다. 희빈전 안 상궁이 마마를 모시는 수고로 받은 하사품을 어찌나 자랑스럽게 차고 다니는지. 박 상궁은 그런 진귀한 노리개는 바라지도 않는다. 찬밥 신세나 면해야지.

'어질지 못한 여인.'

상궁의 신분으로 담아서는 안 될 말이었지만, 속마음까지 들키려나. 박 상궁은 못마땅한 표정을 지었다.

박 상궁은 중궁전을 나와 대비전으로 향했다. 중궁전 상궁이 궐을 자주 옮겨 다니는 게 눈에 띌까, 뒷길을 돌아 협문을 넘어서고 있었다.

"바쁘시네."

문을 넘자 들리는 목소리에 박 상궁이 뒤돌아보았다.

"주, 주상전하."

그곳에는 담벼락에 몸을 기대 짝다리를 짚고 선 주상전하가 있었다. 어찌 이런 곳에, 주위에 내관들도 없이 홀로 계시는가.

"이리 가까이 오라."

주상전하는 전에 본 적 없이 불량한 표정과 말투로 손을 까딱하였다. 그 모습은 마치 박 상궁이 침방 생각시 시절, 저자에 나갔다가 뒷골목에서 만난 동네 노는 언니가 부르는 듯한 자태였다.

"저, 전하, 맡기실 분부가 있사옵니까."

"가까이 와야 말하지."

똑같았다. 다짜고짜 우선 가까이 와보라 하고는, 벽에 밀어붙이고 몸을 뒤져 한 푼이라도 나오면 처맞는 거다 겁박하는 것이 순서였다.

"어찌. 하, 하문하시옵소서."

왕의 얼굴에는 험악한 표정이 담겨 있었다. 붉은 용포를 입지 않았으면 거친 왈패로나 보일 무서운 표정이었다.

"하명이 아니라, 하문이라. 뭘 잘못했다는 감은 있나 보지."

"하문하시옵소서."

"그래, 뭐가 잘못 돌아가는지 알아야 고칠 테니. 내가 알려줄게, 상궁마마."

상궁마마라니! 박 상궁은 놀라 바닥에 납작 엎드렸다.

"주, 죽을죄를 지었나이다."

"왜 마마 소리가 듣고 싶어서 그런 게 아니었어? 중궁전 담장을 넘도록 상전을 가르치려 들고, 이 방 저 방 소리를 듣고 참새처럼 바지런히도 날랐더군."

"저, 전하. 소인은 그런 뜻이 없었사옵니다. 대비전은 내명부를 살피는 가장 웃전이시오니, 그저 명을 받잡고 따를 뿐이옵니다. 하나, 주상전하의 성심을 거슬렀다면 고…… 고치겠사옵니다."

"하, 다들 말이 많군. 습관이야."

"말도 줄이겠나이다."

"말수도 줄이고, 아니 아예 입을 열지 마. 임금님 귀는 천 리 밖의 소리까지 듣는다는 소리 들어봤지? 다시 한 번 궁 담을 넘어 목소리가 새어 나오면, 네년 목을 따러 간다. 보릿고개가 시작되면 제일 먼저 잡아 튀겨 먹는 게 참새고기야. 말 전하는 것들은 다 잡아 튀겨 버릴 테니까. 그 본보기로 네년부터 잡고."

박 상궁은 겁에 질려 눈물을 뚝뚝 흘리며 바들바들 떨었다. 더는 변명도 입에서 튀어나오지 않았다.

"하문하였으니 답하라!"

"예, 예. 주상전하, 입도 뻥긋하지 않겠나이다. 죽은 듯이 살겠나이다. 용서하시옵소서. 소인이 주제를 넘었나이다."

"지켜보겠다."

주상전하는 말을 남기고 뒷짐을 지고 자리를 떠나갔다.

바닥에 철퍼덕 앉아 머리를 조아리던 박 상궁은 후들거리는 다리를 일으켜 자리에서 일어났다. 궁에서 삼십오 년을 버틴, 중년의 나이가 된 여인이 울며 떠난 자리에는 오줌을 지린 자국이 남아 있었다.

*

차홍은 이러면 안 된다, 하면서도 또 홀로 궁 안을 서성이게 되었다. 혼자 있고 싶어 그러니 나인들을 물려달라는 말에 오늘은 웬일로 박 상궁이 따라오지 않았다. 차홍은 내전을 산책하다가 후원으로 걸음을 떼었다. 혼자 돌아다니며 당당히 부용지를 거칠 수는 없어 뒷담을 따라 걸었다. 궁에 삼 년간 살았지만 이곳까지는 온 적이 없었다. 이렇게 소나무가 울창한 숲이 뒤 터에 자리 잡고 있는 줄도 몰랐다.

"흠, 솔향 좋다."

이렇게 걸으니 마치 산속에 있는 느낌마저 들었다.

걷다 보니 담벼락 너머로 사내들이 겨루기를 하며 힘을 쓰는 소리가 들렸다. 발길이 어느새 이곳까지 왔는지. 이곳은 무예 연마장이었다. 차홍은 연마장에서 벗어나려다가 주춤하였다.

'주상전하께서 요즘 무예 연습을 즐기신다 하던데.'

차홍은 주변을 살피다가 턱이 진 땅에 쌓인 담으로 올라갔다. 높은 지형으로 위쪽에서는 연마장 안을 살펴볼 수 있었다. 몸을 낮추고 담벼락 위로 머리를 올려 마당 안을 엿보았다.

무관들이 둘씩 짝을 지어 대련을 하고 있었다. 차홍의 시선은 바로 단상 위에 오른 주상전하에게로 향하였다. 주상전하는 단상 위에 서서 활을 들고 과녁을 향해 화살을 날리고 있었다.

휘릭. 화살이 날아가더니 과녁 밖을 맞추었다. 이를 지켜보던 차홍도 저절로 아쉬워 소리를 냈다.

주상전하는 활쏘기에 별 흥이 없는지 건성으로 활을 쏘았다. 전부 붉은 원점을 벗어났다. 그런데 그 빗나간 화살들이 옹기종기 몰려 있었다. 꼭 홍점을 밖으로 옮겨놓은 것처럼 말이다.

어디선가 김 종사관이 나타나서 주상전하의 곁에 섰다. 종사관이 심각한 표정으로 뭔가를 말하니, 주상전하가 웃기 시작했다. 엿보던 차홍의 입가에도 미소가 번졌다.

"내가 지금 뭘 하고 있는 것이야, 또."

그만 봐야지 하다가 다시 담 너머를 살피니, 이제는 주상전하의 모습이 보이지 않았다. 차홍도 그만 자리를 뜨려고 담장 밑 비탈을 미끄러져 내려왔다.

"염탐꾼, 누구냐?"

담장 너머로 들리는 소리에 차홍이 동작을 멈추었다.

"거기 있는 거 다 안다. 군사훈련을 염탐하는 것을 보니 간자이구나."

목소리는 분명 전하의 것이었다. 차홍은 놀라 입을 막았다.

"나오지 않으면, 이 화살이 창공을 가르다가 네 머리 위에 떨어질 것이다."

차홍은 이런 꼴로 나설 수 없었다. 순간 그냥 빠르게 도망칠까 생각했다.
"자, 간다. 어디로 피하든 그건 네 운이다."
드드 드드드.
활시위가 힘 있게 당겨지는 소리가 들렸다.
"저, 전하, 제발 용서하소서."
"늦었다. 활은 이미 날아갔다. 이제 네 운에 맡기거라."
차홍은 놀라 담벼락에 붙어 하늘을 보았다. 높이 솟아오른 화살이 이제 곧 아래로 곤두박질칠 거라는 생각을 하자, 등골이 오싹해져 도망갈 생각도 못 하였다. 금방이라도 활이 머리로 떨어질 것만 같았다.
"이런, 간자가 아니라 중전이었군."
소리가 나는 쪽을 보니 주상전하가 문을 넘어 이쪽으로 다가오고 있었다.
"화, 화살은 어찌합니까. 오지 마시옵소서, 전하."
"내 걱정을 해주는 거요? 운이 없으면 내게로 떨어지려나."
차홍은 이제야 상황을 파악하고 한숨을 지으며 주춤주춤 벽에서 걸어 나왔다.
"전하, 어찌. 신첩에게 농을 거시는지요."
"내가 그까짓 농도 안 걸어보았나? 참 재미없게 살았군."
"저는, 이만 가보겠사옵니다. 길을 잘못 들어 여기에……. 가보겠습니다."
"궁에서 사내들이 이렇게 모여 있는 곳이라고는 이곳뿐이니. 구경할 만도 하군."
"아니, 그것이 아니! 아……."

순간 발끈한 차홍은 목소리가 커지려 하다가 입을 닫았다.

"하하 하하하."

이런 차홍의 얼굴을 보더니 갑자기 왕이 웃었다.

아, 하마터면 성질을 낼 뻔하였다. 차홍은 입을 꾹 닫았다. 이럴 때 가장 좋은 대응은 무응답이다. 이것이 차홍이 이 궁 안에서 살아남기 위해 택한 처세술이었다. 차홍은 더 하고 싶은 말이 생기기 전에 입을 닫고 고개를 숙여 인사를 했다.

"이제 대꾸도 안 하겠다. 좋은 방법인데. 그러면 사내가 더 안달하는 법이지."

차홍이 입을 모으다가 피식 웃음이 새어 나왔다.

차홍이 이런 것을 어디서 배웠겠는가. 산에 살 적에 월두를 만날 때마다 성질을 긁는 탓에 맞대응도 해보고, 악도 써보고 하다가 선택한 방법이었지.

하루는 성구가 갑자기 호박죽을 먹고 싶다고 말도 안 되는 떼를 썼었다. 그 시절의 살림에 간식을 사 먹을 돈은 없었다. 말을 들어보니 월두가 이리 맛난 호박죽 한번 먹어본 적이 없느냐며 약을 올렸다는 거였다. 그러더니 '너는 누이한테 사달라고 해라' 하며 성구 앞에서 호박죽 한 그릇을 다 비웠단다.

당연히 차홍은 바로 월두에게 달려가 따졌고. 월두는 그런 차홍에게 너도 호박죽 맛을 보고 싶어 그러냐며, 처음 먹어보았는데 세상 이런 맛이 없더라 약을 올렸다. 그리고 하는 말이 지난번, 마을에서 마주쳤을 때 자기를 보고 몸종이라 비웃었던 일을 사과하면 호박죽 한 그릇을 사 준단다. 차홍을 뭐로 보고, 그깟 호박죽 하나로 자존심을 긁으려는 겐지. 그야, 제 놈이 주막집

어린 딸년이랑 히죽이고 있으니, '천한 놈이 천한 짓거리나 하네' 욕을 해준 것이지.

상대가 더 떠들수록 무응답이 답이더라. 그때 시도해 본 것이었다. 차라리 상대를 말자 입을 닫았더니 의외로 안달이 난 것은 월두 놈이었다. 열흘이 안 되어서 월두가 관운사로 호박죽 두 그릇을 사서 올라왔더랬다. 차홍은 우쭐한 마음에 월두가 내민 호박죽을 안 먹는다며 쳐내었다. 그게 땅에 떨어져 엎어졌을 때, 그렇게까지 할 생각은 아니었지만, 월두가 무섭게 화낼까 봐 그냥 방으로 들어가 버렸다. 그런 행동을 했으니 뭐 그때는 '저저, 성질 더러운 거 봐라. 네 누이가 저런다. 성구야 너라도 먹어라. 바닥에 엎은 건 개를 불러 싹싹 긁어먹으라 하겠으니' 하며 그가 침을 뱉고 사라져도 할 말이 없었다.

차홍의 눈에는 과거 월두의 모습과 지금 눈앞에 선 왕의 모습이 겹쳐 보였다. 차홍은 이상한 생각에 휩싸여, 무예 훈련을 할 때 입는 철릭을 두른 키 큰 사내를 올려다보았다. 이렇게 왕이 히죽이며 웃는 모습이 차홍을 인상 쓰게 했다. 누군가를 떠올리게 만드는 꼭 닮은 웃음이었다.

월두가 웃다가 저도 모르게 손을 들어 차홍의 턱을 건드렸다.

'봐. 내가 찾았지? 네 성질머리에 가만히 참고만 있지는 못하겠지?'

차홍이 무응답으로 대응할 때 월두 또한 차홍을 도발시키는 법을 익혔으니. 이렇게 월두가 히죽거리면, 차홍은 입을 꼭 닫았다가도 못 참고 화라도 뱉어내고는 했다.

월두의 앞에 있는 차홍은 얼굴에 붉은 혈색이 돌고 눈은 물기를 머금어 빛나고 있었다. 궁에서 살며 시들어 가던 차홍의 빛을 마침내 보게 되어 월두는 따듯한 미소를 지었다. 그러나 월두의 웃음 뒤에는 아쉬운 감정이 뒤따랐다.

차홍은 뚫어지게 왕을 바라보았다. 그러니 차홍을 내려다보며 웃던 그가 고개를 돌렸다.

"가보시오."

고개를 돌리는 그의 시선을 따라 차홍은 눈을 뗄 수 없었다. 이런 모습을 보면 자꾸 그처럼 느껴지는걸.

"저, 말입니다."

"중전, 예전에 이곳을 서성이다 대비전에 불려간 적이 있지 않소."

차홍은 금세 정신을 차렸다. 방금 주상전하께 무얼 물으려 했던 건가.

임금의 말대로 차홍이 이곳에 있던 것을 들키면 또 대비전에 불려갈 일이었다.

예전에 차홍이 궁에 들어온 지 얼마 되지 않아 이곳에서 발길을 멈추고 오늘처럼 주상전하를 훔쳐본 일이 있었다. 정말 월두와 너무나도 닮아 확인하고 싶었다. 얼굴 생김새며 표정은 그였다. 하지만 그가 아니었다. 구석구석 다 닮았어도 다른 이라는 걸 한눈에 알아볼 수 있었다. 그때, 왕의 웃음을 보고 그일 리가 없다는 걸 알았다. 월두는 웃음이라고는 지을 줄 몰랐으니까. 차홍에게만 제대로 웃는 모습을 보여준 적이 없는 것일지도 모르지만. 기껏해야 놀리며 히죽이는 표정을 본 게 다였다.

'그래서 지금 헷갈리는 거야.'

화를 내고, 난처하게 만들고, 조롱하고, 그리고 잠시는 다시 저런 눈빛으로 자신을 바라보고. 삼 년 전 차홍의 곁에 머물던 월두의 모습이 왕에게서 비칠 때마다, 차홍은 다시 가슴이 뛰었다.

지금 눈앞에서 자신을 향해 웃어주는 사내가 주상전하가 맞으신가 낯설었다.

농을 하는 걸 즐기는 주상전하셨지만, 차홍에게는 농을 걸지 않으셨다. 대비전에서 관심을 가질수록 왕이 중전을 대하는 태도는 더욱 딱딱하고 감정이 없어졌다. 차홍도 차라리 그편이 좋아, 왕의 환심을 살 아무 행동도 한 적이 없었다.

월두가 아니면서, 월두가 생각나게 하는 사내의 품에 어찌 차홍이 안길 수 있겠는가.

왕이 중궁전에 들어야 할 합궁일에 침전으로 장악원의 기생을 불러들여도 괜찮았다. 아무 감정이 없었으니까. 일 년 전부터 새로 들인 후궁, 희빈 권 씨가 왕의 총애를 받자 오히려 대는 이을 수 있으려니 다행이다 싶었다.

"그래도 아무것도 안 하고 있는 것보다는 보기 낫군."

생각에 잠겼던 차홍이 그 음성에 다시 그를 올려다보았다.

이제 사내는 또 다른 낯선 눈빛으로 차홍을 보았다. 외로움을 아는 사람만이 알아챌 수 있는 눈빛.

"이만…… 오해가 풀렸으면 돌아가겠습니다."

차홍은 이제 그만 그에게서 시선을 떼어내야 했다. 말도 안 되는 그런 생각일랑은 더 하지 말고.

"그래. 가보시오."

"전하, 중식으로 드시고 싶으신 것이 있사옵니까. 가는 길에 수라간에 전하겠나이다."

차홍은 이전의 차분한 모습으로 돌아왔다.

"그런 수고할 필요 없소. 길 잘 찾아 돌아가시오."

"예, 전하. 그러면 신첩, 가옵니다."

"그래, 가보시오."

주상전하가 먼저 자리를 떠 연마장으로 들어가는 모습을 보고서야 차홍은 뒤돌아섰다.

월두는 연마장으로 들어가려다가 뒤돌아섰다. 차홍은 등을 보이며 걸어가고 있었다.

"그래, 그렇게 호기심도 생기고, 투기도 하고, 마음도 생기고 살아라."

차홍이 삼 년간 궁에서 어떻게 살았는지 상선을 통해 모두 알아내었다. 월두가 바라는 것은 없었다. 그녀가 살 만해지는 거 하나이다. 이제는 연한 웃음이라도 짓게 되어 다행이었다.

월두는 돌아서서 연마장 안으로 들어갔다.

차홍은 원삼 아래 손을 넣고 걷다가 결국 이기지 못하고 뒤돌아섰다.

'정말, 왜 이러는 것인지.'

뒤돌아보았으나 열린 사잇문에 남은 이가 없었다.

"그래, 나도 감정이 있는 사람이야. 내게 아픈 말을 하면 화가 나고, 다른 여인을 안으면 질투가 나 잠도 안 와. 그러니까, 나를 더는 아프게 하지 마."

차홍은 뒤돌아 그곳을 떠났다.

*

꿈속이었다. 차홍은 시원한 폭포수가 떨어지는 계곡 아래를 내려다보았다. 하얗게 부서지는 물보라에 몸이 끌려갔다. 어지럼증이 일더니 차가운 물속에 몸이 잠겼다. 깊은 수심에 잠겨 눈을 감았다. 더 잠겨 있고 싶었으나 차가운 느낌에 점점 수면으로 떠오르는 기분을 느꼈다.

잠에서 깨고 싶지 않다. 꿈조차 허락되지 않은 밤이었으니 그냥 두렴. 눈을 뜨고 싶지 않구나.

차홍은 눈을 뜨고 뿌옇게 흐린 시야에 초점을 맞추었다.

흐읍!

시야에 어두운 그림자가 들어오자 소리를 지르려 입을 열었다. 그러나 곧 단단한 손에 입이 막혔다.

읍, 읍.

차홍이 발버둥 치자 그림자가 그녀의 몸을 눌렀다. 묵직한 무게에 차홍은 옴짝달싹할 수 없었다.

'누구냐? 누가 대담하게 중궁전에 침입한 것이냐.'

그자가 얼굴을 내밀고 차홍을 내려다보았다.

'전하!'

자신을 짓누르는 사내는 주상전하였다. 차홍은 놀라 더는 발버둥 치지 않았다.

자신을 알아보는 차홍의 눈빛에 월두는 그녀를 누른 손을 풀어주었다. 그가 풀어주었어도 차홍은 여전히 몸이 굳어 움직이지 못했다.

"이 궁에 내 것이 아닌 게 없다더라. 맞느냐?"

그의 낮은 음성이 차홍의 귓가에 들렸다.

"너도 내 것이냐?"

차홍의 가슴이 부풀어 올랐다. 그의 무게가 조금 더 자신에게 실리기를 바랐다. 밤이 깊은 시각 자신의 침소에 든 사내를 그냥 보내기 싫었다.

"내 것이냐?"

"저는, 전하의 것입니다."

'아니야, 내 거야.'

왕의 얼굴이 천천히 내려왔다. 다가오는 그를 바라보는 차홍의 눈동자가 흔들렸다. 그의 입술이 살며시 차홍의 마른 입술에 닿았다. 차홍은 눈을 감지도 못하고 그의 모습에 끌려, 자신에게 입을 맞추는 그를 바라보았다. 그는 눈을 꼭 감고 있었다. 그리고 작은 입술을 무는 그의 입술은 떨리고 있었다.

차홍은 따듯한 그 느낌에 사르르 눈을 감았다. 두툼한 입술이 부드럽게 차홍을 빨아들이더니, 꼭 끌어안으며 입술을 눌러왔다. 차홍도 손을 올려 그를 꼭 끌어안았다.

"흐음."

차홍에게서 흘러나온 여인의 농염한 신음은 월두를 멈추게 하였다.

이 방에 들어서면 안 되었다. 중전이 된 여인을 탐해서는 안 되었다. 그러나 오늘 밤은 더욱 참기 힘들었다.

꿈을 꾸었다. 월두의 꿈속에 차홍은 폭포수 옆에 앉아 울고 있었다. 홀로 앉아 우는 그녀를 달래주고 싶었다.

월두는 바지춤에 끼워둔 대금을 들었다. 대금 소리는 그녀가 유일하게 들어주는 월두가 내는 소리였다. 입을 열면 쏟아져 나오는 말이야, 욕뿐이니. 다른 소리는 듣기 싫어했다.

대금을 부는 월두를 보는 차홍의 시선은 따듯했다. 그렇게 꿈속에서도 그녀를 위해 대금을 불었다. 대금 소리가 울리자 흐느끼는 여인의 소리는 잦아들었다.

그녀의 울음이 잦아들자, 월두는 꿈에서 깨어나 눈을 떴다. 월두가 누운 곳은 왕의 침전이었다. 자신이 왜 이런 곳에 누워 있는지 천천히 모든 것이 떠올랐다. 그리고 꿈에서조차 그녀의 이름을 불러보지 못하고 깨어났다는 사실에 서글펐다.

"차홍아."

눈물이 흐른 건 월두의 눈이었다. 눈가에 맺힌 생소한 물기를 손으로 만져 보았다. 꿈속에서 자신을 바라보던 차홍의 눈빛. 오늘 밤 그 눈을 다시 보지 않고는 버틸 수 없었다.

궁에 머무는 시간을 정해두었다. 그녀가 괜찮아질 때까지. 그녀의 얼굴에 빛이 다시 스며들 때까지였다. 그러나 막상 원하던 대로 차홍의 얼굴에 서서히 예전의 빛이 스며드는 모습을 보니 허탈한 웃음이 나왔다. 계집은 남아 잘 살 수 있을 것이다. 걱정해야 할 건 차홍이 아니었다. 월두는 이제 무엇을 잡고 살아갈까. 마지막 소원이던 그녀의 얼굴도 실컷 봤으니. 뭐가 남았는가.

그래서 몰래 침전을 빠져나왔다. 마지막 가는 길에 위안이라도 되도록, 한 번만 더 그녀의 얼굴을 기억하고 싶었다.

중궁전에 몰래 들어. 결국은 또 이렇게 눈앞에 있는 차홍을 품에 안고 있었다. 자신의 품에 안겨 신음을 내는 여인은 꿈에서나 만날 수 있는 차홍이었다. 다른 사내의 것이 된 여인. 그래서 그 사내가 되어 그녀를 안아야 했다.

월두는 차홍을 꼭 안고 그녀의 눈을 보았다.

"아무것도 하지 않아도 괜찮아요. 그냥 한 번만 꼭 안아주시어요."

차홍이 부드러운 음성으로 말했다.

달빛에 싸여 흔들리는 사내의 눈빛은 월두인 것만 같았다. 그럴 리 없다는 것 또한 알지만. 꿈이 아닌 현실의 사내가 따듯하게 안아주자 오늘 밤은 참기 힘들었다. 사내의 품이 따듯해서 오늘만, 딱 오늘만 눈을 꼭 감고 위로받고 싶었다.

월두는 차홍을 안고 그녀의 어깨에 얼굴을 파묻었다.

"다음번에는, 정말 너를 안을게."

월두는 차홍을 꼭 끌어안았다. 따듯한 품을, 그녀의 체취를 기억에 새겼다.

얼굴을 든 월두가 차홍의 머리를 만지며 미소를 지어 보였다. 차홍이 가만히 그런 그의 얼굴을 보다가 고개를 끄덕였다.

'안녕, 차홍아.'

월두는 차홍의 이마에 입을 맞추었다. 이제는 정말 차홍을 놓아주어야 할 시간이 되었다. 다른 사내의 여인이 된 내 사랑을 두고 떠난다. 남은 차홍은 괜찮을 것이다. 다시 눈빛이 살아 반짝이고, 봄을 맞아 개화한 꽃을 보고 미소 지을 줄도 아는 걸 보니. 지금이 떠날 때라는 걸 알았다. 이것이 월두가 차홍을 위해 해줄 수 있는 일이었다. 그녀를 흔들지 않겠다는 처음 약속처럼, 흔적 없이 사라질 것이다.

월두는 가슴속으로만 인사를 남기고는 자리를 떠났다.

그는 소리도 없이 창을 열고는 정원을 통해 사라졌다. 예고 없이 밤손님이 들었던 자리에는 어떤 흔적도 남아 있지 않았다.

차홍은 이 또한 꿈일지도 모른다 생각했다. 너무도 외로운 궁 생활에 바람이었는지도 모른다.

남은 차홍은 한기를 느껴 이불을 끌어당겼다.

다음 날이 되어 확인하여도 중궁전을 지키던 나인 중 누구도 이상한 소리를 듣지 못했다 한다. 그도 그럴 것이 새벽 깊은 시각이라 불침번 나인도 비몽사몽 앉아 있기 일쑤였다.

그건 정말 꿈이었는지.

그의 목을 감으며 느꼈던 따스한 살갗의 감촉이 아직도 손끝에 남아 있는데. 차홍은 자 손을 내려다보다가 뭔가가 떠올랐다.

'확인할 것이 있다.'

차홍은 급히 박 상궁을 찾아 대비전에 들었다.

*

차홍은 처음으로 궁을 나왔다. 사가 어머니가 병이 들어 안부를 여쭙고 싶다는 청을 대비전에 넣었다.

대비전에서는 닷새간의 외출을 허락하였다. 궁에 들어온 지 삼 년이 되도록 바깥출입 한 번 안 하던 중전이었던지라. 희빈과의 일 때문에 궁 분위기도 그렇고, 마음 추스르고 오라고 허락이 떨어졌다.

차홍의 가마는 사가가 있는 북촌으로 향하였다. 그러나 중전은 길을 가던 중에 가마에서 내리고 빈 가마만이 사가에 보내졌다. 차홍은 반촌을 벗어나기 전에 가마에서 내려 몸을 숨겼다. 반촌 어귀 어느 주막으로 들어가 아낙의 옷을 사 입고, 말을 한 필 샀다. 그렇게 말을 타고 한양성을 떠났다. 주어진 시간은 닷새, 시간이 없었다.

차홍은 알아야 했다. 마음에 이는 이 의구심을 더는 덮어놓을 수 없었다.

쉬지 않고 삼 일간 말을 달려 강원도 외가의 별장에 도착했다. 떠났던 집의 모습은 그대로였다. 그곳에는 어머니 김 씨가 마당에 나와 자리에 앉아 있었다. 여전히 멍한 눈으로 하늘을 올려다보며 외롭게 앉아 있었다.

"어머니."

차홍은 어머니 김 씨에게 달려가 중년의 여인을 안았다. 사람의 손길에 김 씨는 화들짝 놀라 몸을 덜덜 떨었다.

"으, 흐으음."

겁에 질려 떠는 어머니를 차홍은 꼭 안아주었다.

"이제 괜찮아요, 어머니. 제가 돌아왔어요. 이제 제가 돌볼게요. 제가 어리석었어요. 제가 잘못했어요."

"차홍이."

어머니 김 씨가 차홍을 알아보았다. 그러자 여인은 정신을 놓기 전과 같은 고운 미소를 입가에 머금었다.

"괜찮다, 아가야."

김 씨의 눈에 차홍은 아직도 어린 딸로만 보였다.

"어머니, 흐으으. 저 때문이에요. 다 저 때문이에요."

차홍은 어머니의 품에 안겨 울었다. 그동안 참았던 눈물이 쏟아져 나왔다.

"밥때가 되었는데도 오지 않아 걱정하였잖니. 저자 구경을 갔더냐. 어미랑 가지 그랬어."

어머니 김 씨는 우는 딸을 꼭 안고 등을 토닥여 주었다.

차홍은 산을 올라 어두운 동굴 안으로 들어갔다. 안쪽 깊은 곳까지 몸을 숙이고 들어가 사람의 흔적을 찾았다. 차홍이 떠나고 그는 홀연히 사라졌다고 한다. 관운사에 올라 월두의 소식을 전해 듣고, 산을 뒤져 그의 흔적이라도 찾아보았다. 그가 이곳을 떠났을 거라는 생각을 해본 적이 없었다. 이 산을 벗어난 월두를 생각해 본 적이 없다.

그렇게 믿었다. 월두는 이곳에서 잘 살고 있다고.

"멍청한 계집, 네 말이 맞아. 어찌 니같이 멍청한 계집이 다 있어. 네 말이 다 맞아. 나는 이렇게 될 줄은 몰랐다."

차홍의 눈에서 눈물이 떨어졌다. 한참을 동굴 바닥에 주저앉아 목 놓아 울었다.

차라리 월두 너를 만나지 못해 다행이다. 그랬다면 나는 너에게 다 들키고 말았을 거야. 그렇게나 숨기고 싶었던 내 마음을 너는 다 알아차릴 테지. 내가 널 사랑한다는 걸 네가 알아챌까 봐, 돌이나 집어 던지던 바보잖아. 나는 그렇게밖에는 내 마음을 표현하지 못했다.

"나는 월두의 여인이고 싶었다."

그 말을 남겨두었다. 그리고 동굴을 나와 빛이 들어오는 입구로 걸어갔다.

"너, 너!"

그곳에는 빛을 등지고 선, 한 사내가 있었다. 사내다운 품을 지닌 그림자가 철릭의 옷자락을 나부끼며 동굴 앞에 서 있었다.

"월두……."

사내가 달려와 차홍을 끌어안았다.

"월두. 월두."

차홍은 끓어오르는 뜨거운 눈물을 흘리며 월두의 품에 매달렸다.

월두는 눈을 꼭 감고 으스러지듯 애달픈 몸을 끌어안았다.

"정말 너야? 네가 맞아?"

차홍은 눈물에 젖은 눈을 들고 손으로 월두의 얼굴을 만지며 그의 얼굴을 확인하였다.

"그럼 여기서 네깟 계집 기다리는 사내가 나밖에 더 있더냐?"

월두는 아픈 표정으로 차홍을 보고 있었다. 저렇게도 공허한 아픔을 그가 알게 만들다니. 차홍은 자신이 원망스러워 가슴이 미어져 왔다.

"떠나는 게 아니었어. 여길 떠나서는 안 되었는데. 너를 떠나서는……."

월두는 차홍의 입을 막았다. 후회 같은 건 듣고 싶지 않았다.

그런 말로 위로받고 나면? 다시 뭘 돌려놓고 싶어서 그래.

월두는 차홍의 입술을 거칠게 가졌다. 그녀를 처음 안았을 때와는 다르다. 무슨 감정인지도 모르고 그저 안고 좋아하던 사내 녀석이 아니었다. 가지지 않고는 버틸 수 없게 되었다.

그녀를 가져야만 세상이 다시 시작되니까.

'네가 원하는 건 나니까! 내가 맞으니까.'

월두는 애절하게 차홍을 부여잡았다. 그녀의 숨을 빼앗고 그녀의 체취를 맡으며, 이곳까지 자신을 찾아온 것은 차홍이가 맞다는 걸 느껴야만 했다. 월두는 거친 숨결을 뿜으며 그녀의 앞섶을 헤치고 손을 넣어 하얀 목을 쥐었다. 입술을 빼앗으며 거친 손으로 가슴을 부여잡았다.

차홍은 그에게 매달렸다. 뜨거운 그의 입술이 차홍에게 스며들자 아프게 미어지던 가슴이 서서히 진정되었다. 헐떡임이 잦아들자 숨결에 짙은 농염이 쌓였다. 월두의 입맞춤으로 서로 나눈 숨은 점점 달큰하게 바뀌고 있었다. 차홍의 영혼까지 사로잡는 그의 숨결이 좋았다. 미치도록 이 사내가 좋았다.

"하아, 하아, 월두."

월두가 번쩍 차홍을 안아 들었다. 그녀의 몸이 들려 그에게 매달리고, 이내 등으로 딱딱한 동굴 벽의 차가움이 느껴졌다.

그는 거친 숨소리를 냈다. 차홍은 귀를 달구는 그 소리가 좋아 입술을 벌렸다. 벌린 입술 사이로 그의 혀가 밀고 들어왔다. 단단한 혀 아래에서 차홍이 신음을 흘리자, 그의 손이 치마를 들췄다. 겹겹이 치마를 헤집은 손이 하얀 속바지를 끌어 내렸다.

숨을 쉬지도 못하고 컥컥 내뱉는 사내의 모습은 마치 울음을 참는 것처럼 느껴졌다. 차홍은 그를 위로하듯 더 꼭 끌어안았다. 하얀 맨다리가 드러나고, 허벅지를 움켜쥔 그의 손이 그 사이로 들어왔다.

"하아아."

월두의 시선은 차홍에게 뜨겁게 고정되었다. 그의 떨리는 눈동자가 차홍을 한없이 끌어당겼다. 월두는 차홍과 이마를 맞대었다. 거친 그의 숨결이 차홍의 입가에 스쳤다.

차홍도 헉헉 숨을 내쉬다가, 다리 사이를 벌리고 들어오는 그를 맞아 훅 숨을 들이마셨다. 차홍은 숨도 쉴 수 없었다. 다리 안을 파고드는 묵직한 느낌에 입술을 피가 맺히도록 깨물었다.

으으흠.

쾌락을 좇는 행위가 아니기에 전희도 필요치 않았다. 이건 확인 같았다. 서로가 서로를 찾았다는 안도감을 느끼려는 몸부림이었다.

월두는 차홍의 몸 안으로 자신을 밀어 넣고 그녀의 목에 입술을 대고 숨만 헐떡일 뿐 움직이지 않았다. 그녀의 안을 채우자 모든 게 제자리로 돌아오는 느낌이었다. 잊을 수 없는 그녀의 살 냄새에 피가 다시 돌고, 이제야 숨이 쉬어졌다.

"차홍아."

고통스러워하는 표정으로 그가 차홍을 바라보았다. 그러고는 몸을 움직였다. 차홍의 몸이 위로 솟아올랐다. 몸으로 들어오는 그의 일부가 그가 느끼는 지금의 아픔을 전해주었다. 차홍은 월두의 얼굴을 잡고 눈물을 뚝뚝 흘렸다.

월두는 눈물범벅이 된 차홍의 얼굴을 보며 그녀의 안으로 들어갔다. 이를 악물고 터질 듯한 얼굴로 그녀를 향해 애원했다. 그가 입으로 내뱉지 않은 말을 차홍은 다 알았다.

하얀 버선발이 그의 몸을 끌어당겼다. 두 다리로 그의 허리를 동여매고 더 깊이 그를 감쌌다.

준비도 없이 묵직한 남성을 받자, 시큰한 아픔이 일었다. 겨우 한 번 사내를 품었던 몸이었다. 이런 일에 아직 생소한 몸이 놀라 발작이 일었다. 차홍은 몸을 덜덜 떨며 그에게 매달렸다.

이런 아픔도 괜찮았다. 아무것도 느끼지 못하는 것보다야, 그에게 다시 안겨 살아 있음을 느끼고 싶다.

월두는 사시나무 떨듯 흔들리는 가녀린 몸을 안았다. 그녀의 어깨에 입술을 찍으며, 얼굴에 입을 맞추고, 그립던 입술을 물었다. 그의 입술은 부드러웠지만, 아래 움직이는 낭심은 이미 월두의 재간이 아니었다. 차홍을 찾자마자 날뛰었다. 탄탄한 근육으로 둘러싸인 허리가 요동쳤다. 그녀의 몸을 위아래로 마구 흔들고 있으면서, 겨우 입술로 아픔을 달래주는 게 다였다.

월두의 어깨를 잡고 지지했던 차홍의 팔이 꺾이며 부들부들 떨었다. 다시 그가 빠르게 밀고 들어왔다. 차홍의 몸이 뒤로 휘었다. 다리 사이를 오가는 부풀어 오른 그것이 누가 차홍의 주인인지 확인시켜 주었다.

"아아아."

차홍의 입술이 떨리며 소리를 내뱉었다.

참지 않아. 너를 다 느낄 거야.

거센 그는 폭풍 같았다. 삼 년을 쌓아두었던 욕망은 한 번 풀리자 미쳐 날뛰었다.

제 속을 채우는 뜨거운 그의 느낌에 차홍은 안도감까지 느꼈다. 차홍은 두 다리를 감아 그가 빠져나가지 못하게 더 옥죄였다. 이대로 그를 품고 죽어버리고 싶었다.

이 순간이 멈춘다면, 너와 내가 하나인 채로 세상이 멈춘다면.

"아, 아, 하아."

차홍은 교성을 질렀다. 입에서는 그간 자신도 몰랐던 묘한 소리가 터져 나왔다.

"흐으으."

그가 고통스러운 신음을 내며 깊게 찌르며 들어왔다. 마지막까지 더 깊이 묻어 넣은 그는 이제야 턱 하니 숨을 뱉어내었다.

"아 아아."

차홍도 소리를 토하자 뜨거운 것이 안에서 터지는 게 느껴졌다. 월두는 자신을 그녀의 안에 다 뿌렸다. 차홍의 다리 사이로 뜨거운 기운이 흘러내렸다. 차홍은 그를 끌어안았다.

"넌 내 것이야. 내 여인이야."

월두가 가쁜 숨을 쉬며 차홍의 얼굴을 움켜쥐고 입술을 가졌다.

차홍은 벗은 월두의 등 위에 머리를 기대고 누워 있었다. 차가운 동굴 바닥이니 그를 이불 삼아 누우라고 하였다. 여인을 위해 예를 찾을 줄도 알고. 그도 달라져 있었다. 이 산을 뛰어다니던 다듬어지지 않았던 야생은 길들여져 있었다. 누더기를 벗어 던지고 깨끗한 옷으로 갈아입은 그는 다른 삶을 찾은 듯 보였다. 그렇게 세월이 천하의 월두도 변하게 하였나 보다. 산을 버리고 떠난 것만 보아도 차홍이 모르는 그의 과거가 있을 것이다. 다시 만난 그의 눈빛에서도 그에게 많은 변화가 있었음을 알았다. 그 변화가 차홍에게는 낯선 것이기에 불안하기도 하였다.

차홍은 미소 지으며 그의 넓은 등에 얼굴을 부볐다. 아니다, 그가 어찌 변하였든 상관없다. 월두는 월두일 뿐이니까.

"네게 여인이 있느냐?"

차홍의 말을 듣고 엎드려 눈을 감고 있던 월두가 웃었다.

"머리까지 올린 네가 물을 말은 아닌 거 같다."

그의 등에 기댄 차홍이 피식 웃었다. 월두는 차홍의 처지에 대해 아무것도 묻지 않았다. 설명할 필요 없다고 했다. 차홍은 그에게 궁금한 것이 많았지만. 살을 맞대고 따듯한 느낌을 나누는 지금 이 순간보다 중요한 건 없어 보였다. 그저 그가 아무것도 묻지 않고 안아주어 고마울 뿐이었다. 차홍은 그의 따듯한 등에 얼굴을 비볐다.

"이제 와 죄책감이라도 들어 그런다면, 그럴 거 없다. 신분이 높건 낮건, 눈 맞고 배 맞으면 첩 들이는 게 일이겠느냐? 네 정부로 삼거라. 그렇게 굳이 관계를 따지려면 그렇게 불러라."

"네가 왜 내 정부냐. 첫정은 넌데. 누가 내 몸의 주인이겠느냐."

"그럼 되었다. 따지지 말고 눈이나 감아. 한숨 자둬. 내가 또 덮쳐 버리기 전에."

차홍이 월두의 등에서 내려오자 월두가 벗어둔 철릭을 끌어다가 그녀의 몸 아래 깔아주었다.

"이런 자리에서도 잘 수 있을지 모르겠다마는. 눈이라도 감고 쉬어."

"네 등을 베개 삼으니 참 따듯하고 좋다. 잠들 수 있어."

"그럼 자라."

차홍은 그의 등에 머리를 기대고 눈을 감았다. 그러나 손으로 그의 등을 가만히 더듬다가 다시 눈을 떴다. 차홍의 손 아래 만져지는 월두의 등은 울퉁불퉁 살이 뒤틀려 있었다.

"이 상처, 왜 이리 살이 얽은 것이냐? 전에는 없던 것이잖아."

"뭐, 어디서 두들겨 맞았다. 그렇다고 내가 어디 가서 밀리는 사내는 아니다."

차홍은 피부가 울퉁불퉁한 월두의 등을 만지며 인상을 썼다.

"말해다오. 삼 년간 네게 있었던 일을 다 듣고 싶어."

"자라니까. 에이, 알았다. 네 고집을 아니까. 너 떠나고 산에서 괴한을 만났다. 이 마을 사람들은 아니었어. 여럿이 등 뒤에서 습격하더니, 몽둥이로 죽으라고 때리더라."

"나 떠나고?"

차홍이 중전 간택이 되었다, 마을 잔치가 벌어진 날 그다음 날이었다. 난동을 부리다가 관에 하루를 갇혀 있던 월두가 산으로 돌아오던 길이었다. 다섯 놈이나 한꺼번에 덤벼 죽도록 맞았다. 정확히는 죽어라 맞아주었다. 그렇게 맞고 있으니 차라리 분이 풀렸다.

적당히 분풀이를 하던 매타작이 아니라 죽을 때까지 맞아 월두는 정신을 잃게 되었다. 그렇게 맞아 피를 흘리며 산에 그냥 버려져 있었다면, 산짐승에게 습격을 당했을 일이었다. 그때, 사라진 월두를 찾아 절에서 내려온 주지 스님이 월두를 발견하여 목숨은 건졌다. 그렇게 겨우 몸을 추스르고는 월두는 길을 떠난 것이었다. 차홍의 소식이라도 확인하려고 몸을 움직일 수 있게 되자마자 한양으로 떠나 버렸다.

“그래, 너도 알아두거라. 그 일을 사주한 사람이 네 편이 되어 주지는 않을 거니까. 그러니까 너도 알아두는 게 낫겠다. 묻길 잘했다.”

‘아비구나. 아버님은 월두와의 일까지도 알고 있었구나.’

차홍은 삼간택으로 궁으로 들어가, 다시 궁 밖으로 나오지 못했다. 궁에 갇혀 있는 저를 아버지 윤대광이 보러 왔을 때, 차홍은 다른 사내가 있다 말하였다. 아버지는 당장 그 입 다물라 하였다. 그 말이 사실이라면, 그 사내가 어찌 될 거라 생각하느냐며 겁박하였다. 그 말에 월두라는 이름을 입 밖에 내지 않았다.

차홍은 놀랐다. 아버지가 어떻게 월두를 찾아냈단 말인가. 차홍이 그 이름 하나를 지키려 삼 년간 궁 안에 스스로를 가두고 바깥세상과는 인연을 끊었건만, 어찌.

“아팠겠구나. 그런 사실은 몰랐어.”

월두의 상처를 만지는 차홍의 가슴도 아팠다.

“괜찮다. 다 아문 걸 보면 모르냐. 상처란 그냥 두면 다 낫는다. 걱정 마.”

“다행이다. 다 나아서.”

차홍은 그의 등을 어루만져 주었다.

“언제 돌아가?”

그의 말소리에 차홍의 손길이 멈추었다.

“안 가. 너랑 있을 거야.”

차홍은 그의 등에 얼굴을 비비며 눈을 감고 그를 꼭 안았다.

차홍은 속치마만 입은 채, 폭포수 아래 앉아 있었다. 잠시 이곳에 앉아 있으라는 월두를 기다리고 있었다.

휘이익.

어디선가 휘파람 소리가 들렸다. 차홍은 소리가 나는 쪽을 찾다가, 폭포수가 떨어지는 높은 바위 위에 선 월두를 발견하였다. 그는 팔을 위로 뻗더니 아래로 곤두박질쳤다.

"아악!"

월두가 물 아래로 떨어지자 차홍이 자리에서 벌떡 일어났다. 깊은 물을 가르고 그는 풍덩 사라졌다. 차홍은 물속으로 사라진 그의 흔적을 찾아 이리저리 눈을 굴렸다. 두려워 심장이 멈춰 버릴 것 같은 긴 시간이 흐른 후, 뽀얀 거품이 일더니 그가 '푸하' 숨을 터뜨리며 물에서 솟아올랐다.

차홍은 얼굴이 백지장처럼 하얗게 질려, 허겁지겁 바위를 밟고 물로 내려갔다.

"하하 하하하."

꽁꽁 얼어붙은 차홍의 표정을 보고 월두가 웃어댔다. 차홍은 물로 뛰어들어가 그런 그의 가슴을 철썩철썩 내려쳤다. 월두는 웃으며 자신을 때리는 차홍의 팔을 잡았다. 그의 긴 머리는 물에 젖어 어깨에 닿아 있었다. 물이 떨어지는 그의 얼굴에서 서서히 웃음기가 걷히었다.

월두는 그녀의 허리를 끌어당겨 입을 맞추었다.

차홍은 허리까지 닿는 물속에 서서 그의 품에 안겼다. 그녀의 입술을 벌리고 뜨거운 혀가 입안을 휘저었다. 차홍의 얼굴에 월두에게서 흘러내린 물기가 번졌다. 그를 잃을까 봐, 겁에 질렸던 차홍은 월두를 더 세차게 끌어안았다. 그에게 매달려 입술을 한껏 벌리고 제 속을 휘젓는 혀를 받아들였다.

그녀의 입술을 가진 후, 월두는 고개를 들었다.

"내가 죽는 줄 알았어? 그래서 담이 쪼그라들었어?"

"다신 그런 짓 하지 말어."

차홍이 다시 월두의 가슴을 쳤다.

"내가 떨어져 죽으면 깨끗이 너를 놓아주려고 했다."

"세상 그런 멍청한 말이 어디 있어."

월두는 갑자기 고개를 숙여 물에 젖은 속저고리에 비치는 뽀얀 가슴에 입술을 대었다. 가슴 끈에 잡혀 풍성해진 가슴골에 혀를 대었다. 그리고 달콤한 물이 고인 골을 빨아 마셨다.

차홍의 가슴이 흔들리며 웃음소리가 퍼졌다.

"간지러워."

"간지럼이나 타라고 하는 짓이 아니다."

월두가 씨익 웃더니 차홍에게 보란 듯이, 덥석 가슴을 쥐고는 입을 크게 벌려 물었다. 차홍은 제게서 눈을 떼지 않고 제 가슴을 헤치는 사내를 내려다보았다.

"아아."

이제야 원하는 소리를 내네. 월두는 그녀의 가슴에 얼굴을 묻었다.

삼 년 전, 이 손이 덮었던 작고 뽀얀 젖가슴을 얼마나 그리워했던지. 지금은 그보다 풍만해진 가슴이 좋아, 하루 종일이라도 어루만지고 싶었다.

월두가 속치마를 끌어당기자 여인의 풍성한 가슴 한쪽이 드러났다.

흐음.

사내가 그르렁거리며 노리던 가슴을 덥석 물었다. 한 손에 움켜쥐어 툭 튀어 오른 살을 입에 다 넣었다. 가슴을 물고 빠는 그의 행동에 차홍은 입술을 깨물었다. 그러나 그가 어떤 놀라운 행동을 해도 시선을 돌리지 않았다. 그가 하는 행동은 다 사랑스러워 보였다.

"내 가슴이 좋으냐?"

이런 말을 하니 맹랑한 계집이다 하겠지만 순수하게 물은 말이었다. 월두가 제 가슴을 보는 표정을 보면 멍하니 넋이 나간 표정이라, 정말 그리도 좋아 저러나 궁금했다.

"세상에 이런 맛이 있더냐. 맛 좋다. 너를 다 먹어버리고 싶다."

월두가 장난스레 입을 벌리며 목을 물려 했다.

"으읍!"

차홍이 소리치며 그를 밀어내었다. 그러자 월두가 갑자기 차홍의 몸을 번쩍 들어 올렸다. 차홍은 놀라며 그가 자신을 어찌하려는 줄 알았다. 그런데 차홍의 몸은 들렸다가 그대로 물에 풍덩 던져졌다.

아푸아푸.

차홍이 물에서 허우적대었다. 곧 먹은 물을 뱉으며 허리까지 차오르는 물에서 일어섰다.

"뭐야!"

젖은 얼굴을 손으로 닦아내며 차홍이 월두를 흘겨보았다.

"딴생각 말라고 정신 차리게 했다. 너 목욕하고 싶다며. 해라.

맘 변하기 전에.”

월두는 저렇게 차홍만 놀리고는 등을 돌리고 물에서 걸어 나갔다. 차홍은 약이 올라 그의 등에 물을 뿌렸다.

그저 등이나 간지럽히는 공격에 월두는 웃을 뿐이었다.

하마터면 또 차홍을 괴롭힐 뻔했다. 여독이 아직 풀리지 않았을 텐데. 월두는 겨우 자신을 제어하곤 태연함을 가장해 말했다.

“창포 같은 건 없다.”

“바라지도 않는다!”

차홍은 물 깊은 곳으로 들어가 머리까지 물속으로 담갔다. 목욕이나 하라는 월두의 말에 툴툴댔어도 막상 물에 몸을 담그니 제집을 찾아온 것처럼 마음이 평온해졌다. 차홍은 숨을 참으며 몸을 동그랗게 말아 물에 깊이 잠겼다. 물속에 갇히니 산 소리가 웅웅 귀에 울렸다.

푸후.

숨을 쉬기 위해 물에서 나오면서는 슬쩍 뒤를 돌아 월두가 뭘 하는지 살폈다. 그는 물 위 넓적한 바위 위에 앉아 칼로 뭔가를 만들고 있었다.

“뭐 해?”

“죽창이라도 만들어 물고기를 잡아야지. 배 안 고프냐?”

차홍은 자기 할 일에 빠진 월두를 향해 눈을 찡긋거렸다. 금세 자신에게서 관심이 멀어진 그를 향해 입을 삐죽이다가 자신도 목욕에나 집중해야겠다 생각했다. 차홍은 바위 뒤로 숨어 옷을 벗고 씻어야겠다 싶어 물 안쪽으로 움직였다.

“눈에 보이는 데 있어라. 곰이 와서 너 채어간다.”

"곰? 여기 곰이 와?"

그는 답을 않고 여전히 죽창 끝을 다듬는 일에만 집중하고 있었다. 차홍은 주변을 두리번거리다가 조용한 산세를 보고는 그가 또 자신을 놀린 건가 싶었다. 이곳까지 곰이 내려온다는 말은 처음이지만, 삼 년간 이곳 사정도 바뀌었을 테니깐. 차홍은 그의 시선을 벗어나지 않은 반경 안에서 물에 몸을 담갔다.

차홍은 쪽찐 머리를 내리고 땋았던 갈래를 풀었다. 등에 찰랑거리는 머리칼을 물에 담가 살살 문질렀다. 물속에 몸을 담그고 옷가지도 벗어 그 천으로 몸을 닦았다. 정성스럽게 어깨를 닦고 팔을 들어 닦아내려 왔다. 물속에 담근 하얀 피부에 햇살이 담겨 더욱 빛나게 만들었다.

목욕을 마친 후, 차홍은 옷가지들을 꾹꾹 짜내어 가슴을 가리며 나왔다.

"뭐야?"

물에서 나오려 뒤돌았는데 월두가 멍하니 차홍을 보고 있었다.

"남의 목욕하는 거나 엿보았어?"

"그만하고, 옷 빨리 입어. 가자. 배고프다. 어디서 피죽도 못 먹었냐? 뭐든 잘 캐 먹어 살이 오르더니. 얼굴이 그게 뭐야?"

핏. 차홍은 괜히 새초롬한 표정을 하며 천을 들고 물을 걸어 나왔다.

"뒤돌아. 옷 입게."

물방울이 뚝뚝 떨어지는 긴 머리가, 하얀 피부에 검은 눈망울이 저리 고울 수가 없었다. 월두가 가장 좋아하는 건 저 작고 도톰한 입술이었다. 욕을 뱉어도 귀엽기 짝이 없었다.

"얼른!"

이미 다 보았는데 뭣하러. 그래도 월두는 앉은 채로 뒤돌았다.

죽창을 다듬다가 그녀가 머리 타래를 푸는 모습에 움직이던 손이 느려졌다. 여인이 목욕하는 모습을 훔쳐보는 건 은밀한 느낌이었다. 거칠기나 한 제 손 아래 있을 때도 부드러웠지만, 그녀가 부드러운 움직임으로 자기 몸을 만지며 씻어내는 모습에 눈을 뗄 수 없었다.

차홍이 언제부터 월두의 마음을 채운 것인지는 몰라도, 그건 꽤 오래전부터였다. 물에 떠내려가던 계집을 장대로 구해주었을 때, 젖은 옷 사이로 삐져나온 뭉클한 가슴을 보았을 때부터였을지도 모른다. 마르기나 한 몸에 젖가슴이 부풀어 오른 걸 눈치챈 그즈음이었을 것이다. 차홍이의 피부가 뽀얗게 물이 올라 반짝이기 시작하니 시선이 자주 그녀의 얼굴로 향했더랬다.

그래서 열여섯의 그녀가 물가로 내려가는 걸 보고는 자기도 모르게 그 뒤를 따라갔었다. 그녀는 처녀티를 내며 꽃처럼 피어올라 있었다. 그녀가 계곡물을 손으로 받아 물을 마시고, 얼굴을 적시고 목을 닦아내는 모습을 숨어 훔쳐보았다. 그녀를 훔쳐보는데 가슴에 이상한 느낌이 일며 저려왔다. 처음 느낀 이런 기분에 월두는 성급히 물가를 떴다. 그 후였을 거다. 차홍을 보면 그런 느낌이 또 들까 봐, 짜증이 나서 그 얼굴을 제대로 보지도 않았다. 되레 그녀를 보면 더 퉁명스럽고 못되게 굴었다.

아까 월두는 마치 소년 시절의 자신처럼 차홍이 목욕하는 모습을 훔쳐보다가 화들짝 놀랐다. 정신을 딴 데 팔다가 다듬던 죽창을 너무 깎아 짤뚝하게 만들어 버린 후였다.

“에이씨, 버렸네. 그만하고, 옷 빨리 입어. 가자. 배고프다. 어디서 피죽도 못 먹었냐? 뭐든 잘 캐 먹어 살이 오르더니. 꼴이 그게 뭐야?”

라고 했던 것은 훔쳐보던 걸 차홍에게 들켜 퉁명스럽게 뱉은 말이었다.

곧 또 멍하니 차홍을 보게 되었다. 물에서 나온 차홍이가 눈앞에서 머리를 비스듬히 하고 머리칼을 손으로 빗어내고 있었다.

“물고기라도 이제 잡아야 하는 거 아니냐? 아직 먹을 것도 없는데 서둘러서 뭐해.”

차홍이가 검고 탐스러운 머리를 만지며 말했다.

“넌, 머리 푸는 게 더 이쁘다.”

“어?”

머리를 말리던 차홍이 월두를 올려다보았다. 어색한 칭찬에도 차홍의 얼굴이 붉어졌다.

“빨리 마른 옷으로 갈아입어. 고뿔 걸린다. 물고기는 글렀어. 사냥이나 해야겠다.”

월두는 황급히 도구를 챙기더니 몸을 획 돌려 먼저 동굴로 올라가 버렸다.

“기다려. 나 혼자 두면 어떻게 해. 곰이라도 나오면 어째?”

머리를 다 말리지도 못하고 차홍은 서둘러 월두를 쫓아갔다.

동굴 밖에 불이 피워졌다. 차홍은 불가에 앉아 머리를 마저 말리고 있었다.

계곡에서 올라온 월두가 불가에 차홍을 두고 어딘가로 사라지더니, 어느새 꿩 두 마리를 잡아왔다. 사냥에서 돌아온 그가 불을 조절하더니 손질한 꿩고기를 구웠다.

차홍의 머리가 다 마를 즈음, 고기가 잘 익어 구수한 냄새가 퍼졌다. 차홍은 고기 굽는 데 열중해 있는 그를 보다가, 손으로 빗어 내리던 긴 머리를 땋아서 쪽 찌지 않고 그냥 풀어두었다.

냄새가 풍기자 차홍의 배 속에 시장기가 일었다. 한동안 느껴보지 못한 잊었던 감각이었다. 배고프면 먹고, 졸리면 자고, 사랑하고 싶으면 그의 품에 안기고. 이렇게 단순한 감각만으로도 삶은 충분히 풍요로울 수 있다.

"뜨거워. 불어서 먹어."

월두가 다리 고기를 뜯어 건넸다. 차홍이 고기를 받아 들어 한 입 크게 베어 물었다.

"으음."

"뜨거워?"

"맛있어."

"맛나? 많이 먹어. 자, 이 가슴팍도 먹어. 잘 익었다."

월두가 뜨거운 고기를 손으로 죽죽 찢어 차홍의 앞에 놓았다.

"너도 먹어."

차홍에게 건네진 고기가 다시 월두의 입으로 넣어졌다. 월두는 고기를 받아먹다가 차홍의 손을 쪽 빨았다.

"간도 맞네."

차홍이 피식 웃었다.

저녁을 다 먹을 즈음에는 고기를 구운 장작이 검은 숯이 되어 차가운 산 기운을 덮어주고 있었다. 월두는 불 앞에 앉아 있는 차홍의 옆으로 다가와 어깨를 내주었다. 차홍은 말없이 그에게 기대 남은 불씨를 바라보았다.

“배부르니 좋지?”

“응.”

“다 먹고살자고 하는 짓이니까. 밥만 잘 챙겨 먹으면 돼.”

“응.”

월두가 후 바람을 불자 장작에 붉은 불씨가 피어올랐다.

“너는 나 떠나고, 뭐 하고 살았어?”

“그게 뭐가 궁금해.”

“궁금해. 네가 잘 사는지 궁금했어.”

“나야, 나쁜 짓은 다 하고 살았지. 나라에서 하지 말라는 건 다 했다.”

큰 도둑이 되어 큰 죄를 짓고는 임금 앞에 끌려가 목이 잘려 나가면 되겠구나. 죽더라도 차홍이, 네 앞에서 죽어버리면 속이 다 시원할 거 같았다. 나를 버린 후회라도 들게, 네 앞에서 죽어버리면 되겠구나. 그런 생각을 하고 화적단에 들어갔다.

“내가 소질 있는 게 하나는 있더라.”

남의 걸 훔치는 일. 화적 떼에 월두가 몸담은 삼 년간 무리는 두 배가 넘게 늘었다. 산의 주인인 늑대 머리가 산을 쥐고 놀아, 관군의 머리 위에 올라섰다는 소문이 퍼졌다. 흉년이 들어 나라에 세를 내지 못하거나. 쌓인 고리대에 몸이라도 팔아야 하는 자들이 소문을 듣고 산으로 숨어들었다.

그들은 천출도 아닌 평민 출신이었다. 화적이 되면 신분도 빼앗기는데, 평민인 신분도 벗어던지는 그들의 절박함을 처음에는 이해할 수 없었다.

“나는 천출을 벗어나기 위해서라면 무슨 짓이든지 하겠는데. 또 어떤 놈들은 세를 내지 않는다면, 그런 신분 따위는 그냥 내던지더라. 그래서 그들 위에 서고 싶었는지도 몰라.”

그렇다고 내 신분이 그들보다 높아지는 것도 아닌데 말이야.

목숨이라고는 아깝지 않았다. 혼자 몸으로 관군을 따돌리며 위험한 벼랑을 타고, 날아드는 화살 아래를 헤집고 다녔다. 이러다 죽으면 ‘고맙다’ 큰 소리로 인사해 주마, 배짱을 부리고 다녔다. 그렇게 두려움 없이 살았으니, 모두들 월두는 사람이 아니라고 말했다. 정말 그리되고 싶었다. 사람이라 느끼는 감정은 다 잘라내고 싶었다.

“짐승처럼 살았다. 네가 없는 삼 년간 나는 사람이 아니었다.”

늑대탈을 쓰고, 그 가죽을 덮어쓰고 산 위를 달렸다. 적을 두렵게 하는 그 모습에 월두의 명성은 뻗쳐 나갔다.

어느새 월두는 화적의 수장이 되어 있었다. 그 자리에 오르자 월두는 더는 제 목을 마음대로 내놓을 수 없게 되었다. 누군가를 지키는 일에는 책임이 따랐다.

그래서 차홍이 너도 조금은 이해가 가더라. 너도 네 사람들을 지키고 싶었던 것이 아니냐.

“그래도 뭔가는 배웠다. 누군가를 지키기 위해서는 참아야 한다는 걸 배웠어. 나 이제 그렇게 미친놈은 아니다. 물불 안 가리고 덤비지는 않아.”

‘그래서 월두, 네 눈빛이 달라졌나 보다.’

차홍은 고개를 들어 그의 얼굴을 올려다보았다.

그는 자라 있었다. 산을 뛰어다니던 소년에서 사내가 되어 늠름한 모습으로 차홍의 앞에 나타났다. 더는 거칠게 욕설을 뱉지도 않고, 화가 나 씩씩대지도 않았다. 그의 다듬어진 모습은 차홍이 그를 보지 못했던 삼 년간의 시간이었다. 변한 그의 모습을 보는 것이 잃어버린 시간을 보는 것만 같았다.

"난 예전의 네가 더 좋아."

"미친놈이 뭐가 좋냐."

"네 그런 모습을 보는 게 좋았어. 세상은 하나도 무서워하지 않고 큰소리치는 네가 좋았어. 나는 사실은 겁이 많으면서도 그걸 숨기느라 큰소리나 치는 계집이었거든."

"나를 무서워하지 않던 건 너뿐이었는데도 그딴 소리야."

"글은 언제 다 배웠어?"

차홍은 월두의 동굴에서 제가 예전에 동생 성구에게 주었던 글귀들이 쌓여 있는 걸 보았다.

"조막만 한 손으로 정성껏 글을 써온 걸, 성구 녀석은 다 불쏘시개로 던지더라. 주인이 버리길래 챙겨두었다."

예전에 차홍은 성구에게 글을 가르쳐 주려고, 글을 적어 관운사에 매일같이 올랐었다. 그러다가 몇 번 월두가 하는 말이 제가 적어왔던 글에서 나온 말과 겹치는 걸 알아챘다.

그때, 성구가 알아듣지도 못할 어려운 시문을 적어왔던 걸 월두, 너도 눈치챘니?

"네가 쓴 글도 보았다. 서책도 많이 있더라. 혼자 그걸 다 익히기가 어려웠을 텐데."

"내가 일곱이 되었을 때였을 거다. 마을에 떡장수 아들 몽구

아느냐?"

"아니."

"그런 녀석이 있어. 나보다 네 살은 많은데, 내 어릴 적에 그 자식이 나를 무척 괴롭혔다. 어느 날은 천자문을 들고 와서는 제 어미가 사줬다며, 너같이 천한 것은 한 글자도 모르지, 놀리더라. 내가 그때 무척 화가 났어. 팔푼이 같은 놈이 잘난 체를 엄청 해댔거든. 집에 가서 나도 천자문 사달라고 어머니께 졸랐다. 그랬더니 우리 어머니가 밖에 나가 회초리를 한 뭉치 구해오시더라. 다시 글을 배운다 말하면, 그 곱절로 맞을 줄 알라 했어. 그 날 아주 다리가 부러지게 맞았다."

말하던 월두가 피식 웃었다. 예전에는 서럽기만 했던 기억이었다. 이제는 웃으며 이야기할 만큼은 아픔도 아물었다 여겼지만, 이어 떠오르는 과거의 기억에 월두는 입가에 웃음을 지웠다.

그런데 차홍이 네가 글을 들고 절간으로 찾아오는 걸 보고는 억울한 마음이 들더라. 글 좀 배운다고 뭐가 달라진다고 어머니는 일곱밖에 안 된 아들을 그리 모질게 때렸는지. 그러고는 일 년 후에 저를 두고 죽었으면서.

월두는 이제는 얼굴이 떠오르지도 않는 어머니 최 씨를 잠시 생각하느라 말을 멈추었다.

"차홍이, 네가 그때 얼마나 독했냐. 너는 글 좀 안다고 나를 또 얼마나 깔볼지. 네 얼굴이 꼭 그 나를 놀리던 몽구놈처럼 보여서, 그래서 좀 익혔다."

"장하다."

누구한테 가르쳐 달라고 말할 자존심도 아니어서, 사냥을 해서 번 돈으로 서책 여러 개를 사서는 다 펴보고 같은 자를 비교해 가며 익혔다. 알아먹지 못하니 제 성질에 책을 집어 던지기 일쑤였지만, 책이 쌓여가며 이 글에서 나온 말이 저 글에도 나오는 걸 발견하고는 제법 재미있었다. 다른 말로 보이지만 결국 다 같은 소리들이었다.

"그런데 책 쪼가리에서 하는 말대로 인간 도리를 하고 살지는 못하겠더라. 천생이 틀려먹은 놈이니, 그게 되겠냐?"

"그래도 참 장하다."

어린 월두의 모습이 떠올라 차홍은 그의 어깨를 손으로 두드려 주었다.

"그리고 고마워. 나를 나쁜 년이라고 내치지 않아줘서."

"너랑 나는 죽어서 죗값은 다 받을 거야. 나중에 다 갚으면 되니까. 지금은 하고 싶은 대로 다 하고 살자."

"월두, 너를 떠올리면 이 산이 생각났다. 이 산을 떠나지 마라. 너는 이 산과 어울려."

그들 앞에 놓인 불씨가 점점 잦아들었다.

꺼지는 불을 보면서도 차홍이 기댄 어깨를 움직이고 싶지 않았던 월두는 그 자리에 앉아 있었다.

그의 어깨에 기대앉아 있던 차홍은 따듯한 느낌에 스르르 잠이 들었다. 차홍이 잠들자 월두는 어깨에 기대었던 그녀의 머리를 치우고 자리에 눕혔다. 그리고 월두가 불에 나무를 더 넣기 위해 자리에서 일어서려는데, 차홍이 잠결에 그의 팔을 잡았다.

"어디 안 갈게. 자."

그의 목소리를 듣고 차홍은 안심하며 눈을 감았다.

차홍의 눈이 살며시 떠졌다. 잠에서 깨어난 차홍은 눈을 깜빡이다가, 옆에서 몸을 반쯤 일으키고 자신을 보는 월두를 보았다. 월두는 잠든 차홍을 안아 들고 동굴 안에 눕히고 내내 그녀를 지켜보고 있었다.

그녀를 내려다보는 까만 눈동자가 그곳에 있었다.

"월두."

차홍의 촉촉한 눈망울이 월두의 가슴에 떨리도록 온점을 하나 찍었다.

"난 너의 거였어. 처음부터 그렇게 정해졌어. 너를 처음 보았을 때, 난 느꼈던 거야. 그래서……."

차홍의 고백에 월두의 시선이 더욱 부드러워졌다.

"내가 그걸 몰랐을까 봐?"

가질 수 없다 생각했던 적은 한 번도 없었다. 굳이 손으로 움켜쥐지 않아도, 내 것이 아니라고 생각한 적은 없었다. 그는 그녀의 주변을 맴돌았다. 그녀도 그와 멀리 떨어지지 않은 곳에서 기다렸다. 정확히 무엇을 기다렸는지 모르지만 결국, 둘은 함께하게 될 거라 믿었다.

그건 천지가 뒤바뀌어도 현생에서는 이룰 수 없는 일이겠지만, 멀리 떨어지지 않고 거리를 유지하고 지켜보는 것만으로도 마음을 토닥이며 살 수 있었다.

"다음 생에는……."

"이생에서 하지 못할 약속은 하지 마. 그럼 그냥 아무 말도 하지 마."

월두는 차홍의 얼굴을 만졌다.

'나는 원래 약속 따위는 안 믿는 놈이야. 누구도 믿지 않아. 그러니 너의 말은 믿지 않아.'

"아무 말도 하지 마."

눈이 마주치자 시선이 얽히었다. 오랜 기간 동안 팽팽하게 서로의 끈을 잡고 있던 남녀였다.

정분을 쌓았던 남녀는 하루에도 몇 번은 이런 눈길에 싸였다. 서로를 더 아프게 할까 봐 태를 내지 않으려고 잡아놓아도, 이렇게 밤이 되면 또 풀려 버린다.

"넌 내 것이란 것만 잊지 마라. 그걸 잊지 않으면 다른 건 다 상관없어. 네가 누구든 상관없다. 넌 내 여인이니까."

큰 손이 차홍의 얼굴을 다 덮더니 엄지손가락으로 입술을 쓸었다. 그가 내려와 한 번 살짝 입을 맞추었을 때, 차홍의 눈썹이 파르르 떨렸다.

그의 손이 얼굴을 타고 내려와 목선을 만졌다. 차홍은 그를 바라보았다.

짙은 눈썹 아래 날카로운 눈매는 이 순간만큼은 구애를 위해 위장하였다. 우뚝 선 콧날에서 이어지는 턱선이 천생 사내의 골격이었다. 차홍의 시선이 크고 도톰한 그의 입술에 와 닿았다. 그러자 월두의 입술이 웃으며 차홍의 입술에 잠시 더 머물렀다.

그는 천천히 차홍의 몸을 만졌다. 그의 손이 마른 쇄골을 따라 움직이다가 옷고름을 천천히 잡아당겼다. 매듭이 툭 풀리고 저고리 앞섶이 벌어졌다. 투명하게 살이 비치는 속저고리도 젖혀졌다. 부드럽게 움직이던 월두의 손이 옷 속으로 들어가 가녀린 어깨를 덮었다. 손바닥으로 동그랗게 어깨를 잡아 쥐다가 내려와 맨가슴을 쓸었다.

"음."

차홍이 나른한 신음을 내며 미소 지었다. 월두는 그런 차홍에게 시선을 맞추고는 부드러운 가슴살을 손으로 쓸었다. 치마끈 위로 부풀어 오른 살을 부드럽게 어루만졌다. 그리고 고개 숙여 가슴골에 입을 맞추었다. 입술은 가슴을 차지한 채 손으로는 치마끈의 작은 매듭을 잡아당겨 풀었다. 큰 손이 가슴을 쥐자 치마가 밀려 점점 아래로 내려갔다.

월두 앞에 뽀얀 젖가슴이 드러났다. 그는 눈으로 그 모습을 한껏 바라보다가 차홍의 얼굴에 시선을 주었다. 월두는 차홍과 눈을 맞추며 가슴을 애무하였다.

그가 손바닥으로 자신의 가슴을 문지르자 차홍이 몸을 꿈틀거렸다. 그의 머리가 가슴으로 내려와 입을 벌려 가슴을 물었다. 한 번 크게 물고는 혀로 예민한 유두를 눌렀다. 입으로 빠는 힘에 차홍의 가슴이 뭉클하니 그의 입안을 다 채웠다. 그런 모습을 지켜보는 차홍의 눈빛이 탁해졌다.

차홍의 변화를 눈치챈 월두가 그녀의 속치마를 끌어 내리고 저고리와 속저고리를 한꺼번에 벗겨내었다. 차홍이 한쪽 팔로 벗은 가슴을 가렸다. 그런 차홍의 손을 잡고 월두는 손가락마다 입을 맞추었다. 차홍은 그의 설득에 손을 내려 가슴을 드러내었다.

월두는 차홍의 둥근 가슴을 두 손으로 부드럽게 쥐었다. 그리고 혀로 살짝살짝 그 끝을 자극하더니 지분대며 빨았다. 번갈아 가슴을 맛보더니 한쪽 가슴을 세게 부여잡고는 입으로 소리 나게 볼이 쏙쏙 들어가도록 빨아댔다.

"흐음."

긴장해 바닥에 놓였던 차홍의 손이 월두의 등을 타고 올랐다. 그를 더듬던 손은 그의 목 언저리를 쓰다듬었다.

가슴을 흥분시킨 그의 머리는 아래로 향하였다. 그의 목을 타던 그녀의 손은 자연스럽게 그의 머리카락을 만지게 되었다. 그의 입술이 가슴을 타고 내려와 배에 닿았다. 움푹 들어간 곳에 혀를 넣어 동그랗게 돌렸다. 그의 혀는 감미로워 차홍을 애간장 타게 만들다. 그의 손은 더 아래로 내려가 하얀 속가리개에 닿았다. 다리 사이를 가리고 있던 하얀 천 아래로 손이 들어왔다.

"하아."

차홍은 다리를 오므리고 싶어져 몸을 꿈틀대었다.

"널 다 보여줘."

그의 잠긴 음성이 차홍의 마음을 열었다. 간절하게 바라는 그의 목소리에 차홍은 무릎을 세우고 천천히 다리를 벌렸다. 그가 속가리개를 벗겨내었다. 차홍은 알몸이 되어 그의 앞에 다리를 벌린 채 몸을 떨었다. 그는 차홍의 다리 사이에 몸을 세우고 앉아 그녀의 몸을 내려다보았다.

흐읍, 흐읍.

차홍의 가슴이 오르락내리락 숨이 가빠졌다. 그가 자신을 바라보고 있는 것만으로도 흥분하였다. 그의 손이 차홍의 음부를 한 번 쓸었다. 그러고는 입술로 허벅지 안쪽을 눌렀다. 그는 허벅지의 부드러운 살을 빨고, 핥고는 혀로 다리를 자극하며 내려왔다. 세워진 무릎을 입술로 빨고는 그의 혀는 다시 허벅지로 올라와 이번에는 음부를 한 번 빨았다.

"아!"

차홍의 몸이 움찔하였다. 정신을 잃을 것 같았다. 생각을 하는 신경이 한순간에 끊어져 버렸다. 손이 떨려와 주먹을 쥐었다. 차홍은 그가 다리 사이 깊이 얼굴을 파묻는 걸 느끼며, 가슴을 부풀려 숨을 들이마셨다.

그가 허벅지를 붙잡고 그녀의 깊은 곳을 혀로 문질렀다. 입술을 벌렸다가 오므려 입에 머금고는 혀를 돌돌 움직여 자극했다.

차홍의 다리가 떨려왔다. 그래도 차홍은 그에게 열어준 문을 닫지 않았다. 그에게 다 주고 싶었다. 오늘 밤 그가 하고 싶은 대로 다 내어줄 것이다.

그가 차홍의 몸 아래로 손을 넣어 풍성한 엉덩이를 손에 쥐었다. 엉덩이를 손으로 주무르자 하체가 들려 차홍은 등으로 몸을 지탱하게 되었다. 그는 부드럽게 굴다가 거세게 몰아붙이기도 했다. 이제 그는 차홍의 사이에서 성난 듯 머리를 휘저으며 그곳을 빨고 있었다.

차홍의 엉덩이가 들썩였다. 그가 차홍의 몸을 흔들며 입술로 빨아대자 정신을 차릴 수 없었다. 차홍은 두 손을 위로 올리고 주먹을 꽉 쥐었다. 참기 힘들었다. 그가 이런 식으로 자극하자 차홍은 어찌할 바를 몰라 괴로웠다.

차홍의 몸이 뒤틀리자 그가 그곳에서 입술을 떼었다. 눈으로 차홍이 흥분한 모습을 확인하고 싶었던 월두는 강렬한 눈으로 그녀의 얼굴을 보았다. 손은 그대로 그곳을 헤집고 있었다. 엄지로 붉은 살점을 만지고 긴 손가락을 그녀의 사이에 넣었다. 그녀의 위로 올라와 가까이에서 그녀의 얼굴을 보며 차홍의 은밀한 곳을 만졌다.

차홍이 괴로워 고개를 젓다가 그의 얼굴을 마주 보았다. 두 손으로 그의 어깨를 잡았다. 손으로만 그가 만져 주고 있으나, 그의 눈이 끈끈하게 그녀를 당기자 그와 하나로 이어진 느낌이었다. 이런 느낌은 처음이었다. 누군가와 한 몸인 듯 느껴지는 이런 감정에 가슴이 뭉클해졌다.

그의 손이 하는 일에 차홍은 기쁨을 느끼고 있었다. 고통이 아닌 환희로 몸이 들떠 차홍도 움직이고 싶어졌다. 차홍이 다리를 오므리다가 그의 단단한 종아리에 닿았다. 그에게 몸이 닿자 살갗을 비비고 싶은 충동이 일었다. 차홍이 가는 다리로 그의 다리를 감싸고 문질렀다. 월두는 그녀의 몸이 움직이자 흔들리는 가슴을 바라보았다. 제 몸에 부드러운 나신을 문지르는 그녀는 너무도 요염한 모습이었다. 갑자기 피가 아래로 몰리는 느낌이 일어 월두는 자신을 주체할 수 없게 되었다.

월두는 차홍의 엉덩이를 움켜쥐고 자신의 허벅지로 끌어당겼다. 차홍의 벗은 몸에 월두의 바지 천이 느껴졌다. 그리고 차홍의 배에 단단한 그가 닿았다. 한껏 흥분한 그의 펄떡임이 천을 통해 느껴졌다.

월두는 성급히 자신의 바지 끈을 풀었다. 바지를 내리고는 성난 그를 드러내었다. 그의 어깨에만 머물렀던 차홍의 손이 본능적으로 아래로 향하였다. 자신도 그를 만져보고 싶었다.

그의 단단한 남성을 손가락으로 쓰다듬었다. 손끝에 우뚝 선 것이 닿자 조금 놀라다가 더 만져 보고 싶어졌다. 그의 성난 남성은 더는 무섭게 느껴지지 않았다. 월두와 한 몸인 그곳마저 너무 좋았다. 차홍은 손을 펴 단단하고 길게 뻗은 그의 일부를 쥐었다.

"못 참겠어. 네가 너무 예뻐."

월두가 뜨거운 숨을 토해내며 차홍의 목에 얼굴을 묻었다. 그가 차홍의 목을 물고 빨자 차홍도 그의 얼굴에 입을 맞추었다. 비스듬히 누운 차홍의 다리가 올려지고, 그의 단단한 남성이 천천히 자리를 찾았다. 차홍은 그가 하는 대로 다리를 그의 골반에 걸쳤다. 남성은 천천히 흠뻑 젖어 부드러운 곳으로 향하였다. 월두의 배가 단단해지고 호흡이 불규칙하게 헐떡거렸다.

"으흠."

숨을 토하며 그가 끝까지 그녀의 안으로 몸을 넣었다. 월두는 손으로 차홍의 엉덩이를 세게 쥐며 끌어당겼다. 이어 엉덩이를 잡았던 손이 느슨해지고, 그가 들어왔던 것처럼 천천히 빠져나갔다. 그런 동작은 여러 번 반복되었다. 그때마다 차홍은 새근새근 숨을 내쉬었다.

그의 세심한 동작은 전과는 다른 느낌을 선사했다. 온몸 구석구석 간지러운 느낌이 들어 차홍의 입가에 웃음이 맺혔다. 그가 빠져나가는 게 느껴지자 차홍이 허리를 움직여 그를 따라가며 '제발'이라는 부탁을 몸으로 전했다.

월두는 그녀가 준비되었다는 걸 느끼고 가는 허리를 잡고 조금 더 속력을 붙여 자신을 밀어 넣었다가 빼내었다. 그러자 약하게 찡긋대던 자극은 물살을 타고 넘실거리는 묘한 느낌으로 변했다. 차홍의 허리가 서서히 그를 따라 움직였다. 그가 밀고 들어올 때마다 허리를 움직여 그를 맞아주고 싶어졌다.

"아아 아아아."

어느 순간 그렇게 된 것인지, 차홍은 소리를 내며 허리를 움직이고 있었다. 그를 따라 움직이다 보니 차홍의 허리가 유연하고도 빠르게 흔들렸다. 제 몸 같지 않았다. 마음대로 움직이는 것이, 제어할 수 없게 되었다.

월두가 후 숨을 쉬며 허리를 멈추는데도 차홍은 허리를 움직여 스스로 그를 품었다. 월두는 터질 것같이 붉어진 얼굴로 그런 그녀의 움직임을 내려다보았다.

"아, 차홍아."

사내를 이렇게나 타오르게 만드는 그녀의 몸짓에 월두는 폭발해 버릴 것 같았다. 그녀의 가슴을 쥐고 빨며 몸을 들어 그녀의 위로 올라탔다. 그가 차홍의 위에서 누르자 그녀의 허리는 이제 옆으로 꿈틀대었다. 월두는 참을 수 없어 차홍의 안으로 빠르게 자신을 밀어 넣었다. 바닥에 팔을 지지하고 허리를 흔들었다.

"크흐, 크흐, 허어."

짐승 같은 숨이 그에게서 터져 나왔다. 차홍은 그 소리에 더욱 흥분되었다. 제 몸 위에서 야성적으로 움직이는 지배자의 움직임과 더해진 소리는 차홍을 사로잡았다. 차홍은 좋아 어쩔 줄을 몰라 제 목을 잡았다. 숨이 멎을 것 같아 입을 벌린 채 다물지를 못했다.

"허어어억."

그가 더욱 빠르게 움직였다. 엄청난 속도로 그의 허리가 움직이더니 차홍의 다리 하나를 쳐들었다.

탁탁탁탁.

그의 허벅지에 차홍의 엉덩이가 부딪치는 소리가 점점 더 빨라졌다.

“흐아아아.”

몸이 흔들려, 입을 벌리고 내지르는 차홍의 소리도 흔들렸다.

성교를 하던 그가 쑥 자신을 빼내더니 이제는 달려들어 그녀의 것을 빨아댔다. 차홍은 괴로워 몸을 구르며 다리 사이를 파고드는 그의 머리를 잡아 쥐었다. 그가 차홍의 몸을 밀어 옆으로 눕히더니 등을 끌어안고 뒤쪽에서 다시 밀고 들어왔다. 차홍은 손을 뒤로 뻗어 그의 허벅지를 쥐었다. 더 그와 붙어 있고 싶었다. 그가 빠져나가는 그 짧은 순간도 싫었다. 제 안에 그를 다 옥죄고, 그가 자신을 집어삼키는 소리를 듣고 싶었다.

퍽퍽퍽.

그가 힘 있게 밀어 넣자 차홍의 몸이 위로 튕겨져 올랐다. 위아래 흔들리는 풍성한 가슴이 더 자극적이었다. 차홍의 고개가 뒤로 젖혀졌다. 그녀의 안이 민감하게 반응하며 벌떡이자 그는 더 흥분했다.

그가 차홍의 팔을 뒤로 가져가 거리를 만들고는 팔을 잡아당기며 허리를 흔들어댔다. 한쪽 다리를 들고 차홍의 뒤에서 들어오는 그의 속도는 더 빨라져 있었다. 어떻게 이렇게까지 될 수 있는지. 차홍은 소리를 지르다 울고 싶어졌다. 교성을 내지르다가 혀를 내밀어 제 입술을 핥았다.

“월두, 아아, 나, 못 참겠어.”

분명 그도 이걸 다 느낄 텐데. 그의 인내심이 얼마나 대단한지, 그는 냉정하게 차홍의 몸을 고정하고 더욱 빠르게 그녀의 안으로 밀어 넣어 요동치게 만드는 일에만 집중했다.

배 안까지 밀고 들어오는 압력에 차홍은 다리를 꼭 다물고 몸을 활처럼 휘었다. 그러자 다리 사이부터 불꽃이 피어올랐다. 몸의 열기가 다리 사이로 모이더니 큰 불덩이가 되어 뜨겁게 타올랐다.

"안 돼. 아, 아아."

차홍의 숨이 멎으며 몸이 굳어 발작하였다.

"아, 안…… 돼."

몸을 마비시키는 긴장이 일순간에 퍼져 나갔다. 그를 품었던 따듯한 곳이 벌떡벌떡 뛰어올랐다.

흐으음.

차홍은 엉덩이를 돌리며 끝까지 떠올랐던 기분을 잠재웠다. 순식간에 오르더니 내려올 때는 천천히 내려앉았다. 차홍의 입가에 감탄과 함께 미소가 지어졌다.

월두는 방금 그녀가 느끼는 것을 눈으로 지켜보며 이보다 더 행복할 수가 없었다. 그녀가 너무 사랑스러워 작은 턱을 끌어당겨 입을 맞추었다. 만족감에 웃던 차홍은 입에 걸린 미소를 숨길 수 없어 쑥스러웠다.

월두가 자신에게서 몸을 빼내자 차홍은 등을 대고 바닥에 누웠다. 그렇게 끝났다 여겼는데, 다시 다리가 벌려졌다. 월두는 아직이었다. 차홍은 잠시 당황하였지만, 아직 성이 나 있는 그를 보고는 다리를 열어주었다.

그가 한 번의 움직임으로 다시 그녀를 찾았다. 그가 차홍을 안자마자 빠르게 허리를 움직이니, 탄력 있는 엉덩이가 단단해졌다. 차홍은 그의 단단한 근육을 손으로 더듬으며 아직 끝나지 않은 월두의 치달은 감정을 받아주었다. 먹먹해진 차홍의 그곳은 그의 움직임에 더는 반응하지 않았다. 한 번 그 일을 치렀으니 죽을 것 같은 느낌이 또 일지는 않겠구나, 생각하며 차홍은 숨을 돌렸다. 그 찰나 그의 엉덩이가 자세를 조금 바꾸자 찡긋 그녀의 안 근육이 바짝 조여졌다. 차홍이 작은 비명을 질렀다.

그가 자신을 놓고 포효하며 빠르게 움직이자, 차홍의 다리 사이는 불에 데어 타들어가고 있었다. 두 번째는 더 쉽게 열어주었다. 그가 움직일 때마다 안 깊은 곳부터 벌떡이는 살들이 요동쳤다. 끝도 없었다. 그가 소리치며 느끼는 모습을 볼수록 더욱더 흥분할 뿐이었다.

"아아!"

근육이 굳어 그의 남성을 꼭 문 채 느낄 수 있는 희열의 최고점에 닿았다. 같은 순간 그도 뜨거운 것을 토해냈다. 차홍의 안에 그가 뿜어낸 뜨거운 열기가 느껴졌다.

둘은 함께 높이 떠올랐다가 아래로 푹 곤두박질쳐졌다. 사랑을 눈으로 볼 수 있다면 지금 이 순간 같으리라. 완벽히 한 몸이 되어 최고의 희열을 나누고 터져 버린 사랑이 반짝이는 가루가 되어 머리 위로 흩어져 떨어지는 느낌이었다. 의심할 수 없는 사랑이었다. 영혼까지 울리는 깊은 교류였다.

차홍은 녹초가 되어 눈을 뜰 힘도 없었다. 월두는 괜찮은 것인지, 그는 자신을 안고 온몸에 입을 맞추고 있었다. 월두는 차홍의 가슴을 빨고 입에 입을 맞추고는 그녀의 얼굴 구석구석에도 자국을 남겼다. 차홍은 겨우 뜬 눈으로 그에게 미소를 지어주었다.

"월두야…… 사랑해."

둘의 결합은 완벽했다. 경험이 별로 없는 차홍도 그걸 알았다. 월두는 차홍을 여인으로 만들어준 사내이다. 첫정을 준 사내. 월두같이 이렇게 짙게 욕망을 채워줄 사내는 없을 것이다.

있을 것 같지 않은 희열 끝에 울컥하는 마음이 들었다. 차홍은 그의 품에 꼭 안겼다. 월두는 미소를 지으며 그런 그녀의 어깨를 감싸주었다.

다음 날 새벽, 동굴 안에서 눈을 뜬 월두는 옆자리가 비었다는 사실을 확인하지 않았다. 멍하니 눈을 뜨고 푸른빛이 스며드는 동굴 천장을 보았다.

그녀가 떠날 줄 알았다. 자신을 전부 내어주는 걸 보고는, 떠날 거라는 걸 예감했다.

월두는 누구보다 차홍을 잘 알았다. 오기를 부리던 당돌한 작은 계집애일 때부터 그녀의 하루를 관찰하는 게 일이었으니까. 월두는 가만히 누워 지난날의 한순간을 떠올렸다.

짐승처럼 산을 구르며 살던 그 시절, 이 컴컴한 동굴에 빛이 들어오면 일어나 지게를 지고 산을 내려갔다. 산 밑을 내려가 잔가지를 줍고 있으면, 차홍의 고운 붉은 치마가 눈에 들어왔다. 산에 오르며 저런 비단옷을 입고 오는 멍청한 계집. 욕을 하고는 산을 오르는 그녀의 뒤를 따라 올랐다. 멍청한 계집이라 또 어딘가에서 미끄러져 살려달라 소리를 지를지도 모르는 일이었다.

아니면 처음으로 누군가와 살이 맞닿은 느낌이 밤새 머릿속을 채워, 그게 뭔지 확인하고 싶었는지도 모른다. 양반이나 되는 고운 얼굴을 한 아이가 더럽고 갈라진 입술에 입을 맞추었을 때, 월두의 세상은 이미 달라졌다.

'세상에 이런 느낌도 있구나.'

매를 맞아 살이 터지는 고통이나 느껴보았지, 그런 부드러운 건 처음이었다.

'왜 넌 나한테 입을 맞추었냐? 나같이 천한 놈에게?'

한 번은 차홍의 앞을 막고 그냥 확 물어보려고 했다. 자꾸 같은 생각이 머리에 맴도니 지끈 두통이 다 생겼다. 그런데 앞을 막는 월두에게 차홍은 돌을 던졌다. 몸이 비리비리해도 제법 매운 손을 가진 계집이 던진 돌은 꽤 아팠다.

제대로 머리통을 깬 돌에 월두의 이마에서 피가 흘렀다. 차홍은 피를 보더니 선 자리에서 울어버렸다. 그 애가 울자 월두도 당황해 우는 계집애의 팔을 잡았다. 차홍은 이제 월두를 때리기 시작했다. 더러운 게 어딜 만지냐며, 머리까지 터진 사람을 더 때리고는 도망쳤다. 월두는 도망친 계집에게 욕을 한바탕하고는 물가로 내려왔다.

피가 흐르는 이마를 닦고는 물을 만난 김에 오랜만에 머리도 감았다. 젖은 머리에서 물이 떨어져 옷을 적시자 내친김에 몸도 닦았다.

차가운 물에 몸을 담그고 몸에서 냄새가 나나 맡아보았다. 냄새, 이런 것에 신경을 써본 건 처음이었다. 하긴 사냥해 잡은 노루를 등에 이면, 가죽에서 나는 누린내가 고약했다. 그놈이나 저나 물에 몸을 담가 목욕이란 걸 해본 적이 없으니. 아마도 같은 냄새가 날 것이다.

'그래서 계집이 도망쳤나.'

그날 후로 월두는 매일 밤 계곡으로 내려와 몸을 씻었다. 계집이 욕을 하고 도망치는 이유가 딱히 냄새 때문만은 아니었는지, 그 후로도 매일같이 욕을 먹는 건 마찬가지였지만. 그래도 목욕을 한 후 바위에 누워 머리 위로 쏟아지는 반짝이는 별을 보는 기분이 좋아, 그 일은 계속했다.

월두는 과거 차홍의 모습을 떠올리며 동굴에 잠시 그렇게 누워 있었다. 차홍을 잃은 삼 년간 그녀와의 추억을 떠올리며 살았다. 그러나 더는 추억이나 붙잡고 살기 싫었다. 누워 있던 월두는 자리에서 일어났다. 차홍이 간 빈자리에는 서찰이 하나 놓여 있었다.

월두는 서찰을 펴보고는 다시 접어 손에 꼭 쥐었다.

"글 따위 괜히 익혔다. 나한테 이걸 남긴다고 홀로 일어나 또 울었겠구나. 구구절절 네 마음을 남기면 이별이 아니더냐. 아픈 건 다 똑같아."

월두는 자리에서 일어나 나무를 모아 불을 피웠다. 동굴 안의 짐을 꺼내 모두 불에 태워 버렸다.

"나도 사람답게 살 거다. 네가 알려줬잖아. 한번 그걸 느꼈으니 다시 돌아갈 수 없다."

산 아이 월두의 과거를 모두 태우고는 관운사로 올라갔다. 절 뒤쪽 산채로 올라가 묶어놓은 말을 찾았다. 말을 끌고 산을 내려왔다. 산 중턱 평평한 대지에 이르자 말에 올라타고 달렸다.

험한 산에서도 말을 타는 실력으로 평지에서 말을 달리자 금방 따라잡을 수 있었다. 산비탈 아래 나무 사이로 말을 타고 가는 차홍이 보였다. 그녀는 말 등에 엎드리고 앉아 울고 있었다. 오는 길 내내 눈물을 뿌린 것인지, 주인처럼 말도 터덕터덕 느린 발걸음으로 걷고 있었다.

"그럼 돌아서. 돌아서서 달려. 네가 어디 앞뒤 재고 행동하는 계집이더냐. 도망치면 되잖아. 어미고 동생이고 버리면 될 텐데. 네 짐만 되는 이들은 생각 말고 너나 잘 살라고."

이제는 마음을 정리한 것인지 차홍은 단단히 말고삐를 손에 말아 쥐었다. 몇 리나 길을 잃고 가던 말은 이내 힘을 차리고 달리기 시작했다.

차홍이 말을 달리자 월두도 말에 속력을 내었다. 월두는 그녀의 곁을 지키며 한양으로 향했다.

제6장.
숨길 수 없는 것

"어찌 이리 무모한 행동을 한 겁니까? 그러다 대비마마께서 이상하게 생각하는 날에는 무슨 화를 당하려고요."

중궁전에 차홍의 아버지 국구 윤대광이 들었다.

"지금 마마께 힘이 되어줄 사람이 누가 있다고 이런 일을 벌이시는지요. 사가로 나간다 하고 그 기일을 훨씬 넘어 돌아오다니요. 사가에 빈 가마만 덜렁 들어와 얼마나 놀란 줄 아십니까. 누가 이 사실을 알아채기라도 한다면 어쩌시렵니까. 학우가 귀양살이를 떠난 마당에. 혹여나 그 일이 중전마마께 흠이 될까, 이 몸이 홍문관 제학 자리도 내놓았습니다. 이게 다 마마를 위한 결정이었습니다. 제가 책임을 물어 사직하니 조정에서도 마마를 음해하는 말이 들어간 것이 아닙니까. 이런 시점에 일을 만드시면 더 사직할 자리도 없는데 어쩝니까."

"제 일은 제가 알아서 합니다."

"마마."

"그러니 아버님과 아드님 일은 알아서 책임지십시오. 사직하신 것도 아드님의 과오 때문입니다. 그러니 사직하며 약조하셨던 대로 궁 출입은 자제하시지요."

"아니, 어찌 그렇게 무책임한 말을 합니까. 아드님이라고요? 하나뿐인 동생을 어떻게 그리 말씀하십니까."

아비를 증오한다. 그러면서도 차홍은 마음을 다잡기 위해 노력하며 윤대광의 말을 들었다.

조선의 가치관으로는 한낱 아녀자가 원하는 대로 살 수 없다. 자식은 부모를 하늘과 같이 섬겨야 하고, 신은 충을 다해 임금을 섬겨야 한다. 그래서 자신과 사랑하는 가족을 버린 아비였지만, 그동안은 참아내었다.

"왜 동생이 하나입니까? 성구는요?"

"어디서 그 이름을……. 그런 겁니까? 그 일을 들추어내어 이 아비를 겁박하려는 겁니까. 자, 보시라고요. 내가 가진 게 뭐요. 하나뿐인 윤씨 가문의 대를 이을 아들은 귀양살이를 떠났고. 나는 삭탈관직하여 낙향이나 해야 할 신세요. 아, 유일하게 남은 자리는 마마가 앉아 있는 자리군요. 병신인 동생을 가졌다 알려지면, 맞습니다. 그 자리, 쫓겨날 겁니다. 중전으로 이 나라 종묘사직의 대를 이을 몸이 병신인 동생을 가졌다라. 사대부에서도 여인이 그런 결함을 가졌으면 내쳐집니다. 그런 여인에게서 나오는 태생이야 같은 병신이겠지. 어찌 대를 잇게 한답니까."

"아비의 자식이오. 성구는 자식도 아니란 말입니까."

"네 에미의 자식이지 내 자식이 아니다. 처음부터 나를 속이고, 땅 마지기를 들고 시집올 때 알아봤어야 했거늘. 결함이 있는 태생이라는 걸 몰라 이 꼴이 되었다."

국구 윤대광은 흥분했던 것을 진정해야 했다. 딸이지만 신하의 도리로 모셔야 할 이 나라의 국모였다.

"이 아비를 원망하는 걸 막지는 않습니다. 하지만 마마라도 내가 받아들였으니, 지금 이 자리를 차지하고 있는 겁니다. 그것도 아니라고 할 겁니까?"

"이 자리는 내가 차지하고 싶어서 있는 게 아닙니다. 우리 어머니를, 성구에게 손댈까 봐 어쩔 수 없이 있는 겁니다."

'그때처럼, 그들을 해할까 봐!'

어머니는 어두운 밤을 두려워했다. 밤새 예민하게 작은 소리에도 반응하다가 잠들지 못하는 밤이 무수했다. 어머니는 낮이 되면 밖에 나와 하늘을 보고 앉아 있었다. 왜 어머니가 점점 정신을 놓게 되었는지 차홍은 알았다.

그 일이 있던 밤, 십오 년이 흐른 지금까지도 악몽 속에 살아 있는 그날의 밤을 기억하였다.

나이 여섯의 차홍은 잠을 자다가 태어난 동생의 얼굴이 보고 싶었다. 어린 차홍은 어머니가 누워 있는 산실로 들어갔다. 그리고 문을 빼꼼히 열었을 때, 그 모습을 보았다.

누군가 어머니의 몸 위를 덮고 있었다. 쿵쿵 소리를 내는 어머니를 보고 차홍은 겁이 나 문을 닫아야 한다는 생각이 들었다. 그러다 문틈으로 딸을 알아본 어머니가 손을 뻗는 모습을 보았다. 어머니의 도와달라는 손짓에도 차홍은 무서워 그냥 문을 닫아버렸다. 울며 마당에 웅크리고 앉았기만 했다. 방에서 흘러나오는 어머니의 숨넘어가는 소리를 들으면서도 움직일 수 없었다.

"부…… 불이야."

작은 목소리로 시작했다. 그리고 점점 목소리를 높여 소리를 질렀다.

"불이야! 불이야! 불이야!"

차홍은 마당을 뛰어다니며 소리치기 시작했다. 그때, 차홍의 어깨를 잡은 우악스러운 팔이 있었다. 아버지 윤대광이었다.

"왜 이 야밤에 소란을 떠는 것이냐?"

"부, 불이 난 줄 알았습니다."

"꿈이라도 꾼 것이냐? 얼른 네 방으로 돌아가거라."

아버지의 호통에 차홍은 방으로 돌아왔다.

다음 날 집에 의원이 들었다. 다행히 어머니는 무사했다. 차홍은 아버지의 말대로 꿈이라도 꾼 거라고 기억을 잊으려 노력했다. 그러나 어머니의 목을 조르던 사내가 잊히지 않았다.

한 달이 지나지 않아 어머니는 요양차 안양 별장으로 보내졌다. 갓 낳은 아이가 한 달도 못 되어 죽자 요양이 필요하다는 이유였다.

아버지는 그때 차홍을 불러 물었다. 한양에 남을 것인지, 어미를 따를 것인지. 차홍은 먼 길을 떠나기 싫어 울었다. 어머니와 한양에서 살고 싶다 말했지만, 결국 안양으로 보내졌다.

가마를 셋이 나누어 탔다. 어머니와 차홍이, 그리고 갓난아이 성구.

가마 안에서 어머니는 성구가 죽지 않았는데, 왜 사람들이 죽었다는 소리를 하는지 설명해 주었다. 성구는 태어날 때부터 한쪽 다리가 짧았다. 의원이 이대로 자라면 다리 한쪽을 못 쓰는 불구가 될 거라 했다.

윤대광은 불구인 아이를 받아들이지 않았다. 이렇게 불구로 태어난 아이는 태어나자마자 버려지는 경우가 많았다. 윤대광도 그런 결정을 하였다. 부인인 김 씨가 결코 아이를 보낼 수 없다고 반항하자, 윤대광이 직접 나섰다.

그날 밤 윤대광은 산실에 들어 아이를 빼내려 했다. 그러나 잠에서 깨어난 김 씨가 서방의 앞을 막았다. 윤대광은 화를 내며 김 씨의 친정 언니도 다리를 저는 딸이 있다는 사실을 나무랐다. 김 씨가 조카 아이는 사고로 그런 것이라 해명해도 윤대광은 듣지 않았다. 딸이라면 돈을 주어 시집이라도 보내지만, 사내가 다리 병신이 되면 관직에도 오를 수 없고 가문의 짐만 될 뿐이었다.

윤대광은 출세욕이 강한 사내였다. 명망 있던 가문이 아버지 대에서 기울자 가문을 다시 일으켜 세우려 도움이 될 만한 자리를 찾아 부인을 보았는데, 이 모양이 된 현실을 어떻게든 되돌리고 싶었다.

부인 김 씨가 완강히 버티자 윤대광은 홧김에 갓난아이를 이불에 싼 채 뒤집어놓아 버렸다. 김 씨는 울고 불며 제 서방의 팔을 뜯고 물어 아이를 해하려는 윤대광을 막았다. 김 씨가 깊이 문 팔뚝의 상처를 본 윤대광은 더 화가 나 이성을 잃었다. 이제는 부인 김 씨의 목을 졸랐다.

"네년 때문에 우리 가문이 망하게 생겼다."

윤대광의 눈은 악에 사로잡혀 번뜩였다. 그것이 차홍이 그날 밤에 본 무서운 아비의 모습이었다.

어머니와 가마를 나누어 타고 쫓겨 가던 어린 차홍은 울었다. 한양에서 살고 싶다고 우는 딸을 달래는 김 씨도 울었다.

안양 별장에서의 삶은 그래도 나았다. 어머니 친정에서 돌보는 별장이라 생활은 풍요로웠다. 그러나 성구가 자라 세 살이 되던 해에 아이의 행동이 이상하다는 진단을 받았다. 어머니는 태어날 때는 멀쩡한 아이가 이리된 걸 자신의 탓이라 했다. 지아비로 여겼던 사람이 자신의 숨통을 쥐었던, 답답했던 느낌이 살아났다. 그날의 악몽으로 어머니 김 씨는 내내 고통을 받고 있었다. 김 씨는 아들인 성구, 이 아이도 아비에게 숨통이 막혀 머리가 이상해진 거라 생각했다.

어머니 김 씨는 그렇게 약해졌다. 성구가 어지행지(語遲行遲)의 병을 앓아, 말이 늦고 걸음이 늦을 거라는 진단을 받은 이후였다. 친정에서도 소문 때문에 성구를 집에 둘 수 없다는 말을 하였다. 그들은 다시 강화도 산골로 보내졌다.

그때부터 어머니 김 씨의 상태는 더욱 악화되었다. 김 씨는 밤에는 두려움에 떨며 경기를 일으키고 낮에는 멍하니 먼 산을 바라보았다. 성구가 자라면서 서서히 그렇게 되었다.

막상 성구는 걸음은 느려도 다리를 절지는 않게 되었다. 김 씨가 친정에서 들고 나온 재산을 다 쏟아, 주기적으로 의원의 침과 부목을 다리에 대는 치료로 짝짝이 다리를 가지지 않게 되었다.

그러나 가족 모두 마음의 상처를 입을 후였다. 어머니도 성구도, 그리고 조금만 빨리 어머니와 성구를 위해 소리쳤더라면 하고, 평생의 죄책감을 느끼게 된 차홍도 모두 병을 앓았다.

"나는 잃을 것이 없습니다."

그 오랜 기간을 참고 버티었다. 중전이 된 차홍은 앞에 앉은 아비라는 사람이 죽도록 미웠다. 삼 년간 자신이 어떻게 이 궁에서 버티었는데.

아비라는 사람은 무슨 일이든 할 자였다. 윤대광이 월두를 알아내고 해할까 봐 궁에서 도망치지 않고 월두를 찾아가지도 않았다. 아비에게서 그를 꼭꼭 숨겨두었다. 그런데 아버지는 월두를 찾아내 그를 죽이려 했다.

"내가 이 자리에 있는 이유는, 국구가 되고자 하는 아비의 욕망 때문이었소."

"하하 하하하."

국구 윤대광은 갑자기 웃어대었다.

"마마는 자신을 잘 모르십니다, 그려. 후후, 나 때문에 이 자리에 있다고요? 그렇게 싫은 자리면 삼간택 자리에서 미친 짓이라도 하지 그랬소. 아니, 병신인 동생이 있다고 했다면 그 자리에서 내쳐졌을 것을요. 왜 그리하지 않았습니까? 마마도 이 자리를 원했습니다. 그래서 대단한 자리로 처녀 단자를 올린 가문의 여식들과의 경합에서 그들을 꺾었습니다. 마마의 몸에 흐르는 피는 제게서 받은 거지요. 자신의 삶을 한탄이나 하고 청승을 떨며 정신을 놓아버린 미련한 여인의 것이 아니라, 제 피가 흐르고 있죠. 그래서 지고 싶지 않은 게 아닙니까. 아무도 다시는 짓밟지 못하도록 상대를 밟아준 것이 아닙니까."

그래, 내가 이리 독하게 자란 데에는 아비의 공이 크지.

"약조를 지키지 않으셨더군요."

차홍은 더 이상 아비 윤대광의 말에 휘둘리지 않을 것이다. 아비는 삼 년간 차홍이 궁 생활을 버티었던 그 약조마저 지키지 않았으니까.

"이 자리만 지키고 있으면 어머니와 성구의 신변은 안전하다 하셨거늘. 목숨만 겨우 부지하고 있는 처지라니, 안쓰러워서 말입니다."

윤대광은 잠시 멈칫하였다.

"내 성심을 다해 돌보았소."

그들을 돌본 건 다른 이였다. 차홍은 이번 암행으로 관운사 주지 스님을 찾아 그 사실을 알게 되었다. 차홍이 떠난 후로 누군가 주지 스님께 성구 앞으로 시주를 하였다 한다. 어디서 그 많은 돈을 모아 보내는 것인지 성구가 앞으로도 먹고사는 데 지장이 없을 만큼, 몇 달 간격으로 돈뭉치만 법당 앞에 놓여 있었다고 한다. 이름을 밝히지 않은 후원자였지만, 차홍에게 월두밖에 누가 더 있겠는가.

"알았습니다. 아버님이 우리에게 주었던 마음만큼 저도 보답하겠습니다. 가진 걸 다 잃는 기분이 어떤 것인지 상상이나 하실까요."

이래서 윤대광이 그들을 돌보지 않은 것이었다. 궁핍해 필요할 때는 말을 듣다가, 배가 부르면 다른 생각을 한다. 딸아이 중전을 봐도 그렇지. 제가 중전 자리에 오른 것이 누구 덕인데. 내 말 한마디면 이 자리가 가당키나 한가!

윤대광은 끓어오르는 성질을 죽이고 오늘은 우선 물러나기로 했다.

"중전마마, 마지막 간청만 드리고 자숙하는 마음으로 당분간 궁에는 들지 않도록 하지요. 주상전하께서 건강을 찾으셨으니 후세를 생각하십시오. 아비로서 마마를 위해 올리는 말입니다."

차홍은 일그러진 표정으로 부들부들 떨리는 손을 꼭 쥐었다.

*

왕의 목욕을 돕는 나인들이 뜨거운 물동이를 들고 목욕간으로 들었다. 큰 통에 몸을 담근 월두는 식은 물에 뜨거운 물이 더 부어지자 눈을 감고 신음을 내었다. 앞뒤 가리지 않고 궁의 담을 넘은 여파로 조금 전까지 김 종사관에게 머리가 멍해지도록 잔소리를 들었다.

궁을 나갔던 이유로 대감이 준다던 천 냥을 정말 준 것인지 확인하고자 했다고 핑계를 대었다. 그러나 역시 궁을 나가며 한탕 털어간 흔적을 남긴 것이 문제였다.

"도둑으로 살던 근성을 못 버리고, 값진 물건을 털어 도망쳤습니까. 조정에는 사냥터에 세운 금표를 이동하는 문제로 직접 시찰을 나가셨다고 알렸습니다. 이 일을 두고 신료들은 시찰은 핑계이고, 사냥이나 하러 갔겠지 하겠지요."

쳇. 누구를 도둑으로 몰아. 필요하니 잠시 빌린 게지.

"사냥은 무슨. 사흘이 멀다 하고 몸져눕던 비리한 왕이었다니, 또 아파 쓰러진 줄 알겠지."

월두는 괜스레 본 적도 없는 왕에게 감정이 생겼다.

'임금의 것을 훔치는 도둑이라고, 쳇.'

임금의 재산이라고 하나 도중에 갉아먹고 빼돌리는 놈들이 천지인 것을. 그 사이에 월두 하나 껴서 자리를 나눈다고 태라도 날까. 그것이 삼 년간 산 도둑 생활로 느낀 전부였다. 진상품이라 옮겨지는 궤짝의 대부분이 거치는 길목마다 조금씩 덜어내어져, 중앙으로 돌아가는 수레는 비게 마련이었다. 도적은 따로 있으면서, 사라지는 진상품을 모두 화적의 탓으로 돌렸다.

이렇게 다시 돌아올 줄 알았으면 낯 팔려서라도 도둑질을 한 흔적을 남기지는 않았을 거다. 도둑놈이니 궁을 나가며 한탕 털어간 흔적을 남긴 것이었다.

그러나 차홍이는? 그러지 않으려 그리 마음을 다졌건만, 결국 차홍이를 훔쳤다.

차홍이를 안았던 산에서의 시간이 꿈이었는지, 지금 임금이라는 이름으로 궁에 있는 이 시간이 꿈인 것인지. 어느 한 곳에 마음을 주어서는 안 되는 저는 이제 어찌한단 말인가.

"후우우."

월두는 뜨거운 물에 몸을 깊이 담그며 신음을 내었다.

그래도 차홍을 따라 강원도로 말을 달린 일을 후회하지 않는다. 그때, 궁을 나가는 차홍을 발견하지 못했다면, 생각하기도 싫은 일이었다.

여인 혼자 말을 달려 그곳까지 갈 생각을 하다니. 차홍이다웠다. 월두는 차홍이에 대해 생각하며 더 깊이 뜨거운 물속에 몸을 담갔다.

월두가 중궁전을 찾았던 마지막 밤, 그 밤을 정말 마지막으로 하려 하였다. 그녀와 작별 인사를 하고 자신과의 약속대로 차홍이를 위해 영원히 사라져 주려 하였다.

이별을 고했기에 슬픈 밤이었다. 더는 이 궁에 있을 수 없어 바로 그 밤에 담을 탔다. 궁을 빠져나와 반촌 주막에 몸을 숨기었다. 어차피 정해놓은 갈 길도 없으니 무작정 떠나기로 작정하고 날이 밝자 저자로 나왔다. 그러다가 가마를 보았다. 궁을 나오는 화려한 가마의 움직임이 수상하다는 생각이 들었다. 월두는 본능적으로 그 가마의 뒤를 쫓았다.

가마는 북촌으로 올라가는 길에 반촌 마을에서 잠시 멈추었다. 궁궐에서 나온 가마가 백정의 마을 반촌에 머무는 것이 이상하였다. 월두는 숨어 수상한 가마를 지켜보았다.

가마의 문이 열리고 그곳에서 내린 여인은 차홍이었다. 붉은 주칠이 되어 있고 금장의 무늬가 새겨진 가마의 꾸밈을 보고, 중전이나 타는 가마일 텐데 했던 월두의 생각이 맞았다.

차홍이 가마만 보내고는 몸을 숨겨 어딘가로 향하였다. 차홍은 어느 외진 주막으로 들어가 옷을 바꾸어 입고, 말을 한 필 샀다. 그 말 위에 올라타는 차홍을 보고, 월두는 욕을 뱉으며 자신도 말 한 필을 구해 그녀를 뒤쫓았다. 여인 혼자서는 위험한 여행길이었기에 월두는 뒤따르며 그녀를 보호하였다. 숨어 쫓아다니느라 애는 제법 먹었지만.

화적은 돈을 내면 목숨에 위협이 되지 않는다. 개중 화적의 이름으로 사람을 해하는 자들이 있었지만, 죄다 한양에서 범죄를 저지르고 숨어든 놈들이다.

차홍의 뒤를 따라 강원도를 오가며 통행전을 치르라는 화적을 만났다. 월두는 당연한 절차로 화적에게 차홍의 몫까지 통행전을 냈다. 차홍은 그런 셈을 치러야 하는 것도 모르고 무작정 달리기만 했다. 차홍이 어디 먼 길을 떠나본 적이 있었겠는가.

이번 강원도로 가는 길에 아는 얼굴 몇을 만나 월두가 몸담았던 화적 떼가 무사히 관군을 피했다는 소식을 전해 들었다. 그리고 그, 뼈를 갈아 먹어도 시원찮은 월두를 배신한 두삼이 놈 소식도 들었다. 한몫 챙겨 야반도주하는 놈을 남원 고개에서 잡아 목을 쳤다 했다. 관군의 포위망은 뚫어도, 전국에 퍼진 화적단의 눈을 피해 숨을 수는 없는 일이다. 발고자는 어떤 방법으로든 죗값을 물게 마련이었다.

원수 같은 놈 소식을 듣고 누이 양덕이 소식도 들었다. 판윤 대감이 약속은 지켰는지, 양덕은 어디서 돈이 나서는 비단옷을 지어 입더니 어느 날 살림을 싹 정리하고는 떠났다고 한다. 수중에 의심스러운 돈이 들어오니 우선 들고 도망친 것이다. 그리한 걸 보니 이제 제 앞가림은 잘하고 살 것 같다. 이젠 양덕이 걱정도 할 필요 없겠다. 궁녀의 사생아라는 천한 출생의 비밀로 양덕이를 괴롭혔던 그 빚도 더는 없다. 그러니 이제는 정말로 그곳 일은 다 잊을 것이다.

"흐음."

월두는 신음을 내며 나른하게 통에 기대어 누웠다. 생각에 잠겨 있는 사이 어느새 든 인기척이 월두의 등 뒤로 다가왔다. 그리고 부드러운 손길이 월두의 등에 닿았다. 시중을 드는 손길도 이제 익숙해져 월두는 눈을 감은 채 긴장을 풀고 있었다. 다가온 나인은 수건을 들어 어깨를 문지르더니 월두의 가슴에 조심스레 손을 대었다.

"됐다. 쉬고 싶다."

"제가 모시겠습니다."

들리는 목소리에 월두의 감았던 눈이 떠졌다. 월두의 등 뒤에서서 목욕수발을 드는 사람은 차홍이었다. 목소리의 주인을 알아채자 그녀의 손이 닿은 등이 긴장하였다.

차홍은 수건으로 그의 등을 닦으며 울퉁불퉁 살이 얽은 피부를 손가락으로 만졌다. 가늘고 하얀 손가락이 조심스레 상처의 흔적을 더듬었다.

"누워 계실 적에 매일 세 번씩 몸을 닦았으나 등의 욕창은 막을 수 없었습니다. 자주 자리를 옮겼는데도 이렇게 옥체에 흔적을 남겼사옵니다."

왕의 상처를 만지는 손이 미세하게 떨고 있었다.

"그만 되었소."

월두가 차홍의 손을 잡았다. 그리고 그녀를 올려다보았으나 그녀는 고개를 숙이고 있었다.

"괜찮나?"

눈을 마주치지 않고 있는 차홍에게 물었다.

"사가에 간 일은 다 괜찮은가?"

“잠시 안부를 물었을 뿐이옵니다. 궁에 들어오며 다 잊었나이다. 궁의 삶을 선택하며 그러기로 다짐한 것이 아닙니까. 그저 어머니의 안부가 궁금했사옵니다.”

월두는 고개를 돌려 통 안에 가득 차 물에 피어오르는 수증기를 보았다.

“사람이 죽으란 법은 없소. 어떤 상황에서도 살 수 있어. 그러니까 나약하게 정신 놓고 살지 마시오. 밥도 먹고 잠도 자고, 그렇게 잘 살아.”

그걸 확인하려고 돌아왔다. 안쓰럽게 말라 초점도 없는 눈빛이 왠지 불안해서 아직은 그녀의 곁을 떠나지 못했다.

“걱정하지 마십시오. 전 언제나 제 걱정만 하는 사람입니다. 그동안 정말 제가 잠시 정신을 놓았습니다. 그래서 앞으로는 제 천성대로 살아볼 겁니다. 감추느라 힘들었습니다.”

말하는 차홍의 눈동자는 살아 있었다.

“그래서 내명부의 수장으로서가 아니라, 여인으로 말씀드리고 싶어 찾아왔사옵니다. 앞으로 희빈전에 자주 발걸음하지 마시옵소서. 희빈을 가까이 두시고 신첩을 멀리하시면 중궁전의 힘이 약해지옵니다. 합궁일이 내려지는 것까지는 막지 않사옵니다. 오늘 아침에도 희빈이 인사를 한다고 들어 속을 긁더이다.”

월두는 피식 웃었다.

“나는 그간 희빈을 찾지 않았는데.”

“희빈이 마음을 다 주었으니까요. 전하께서 희빈의 것이라 믿게 하지 마시옵소서. 마음을 다 준 여인은 그걸 찾으려 무슨 짓이든 하게 되지요.”

"중전은 어때? 중전의 마음은 어디에 있소?"

왕은 등을 보인 채 말했다. 차홍은 그의 뒷모습을 바라보다가 눈을 내리며 입을 열었다.

"제 마음이 어디 있다니요. 저의 주인이신 주상전하의 곁에 항상 머물렀습니다."

중전은 그렇게 왕을 도발하고는 목욕간을 나갔다. 월두는 등 뒤로 문이 닫히고 차홍이 나가는 발소리를 들으며 목간통에 가만히 앉아 있었다.

차홍은 왕의 은밀한 공간인 목욕간을 나와 복도를 걸었다. 차홍이 걷는 길마다 주변에 물러나 고개를 숙인 나인들이 있었다. 저들은 중전이 지나면 고개를 들고 일어나 투기에 눈이 멀어 왕의 사적인 공간까지 들이닥친 중전의 이런 부덕한 행동을 조롱할 것이다. 차홍은 모퉁이를 돌아 또 다른 긴 복도를 걸어야 했다.

"꺄악!"

차홍이 막 모퉁이를 돌아 몇 걸음 걸었을 때였다. 뒤로 나인들이 동요하는 소리가 복도에 울렸다. 그리고 갑자기 차홍의 팔을 잡아채는 억센 손이 있었다.

"허!"

차홍이 놀라며 자신의 팔을 잡아 돌려세운 사내를 올려다보았다. 젖은 저고리 앞을 풀어 헤친 채 왕이 물을 뚝뚝 흘리며 그곳에 서 있었다.

차홍이 나가고 난 후, 뭔가 이상한 점을 느낀 월두는 목간통에서 일어나 저고리를 찾아 입었다. 그러다가 저고리 끈을 매려던 손을 멈추고, 곧장 뒤돌아 목욕간을 나왔다. 문을 밀치고 나와 젖은 발로 바닥을 짚으며 복도를 뛰었다. 왕이 물에 젖은 채로 복도를 뛰자 주변 나인들이 소리를 지르고 난리가 벌어진 것이었다.

월두는 차홍의 팔을 잡아 세우고 흔들리는 눈빛으로 그녀를 내려다보았다. 차홍은 단단한 눈빛으로 그를 보는 데 흔들림이 없었다.

“구경났어? 다 비켜!”

왕의 불같은 호통에 젖은 몸으로 서 있는 왕의 모습을 구경하던 나인들이 화들짝 놀랐다. 겁먹은 나인들은 순식간에 우르르 달려 나가 복도를 비웠다.

둘만 남게 되자 월두가 차홍의 팔을 더욱 가까이 끌어당겼다. 그는 기가 센 사내였다. 그런 사내가 이글이글 타오르는 눈으로 내려다보자 그 눈길을 받는 것만으로도 차홍은 몸이 떨렸다. 그래도 차홍은 시선을 피하지 않고 차분한 표정으로 그의 눈을 응시하였다.

“언제부터야? 언제부터 알았어?”

“무엇을 말입니까.”

“알잖아. 내가 누구인지.”

차홍의 눈빛이 이제야 흔들렸다. 그렇게나 굳게 결심했는데. 월두의 앞에서 그를 부정하기란 어려웠다.

그래, 차홍은 알았다. 앞에 선 사내가 왕이 아니라는 것을.

차홍이 그 사실을 알아챈 것은 강원도 산골을 떠나 궁으로 돌아오는 말 위에서였다.

월두를 홀로 동굴에 남겨두고 궁으로 향하던 차홍은 흔들리는 말 위에서 울고 또 울었다. 말 머리를 돌려 그에게 돌아가고 싶은 마음이 몇 번이나 들었다. 울다 지쳐 고삐도 놓치고 말 위에 엎드려 말이 걷는 대로 몸을 맡겼다.

그러다 차홍은 가슴속에 외치는 소리를 듣게 되었다. 그간의 의심들. 궁에서 보았던 주상전하의 모습에서 언뜻 비치던 월두의 모습, 그리고 산에서 보았던 변한 월두의 모습. 그를 직접 만나고 돌아오니, 아니라며 묻어오던 그간의 의구심들이 피어올랐다.

어찌 주상전하에게서 월두가 느껴지고, 월두에게서 주상전하의 품이 떠오르는지.

궁을 나오기 전날 밤, 주상전하는 차홍의 처소로 몰래 들어와 품을 내주었다. 그 따듯했던 품의 기억. 그런 사내의 품을 헷갈릴 여인은 없다.

말 위에 엎드려 있던 차홍은 몸을 일으켜 고삐를 쥐었다. 궁으로 돌아가야 했다. 대체 어찌 왕이 월두를 그리도 닮은 것인지. 왜 그의 품이 월두를 생각나게 하는지. 차홍은 궁으로 돌아가 두 눈으로 확인해야 했다.

차홍이 궁으로 돌아왔을 때, 왕은 궁을 비운 상태였다. 차홍은 평정심을 유지하려 노력했다. 이 허깨비 꿈같은 일이 무엇이든 정신을 차려야 한다. 어느 쪽이든 차홍이 월두를 잊기로 결심한 사실은 변함이 없다. 말이 되지를 않는다. 어찌 월두가 왕의 행색을 하고 궁에 있을 수 있단 말인가.

그리고 하루가 지나 주상전하가 행궁에서 돌아와 궁에 드셨다는 말을 들었다. 차홍은 왕이 들었다는 목욕간으로 향하였다.

그가 이곳에 있어서는 안 되었다. 그는 왕이 될 수 없다. 그는 산에 남아 월두, 그 자신을 지켜야 했다. 그러나 이곳까지 달려오며 제발 그이기를 바랐다.

목욕간으로 들어온 차홍은 탕 안에 앉아 있는 그의 등을 보자 피가 거꾸로 솟아오르는 느낌이 들었다. 그 자리에 굳어 움직이지도 못하고 그의 벗은 등만 바라보았다. 뒷모습만 보아도 이제는 알 수 있었다. 그를 영원히 기억하고 싶어 그의 모든 것을 눈에 담았던 차홍이었다.

그가 신음을 내며 목간통에 느슨하게 눕는 모습에 숨이 헉 막혔다. 천천히 걸음을 떼 그에게 다가갔다. 손을 들어 그의 등에 난 상처를 어루만졌다. 그렇게나 아파했던 그의 흔적이 이렇게 선명히 있는데.

'월두…….'

그러나 그인 것을 알아챘으면서도 아는 체하지 않았다.

차홍은 목욕간 복도에 서서 입술을 떨며 말하는 월두를 보다가 고개를 떨구었다.

"언제부터야? 나를 알아보면서도 왜 말 안 했어?"

"너를 알아보면…… 놓아줘야 하니까."

너를 잡아두는 것은 나의 욕심이니까. 월두를 이런 위험 속에 끌어들이는 것은 사랑이 아니니까. 차홍이 아는 사랑은 그 사람을 위해 자신을 희생하는 거였다. 그리움이 쌓여도 그건 나의 몫이다.

"여긴 왜 왔어? 왜 와서 나를 괴롭혀. 안 보이면 괜찮단 말이다. 안 보이면."

차홍의 말에 월두가 그녀를 끌어당겨 안았다.

“어찌 안 보고 살 수 있냐. 안 보면 죽을 거 같은데. 어찌 안 와.”

“몇 번을 더 너를 보내야 끝이 나는 거냐. 어찌 내게 이리 모진 거야. 내가 그럴 수 없다는 걸 알면서도.”

“그러니까 다시는 나를 모른 체하지 마. 이제는 단 한 순간도 참기 힘드니까. 나는 네가 나를 알아보기만을 평생 기다려 온 사내니까.”

차홍은 그의 품에 얼굴을 묻고 울음을 터뜨렸다. 이곳까지 자신을 따라온 그의 품에 안기자 서러움이 북받쳐 정신없이 울어댔다. 월두는 그런 차홍을 꼭 안고 입술을 깨물었다.

“나는 너를 모른다. 너를 알아보지 못하였다.”

“그래, 넌 모르는 체해. 넌 모르는 일이야.”

차홍이 그의 품에 안겨 그의 팔을 쥐며 눈물범벅이 된 얼굴로 그를 보았다.

“네가 이곳에 있을 리가 없잖아. 정말 네가 앞에 있다는 걸 내가 어찌 믿어. 어찌 네가 여길 와. 이 또한 내가 만들어낸 환영일 게다.”

“그래, 아니다. 아니니까, 넌 그냥 중전마마로 있으면 돼. 넌 몰랐던 거야.”

월두는 가슴이 아파 차홍을 꼭 끌어안았다.

둘은 한참을 그렇게 부둥켜안고 길게 난 복도에 서 있었다.

중전마마가 왕의 목욕간을 나왔을 때, 침전 밖에 모여 있던 나인들이 다시 고개를 숙였다. 그러나 옷은 흠뻑 젖어 있고 머리가 헝클어진 채, 울어 눈이 퉁퉁 부운 중전마마의 상태를 이미 다 파악한 후였다. 주상전하의 큰 소리 뒤로 이어진 중전마마의 통곡 소리를 모두 들은 나인들이었다.

중전마마가 넋이 나가 홀로 터덜터덜 걸어 나가는 뒷모습을 보며 나인들이 수군댔다. 왕을 찾아와 희빈을 멀리하라 투정을 부리더니 호되게 혼이 나고 가는구나, 뒷이야기를 했다.

이 소문 또한 역시 삽시간에 궁에 퍼졌다. 당연히 그 이야기는 희빈 권 씨의 귀에도 들어갔다.

*

희빈은 중전이 무슨 술수를 쓰는 거라 여겼다. 그러지 않고는 삼 일이 멀다 하고 찾으시던 주상전하께서 발걸음을 아니 하시는 이유를 알 수 없었다.

매일 밤 찾으실까 하여 매화주를 준비하였다. 깊은 밤이 되면 처소에 들어 술 한 주전자를 다 비우셨다. 달려드는 품을 밀어내고 그저 술에 취해 쓰러져 잠드셔도 괜찮았고, 자신을 알아보지 못하고 '홍'이라는 어느 궁인의 이름을 불러도 상관없었다.

마지막으로 이 방을 찾았을 때, 주상전하가 남긴 말이 '내 몸에 손대지 마. 다 가졌으면서 욕심도 많구나' 였다. 대체 중전이 어떻게 했길래, 주상전하께서 저런 이해 안 되는 말을 남기셨는지. 사내의 변심에 괴로워 홀로 매화주를 들이켠 것이 여러 날이었다. 그래도 겉으로는 주상전하의 사랑을 독차지하는 후궁인 체하였다. 그래서 주상전하와의 뜨거운 밤을 보냈다, 아랫것들에게 떠벌리게 시켰다.

일 년 만이었다. 외진 별궁에 따듯한 온기를 느껴본 것이. 왕의 애첩이라고는 하나, 잦은 병환에 몸져누운 주상전하를 기다리며 연화당(蓮花堂) 별궁에서 버틴 시간이었다. 쌀쌀맞게 변한 성정도 좋았다. 오히려 그래서 사내다워 가슴이 떨렸다. 보기만 해도 다리 사이가 저려오는 색기가 흐르는 사내가 자신의 왕이라니.

한번 온기를 맛보자 원하는 마음이 더욱더 간절해졌다. 왕이 문을 넘어 들어올 때면 희빈의 가슴이 요동쳤다. 사가 시절 마음에 품었던 정인이 있었으나, 그에 대한 기억을 풋정으로 미루어 둘 만한, 그런 사내 중의 사내가 자신이 섬기는 지금의 왕이었다.

당장 대비마마를 찾아가 중전의 만행을 고하리라. 아무리 중전이라 해도 전하를 다 차지하려는 건 투기죄였다.

희빈은 어찌해서든 먼저 왕의 씨를 받으리라 다짐했다. 그간 사내구실을 못하던 왕이었다.

'나와는 안 된다 하시더니. 중전과는 그게 되는 모양이지.'

한 여인이 투기심에 불타올랐다.

*

축시가 되자 어둠을 틈타 왕의 침전에 방과 방을 잇는 사잇문이 스르르 열렸다. 하얀 속치마를 입은 여인의 버선발이 망설이며 멈칫하였다. 그러나 다시 천천히 움직여 사내가 누운 금빛 이부자리로 향하였다.

어두운 방에 달빛을 담은 창살의 그림자가 드리웠다. 달빛을 받은 여인의 하얀 속옷이 푸른빛을 띠었다. 여인은 저고리를 벗었다. 그리고 치마끈 위로 부푼 가슴을 감싸고 자리에 누운 사내에게로 걸어갔다. 은은한 빛을 간직한 비단 이불을 들치고 그 안으로 여인의 몸이 미끄러지듯 숨어들어 갔다.

이불 속의 따듯한 온기는 차가운 몸에 금방 열기를 나누어주었다. 부드러운 살결이 단단한 몸에 지그시 닿았다. 가슴부터 배와 다리까지 사내의 몸에 밀착된 여인의 몸은 이 밤 부끄러움이란 것들지 않았다. 달이 정해준 '밤 산책'이 허락된 밤. 밤을 지키는 이들의 눈을 피해 사무친 그리움을 풀어낼 밤. 임의 품에 안길 수 있다는 기쁨에 여인의 부끄러움은 던져 버렸다.

잠들어 있는 단단한 몸에 떨리는 몸을 밀착하였다. 그래도 잠에서 깨어나지 않자 떨리던 손길은 점점 대담해졌다. 곱고 가는 손가락이 사내의 가슴을 덮고 단단한 복부로 향하였다. 여인은 손을 내려 지아비의 몸을 더듬었다. 그리고 몸을 일으켜 그를 타고 앉았다. 밤에 숨어든 여인의 행동은 점점 더 대담해졌다. 얇은 속치마 아래 감춰진 여인의 다리가 드러나고 사내의 허리를 옥죄였다. 그리고 자신의 손 아래 단단해진 그를 스스로 품었다.

여인이 몸을 움직였다. 천천히 앞뒤로 움직이기 시작했다. 하늘하늘, 조금만 움직여도 부서질 것 같은 여린 몸이 긴장감을 품기 시작하자 여인의 움직임은 농염하게 변하였다.

사내는 눈을 감은 채 자신의 육체를 가지는 여인을 모르는 체하였다. 그래서 여인은 마음껏 이 밤을 가질 수 있었다. 한 번의 망설임도 없이 움켜쥐었던 꽃망울을 터뜨렸다. 입술 사이로 흘러나오는 신음을 머금자 망울진 욕망이 부풀어 올랐다. 한껏 피어나리. 내 사내를 품은 이 밤, 가슴을 적시는 이슬을 머금고 너를 위해 피어나리.

여인의 허리가 빠르게 움직였다. 주체할 수 없는 욕망에 싸인 몸이 애욕에 불타 자신을 던졌다. 다 주고 싶다는 본능만이 남았다. 다리 사이에 품은 단단한 사내의 몸을 느끼자 눌러두기만 했던 욕망이 짙게 피었다. 여인은 손톱을 세워 사내의 가슴을 움켜쥐었다. 오롯이 홀로 품어내었으나, 참기 힘든 희열이 절정을 맞자 더는 견딜 수 없어 그의 가슴 위로 쓰러졌다.

그러자 먼저 반응한 것은 사내의 손이었다. 천천히 사내의 손이 움직여 그녀의 허벅지를 부드럽게 만졌다. 그리고 사내가 눈을 떴다.

사내의 가슴 위에는 땀에 젖은 머리카락이 흩어져 있었다. 월두는 손으로 그녀의 젖은 머리칼을 만졌다. 그리고 그녀의 얼굴을 들어 달빛에 비추어 보았다. 월두의 가슴에 기대어 눈을 감았던 차홍이 눈을 떠 그를 올려다보았다. 차홍의 얼굴을 본 월두는 그녀를 끌어당겼다.

그가 이끄는 힘에 단번에 그의 입술에 닿은 차홍의 입술은 심하게 떨리게 되었다. 작은 입술이 열리고 서로의 혀가 실타래처럼 엉키었다. 그리고 곧 사내의 억센 두 팔에 감겨 꼭 붙잡힌 채 차홍의 몸이 요동치기 시작했다.

월두는 팔 안에 차홍을 가두고 숨결까지 다 빼앗아 버렸다. 차홍이 숨이 막혀 입술을 떼려 할 때마다 그는 집요하게 그녀를 묶어두었다. 월두는 가는 몸을 두 팔로 고정한 채 허리를 움직였다. 여리디여린 꽃잎인지라 사내를 다 받아내지 못하고 차홍이 쓰러지자, 이번에는 월두가 다 풀지 못한 애욕에 벌떡였다.

월두는 곧두선 남성을 그녀의 깊은 샘 속에 밀어 넣었다. 그녀가 스스로 품어주자 터지기 직전까지 치닫던 고통이었다. 여인이 먼저 시작하였으나, 더욱 참을 수 없게 된 건 사내였다. 미친 듯이 허리가 움직이고 힘 있게 밀어붙여 그녀를 솟아오르게 만들었다. 여인의 몸은 부딪쳐 오는 사내의 둔부의 힘에 의해 속절없이 이리저리 흔들리며 뛰어올랐다.

차홍은 더는 참을 수 없어 그의 입술에서 벗어나 숨을 들이마셨다. 그러자 그에게서 떨어진 입술에서 이제는 신음이 터져 나오려 했다. 차홍은 입술을 깨물었다. 신음을 참아내려 노력해도 점점 사라지는 정신을 붙잡아둘 길이 없어 보였다. 차홍이 괴로움에 손으로 입을 막으려 하자 월두가 그 손을 움켜쥐었다. 차홍은 이제 두 손이 그에게 결박당한 채 밀어붙이는 그의 힘에 몸이 마구 흔들렸다. 어쩌지도 못하고 그에게 모든 걸 내주어야 하자, 차홍은 비로소 온전한 희열을 느끼기 시작했다. 차홍의 입가에 고통이 아닌 희열의 울부짖음이 맺히었다. 참지 않고 몸을 내놓자 그와 한 몸이 되어 날아오르게 되었다.

사내가 자리에서 일어나 허벅지 위에 앉은 여인의 허리를 부여잡았다. 또다시 사내의 허리가 요동쳤다. 산을 뛰어다니던 때의 모습처럼 짐승의 본능으로 사내는 차홍을 가졌다. 사내에게는 분출하는 거친 욕망을 거를 정신도 남지 않았다. 그저 여인의 헐떡이는 숨결을 빼앗고 저 깊은 곳에 뜨거운 절정을 쏟아붓고 싶었다. 사내가 한 손으로 여인의 두 손을 모두 결박한 채 그녀의 가는 목을 쥐었다. 소유욕에 불타올라 으스러질 듯한 목을 쥐고 입술로 크게 물었다. 목에서부터 귀에까지 닿는 사내의 뜨거운 입술에 여인의 입술이 크게 벌어졌다.

숨도 못 쉬도록 얽매여 오는 사내의 치달은 감정을 다 받아주기 벅찼다. 괴로움에 지쳐 갔지만 차홍은 이렇게 죽는다 해도 좋았다. 월두의 여인으로 그의 손 아래 흔들리자 행복해 미칠 것 같았다.

그러다 일순간에 그가 멈추고 차홍의 두 손을 포박하듯 쥐던 큰 손도 멀어졌다. 차홍은 달뜬 숨을 한숨으로 뱉으며 눈을 뜨고 그를 보았다. 눈앞의 월두는 땀에 젖은 얼굴로 차홍을 바라보고만 있었다. 그런 그의 눈빛이 촉촉해 눈물이 날 것만 같았다. 차홍은 시선을 돌려 그의 등 뒤로 눈에 들어오는 주변을 보았다. 해와 달이 그려진 일월오봉도(日月五峯圖) 병풍과 벽에 걸린 용포가 그린 어둠 속의 음영이 눈에 들어왔다. 슬퍼 보이는 그의 눈동자가 무슨 생각을 하는지 알 것 같았다.

차홍은 손을 들어 그의 얼굴을 만졌다. 지아비의 침전에 몰래 든 이 위험한 일을 벌인 사람이 차홍이었으니, 그에게 알려주고 싶었다. 월두의 얼굴을 부드럽게 만지던 차홍은 몸을 뒤로 누이며 두 팔로 바닥을 지지한 채 앉았다. 시선은 그에게서 떼지 않은 채 무릎을 세우고 두 다리를 벌려 멈춘 그를 다시 이끌었다.

월두의 시선이 자신을 바라보는 차홍의 눈빛부터 하얗게 드러난 다리에 걸린 속치마까지 옮겨갔다. 여인의 가는 손이 천천히 속치마를 끌어 올리며 다리를 한껏 열어 보였다. 눈앞에 드러난 여인의 어두운 숲에 월두의 눈빛이 흐려지고 그녀에게 달려들었다. 사내의 분출이 다시 시작되었다. 사내는 여인의 몸을 부여잡고 단단한 남성을 밀어 넣는 일에만 몰두하게 되었다. 이곳이 어디인지 그녀가 누구인지는 잊혀졌다.

사내의 아래 깔려 흔들리는 차홍의 눈빛 또한 흔들렸다. 차홍은 그의 목에 팔을 감고 그의 귓가에 안타까운 숨을 불어넣었다.

'나를 안을 수 있는 사내는 월두뿐이야. 그러니 이 밤은 너의 것이야. 그러니 망설이지 마.'

소리로 뱉을 수 없는 말이었지만, 그 말은 그녀의 뜨거운 숨결을 통해 월두에게 전해졌다. 월두는 흔들림 없이 그녀를 가졌다. 차홍을 품에 움켜쥐고 절정에 치솟아 월두는 뜨거운 감정을 쏟아내었다. 그녀와 하나가 되는 순간 월두는 울컥하는 감정에 눈가가 촉촉해졌다.

합궁의 시간, 밤의 교접이 이루어졌다.

사내는 억눌려 있던 욕망을 마침내 분출해 내었다. 흐트러져 누운 사내의 곁에서 옷을 챙겨 입은 여인은 잠시 앉아 있다가 자리에서 일어났다. 사내는 그 일을 마친 후 방을 나가는 여인의 뒷모습을 보았다. 문이 열리고 여인은 이 방에 들어왔을 때처럼 소리도 남기지 않고 떠났다.

*

월두는 아침 일찍 대비전으로 향했다. 수렴청정을 거둔다는 대비마마의 명을 거둬달라는 석고대죄의 의미로 시작했던 일이었는데. 대비전 문안 인사가 이렇게 매일 이어지게 되었다. 대비마마는 '주상께서 홀로 설 수 있도록 수렴청정은 거둬야 하는 일이나, 주상이 매일같이 문안 인사를 오시니 또한 거두고 싶지 않군요' 이렇게 말했다. 그래서 수렴청정을 거둔다는 명을 물리면서도 대비전에 문안 인사는 매일 오게 되었다.

대비마마가 이 궁에서 제일 높은 분이라더니. 말 하나로 얻고 싶은 것을 다 얻어내는 걸 보니, 역시 보통 분은 아니라는 생각이 들었다. 그러나 대비가 결국 얻으려는 게 고작 왕이 문안 인사를 오는 것인가 하는 생각에 이상하기는 하였다. 현왕과 대비 사이가 안 좋다는 이야기는 김 종사관에게 들었지만. 역시 이상한 모자 사이였다.

월두는 이 아침에도 매일같이 문안 인사를 드리는 효를 지켜주마 하고 나섰다. 대비전까지 따라와 옆에 선 김 종사관의 감시 때문이기도 했지만, 같은 일을 반복하다 보니 몸에 익어 아침에 눈이 떠지자마자 불평 없이 자리에 나섰다.

"종사관도 들지. 같이 인사드리면 대비마마께서 좋아하실 텐데. 왕이 길도 모르는 상등신이구나 하시겠지."

몰래 궁을 빠져나갔던 일 이후로 종사관의 감시가 삼엄해졌다. 제법 무예를 익힌 자였으나, 월두가 마음만 먹으면 이자 하나쯤 따돌리는 건 일도 아니었다. 그저 시끄러운 게 싫어 따라주는 것일 뿐.

월두는 적역을 벗고 마루에 버선발을 디뎠다. 궁인 하나가 쪼르르 다가와 왕의 신 적역을 가지런히 놓았다.

"제 일을 참 열심히도 하는구나. 종사관, 이 아이에게 내가 맡겨둔 닷 냥을 하사하라."

김 종사관은 얼굴이 굳어 소매에서 주머니를 꺼내어 궁인에게 닷 냥을 건네었다. 이런 식으로 장난을 걸려는 거면 웃기지도 않고, 복수라고 하는 거면 속이 참 좁다. 종사관은 이렇게 나오는 월두 때문에 아침에 입궁할 때 돈주머니에 엽전을 두둑이 챙겨 들어왔다.

월두는 피식 웃으며 안으로 들어갔다. 대비마마의 침전 앞에 들어서는 옷매무새를 만졌다. 가짜 임금 노릇이라도, 하려면 제대로 해야 하질 않나.

"대비마마, 주상전하 드시옵니다."

방에는 발 하나가 처져 있었다. 대비마마는 피부병이 도져 흉하니 방 안에서도 발을 드리우도록 했다. 월두는 절을 하고 고개를 들어 촘촘한 대나무 발 뒤에 앉은 대비마마의 얼굴 윤곽을 눈으로 살폈다. 어디든 대비마마가 계시는 곳에 저 발은 항상 드리워져 있다 들었다.

대비는 대부분의 정무는 이 방에서 교지를 내렸고, 간혹 정전에 들어야 할 때도 두 겹의 발을 치고 그 뒤에 숨어 있다고 한다. 그렇다고 해도 이렇게 침전에서까지 모습을 드러내지 않다니. 월두는 피부병은 그저 핑계가 아닐까 생각했다.

"주상이 건강한 모습을 찾아 더할 나위 없는 기쁨입니다."

"대비마마의 은덕이옵니다."

모든 말은 '대비마마의 은덕이다' 하면 다 해결되었다. 현왕도 이리 말했다는 사초에 남은 기록을 보았다. 말하는 투에 따라 반항적으로 들릴 수도 있으나, 어떤 상황에서도 먹히는 말이었다.

"희빈을 찾지 않으신다는 말을 들었습니다. 성심이 닿지 않으십니까."

응? 이제까지 성심이니 뭐니 이런 자세한 질문을 한 적이 없었다. 절만 하면 되는 형식적인 인사였건만.

'으흠, 이건 은덕으로 해결되지 않겠는데.'

"좀 지루해서요."

"지루하시다."

"예."

"희빈이 많이 섭섭해 하고 있습니다. 희빈에게는 영의정 대감의 뒷배가 있지요. 그러니 그리 손이 닿는 것도 나쁘지 않아요."

손을 대라고. 희빈에게서 후사라도 보라는 말인가? 그럼 중전은? 중전은 허수아비라고 대비까지 나서 확인하시네.

"조강지처 버리고 잘되는 사내 없습니다."

최대한 입을 열지 말라는 경고도 잠시 잊을 만큼 발끈해 대비와의 대화를 이어가고 말았다.

"조강지처요? 후후, 사내에게는 지킬 의리가 있겠지만 왕에게는 없습니다."

월두는 그 후로는 입을 꼭 닫았다. 그리고 월두는 대비전을 나오며 기분이 나빠졌다. 이 나라 최고 어른인 대비가 하는 말이 왕은 의리도 없다라.

"궁이란 곳. 참, 엉망이군."

현왕이 왜 어머니와 사이가 안 좋은지 알 것도 같았다. 자식을 대하면서도 저렇게 차가운 것을 보면 이해 못 할 일이 아니었다.

오후에는 왕이 성균관에 들어 유생들을 격려하는 행사가 있었다. 성균관 유생들과 한 끼 식사를 같이하는 자리라 하였다. 보여주기식 행사여서 유생들은 당연히 주상께서는 식당에 들지 않을 거라 여겼다. 그래서 도포 차림의 주상전하가 식당에 들어와 앉는 모습을 보고 딸꾹질을 해대는 자까지 생겼다.

유생들과 같은 상을 받은 월두의 얼굴엔 불만이 가득 차 있었다. 성균관 밥은 형편없었다. 월두는 고개를 저으며 간이라도 맞춰서 내라고 말을 뱉었다. 밥이 맛없다는 왕의 진노에 성균관 대사성이 안절부절못하였다. 이날, 형식상이 아닌 왕의 행차는 성균관을 발칵 뒤집어 놓았다.

왕은 유생들과 함께 점심을 들고는 교수의 강론에 참관하였다. 이 또한 실제로 시행된 적이 몇 번 없던 행사라, 논어제 수업에 든 장 교수는 강의 중간중간 토를 잘못 다는 실수를 하기도 했다.

월두는 유생들이 공부하는 모습을 관심 있게 보았다. 빼곡히 늘어선 창살로 햇살이 들어오는 아래, 푸른 청금복을 입고 앉아 논어를 읊는 유생들을 가만히 바라보았다. 양반이라는 자들은 정말 다르게 살고 있었다. 신분 계층에 대한 불만으로 반항적인 때도 있었지만, 월두는 이들의 지금 모습이 보기 좋다 생각했다. 먹고살 걱정 없이 학문에만 정진한다니. 왜 다 양반이 되고 싶어 안달인지 알 것도 같고.

그래서 수업을 마치고 왕이 유생들에게 덕담을 해주는 시간에 흔쾌히 입을 열었다.

"조는 녀석들 몇을 봤다. 이곳에서 먹고 누리는 호사는 아비의 주머니에서 나오는 게 아니라 백성의 구휼을 대신한 것이다. 이게 다 너희가 갚아야 할 빚이야. 그러니 교수, 시험을 더 늘려서

이 녀석들 빚을 제대로 치르게 하게. 시험 결과는 나한테도 올리고. 공부 관심 없는 놈은 자리를 비워줘야 다른 놈이 들어오지."

이건 덕담이 아니잖아. 유생들이 죽을상을 지었다.

월두는 명륜당을 나오다가 김 종사관과 눈이 마주쳤다.

"왜? 또 말을 아끼라고?"

김 종사관은 아무 말도 하지 않았다. 그러니 더 기분이 나빠졌다. 김 종사관이 하루 종일 붙어 감시하는 눈초리를 안다. 뭐라도 실수하나 감시하겠지만, 월두는 실수하는 것만 보여주려고 노력한다.

오늘 날을 잡은 것인지, 김 종사관은 성균관 방문 후에도 행사를 만들었다. 월두가 짜증 내자, 여를 타고 저자를 한 바퀴 돌면 그만이다 하였다. 일종의 기생 선 같은 행사인 모양이었다. 고을에 새로운 기생이 들어오면 내가 이 고을 제일 기생이다, 이런 표시를 하러 저잣거리를 두서없이 거니는 행사 말이다.

말로는 왕의 암행이라면서, 여를 타고 태 나게 종사관에 무관들까지 줄지어 뒤를 따랐다.

오늘의 여러 행사는 모두 왕의 건재를 알리기 위함이었다. 일간에는 병약한 왕이 죽었다는 소문까지 도니, 왕의 건강이 좋을 때 백성을 돌보라는 대비전에서 떨어진 명이었다.

그리고 월두는 밤에도 대비전에 불려갔다.

'저녁 인사까지 하는 게 효라지만, 쉴 시간도 없이 너무 굴리는군.'

대비전에 들라 성화더니 막상 들자 대비마마는 절을 받고는 한

참 아무 말도 없었다.

"요즘 입에 맞는 음식이 무엇입니까?"

대비마마의 물음에 월두는 생각할 필요도 없이 대답했다.

"곶감이요."

과실이라고는 산에 열리는 머루나 따 먹어 보았다. 궁에 들어와 처음 먹어본 곶감의 단맛에 월두는 입을 쩝쩝 다셨다. 더욱이 늦봄에 볼 수 없는 곶감은 궁에서나 석빙고에 저장해 두었던 걸 꺼내 먹을 수 있는 귀한 음식이었다.

"곶감은 설사병에 도움을 주지요. 입에 맞다니 다행입니다. 약을 달고 살다 보니 설사병에 고생이 심하셨지요. 곶감을 자주 찾으신다니, 잔 고생은 덜겠습니다. 그래도 너무 자주 찾지는 마십시오. 과하면, 탈이 나는 법입니다."

"예, 명심하겠사옵니다. 그러면 이만 쉬시도록 물러가겠습니다."

"그래요. 쉬세요, 주상."

침전으로 돌아온 월두는 작은 상에 놓인 곶감을 발견하였다. 곶감 하나를 집어 입에 넣고는 보료에 기대어 앉아 씹었다. 단맛이 입안에 퍼졌다.

그런데 그걸로 끝이 아니었다. 잠깐 쉬게 하더니, 저녁 행사가 하나 더 남아 있다고 하였다. 김 종사관은 내관에게 언질을 주어 주상전하가 장악원을 시찰하고 싶어 한다고 전했다. 물론, 월두는 원치 않은 행차였다.

'하루를 다 공무를 쓰는 데 보냈으니. 뭐, 마지막은 기생들이나 구경하는 거로 집무를 마쳤나.'

현왕의 취향을 알 수 있는 덕목이었다. 승정원에서 찾은 왕에 대한 기록 사초에서도 기생과 유희를 즐긴 내용은 따로 보관되어 있을 정도였다. 월두는 가짜 왕 노릇을 하며 왕이었던 사내에 대해 불만이 쌓였다. 그래도 어쩔 수 없이 제대로 왕 행세를 하려면 밤 시찰은 필수란다.

"그래, 어디 기생 춤사위나 구경해 보자."

장악원은 궁중 음악을 관장하는 곳으로 기생 중 예인을 들여 관리하기도 했다. 현왕은 예(藝)를 사랑하여 장악원에 지원을 아끼지 않았다고 한다. 왕의 마지막 정무는 장악원에 들어 예인으로 들인 기생에게 밤 인사를 하는 거였다니, 말 다했지.

장악원 앞까지 와 멈춰 선 월두는 못마땅한 표정으로 김 종사관을 보았다.

"자네는 왜 안 들어오나?"

"저는 의금부로 복귀해야 합니다. 한 시진 후에 오겠습니다."

"들지. 이 좋은 구경을 나만 해서야 쓰나. 하루 종일 함께하였는데 같이 피로를 풀어야지."

김 종사관은 명을 받들어 고개를 숙이고는 그의 뒤를 따랐다.

왕이 장악원에 들어 용상에 앉자, 장악원 제조가 나서 악공들과 예인들의 이름을 하나씩 호명하며 설명하였다. 월두는 피곤하기도 했고, 저자가 정말 오십은 넘어 보이는 사람들 이름을 하나씩 불러댈 건가 의구심이 들었다. 월두는 인상을 쓰며 제조라는 자를 빤히 보았다.

"예인 엄동선을 마지막으로 오늘 예기를 펼칠 예인의 이름을 바치겠나이다. 주상전하, 예인의 이름을 적은 족자이옵니다."

그래도 제조가 눈치는 있는지 반만 읽더니 이름이 적힌 족자를 건네었다.

"항시 주상전하께서 예인을 소중히 하시어 이름을 높여주고 칭찬해 주시니, 그간의 방식으로 이름 석 자 호명하였사오나 오늘은 글로 예인을 소개하겠사옵니다."

이리 장황하게 제조가 소개하니 월두가 예의상 종이를 훑는 척하고는 옆에 제쳐 놓았다.

곧 음악이 연주되었다. 삼십 명의 악공들이 음악으로 그동안에 갈고닦았던 실력을 선보였다. 그 뒤에는 스물의 궁중 기생들이 앉아 있었다. 월두는 의자에 팔을 걸치고 비스듬히 앉아 이를 감상하였다.

용상의 뒤에 선 김 종사관은 이런 그의 행동을 관찰하였다. 그리고 월두의 앞에 놓인 이름과 예인의 특기, 용모 등을 묘사한 인적사항이 적힌 족자를 보았다. 월두 이자는 분명 문맹이라 하였다.

'왜 그런 거짓말을 하는 거지.'

집무실에 앉아 있던 그를 관찰하다가 그의 시선이 펴져 있는 상소문에 가 있는 걸 보았다. 그의 눈은 오른쪽에서 왼쪽으로 위아래 움직였다. 잠깐의 무의식적인 행동이었겠지만, 글을 모른다는 자가 글을 읽는 방향은 알았다. 그것도 오른쪽 아래에서 대각선 방향으로 시선을 올리며 속독으로 읽고 있었다. 차라리 월두 이자가 글을 능히 깨우쳤으며, 속독을 익히고 있다는 것이 더 이해가 되었다.

속독은 전투 시 빠르게 적의 밀지나 군사정보를 파악하기 위해 무관들이 익히는, 글의 핵심만 파악하는 방법이었다.

화적 떼의 수장이라고 조정 관료들이 아는 것처럼 일자무식 천민이 아니었다. 이들 사이에도 신분을 따지는 풍토가 있었다. 그리고 그간 도난당한 물품 중 중요한 군사 정보를 담은 문서들도 있었다. 주변국에 팔아먹으려고 훔친 것이 아니라면, 이들이 군의 정보를 빼내어 파악하고 있다는 소리였다. 그래서 그렇게 번번이 조선군이 화적 떼를 진압할 때마다 정보가 누출되었던 것이다. 그런 정황에서도 설마 했던 것은 군사 정보를 다룬 문건은 암호로 기재되어 상급 관료에게 전해지기 때문이었다. 화적질이나 하는 자들이 설마 암호문까지 풀어낼까 생각했던 것이다.

'월두, 뭘 노리고 궁에 다시 들어온 것이냐?'

늑대 머리 수장이 궁에서 사라지자 종사관은 과연 그가 무엇을 훔쳐 달아났는가 조사했다. 고작 은화와 비단 몇 필 그리고 여인용 노리개를 가져간 것이 다였다. 그렇게 도망치고는 다시 돌아오다니. 그가 이 궁에서 훔치고 싶은 것이 없었다는 것이 이상하였고, 다시 돌아왔을 때는 그렇다면 훔치고 싶은 뭔가를 찾았다는 것인가 다시 의심하였다.

그것이 뭔지 아직 알아내지 못했지만, 월두 이자는 분명히 이 궁에 원하는 것이 있으니 돌아온 것이다.

악공의 합주가 끝나고, 가야금과 대금 산조가 이어졌다. 눈을 감고 음악을 듣던 월두는 천천히 눈을 떴다. 들려오는 소리가 듣기 좋았다. 가야금 소리를 이렇게 가까운 곳에서 듣기는 처음이었다. 가야금의 아슬아슬한 선을 넘는 소리와 대금의 묵직한 관을 통과하는 음의 조화가 신비로웠다. 월두는 손으로 턱을 괸 채 음악을 연주하는 악공들을 뚫어지게 바라보았다. 옆에 서 있던 제조가 월두의 앞에 종이 한 장을 내려놓았다.

"이게 뭐야?"

"악보이옵니다. 명나라의 음계를 변형해 오음계와 접목해 보았습니다. 음계를 벗어난 이국적인 가락은 그 때문이옵니다. 지난번 주상전하께서 명의 사신단을 통해 들여온 악보를 장악원에서 연구해 이루어낸 창작이옵니다."

"악보?"

월두는 종이를 관심 있게 내려다보았다. 그리고 대금의 소리를 들으니 연주자가 악보 어디쯤 연주하는지를 알게 되었다.

"이런 게 있어……."

숨기고 싶었으나 숨기지 못하는 것이 있다. 인간은 태어나 어떤 모습으로 살지, 그 자질을 타고난다. 그건 숨기고 싶어도 숨기지 못한다. 그냥 몸에 배어 나오는 것이다.

뒤에 선 김 종사관의 미간이 좁아져 악보에 집중한 월두의 옆얼굴을 보았다. 월두의 손가락은 저절로 움직여 악보를 따라 음을 연주하고 있었다. 음악을 익힌 손은 주인도 모르게 소리를 연주했다.

그 모습을 본 종사관은 번뜩 든 생각에 얼굴색이 어두워졌다.

'어쩌면, 저자는.'

화적이나 되기에는 지나치게 뛰어난 자질을 타고난 자. 임금의 얼굴을 닮은 자. 그간의 의심이 머릿속에 엉키더니 하나의 조합을 만들어내었다. 종사관은 떠오른 생각을 고개 저어 사라지게 만들었다.

'설마…….'

음악 연주 후 예인들의 춤사위가 이어졌다. 좁은 치마를 입은 궁중 기생들이 부채를 들고 뛰어나와 치마를 꽃처럼 팔락이며 돌았다. 월두는 다시 심드렁한 표정으로 춤을 지켜보다가 손을 휘휘 저었다.

"그만. 오늘은 충분히 실력 발휘했다."

월두는 참고 봐주려 하였으나, 기녀들이 부채를 들고 이리저리 뛰어다니는 건 아무래도 적응이 되지 않았다.

"그리고 예인들 춤을 보여주려면 춤, 몸을 보여주려면 몸, 하나를 택해."

임금이 장악원을 나가고 남은 제조는 기가 죽어 바닥에 엎어진 궁중 기생들을 보았다. 현왕이 부채춤을 특별히 즐기시어 의복에 더욱 신경을 쓴 터인데. 저고리를 더 짧게 만들어 손을 쳐들어 부채를 흔들면, 옷 사이로 가슴살이 살짝살짝 보여 애간장이 녹을진대.

예를 사랑한 왕은 검은 밤을 타고 춤을 추는 예인 중 한 명의 이름을 불러 독려해 주고는 하였다. 운이 좋으면 밤 시중을 들 수도 있는 선발이었다. 오늘은 이런 행사가 없자 궁중 기녀들은 실망하였다.

'예를 사랑? 좋아하네.'

장악원을 나오는 월두는 괜히 기분을 잡쳐 버렸다. 현왕의 취향이란 저런 거라는 걸 보고는 화까지 올랐다.

'여인 보는 눈은 어디 꼴뚜기 눈깔 같아서는.'

화려한 게 취향인지 예인들이 죄다 이목구비가 시원하니 색기가 줄줄 흘렀다.

여인이라면 은은히 볼수록 눈이 가고, 얼굴 생김이 단정한 것이 만지면 아스라니 저릿하게 하는 맛이 있고, 사내 옆에 있으면 딱 '아, 이게 여인이구나' 하는 번뜩 구별이 가는 게 있어야지.

여인 보는 눈이 없어도 저게 뭐, 참네. 그러고 보니 왕의 애첩이라는 희빈 권 씨도 저 예인들 같은 형이었다.

생각이 차홍에게까지 이어지자, 화락 화는 더 끓어올랐다. 그러니 차홍을 천대한 것이지.

'한 번이라도 안긴 적은 있겠지.'

다시 만난 차홍은 머리를 올리고 있었다. 하긴, 그렇게 올린 머리를 헝클어놓고 싶은 마음이 월두를 괴롭혀 일이 이렇게 된 것이지. 월두는 이딴 생각을 안 하려고 해도, 차홍을 안는 현왕이 떠올라 머리에 피가 거꾸로 솟아올랐다. 정신 좀 차려보려고 성미를 다스렸다.

"에이씨, 젠장."

"그렇게 화내실 거 없습니다. 오늘 공무는 정말 이걸로 끝입니다. 이제 쉬실 수 있습니다."

뒤따라오는 종사관이 말했다. 월두는 화난 걸음으로 저벅저벅 대꾸도 안 하고 걸어갔다.

"쉬시고 내일 아침 일찍 대비전 문안 인사를 하십시오."

종사관의 말에 월두가 애써 화를 누르고는 입을 열었다. 월두의 목소리는 평소보다 높게 조절되어 자신을 위장하고 있었다.

"그런데 자네 왕, 꽤나 암울했나 봐. 어째 음악이 죄다 우울해."

"깊은 음악적 성찰입니다."

"우울하게 튕겨 대면 다 예술인 줄 아나 보네."

"음악에 조예가 깊으신가 봅니다. 악보도 다 읽을 줄 아시니 말입니다."

"흐음."

월두는 다음 말을 아꼈다. 그리고 잠시 방심한 사이 종사관 이자에게 또 뭐 다른 걸 들킨 게 있을까 생각했다.

"내가 대금을 끝내주게 불어. 그 소리를 들으면 여인들이 사족을 못 쓰거든. 언제 장악원에 들어 대금을 연주해 봐야겠어. 여기서도 먹히려나. 자네 왕도 대금은 불 줄 알았지?"

"대금, 해금, 비파, 피리, 거문고 못 하는 연주가 없으십니다. 한 번 들은 곡은 바로 따라 연주하셨죠. 여러 악기를 엮어 산조를 만들어 악보도 직접 그리셨습니다."

"뭐 그 정도야."

"그런 능력을 가진 사람은 모르지만, 없는 자들은 그것이 아무나 가질 수 없는 거라는 걸 압니다. 그건, 타고나는 겁니다."

월두는 쩍 입을 벌려 하품을 하며, 손을 저어 피곤하니 그만 가라는 표시를 하였다.

늘어지게 하품을 하던 월두는 종사관에게서 뒤돌아서자, 입을 닫고 차가운 표정이 되었다.

'한 번 들은 곡은 바로 따라 했다고.'

침전으로 걸어가던 월두는 한 번 본 적도 없는 현왕에게 묘한 투기가 일었다. 월두는 궁, 상, 각, 치, 우, 아까 보았던 음계를 그리며 머릿속에서 대금 연주를 만들며 길을 걸었다.

남아 있던 김 종사관은 걸어가는 월두와 그를 따르는 내관들의 뒷모습을 보았다.

'조사할 것이 있다. 월두 저자에 대해 더 알아봐야겠다.'

무관으로서 갈고닦은 본능이 위험하다며 방향을 가리키는 자. 그에 대한 의문이 더해갔다.

*

잠자리에 든 월두는 밤의 정적에 귀를 기울였다. 이 정도면 축시가 넘은 시각이었다. 창밖은 짙은 어둠이 덮고 있었다.

'오늘 밤은 오지 않으려나.'

여인을 기다리는 밤이 이어졌다. 자기 뜻이 있을 때만 드는 여인 때문에 안달이 나기 시작했다. 선택은 월두가 할 수 없었다. 그저 조용히 누군가의 눈을 피해 그녀를 안았다. 그래도 상관없었다. 답답했던 심정도 그녀의 몸이 자신을 타고 흔들어대면 욕망은 다 풀렸으니까. 지금까지, 오늘까지는 괜찮았다.

월두는 자리에서 벌떡 일어났다.

아니, 참을 수 없다. 언제까지나 가질 수 없는 욕망을 품고 잠들 수 없다. 월두는 조용히 일어나 창문을 열었다. 낮은 벽을 넘어 맨발로 땅으로 뛰어 사뿐히 내려앉았다.

도둑처럼 숨어들어 불 꺼진 창문을 열었다. 월두가 하던 일이 도둑질이 아니던가. 좀 더 귀한 물건에 손을 대는 것뿐이다. 낮에는 왕 노릇을 하다가 밤이 되면 이렇게 도적 월두가 되는 거다.

인기척 없이 숨어들었다. 그림자를 만들지 않기 위해 벽을 타고 여인이 누운 자리로 다가갔다.

그녀가 누운 이부자리 안으로 들어가 부드러운 몸을 안았다. 안은 체온이 따듯하니 몸을 포개고 싶은 유혹을 건넸다.

'누구는 몸이 달아 피가 거꾸로 솟는데. 태평하게 잠이라니.'

월두는 입술을 내려 그녀의 입술을 눌렀다. 마침 잠에서 깨어나 놀란 눈을 한 여인이 월두를 바라보았다. 월두는 입을 벌려 그녀의 입안으로 혀를 밀어 넣으며 어떤 저항도 받아들이지 않았다.

여인이 그런 그를 밀쳐내어 다시 얼굴을 보았다. 그를 받아들이기 전, 여인은 밤손님을 확인하였다. 내 님이 맞으신가.

'월두.'

소리 내지 않고 입술이 움직여 그의 이름을 불렀다. 달과 함께 뜨는 이 얼굴은 내 님이 맞다.

그녀의 입술이 그린 이름을 듣고 행복한 표정으로 월두가 차홍을 안았다. 월두와 차홍, 서로의 이름을 부르지 않았다. 부르지 않아도 서로가 누구인지 아니, 뭐라 불리든 상관없었다.

당신은 나의 지아비, 나는 그대의 지어미가 되어 밤을 맞을게.

밤손님을 확인한 여인은 입술을 벌려 허락의 뜻을 전했다.

맞닿은 입술 사이로 웃음이 새어 나왔다. 기다렸다, 애타게 너만을 기다렸다, 마음을 전하며 길게 서로의 입안을 헤집었다.

"왜 오지 않았어?"

"저를 기다리셨나요?"

"너만 기다렸어."

월두의 머리가 여인에게서 떨어지자 달빛에 비추어진 차홍의 하얀 얼굴이 드러났다. 월두는 자신의 아래 누워 따듯한 눈길로 올려다보는 그녀의 얼굴을 만졌다.

"보는 눈이 있으니 조심해야지요. 지나치면 투기를 부른답니다."

"내 여인을 안는데 누가 투기를 해."

"다른 여인이, 흐음."

월두는 듣기 싫은 말을 끊기 위해 성급히 그녀의 치마를 들쳤다. 능숙하게 둘 사이를 가로막는 것들을 치우고 바로 그녀의 안으로 파고들었다. 그녀가 젖기도 전에 파고들어 그녀에게 작은 아픔을 안겼다.

나에게 어떤 형벌을 준 것인지, 너도 알게 해주마.

'왜 기다리게 했어. 내가 미치는 꼴을 보고 싶어서라면.'

아! 밀려오는 그 느낌에 차홍은 입을 벌리며 인상을 썼다. 월두는 짓궂게 웃는 표정으로 그녀가 느끼는 모습을 지켜보았다. 너를 너무도 원하게 만들어놓고는, 언제든 자신을 버려둘 수 있다는 걸 알려주는 그녀가 미웠다.

"으읍."

차홍은 소리가 새 나가지 않도록 입을 막아야 했다. 입을 막아도 참기 힘들어 닫힌 문을 보았다. 이 밤은 준비 없는 밤이었다.

"괜찮아. 어린 나인 둘이 앉아 졸고 있더군."

"그래도. 읍."

참기 힘든 무게로 그가 짓눌렀다. 말랐던 깊은 곳이 어느새 촉촉하게 젖었다. 몸이 반응하자 차홍은 이제는 어쩔 도리가 없었다. 괴로움에 고개를 저으며 밀고 들어오는 그의 공격에 손을 들었다. 속적삼이 들춰지고 가슴팍을 조이던 끈이 풀어졌다. 드러난 젖가슴을 큰 손이 덮었다.

중전의 밤을 훔치러 든 도둑은 대담했다.

중궁전의 주인은 사내 앞에서는 한낱 여인일 뿐이었다. 월두는 그녀의 안에 자신을 찔러 넣으며 봉긋 솟아오른 젖가슴을 두 손으로 쥐었다.

차홍은 명치에 느껴지는 답답한 느낌에 교성을 지르고 싶었으나 이를 악물고 참았다. 과하면 안 된다. 적당히 이 관계를 유지해야 했다.

그는 몸을 세우고 차홍의 가슴을 누르며 유연하게 허리를 움직이고 있었다. 차홍은 그를 올려다보며 흥분해 머리맡에 베개를 움켜쥐었다. 그가 허리를 흔들다 얼굴을 내려 손안에 모아진 가슴을 입에 물었다. 그러더니 혀끝에서 유두가 단단해지자 엄지손가락으로 툭 튕겼다.

'아아 아아아.'

차홍은 몸서리치게 좋아 입을 크게 벌렸다. 자신의 주인을 향해 다리를 활짝 열었다.

밤의 주인, 나의 주인.

단단한 그가 자신을 모두 가질 수 있기를 바랐다. 바라는 건 그거 하나였다. 자신을 버리고 그를 기쁘게 하고 싶었다.

'한 번 살 거, 이렇게 살아야 옳지.'

자신을 차지하는 사내의 육중한 그림자가 눈앞에서 넘실대었다. 눈을 가늘게 뜨고 그 움직임을 행복하게 바라보았다. 차홍의 손이 그의 등을 타고 올라 더듬었다.

이 일이 얼마나 위험한지 알고 있다.

'어차피 난 너 없이는 살지 못해.'

너무 늦었다 여겼는데. 하늘이 불쌍히 여겨 기회를 주셨다. 다시 그와 살아볼 기회. 이것이 그의 품에 안기는 마지막 날이라도 괜찮았다. 후회 없이 그에게 모두 줄 거니까.

아아 아아아.

차홍은 흘러나오는 신음을 참기 어려워 손등을 깨물었다. 그가 완전히 자신을 차지하도록 참고 참아, 손등은 검붉은 피가 맺혔다. 그가 뜨거운 액을 차홍의 안에 뿌렸다. 차홍은 절정에 굳어 입을 벌리며 그를 향해 애원의 눈빛을 보냈다. 더 가지고 싶다는 그녀의 눈빛에 그의 입술이 내려와 차홍을 채웠다.

차홍은 날이 밝자마자 일어나 대비전에 문안 인사를 올리고 후원을 산책하였다. 원삼 아래 손을 넣고 길을 걷자니. 멀리서 붉은 용포를 휘날리며 궁인들을 이끄는 사내가 이리로 다가오고 있었다. 차홍은 입가에 미소를 짓다가 이를 감추고는 그가 향하는 길목에 멈추어 섰다.

"주상전하."

원삼 아래 손을 넣고 고개를 숙이고 비켜선 차홍의 곁으로 임금은 눈도 안 마주치고 냉정하게 곁을 지난다. 왕이 곁에서 멀어지자, 차홍이 고개를 들고 멀어지는 행렬을 바라보았다.

"중전마마, 너무 상심치 마시옵소서."

곁에서 박 상궁이 위로를 해주었다. 차홍은 아무 대답도 하지 않고, 멀리 왕의 모습이 사라질 때까지 그곳을 지키다가 걸음을 떼었다.

차홍은 담을 따라 산책길을 걸었다. 저 담의 높이도, 길이 또한 변한 게 없을진대. 차홍의 아침 산책길은 많이 변해 있었다. 높은 담도 더는 차홍의 가슴을 답답하게 만들지 않았다.

'저 담이 더 장대했으면, 내 님을 못 가게 가둬두었으면.'

언젠가는 그를 보내줘야 한다. 그걸 잘 알고 있다. 하지만 조금만, 조금만 더 그와 사랑을 나누고. 이제야 그게 무엇인지 알았단 말이다.

분명 슬픈 이야기였다. 결국은 이별만이 남을 인연이었으니까. 하지만 지금 차홍의 가슴은 아프지 않았다. 그가 곁에 있으니 매일 눈을 뜨는 아침이 가슴 떨리게 좋았다.

"박 상궁, 궁 뒤로 소나무 숲이 있는데 알고 있나. 오늘 아침 산책을 좀 더 하고 싶네."

"예, 마마. 원하시는 대로 하시옵소서."

차홍은 천천히 돌담길을 걸었다.

왕이 문안 인사를 위해 대비전에 들었다. 월두는 문 안으로 들어가기 전에 하품을 하였다. 그 모습에 문 앞을 지키던 나인이 옅게 미소를 지었다. 열여덟의 꽃다운 나이에 궁살이를 하는 여인이 붉은 홍조를 품고 왕을 곁눈으로 살피고 있었다. 월두는 궁녀를 보다가 차가운 표정으로 고개를 돌렸다. 왕이 대비전에 들어간 후, 나인은 한숨을 푹 내쉬었다. 왕의 눈에 들지 못했으니 지밀상궁께 불려가 혼이 나겠지.

어렵게 지밀상궁의 눈에 들었건만. 그러나 기회는 한 번뿐이었다. 궁 안에 널리고 널린 것이 꽃인데 왕이 어루만지지 않는 몸은 그저 쭉정이로 뽑혀 나간다.

지밀상궁이 왕의 시중을 들 아이를 뽑는다. 요즘은 지밀방만이 아니라 궁녀 전체를 대상으로 살피고 있었다. 매일 전하께서 드시는 대비전은 침전을 데울 아이를 선발하는 자리가 되었다.

월두는 발이 드리워진 방 안으로 걸어가 대비마마에게 문안 인사를 하였다.

"밤새 곤히 잠드시고, 신경통은 싹 물러가 아침이 되면 산책도 하시기를 바라옵니다."

맨날 똑같은 말만 반복하기 지루해 월두 나름 마음을 담아 매일 다른 인사를 했다.

"고맙습니다."

이로써 오늘 일정을 다 소화했다. 저녁 늦게까지 조정 신료들에게 붙잡혀 편전에 앉아 있느라, 엉덩이가 배겨 더는 앉아 있기 힘들 지경이었다.

"주상."

대비의 손가락 하나가 움직이자 앞을 가리던 발이 들어 올려졌다. 월두는 하품이 또 나오려다 놀라 입을 꾹 다물었다. 피곤함마저 달아났다.

발이 올려지고 대비마마의 눈이 월두를 똑바로 바라보았다.

"마마."

"매일 찾아와 전하는 주상의 덕담에 정말 신경통이 사라졌구려. 오늘은 우리 주상 얼굴을 바로 보고 잠들면, 한 번도 깨지 않고 잠도 잘 들 것 같소."

"예, 예. 그럼, 얼굴을 보시지요."

월두는 얼굴을 들고 가만히 앉아 있었다.

"가까이."

월두는 긴장감이 들었다. 뭔가 일이 잘못되기라도 한 걸까. 혹 대비마마가 자신을 알아본 것은 아닐까? 이분은 주상전하, 왕의 어머니가 아닌가. 자식이니 알아챘을지도 모른다.

월두가 아무리 임금을 빼닮았다 해도 어머니의 눈까지 속이기는 어려울 텐데.

'어쩌지. 아직, 아직은 안 되는데. 아직은 이렇게 끝나기 싫다.'

월두가 자리에서 일어나 대비마마에게로 걸어갔다. 월두는 얼굴을 숙이고 가까이 다가가다가 대뜸 대비마마를 꼭 안았다.

"푹 주무십시오, 어마마마."

대비는 주상이 안아주자 놀라 몸이 굳었다. 아들이었으나, 강하게 키운다 하여 몇 번 품을 내준 기억이 없었다.

사랑은 왕자를 맡긴 보모상궁 안 씨가 주는 것만으로도 충분하다 여겼다. 이 궁에 있는 모두가 사랑하는 적통 왕자였으니, 받는 애정은 그로 충분하고도 넘쳐났으리라.

태어날 때부터 병약한 아이가 마음마저 약하면 신하들이 쉽게 여길까 걱정했다. 그래서 어진 말을 하는 자리에만 나섰다. 때로는 아이의 몸에 손을 대는 일도 마다치 않았다. 약한 아이의 몸에 회초리 자국을 남기는 일에도, 모성을 들먹이거나 하며 힘을 놓지 않았다.

그런데 어미라 부르며 안기는 지금 주상의 품이 너무도 따듯했다. 왕위를 위해서라면 무슨 짓이든 하는 강한 대비가 한순간 맥이 풀려 버렸다. 뛰는 게 느껴지지도 않던, 나이 먹은 심장이 두근대었다. 대비는 앞에 앉은 용포를 입은 주상의 얼굴을 보았다.

"주상."

"예, 어마마마."

"나를 원망하지만은 말아주시오."

"그런 일 없사옵니다. 마음 쓰시는 일이 있으시다면 그러지 마십시오. 자기 전에 그런 생각을 하면 잠자리가 불편하잖습니까."

발 안에서 들려오던 대비마마의 목소리는 어질고 차가웠다. 그러나 막상 이렇게 가까이에서 보니 안쓰러울 만치 마른, 그저 나이 든 여인이었다.

"됐습니다, 주상. 쉬세요."

다시 발이 드리워지고 월두는 대비전을 나왔다. 대비마마의 반응으로 보아 무사히 넘긴 것 같았다.

월두는 대비전을 나오며 방심하지 않고 시선 관리를 하였다. 하루 두 번, 맞선이 이루어지는 장소였다. 며칠을 드나들다 보니 왜 대비전에 이리 꽃향기가 가득한지, 이곳 나인들의 꾸밈이 눈에 띄게 화려한지 알게 되었다.

'내 취향이 아니라니까.'

전에 너무 어린 나인이 화장을 짙게 하고 있길래 눈길을 주었더니, 그 아이가 침전에 보내졌다. 겨우 열다섯이라는 아이였다.

해도 너무 하지 않나. 궁 안에 여인은 다 임금 거라더니. 열다섯을? 도둑놈이 따로 없지.

“그러고 보니 종사관이 잠잠하네.”

아주 주인 있는 꽃밭을 밟지 말라 감시하더니, 갑자기 며칠 입궁도 않고 무슨 일이라도 생긴 듯하였다. 귀찮았는데 차라리 잘 되었지.

종사관이 없으니 대련할 자가 없어 몸이 근질거리기는 했다. 이자도 무인의 근성은 있는지 지난번 월두가 칼등으로 장딴지를 후려친 이후로 매일같이 대련 상대가 되어준다, 인심을 썼다.

“일밖에 모르는 재미없는 자가 올 때 되면 오겠지.”

피곤한 몸을 이끌고 대비전을 나오는데 문 앞에서 차홍과 마주쳤다.

“어!”

월두는 잠깐 반가운 마음에 그냥 그녀를 끌어안을 뻔하였다. 대체 며칠을 저 얼굴을 보지 못한 것인가.

“주상전하.”

차홍이 얼른 자리에서 물러서며 고개를 숙였다.

“흠.”

월두는 연기가 아니라, 정말 불만이 쌓인 표정으로 중전을 보게 되었다. 월두는 고개만 까닥이고는 대비전을 그대로 나갔다. 뭔 소리인지 모르지만, 달이 문을 연 보름이 지나 더는 밤에 침전으로 찾아올 수 없단다. 무슨 말인지 설명을 듣고 싶어도 만나 말을 섞을 일이 없어 속만 터지고 있다. 마음만 쌓아놓다 보니 욕구불만에 미쳐 버리기 직전이었다.

곁에 두고도 손도 못 대는 이 마음이 정말.

“주상전하, 어느 처소로 납시겠나이니까.”

월두가 옆으로 다가온 상선을 지긋이 보았다.

"상선은 대체 어찌 참고 사나."

"예이?"

여인을 품지 못하는 내관에게 무슨 심보로. 월두는 심기가 불편해 인상을 쓰며 침전으로 향하였다.

차홍은 깊은 밤이 되어서야 대비전을 나왔다. 대비마마께 차홍의 이복동생 윤학우가 귀양살이를 간 일과 앞으로의 처우에 대해 장시간 말을 들었다. 차홍은 한숨을 내쉬며 중궁전으로 발길을 향하였다.

휙.

어디선가 들리는 짧은 바람 소리에 차홍의 귀가 먼저 반응했다. 차홍은 원삼 아래로 손을 넣고 걸으며 눈동자를 굴려 주변을 살폈다.

쏙쏙.

산새 소리 같기도 한 바람 소리가 울렸다.

차홍이 싱긋 웃었다. 어딘가에서 신호를 보내는 월두의 소리를 따라 걸었다. 저 앞에 낮은 담 위로 손가락이 하나 보여 차홍은 놀랐다. 손가락은 방향을 가리키며 이리 오라 손짓하였다.

차홍은 사잇문을 넘어 오른쪽으로 몸을 돌려 걸었다.

월두는 차홍이 걷는 길과 담벼락 하나를 사이에 두고 서 있었다. 차홍이 손가락이 가리키던 방향과 반대로 몸을 틀어 걷자, 월두가 피식 웃더니 빠르게 달려 앞을 막는 담을 번쩍 뛰어올라 넘었다.

차홍의 걸음이 빨라졌다. 손은 원삼 아래 넣은 채 잰걸음으로 걷다가 다시 방향을 틀었다.

"마마, 어디를 가시옵니까."

따라오던 궁인들이 중전마마가 침전과 반대 방향으로 가자 어리둥절해하였다. 차홍이 이제는 뛰다시피 하여 작은 쪽문으로 들어갔다. 그녀의 발걸음을 따라 달리던 월두의 앞에 담벼락이 막아서자 그도 이제는 오기가 발동했다. 월두는 멀리 도약해 벽을 두 번 짚고 뛰어올라 높은 담 위에 앉았다. 두 개의 담벼락 너머로 차홍이 달려가고 중전을 따라잡지 못한 나인들이 죽을힘을 다해 달리는 모습이 보였다.

월두는 웃으며 담 위를 뛰다가 외벽을 넘어 나무숲을 달렸다.

차홍의 귀에는 자신을 쫓아오는 바람 소리가 생생히 들렸다. 이제는 원삼 자락에서 빼낸 손을 주먹 쥐며 달리고 있었다.

"하아, 하아."

숨을 헐떡이며 소나무 숲길을 따라 난 담을 따라 달렸다. 담 하나를 사이에 두고 월두와 차홍은 나란히 달리고 있었다. 월두는 앞을 가로막는 나무 사이를 가르며 그녀의 발소리를 따라 달리다가 담을 뛰어넘어서 안뜰로 들어갔다. 마당으로 뛰어들어 차홍이 튀어나올 사잇문으로 뛰어갔다.

차홍은 앞에 서 있는 사잇문으로 달려가 환하게 웃으며 닫힌 문을 힘차게 밀었다.

삐걱.

문이 열리고 그 앞에 선 사내가 차홍을 가로막았다.

"조, 종사관."

앞에 선 철릭을 입은 김 종사관을 본 차홍은 놀라 뒷걸음질 쳤다.

"문을 막아서서 놀라게 해드려 송구하옵니다, 중전마마."

차홍은 헐떡이는 숨을 진정시키며 그사이 종사관의 뒤로 누군가가 없나 살폈다.

"잠시 길을 잃으셨나 보옵니다. 밤이 깊었사오니 신이 중궁전으로 모시겠사옵니다. 그리고 앞으로는 중궁전을 내금위 무관이 지킬 것이옵니다."

"호위 무사까지 왜? 어떤 위험이라도 있는가?"

"조정이 불안하여 궐을 지키는 군사의 수를 늘렸사옵니다. 각 궁에도 수비를 강화할 것입니다."

김 종사관이 결연하게 답하였다.

"마마, 헉, 헉, 마마."

이제야 중전을 따라잡은 나인들이 매무새는 엉망에 땀을 흘리고 숨을 헐떡이며 달려왔다.

"그래, 알겠네. 내 돌아가는 길을 아니 호위는 필요 없네."

차홍이 종사관을 두고 돌아서 걸었다.

'좀 더 신중해야 해.'

이곳은 궁인데, 월두와 숲을 뛰는 듯한 상상을 하였다. 그가 나의 꼬리를 잡아 돌려세우면, 그냥 못 이기며 그 넓은 품에 폴썩 안기는 상상을 했다.

차홍도 월두가 그리워 피가 말랐다. 어디 있는 줄 알면서도 보러 가지도 못하고. 마주치면 미소도 지어주지 못해 가슴이 아팠다. 자신 때문에 퉁명스럽게 굴며 월두 자신이 아닌 듯 행동하는 그를 보면 속이 상했다.

같은 시각, 월두도 같은 생각을 하고 있었다. 외벽에 기대어 서서 차홍이 멀어지는 소리를 들었다.

휴.

차홍의 얼굴 한 번 보고, 한 번만 꽉 끌어안으면 속이 풀릴 거 같았다.

'종사관, 귀신같은 자야. 어디 사라진 줄 알았더니. 이 밤에 여기서 뭐 하는 거야.'

월두는 숲길을 걷다가 담을 타고 넘어 궁으로 들어왔다. 멀리 상선과 궁인들이 분주히 마당을 뛰어다니며 자신을 찾고 있는 모습이 보였다. 월두는 저벅저벅 그들에게 걸어갔다.

*

차홍은 중궁전 정원으로 나와 하늘을 보고 있었다. 반달이라도 밝은 빛을 내고 있었다. 그와 잡기 놀이를 하며 궁을 뛰어다닌 날로부터 삼 일이 더 되었는데도, 월두의 얼굴을 제대로 보지 못하고 있었다.

"반만 차도, 달이라는 근본은 변하지 않지. 어둠을 다 밝히는구나."

반쪽짜리 달을 보다 다가온 박 상궁이 긴밀히 전하는 말을 들었다. 주변 아이들이 들을까 하여 소곤소곤 말을 전한 박 상궁은 흥분된 표정이었다.

"그리…… 정해졌는가?"

합궁일. 대비전에서 날짜가 내려왔다. 이틀 후, 중전의 달을 계산하여 합궁일이 내려온 것이었다.

"마마, 보름 동안은 다른 별궁의 주인들은 달을 차지할 수 없도록 명이 내려졌습니다."

보름간 주상전하는 온전히 차홍의 차지라는 말이었다. 이번에는 꼭 회임을 해야 한다는 걸 알았다. 대비마마의 뜻이었다. 중전의 회임을 위해 후궁들은 임금을 모실 수 없다는 말이었다.

"감축드리옵니다, 마마."

"그래, 그리되었구나."

다시 달을 올려다보는 차홍의 감정이 복잡해졌다.

이번에 회임하지 못한다면, 같은 기회가 후궁들에게도 주어질 것이다. 차홍은 원삼 아래 두 손을 꼭 쥐었다.

'회임을 한다면, 그 후는?'

여러 고민이 차홍의 마음을 더욱 어지럽혔다.

*

아침이 되어 차홍은 부용지로 나와 푸른 연잎이 둥둥 떠 있는 연못을 감상하였다. 걸음을 천천히 옮겨 연못 위에 세워진 돌다리를 걸었다. 다리 끝에는 주상전하가 서 있었다. 차홍은 길을 비켜나 멈추어 섰다. 주상전하는 눈인사만 하고는 무심히 중전의 곁을 지나쳤다.

차홍은 원삼 저고리에 손을 감추고 고개를 숙이고 있었다. 그런데 앞을 지나가던 이의 손이 불쑥 원삼 저고리 안으로 들어왔다. 차홍은 깜짝 놀랐다. 그리고 주상전하가 다리를 다 건너 사라지는 모습을 보다가 원삼 안에 감추었던 손을 빼 펴보았다. 손 안에 반짝이는 작은 돌 하나가 놓여 있었다. 차홍의 얼굴에 환한 미소가 담겼다. 그리고 고개를 들었을 때, 저 멀리 바위 위에서 반짝 빛을 내는 물건이 차홍의 눈에 들어왔다.

"박 상궁, 내가 말한 심부름을 지금 다녀오게."

"국구께 전하라던 전갈 말씀이옵니까."

"음, 대비전에서 살펴주신다 하셨으니 그 소식을 전하게. 방의 서안 아래 작은 궤를 놓았네. 그걸 가져가게."

"예, 중전마마. 그럼 서둘러 다녀오겠사옵니다."

"천천히 오게."

대비전에서 이복동생 윤학우의 귀양살이를 면한다는 내용을 다음 열리는 정무에서 논의하겠다는 처우가 내려졌다.

"중전의 마음이 좋아야 몸에도 좋은 뜻이 깃들겠지요."

대비마마의 말은 결국 회임과 관련된 말로 끝났었다.

차홍은 박 상궁 편으로 들려 보내는 궤 안에 자신이 지니고 있던 값진 장신구를 넣어두었다. 아버지 국구 윤대광에게 보낸 서찰에는 이 궤를 박 상궁에게 내리라는 전언이 담겨 있었다. 이제껏 궁 안에서 제 사람을 만들 생각을 하지 않았다. 이건 국구를 통해 박 상궁에게 내리는 일종의 뇌물이었다. 어차피 차홍은 마음 한 번 주지 않은 물건들이었으니, 사람 부리는 데 유용하게 쓰일 것이다.

"혼자 걷고 싶다."

차홍은 박 상궁을 사가로 보내고 나인들도 물렸다.

홀로 남게 되자 아까 발견한 돌이 놓인 자리로 걸어갔다. 바위 위에는 작고 빛나는 돌 세 개가 가지런히 놓여 있었다. 차홍은 그 돌을 주워 손에 쥐고는 저 앞에도 놓인 빛나는 돌을 찾아내었다. 차홍은 가슴팍에 달린 비단 주머니를 꺼내어 돌을 담았다. 돌을 하나씩 발견할 때마다 차홍의 입가에 미소가 걸렸다.

돌의 표식을 찾아 걷다 보니 궁의 외진 곳에 있는 창고까지 걸어오게 되었다. 창고 뒤편으로 난 길에 작은 별채가 보였다. 그곳은 오래된 행정 문서를 보관하는 서고였다.

차홍이 주변을 살피다가 서고 문 앞까지 걸어갔다. 역시나 그곳 문 앞에 작은 돌이 조르르 놓여 있었다. 차홍은 문을 열고 안으로 들어갔다. 높이 나 있는 작은 창으로 빛이 들어와 서고 안을 비추고 있었다. 뽀얀 먼지 입자가 빛을 따라 춤을 추는, 사람 손이 닿지 않는 곳이었다. 걷는 걸음마다 놓인 키가 높은 책장에는 서책이 가득 꽂혀 있었다. 차홍은 아무도 없어 보이는 서고 안을 걸으며 책장 사이사이를 살폈다. 그러다가 저 위 책장 위에 반짝이는 돌을 발견하였다. 차홍은 미소를 지으며 돌을 집기 위해 까치발을 들고 열심이었다.

"아!"

뒤에서 갑자기 몸을 끌어안는 팔에 차홍은 화들짝 놀랐다. 차홍은 뒤돌아 자신을 안고 웃는 월두를 보았다.

"놀랐잖아."

"놀랐어?"

월두가 차홍을 꼭 부둥켜안고 웃자 차홍도 그를 끌어당겨 꼭 안겼다.

위험한 일이었다. 상식이 조금만 있어도 해서는 안 되는 일이었다. 그러나 서로에게 굶주려 있던 젊은 남녀 간에 벌어질 수 있는 일이었다. 얼굴을 보는 것만으로 만족하다가, 점점 서로를 만지고 싶고, 이제는 부둥켜안고 사랑을 속삭이지 않고는 못 배기게 되었다.

"여기는 어떻게 발견했어?"

"이제 내가 궁에서 모르는 곳은 없어. 밤바람을 맞으며 다 파악했지."

월두가 차홍을 안고 얼굴을 쓰다듬었다. 보는 눈이 없다고 월두라, 차홍이라 서로의 이름을 부르지도 않았다. 그마저도 조심스러웠으니까.

월두가 차홍의 입술에 가볍게 입을 맞추었다.

"낮에는 보는 눈이 많아."

차홍이 한숨을 쉬며 고개를 떨어뜨렸다. 월두가 그런 차홍의 턱을 들어 올렸다.

"그러라지."

월두가 끌어당기려 하자 차홍이 살짝 가슴을 밀었다.

"그래도 위험해."

"알았어. 다신 안 그럴게. 이번만 봐줘. 네 달리기 실력으로 상궁 따돌리는 건 일도 아니길래 말이다."

"그럼, 그거야 자신 있지."

차홍이 웃자 월두가 그녀의 입술을 덥석 물었다.

"하루 종일 네 생각만 났어."

거칠어지는 월두의 숨소리 사이로 낮은 목소리가 울렸다. 그 목소리에 가슴이 떨려 차홍은 이런 그를 받아주지 않을 수 없다.

'나도 그러니까.'

둘의 입술이 맞닿고 월두가 고개를 틀어 입술을 열며 혀를 밀어 넣었다.

차홍은 그의 혀를 달게 받아들였다. 음, 작은 신음과 함께 그의 목을 끌어당기며 입술을 활짝 열었다.

"여기서 이래도 될까?"

차홍의 목을 타고 내려오는 입술의 감촉을 느끼면서도 낯선 곳이 걱정되었다.

"그럼, 내가 여기서 너랑 문서라도 보려고 부른 줄 알았느냐."

월두가 차홍의 옷고름을 잡아 풀며 웃었다.

"쓰잘머리 없는 문서나 보관하는 창고야. 아무도 안 와."

차홍을 안심시키고는 월두는 하던 일에 다시 집중했다.

원삼 저고리와 속저고리를 펼치고, 가슴 끈에 밀려 올라온 그녀의 하얀 젖가슴을 바라보았다.

그가 자신을 보며 씩 웃자 차홍은 치마끈에 묶인 가슴이 점점 부풀어 오르는 걸 느꼈다. 네 주인이 누구인지 알라는, 분명 거만한 얼굴인데 저런 표정을 보면 맥이 풀어졌다.

흐음.

그 모습만으로도 다리에 힘이 풀려 나른한 한숨이 나왔다. 차홍은 이미 그에게 반항하기를 체념하고는 책장에 머리를 기댔다. 책장에 등을 기대고 서서 요염한 표정으로 바라보는 차홍의 입술에 월두의 손가락이 닿았다. 차홍은 그의 손가락 하나를 물었다. 그가 다시 씨익 웃더니, 다른 손을 움직여 금박이 박힌 스란치마를 들치고 안으로 밀어 넣었다. 그러나 싸인 대슘치마에 무지기 치마까지, 겹겹이 가로막는 치마에 손이 우왕좌왕하였다.

"아, 어디 있어, 뭐가 이렇게 많아."

"흐흐."

차홍이 옅게 웃자 뽀얀 가슴살이 흔들렸다. 그 모습을 보던 월두는 더욱 성급해졌다.

"사내 애간장을 태우려고……."

드디어 여러 겹의 치마를 한 번에 잡고 들쳤다. 그 안에는 속바지가 또 있었다. 치마 깊숙이 손을 넣고 끙끙거리는 월두의 모습에 차홍은 웃음이 났다.

"안 되겠다. 이리 해봐."

차홍의 몸이 갑자기 휙 돌려졌다. 차홍은 놀라 외마디 소리를 지르고는 책장을 잡고 섰다. 뒤에서 치마를 들치는 손이 다시 성급해지자 차홍은 입술을 꼭 물며 웃음을 참았다. 겹겹이 나풀대는 치마가 날려지고 속바지 하나가 내려졌다. 그리고 또 하나.

"뭘 이리 껴입은 게냐."

"치마를 풍성하게 해서 예쁘게 보이려고."

"예쁘게 보이고 싶으면 아무것도 입지 마."

저런 망측한 소리. 결국, 그의 손에 속바지 세 장이 벗겨졌다. 그의 두 손이 엉덩이에 닿자 차홍이 휙 돌아서 그를 마주 보았다. 다시 차홍의 다리는 겹겹의 치마에 싸이게 되었다.

"아……."

그는 짜증이 밀려와 입을 다물었다. 더 그를 놀리다가는 경을 칠 거 같아 차홍이 제 손으로 치마끈을 풀어 한 겹 벗어내었다. 벗은 치마를 휙 던지자 풀썩이며 멀리 날았다. 그리고 또 한 장 그의 앞에서 벗자, 월두의 얼굴에 이제야 만족스러운 표정이 비치었다. 겹겹이 치마를 벗어내고 날릴 때마다 치마를 투과한 색색의 빛이 두 사람을 감쌌다.

치마 한 장만 남겨두었다. 그리고 그를 보고 차홍이 빙긋이 웃자 월두가 바로 달려들었다.

그는 차홍의 얼굴에 입을 맞추고 작은 입술 안에 혀를 밀어 넣고 살살 돌렸다. 차홍은 부드러운 혀의 느낌에 웃음기가 걷히었다. 그 혀의 움직임에 정신이 점점 몽롱해지고 다리 사이가 금세 젖어왔다.

월두가 까끌까끌한 감의 치마를 더듬어 뒤로 벌어진 사이로 손을 넣어 엉덩이를 쥐었다. 그녀의 풍성한 엉덩이를 억세게 꼭 쥐고는 달콤한 입술을 차지했다. 차홍은 그가 엉덩이를 주무르며 입 맞추자 다리 사이가 더 불편해졌다. 하얀 두 다리를 문지르며 몸을 배배 꼬는 차홍의 모습에 월두가 웃었다.

"애태우면 어찌 되는지 알았느냐."

치마 뒤로 넣은 손으로 단숨에 속가리개를 잡아 풀어내었다. 그리고 머리에 쓴 익선관을 벗어놓고, 붉은 곤룡포도 벗었다. 곧 그의 바지 끈이 풀리고 바지가 땅에 떨어졌다.

크고 단단한 손이 차홍의 하얀 다리 하나를 잡아 들어 올렸다. 따라 올라온 치마를 헤치고 다리 사이, 부드러운 자리를 찾아 그 손이 더듬거렸다.

"음."

찡긋, 자극이 일어 차홍이 인상을 썼다. 월두는 떨어졌던 입술을 다시 접문하며, 자리를 찾은 그녀의 사이를 벌리며 촉촉한 그 안으로 들어갔다.

후, 깊게 내쉰 숨과 함께 월두의 단단한 남성이 안으로 밀고 들어오자, 차홍의 몸이 풀썩 위로 뛰어올랐다. 몸을 들썩이던 차홍이 머리를 기대며 손으로 책장을 쥐었다. 그가 퍽퍽, 몇 번 밀고 들어올 때마다 차홍은 신음을 내며 책장을 꼭 쥐었다.

깊이 몸을 담근 그가 엉덩이를 돌리며 차홍을 바라보았다. 황홀한 표정을 짓는 그의 얼굴이 차홍을 흥분시켰다. 차홍이 그의 목을 끌어당겨, 좋아 죽겠다는 표정으로 월두의 입술을 빨았다.

들썩들썩. 그가 차홍을 안고 위로 치솟아 올랐다. 그러더니 아까처럼 차홍을 획 돌려세웠다.

차홍은 그의 앞에 엎드린 자세가 되어 책장을 쥐었다. 뒤에서 그가 밀고 들어왔다.

헉, 헉, 헉.

몸이 다시 들썩였다. 그가 차홍의 엉덩이를 꾹 쥐었다가 주물럭거리며 그 사이로 밀고 들어왔다. 월두는 붉은 치마 사이로 드러난 하얀 엉덩이를 욕망에 가득 차 바라보았다.

참을 수 없었다. 가지는 것만이 원하는 전부가 아니었으나, 가지지 않고는 또 버티지 못하였다.

크음.

힘을 조절하기 위해 입술을 깨문 그는 천천히 엉덩이를 움직여 그녀를 채웠다. 그러다가 갑자기 빠르게 돌진했다. 그러고는 다시 부드럽게 좌우로 흔들었다.

아흥.

차홍은 그의 움직임에 책장을 부여잡고 입술 사이로 신음을 뱉어내었다. 그의 힘에 못 이겨 손톱을 세우고 책장을 쥐느라 하얀 손이 붉어졌다.

하아, 하아, 하아.

그가 강하게 흔들어댈 때는 숨이 멎었다가, 그가 부드러워지면 막혔던 숨을 토해내었다. 이제 그는 자신의 엉덩이를 잡고 몸을 붙여 원을 그리며 움직였다. 차홍도 그의 움직임에 맞춰 허리를 둥글게 움직였다.

여인의 풍성한 엉덩이가 제 앞에서 부르르 떨자, 한껏 흥분한 월두가 차홍을 번쩍 안아 들었다. 정신없이 그에게 끌려간 차홍은 나무 책상 위에 올려졌다. 누군가의 집무 책상이었을 자리에 차홍은 벗은 엉덩이로 올려 앉혀졌다. 월두가 차홍의 다리를 벌리고 그 사이에 자리 잡았다.

잔뜩 흥분한 긴 물건을 손에 쥐더니, 그는 자신의 물건으로 차홍의 민감한 곳을 몇 번 쳤다. 끈적이는 마찰음이 진하게 공기를 데웠다.

"아, 흐응."

그가 때릴 때마다 차홍의 엉덩이가 들썩였다. 그런 행동을 하는 그는 저속하게 보였다. 고귀한 용포를 벗어 던지더니 이렇게 치덕거리는 사내가 된다. 차홍 또한 지키고 싶은 고결함이란 이 순간 없었으니, 그가 가르쳐 주는 새로운 자극에 눈을 떠 금세 반응하기 시작했다. 달아오를 대로 달아오른 팽팽한 긴장감을 안은 여인의 둔부가 괴로움에 몸을 움찔거릴 뿐이었다.

차홍은 킁킁 소리를 내며 손을 뻗어 그에게 애걸하였다. 강압적으로 군림하던 월두는 곤두선 낭심을 휘젓더니 불쑥 밀고 들어왔다.

"아흥."

그가 다시 안을 채우자 차홍은 금방이라도 절정에 오를 것만 같았다. 월두는 따듯한 물결이 번지는 그곳으로 다시 밀고 들어오며, 차홍의 귀를 핥고 귓불을 물었다. 귀를 애무하며 그는 허리를 움직였다. 부드럽게 출렁이는 그의 동작이 좋아 차홍은 그의 등을 꼭 잡았다. 그와 함께하는 이 순간 살아 있음을 느꼈다.

귀를 자극하는 그의 혀에 흥분한 차홍은 혀를 내밀어 자신의 입술을 핥았다. 그가 긴 혀로 귀를 핥자 그때마다 다리 사이 깊은 곳도 움찔하며 근육이 떨리는 것이 느껴졌다. 월두는 그런 차홍의 변화를 민감하게 알아챘다. 자신에게 반응하는 여체에 완전히 빠져 그녀의 몸에 더 호기심을 느꼈다.

"아무리 널 가져도 모자라."

사내의 음성은 낮게 잠겨 음탕하게 들렸다. 차홍의 목구멍에서 교성을 내며 흐르는 쉰 소리도 음탕하기 그지없었다.

월두가 차홍의 얼굴을 보다가 입술을 한 번 빨고, 그녀의 치마끈을 잡아끌었다. 가슴이 드러났다. 차홍은 가슴을 내놓고 그 앞에 다리를 벌린 채 흔들리고 있었다. 차홍은 요염하게 혀를 내밀어 침을 적시고는 깊고 검은 눈동자로 월두를 보고 있었다.

월두는 곤두서 치솟아 오르는 느낌을 받았다. 그녀의 몸을 다 가져서도 아닌, 차홍의 얼굴을 본 일순간에 그렇게 되어버렸다.

월두는 큰 손을 들어 차홍의 얼굴을 부여잡고 허리를 흔들었다. 그의 입에서는 포효 소리가 흘렀다. 그녀에 대한 소유욕에 가슴이 터져 버릴 것 같았다. 정말 그녀는 가져도, 가져도 월두를 욕망에 들끓게 하였다. 월두와 차홍의 합은 천상의 것이었다.

이럴 줄 알았다. 이 여인을 안게 되는 날, 둘은 뗄 수 없이 하나가 될 줄 월두는 알았다.

크허어.

월두는 더는 참지 못하고, 차홍의 두 다리를 잡아 벌리고 맹렬히 그녀에게 파고들었다. 그가 미친 듯이 허리를 움직이자 차홍이 그의 어깨를 잡고 버텼다. 차홍은 고개를 흔들었다. 무거운 가채가 흔들려 떨어져 나갈 것 같았다. 차홍은 책상 위에 누워버렸다. 그러자 월두가 그녀의 몸 위로 올라와 자신을 밀어 넣으며 강하게 허리를 움직였다. 차홍은 그의 몸 아래에 깔려 흔들리며 정신을 차릴 수 없었다. 여기가 어디인지, 어떻게 그에게 자신을 다 던지고 있는지, 그런 건 의식에서 모두 사라졌다.

'월두, 너에게 줄 수 있는 건 내 몸 하나야. 가진 거라고는 이 몸 밖에 없어 더 주지 못하는 것이 서글플 뿐이다.'

그의 아래에 눌려 반응하는 몸만이 남았다. 그것이 이런 위험한 정사를 나누는 이유였다. 이 순간만을 위해 사는 사람이 되어버렸다. 월두밖에 생각나지 않았다. 하루 종일 월두의 품에 안길 생각만 했다.

위험한 정사를 나누는 이들이 이 일을 멈출 수 없는 이유는, 품을 찾을수록 그 느낌이 더욱 강렬해지기 때문이다. 더 깊이 서로를 나누고 사랑을 느끼는 일에만 영혼은 반응한다. 그러니 위험한 상황에서도 그걸 인지하는 감각은 무뎌져 버렸다.

"아, 월두."

그가 상체를 세우고 붉어진 얼굴을 쳐들고는 소리 지르며 빠르게 움직였다. 그의 움직임에 차홍은 손으로 입을 틀어막고 고개를 저었다.

흐으윽.

차홍의 몸은 그대로 굳어버렸다. 모든 근육이 한 덩이가 된 듯 뭉쳐 꿈틀거리기만 하였다.

하아아.

그러다 갑자기 근육이 죄다 풀려 버리자 엉덩이를 들어 마구 흔들었다. 잠시 그렇게 열정에 휩싸였던 몸이 풀썩 꺼지며 맹렬히 벌떡거리기 시작했다. 차홍은 흥분에 못 이겨 제 입술을 빨고 혀를 내밀었다. 월두가 그런 그녀의 입술을 찾으며 그도 마지막을 향해 내달렸다.

크허.

그가 그녀의 안에 뜨거운 액을 뿌리고는 풀썩 꺼졌다. 그녀의 가슴 위로 쓰러진 월두가 숨을 몰아쉬었다. 모든 걸 내던진 연인들은 몸을 겹친 채 쓰러져 숨만 헐떡였다. 월두의 얼굴을 가슴에 안은 채, 차홍은 몽롱한 시선을 들어 공기의 움직임을 바라보았다. 작은 입자의 먼지가 주변을 빙글빙글 돌고 있었다. 뭔가 생각이 떠오르기 전 습관처럼 걱정이 먼저 일었다. 그런 차홍의 기분을 아는지 월두가 얼굴을 들고 차홍을 올려다보고 있었다. 차홍은 자신의 맨가슴 위에서 웃고 있는 사내를 보았다. 차홍은 곧 떠오르던 생각을 덮고 월두를 향해 미소를 지어 보였다.

월두는 책상 아래로 다리를 떨어뜨리고 가슴을 드러낸 채 뒤로 벌러덩 누워 있었다. 차홍은 그의 옆자리에 걸터앉아 머리를 만지고 있었다.

"도망치자."

월두의 말에 머리 장식을 꽂던 차홍의 손이 멈추었다.

"내가 너의 어머니도 성구도 같이 떠날 길을 찾아볼게."

차홍이 먼저 입에 담지 못했던 말이었다. 그로 인해 그의 삶을 망칠 테니. 사랑하는 사람의 인생을 망치기 싫었다.

"도망자 생활을 하게 될 거야."

차홍이 머리 장식을 마치지 못하고 손을 떨구며 말하였다.

"배를 타자. 우리를 알아볼 이가 없는 데로 가자."

차홍은 가만히 생각에 잠겼다가 뒤돌아 월두를 향해 아프게 웃어 보였다.

"네가 숨어 사는 거 싫어. 이제 넌 그러지 않아도 되잖아. 나만 아니었다면."

"그런 소리 말어. 너 아니었으면 산에 숨어 나오지도 않았어. 그리고 난 이미 나라에 죄를 지은 몸이야. 내가 잃을 거라고는 너밖에 없어."

"차라리 그때, 나를 따라오지 않고 너는 산에 남았다면."

월두가 일어나 차홍을 끌어당겼다. 차홍은 그의 품에 머리를 기대게 되었다.

"내가 다 알아서 준비할게. 나를 따르겠느냐?"

월두가 걱정하는 것은 차홍이었다. 차홍은 양반가의 여식으로 자란 몸이었다. 객지에서 구르던 월두와는 달랐다. 그녀가 험한 도망자의 삶을 살 수 있을지가 걱정이었다.

“네가 가는 데면, 이 차홍이 함께여야지.”

차홍이 고개를 들고 웃어 보이자, 월두는 차홍이 어여뻐 가슴에 꼭 끌어안았다.

*

중궁전에 밤을 맞이하여 청사초롱이 밝혀졌다. 지밀상궁이 마지막 준비를 마치고 나인들을 삼십 보 밖으로 물렸다. 오늘의 합방을 어지럽힐 수 있는 모든 방해물은 치우라는 명이 있었다. 최고 상궁들까지 두 분을 모시는 방에서 멀리 대기해야 했다.

차홍이 하얀 속치마에 얇은 감의 속적삼을 입고 자리에서 일어났다. 박 상궁이 작은 향낭을 건넸다. 차홍은 손을 들어 이를 물렸다.

“그러나, 중전마마.”

“강한 향을 좋아하지 않으시네.”

“사향이옵니다. 몸에 지니시면 도움이 될 것이옵니다.”

끝내 차홍은 향낭을 받지 않았다. 박 상궁은 오늘 밤을 위해 작은 것 하나라도 정성을 쏟아야 하는데 못내 아쉬워했다.

단아하게 꾸민 중전마마는 자신감에 차 보였다. 그러고 보니, 오늘 밤 중전마마가 달라 보였다. 삼 년을 모신 박 상궁의 눈에도 뭔가 변화가 느껴졌다. 평소와 똑같이 꾸밈을 해드렸는데, 뭐가 마마를 저리 빛나게 만드는 걸까.

차홍은 마음을 가다듬고 자리에서 일어났다. 이미 결정은 내렸다.

오늘 밤 왕을 모실 것이다. 그것이 웃전에서 원하는 일이라면 원하는 대로 해드려야지.

몸단장을 마치고 방에서 일어난 차홍은 주상전하가 계신 침소로 향하였다.

이윽고 침소의 방문이 열렸다. 이 밤의 주인인 주상전하는 이미 방에 들어, 보료 위에 앉아 있었다. 차홍은 눈을 깔고 걸어가 그와 마주 앉아 자리하였다. 상궁과 나인들이 나가고 방문이 닫혔다. 둘만이 남게 되자 차홍은 고개를 들었다.

"술 한 잔 올리겠나이다."

백자 자기를 들어 은은한 향이 나는 술을 따랐다.

"중전이 주는 술이니 받아야지."

술잔을 채우던 차홍의 손이 멈추었다. 하얀 야장의를 입은 왕의 모습을 눈으로 살피다가 시선을 들어 그의 눈을 마주하였다. 순간 차홍의 가슴이 얼어붙었다. 익숙한 얼굴, 하지만 다른 눈빛.

차홍의 눈빛이 떨려와 용안을 마주하다가 시선을 떨어뜨렸다.

"왜 그러오, 중전."

"주상전하……."

"마치, 낯선 이를 보는 듯하니 이상하구려."

차홍은 고개를 숙이고 눈을 들지 못했다. 왕이 차홍에게 다가왔다.

"왜 우는 것이오?"

감출 수 없는 눈물이 차홍의 볼을 타고 흐르고 말았다. 왕은 중전의 얼굴을 들어 물기 어린 눈을 보았다.
"침소에 들어 왕의 앞에서 눈물이라. 오해를 살 수도 있소."
차홍은 변명도 하지 않았다. 선명히 가슴에 박힌 얼굴을 왕의 얼굴에서 찾을 뿐이었다. 눈도 코도 입술도 모두 그의 것인데, 그가 아니었다. 그의 눈빛은 세상에 단 하나뿐이었다. 차홍을 향한 눈빛. 그 눈빛이 없는 사내는 차홍에게 아무 의미가 없었다. 이 얼굴이 혹시 그가 아닐까 의심하던 시간은 길었으나, 이제 그가 아니라는 건 한눈에 알겠다.
'그가 아니야.'
차홍은 입술을 깨물며 눈물을 참아 얼른 감추었다.
"주상전하를 이렇게 모실 수 있으니. 신첩, 감정이 북받쳤나 보옵니다."
왕은 날카로운 눈으로 중전을 보다 입가에 미소를 머금었다.
오늘따라 중전이 달라 보였다. 빛을 품은 듯한 중전의 미색에 왕의 마음이 동하였다. 왕은 차홍의 턱을 잡아 들어 올렸다. 방금까지 눈물에 젖어 반짝이던 눈이 왕을 향하였다. 왕은 고개를 숙여 차홍의 입술로 내려왔다. 차홍은 다가오는 사내를 바라보았다. 눈물 한 방울이 뚝, 다시 떨어졌다. 그리고 왕의 입술이 닫기 전 고개를 돌렸다.
자신을 피한 중전을 보던 왕의 손이 떨어졌다.
"오늘 합궁에 들었다는 기록이 남을 것이오. 그건 이 방에서 무슨 일이 벌어지든 마찬가지오. 너무 정치적이지 않소?"
차홍은 고개를 들었다. 담담히 행동해야 한다. 이건 자신 하나만의 목숨이 걸린 일이 아니었다. 그런데 떨리는 손을 감출 수 없었다. 너무 겁이 났다.

'월두, 그럼 월두는?'

"이제 모든 게 제자리를 찾을 것이오."

왕은 가만히 중전을 바라보았다. 어마마마가 찾아 정해준 여인이었다. 감정도 없이 사는 여인이 꼭 모정조차 찾을 수 없는 대비마마 같아, 보는 것만으로도 몸서리치게 징그러웠다. 어마마마를 향한 반감은 중전에게 고스란히 이어졌다. 그런데 오늘 밤 앞에 앉은 여인은 달라 보였다. 생기를 띤 눈빛이 이제껏 본 적이 없는 여인처럼 느껴졌다. 왕은 그녀가 참으로 달라 보인다 생각하며 관심 있게 중전을 바라보았다. 그러나 여인을 향한 이런 감정은 또한 불쾌한 감정으로 변해 버리고 말았다. 천하를 다 품을 수 있어도, 여인 하나 품어주지 못하는 왕이 이명이었으니. 아직 쾌유치 못한 몸을 이끌고 웃전의 명을 받들어 합궁의 기록을 남길 뿐이었다.

제7장.
뒤바뀐 왕

차홍은 방 밖에서 나는 작은 소리에도 놀라 불안해하였다.

'월두야, 어디 있는 것이냐?'

왕의 말대로 모든 건 제대로 돌아가고 있는 듯 보였다. 아침에 주상전하와 함께 대비전에 문안 인사를 하며 덕담도 들었다. 차홍은 발 너머로 대비마마의 그림자를 보았다. 그뿐이었다. 어떤 다른 말은 없었다.

'그럼 월두는 어찌 되었을까?'

너무도 두려운 것은 그의 생사였다. 이런 일을 벌이려면 위에서 움직여야 한다. 월두 혼자 궁에 들어오고 싶다고 그리할 수 있는 일이 아니다. 그럼 지금의 주상전하도? 이 일을 모두 알고 계시다는 건가?

"너를 보냈어야 했는데. 너를 놓았어야 했는데."

궁으로 자신을 위해 돌아온 그였지만, 보내줬어야 했다. 그와의 미래를 꿈꾸지 말았어야 했다.

하루만, 하루만 더 그를 붙잡아두고 싶은 제 욕심이었다. 그 대가로 이제 월두의 목숨이 위험에 처했다.

'왕이라, 중전이라 불려 진짜 부부 사이라도 된 줄 알았더냐.'

차홍은 머리가 어지럽고 구토까지 나려 했다.

삼 년 동안 이곳에 갇혀 살며 이미 알던 일이었다. 이곳에 사는 모두는 미쳤다. 이런 미친 일을 벌이고, 또 감쪽같이 월두를 숨겼다.

'아니다. 제일 미친 것은 나다. 내가 월두를 이런 곳으로 끌어들여 위험하게 만들었어.'

차홍은 월두를 향한 걱정에 미칠 것 같았다.

"월두를 살리려면 무얼 해야 하지? 난 어찌해야 하지?"

그 해답은 두 시진이 지난 후에 알게 되었다.

궁에 소란이 일었다. 희빈 권 씨의 처소인 연화당에서 벌어진 일이었다. 평소 희빈을 아끼던 주상전하께서 희빈의 처소로 들었다. 그리고 갑자기 내관들이 별궁으로 우르르 불려갔다. 곧 희빈은 내관의 손에 끌려 나갔다. 기쁜 어심으로 들었으나 갑작스레 희빈을 끌어내라는 명이 떨어진 것이었다.

궁인 모두가 놀랐고, 이 소식은 내명부의 수장이 있는 중궁전에도 전해졌다. 차홍은 소식을 전하는 박 상궁의 말을 듣고 사시나무 떨리듯 손이 떨려왔다.

"마마, 희빈마마께서 올린 말은 매일같이 후첩을 찾으셨으면서 왜 이제는 안 찾느냐는 말이 다였다고 하옵니다."

희빈의 말에 왕은 불같이 진노하며, '한낱 후궁이 왕을 나무라는 것인가' 소리쳤다고 한다. 왕은 그런 희빈을 투기죄로 끌고 가라 하였다. 그리고 왕은 후궁을 사랑하여 후원에 지은 별궁인 연화당을 부수라 명하였다.

'주상전하께서도 이 일을 알고 있다!'

차홍은 그런 생각에 숨도 쉴 수 없을 만큼 가슴이 조여왔다.

다른 사내가 희빈의 방을 드나들었던 일에 진노한 것이다. 평소의 주상전하는 이렇듯 감정적으로 행동할 분이 아니셨다. 그런 주상전하를 이리도 화나게 만든 것은 사내의 질투였다.

'주상전하께서 월두의 존재를 알고 계신다.'

월두와 제 관계가 밝혀지면, 월두는 죽을 것이다. 자신은 이미 삼 년 전 모두를 속이고 궁에 들어오면서 목숨을 내놓았다. 이미 죽은 목숨, 정치적 꼭두각시로 자리를 지키고 있을 뿐이었다.

이제라도 죄를 묻고 목을 매도 두렵지 않았다. 그러나 월두, 월두는 살아야지.

'월두야, 어디 있어?'

삶을 밝혀주던 불빛이 갑자기 사라져 버렸다. 차홍은 다시 암연(暗然)에 갇혀 두려움에 떨었다.

*

김 종사관이 입궁하여 무관들이 무술을 닦는 무예 연마장으로 향하였다. 그곳에서 주상전하는 활시위를 당기고 있었다. 김 종사관은 지금 속이 복잡하여 잠시 수련하는 왕의 모습을 지켜보았다. 그러다가 고개를 저었다. 복잡할 거 없다. 이제와 같이 윗분의 명을 따라 움직이면 된다. 그것이 신하의 도리이다.

종사관은 표정을 풀고 주상전하의 곁으로 걸어갔다.

"어딜 갔다가 이제야 입청하시나. 못 본 사이 살도 붙은 겐가. 무관이 방만한 것이 아닌가?"

주상전하에게 다가간 종사관의 입매가 점점 굳어졌다.

"자네도인가?"

조선의 왕 이명은 활시위를 힘껏 당겼다. 아직 근육 상태가 완벽히 돌아오지 않아, 호흡을 더 길게 끈 후에야 제대로 과녁을 조준할 수 있었다.

피슝.

활이 날아가 홍심을 약간 빗겨 과녁을 맞혔다.

김 종사관은 과녁에 꽂힌 화살을 보고는 지금의 상황을 확실히 파악하였다. 그자가 활시위를 당겼을 때, 단 한 번도 홍심을 벗어난 걸 본 적이 없었다. 일부러 장난질을 치지 않고는. 잘난 체를 하며 말을 탄 채 활을 당기는 통에, 연마장에 들면 군사들부터 내보내야 했다. 흔들리는 말 위에서도 홍심을 정확히 찌르던 실력이었다. 그렇게 한 시각은 뛰어야 시키는 일을 하겠다고 버티니, 종사관은 매일같이 훈련장에서 그와 함께 땀을 흘렸었다.

"나를 아는 사람들은 모두 그런 눈으로 나를 보는군."

"주상전하, 제대로 주군을 모시지 못한 신의 불충을 용서치 마시옵소서."

"충으로 한 행동임을 안다. 내가 종사관 말고 누굴 또 믿을 수 있겠나."
"전하."
종사관은 고개를 숙였다. 그리고 다른 생각이 머릿속을 차지했다.
'그렇다면 월두, 이 사내는 어디에 있는 것인가?'
대비마마의 외척인 윤 판윤 대감의 명으로 왕을 바꿔치기한 일에 가담했다. 그러나 한 임금을 섬기기로 맹세한 신하로서 더는 이유도 모르고 두 임금을 섬길 수 없었다.
월두, 그 사내를 지켜볼수록 김 종사관은 혼란스러웠다. 닮아도 어찌 이리 닮을 수 있는가? 세세한 말투나 풍기는 분위기가 다르기는 했다. 그러나 기본 골격, 목소리, 걸음걸이까지 닮아 있었다. 제대로 왕의 습관, 행동, 말투 호불호를 익힌 후에는 김 종사관도 헷갈릴 만큼 그는 왕의 판박이였다.
윤 판윤 대감이 왕의 얼굴을 한 자를 찾으라는 명을 처음 내렸을 때도 더 깊은 설명은 없었다. 무관이란 생각하는 자리가 아니라 따르는 자리였다. 몰라도 되는 이유라면 더 묻지 않는 것이 충이라 생각했다. 하지만 윤 판윤 대감이 종사관이 섬겨야 할 주군은 아니었다. 김 종사관은 이번만은 마음에 드는 의문을 풀고 난 후에야 명을 따르겠다 결심했다.
그리고 월두, 단지 왕의 얼굴을 닮았다는 것으로는 해명할 수 없는 기운이 그자에게서 풍겼다. 무도를 익힌 사내들끼리 알아챈 그건, 짐승의 세계에서 무리의 두목을 알아보는 맹수의 시선 같은 것이었다. 그는 우두머리로 태어난 자였다. 그래서 김 종사관은 궁을 떠나 그자의 과거를 찾아 나섰다.

'왕과 같은 피를 나눈 형제.'

쌍생아로 태어나 버려진 왕자. 그의 과거를 쫓기 위해 강원도 산골로 내려가 하나 있다는 누이부터 찾았다. 그러나 하나 남은 가족이라던 누이는 마을을 떠난 후였다. 어미라던 여인도 죽었다 하고, 월두의 과거는 그렇게 묻히는 듯하였다.

그러다가 관운사의 주지 스님 해운이라는 인물을 찾아내었다. 주지 스님 해운은 김 종사관이 궁에서 나왔다는 말을 하자, 월두의 이름에 숨겨진 비밀을 말하였다. 그렇게 살아난 왕자를 품고 도망친 최 상궁이 남겼다는 유언서에 대한 이야기를 전부 들었다. 그 유언서가 전해진 후에도 궁에서 월두를 찾는 사람이 이제껏 없었다는 이야기도.

두 번 버려진 왕자였다. 윤 판윤 대감은 그런 왕자를 이제 와 찾아서는, 왕의 암살을 노리는 적들의 미끼로 쓰려 했다.

"종사관, 그사이 무슨 일이 있었던 겐가? 그자, 그렇게나 나를 닮았던가?"

왕이 먼 하늘을 보며 말했다. 그러고는 활을 들어 하늘을 향해 쏘았다. 쏘아 올린 화살이 힘없이 떨어지고, 날아가던 새는 여전히 날갯짓을 펄럭였다.

"빗나갔군."

이명이 병환을 털고 자리에서 일어났을 때, 그곳은 궁이 아니었다. 외숙부 윤 대감의 별장이 있는 한양성 외곽이었다. 의식이 없는 사이 궁 밖으로 옮겨진 이유에 대해 윤종수는 설명하였다. 윤종수는 믿지 못할 이야기를 하였다. 왕을 시해하려는 세력이 있다고 하였다. 적이 누구인지 모르는 지금의 상황에 대처해 왕과 닮은 자를 화살받이로 앉혀두었다고 했다. 그리고 윤 판윤은 이 일은 대비마마도 모르고, 알아서도 안 된다는 말을 덧붙였다.

"자, 이렇게 활시위를 당긴 후, 끝까지 목표를 놓지 마십시오."

김 종사관은 활을 잡는 왕의 자세를 잡아주었다.

"이거 하나는 확실해졌군. 궁을 벗어나니, 내 건강이 좋아졌어."

왕의 말에 김 종사관의 미간도 좁아졌다.

누군가 정녕 왕을 노렸다는 말인가? 몸이 약한 왕이었지만, 최근 급격히 증세가 악화되었다. 수라나, 약물, 들이는 물 한 방울까지 은수저로 독에 대한 검사를 한다. 그 후 기미(氣味)를 본 후에야 왕에게 바쳐진다. 분명 독은 아니라 하였다. 그러나 뭔가 있다는 심증은 항상 남아 있었다.

이명은 여덟의 나이에 세자의 자리에 오르고, 스물하나의 나이에 선왕이 승하하자 왕위에 올랐다. 그러나 왕위에 오른 삼 년간 병환으로 자리보전하고 누워 있다시피 하여, 대비마마의 수렴청정을 받는 이름뿐인 왕이었다.

"이를 샅샅이 조사하거라. 누군가 나를 해하려 하고 있다."

왕을 피신시킨 윤 판윤의 판단이 맞았다. 궁을 나가자 이명의 건강이 좋아진 것이 증좌였다. 누군가 왕을 노리고 있음이 분명하였다.

*

차홍은 목숨을 내놓기로 결정했다. 아무것도 하지 않고 기다리는 사이 월두는 벌써 죽었는지도 모른다. 차홍은 그의 생사라도 알아내야 했다.

차홍은 대비전 앞에 섰다. 밖에서 중전의 행차를 알리려 들어간 상궁을 초조하게 기다렸다. 잠시 후, 안으로 들라는 명에 차홍은 긴 복도를 지나 대비마마의 방 앞에 섰다.

"들라."

또 한 번의 윤허가 떨어지고 두 짝의 방문이 열렸다. 방 안에서 느껴지는 차가운 기운에 차홍은 잠시 두려움을 느꼈다. 이미 목숨을 버릴 각오를 하지 않았던가. 차홍은 대비마마의 앞으로 가 자리에 앉았다.

"내 가벼운 고뿔로 중전을 근심케 하였군요. 병을 옮길지 모르는데. 들 필요 없다는데도요."

"대비마마. 소첩, 마마를 속인 일이 있사옵니다."

앞에 드리워진 대나무 발 너머에서는 잠시 침묵이 흘렀다.

"중전, 궁에서 살아남으려면 말입니다. '속이다'라는 말은 사용하지 마시구려. 속내를 감추는 일이야 살아가는 방책이거늘. 드러나기 전에는 죄가 되지 않는 것이오."

차홍은 대비와의 사이를 막은 발에 시선을 고정하였다.

"대비마마께서 명하신 밤 산책을 하였나이다."

차홍이 떨리는 목소리로 말을 마치자, 대나무 발 너머로 숨을 내뱉는 소리가 들렸다.

"주상전하께서 건강을 찾으신 후에도 산책을 하였나이다."

"중전, 이 궁 안에서 내가 모르는 일이 있는 줄 아셨습니까."

차홍은 놀라 숨을 들이마셨다.

"중전이 마음 쓸 일이 아닙니다. 중전에게는 비밀이 없습니다. 그래서도 안 되고요. 중전은 현명한 사람이니 희빈 같이 주상의 성심을 복잡하게 만들지 않아야 할 겁니다."

차홍은 앞에 처진 발을 바라보고 있는 일이 무서워졌다.

"장 어의를 보낸 일은 부담스러워 하지 말고 돌려보내지 마시오. 중전, 궁에 사는 여인은 모두 종묘를 지키는 의무에 사는 것이오. 자신을 위해 사는 게 아니라는 것만 명심하면 됩니다."

차홍은 떨리는 다리를 이끌고 대비전을 나왔다. 무서워, 너무도 무서웠다. 종묘를 위해 살라는 말. 자신이 그를 만나기 위해 밤 산책을 계속하고 있다는 걸 알면서도, 그리고 달을 맞추기 위해 왕과의 합궁일을 내린 것도, 이 모든 게 종묘사직의 대를 잇기 위함이라고?

차홍은 빠른 걸음으로 중궁전으로 들어갔다. 그리고 문을 닫고 안에 꼭꼭 숨었다. 자신은 그저 큰 우리에 갇힌 사냥감일 뿐이었다. 대를 잇기 위해 차홍을 이곳에 가둬둔 것이다.

"월두야, 이제 어떻게 해. 우린 이제 어떻게 해."

차홍은 울음소리가 새어 나가지 않도록 입술을 막고 흐느꼈다. 월두가 지금 살아 있다면, 제가 어찌하느냐에 따라 그의 목숨이 달려 있다는 생각이 들었다. 차홍은 배에 손을 짚었다.

'복중에 아이가 들어선다면, 월두는 죽은 목숨이야.'

지금 차홍에게 중요한 건 월두의 생사뿐이었다.

*

월두는 입에 재갈을 물고 사지가 벌려져 팔다리가 묶인 채 몸부림쳤다. 어떻게, 누가 이런 짓을 벌인지도 모르게 납치되어 이곳에 갇혔다. 먹은 음식에 약을 탄 것인지, 어느 순간 의식을 잃고 쓰러졌다. 차홍과의 미래를 만들 수 있다는 사실에 들떠 긴장을 늦춘 것이 화근이었다. 잠깐의 방심으로 이런 끝을 맺게 되었다.

끼익.

어두운 광에 문이 열리고 판윤 윤종수가 들어왔다. 윤종수는 월두의 입에 물린 재갈을 풀어내었다. 월두는 차가운 눈빛으로 윤종수를 노려보았다.

"재갈을 벗겨내도 소리를 지르지 않는 것을 보면 머리는 있는 게로구나. 감히 왕의 여인을 넘보았더냐?"

'차홍이!'

월두는 머리에 핏기가 사라짐을 느꼈다. 월두가 품은 여인은 차홍뿐인지라, 윤종수가 말하는 왕의 여인은 차홍이라 생각했다.

'이놈들이 차홍에게 손이라도 대는 날에는.'

잡혀 온 월두는 의식이 흐려져 제대로 생각을 할 수 없는 상태였다. 무슨 약을 쓴 것인지 몸에 힘이 빠지고 정신이 혼미했다.

월두 이자가 힘으로 제대로 덤비면 장정 몇은 해치우리라는 걸 안 윤종수는 약을 썼다.

"나를 어찌할 것이냐?"

그것이 문제였다. 윤종수는 인상을 썼다. 역시 살려둘 수는 없는 일이었다. 왕의 쌍생아는 존재만으로도 조정을 뒤흔들 것이다. 그렇다고 직접 처리하자니 찝찝한 구석이 있었다. 아직 대비마마에게 월두에 대한 사실을 고하지 못했다.

요즘 대비마마는 예전의 강한 모습이 아니었다. 몸도 약해지셨고, 그러니 마음도 힘을 잃었다. 판단력도 흐려졌다는 걸 중전의 처사로 알았다. 왕의 뒷배도 되어주지 못하는 여인을 중전 자리에 앉히시더니, 이제는 영의정의 여식 희빈 권 씨가 궐에서 퇴출당하는 것도 막지 않으셨다.

희빈 권 씨는 좋은 패였다. 아무리 외척을 등져야 한다지만, 지금과 같이 조정이 혼란스러울 때 잠시 영의정과 같은 신료의 힘을 빌릴 수 있는 법이었다.

'그런데 월두, 저 사람이 다 망쳤다.'

왕의 여인에 손대다니. 시정잡배 같은 놈이질 않나. 윤 대감은 월두가 희빈 권 씨를 건드려 폐비가 되게 만들었다고 믿었다.

윤종수는 잠시 이자를 눈여겨보았던 걸 이번 일로 깨끗이 접었다. 월두를 가짜 왕으로 세우고, 쉽게 권력을 손에 쥐었던 것은 사실이었다. 현왕이 정치를 할 때보다 월두 저자를 꼭두각시로 앉히니 왕권은 더욱 힘을 발휘했다. 그래서 그 유혹에 이기지 못한 윤 대감이 저놈을 제때 끌어내리지 못해 벌어진 일이었다.

결국, 월두 이자는 도둑질이나 일삼으며 천하게 뒹굴던 버릇을 못 버리고 사고를 쳤다. 그간 이자가 궁 안에서 하는 행동을 감시하였다. 글자 한 자 모른다는 문맹이었다. 여인이나 탐하고 술이나 퍼마시며 거친 말을 퍼부으며 도둑질이나 일삼는 자였다. 경계할 것이 없기에 목숨줄을 붙여두어도 위협되지 않을 자였다.

'왕의 얼굴을 가졌으나, 큰 그릇이 못 되는 자다.'

삼십 년이었다. 대비마마를 도와 정치에 나서며, 누이 윤 씨와 윤종수의 정치적 견해는 갈린 적이 없었다. 그 긴 기간을 함께하였다. 궁으로 들어가는 누이를 배웅하며 신나 했던 열다섯의 소년이 이제는 쉰 살의 관료가 되었다.

대비마마와 함께 지금의 조선을 만들었다. 조정을 장악하지 못해 흔들리던 선왕 때부터 조정 신료와 결탁하여 차근히 힘을 키운 마마셨다. 그렇게 세자 이명을 왕위에 겨우 세웠음에도, 병치레가 잦은 왕의 빈자리는 또다시 조정을 흔들리게 만들었다. 권세에 도전하는 무수한 세력을 쳐내어야 했다. 사방의 공격을 막아주는 윤종수가 있었기에 대비마마 중심의 수렴청정이 가능한 일이었다. 그러나 이제 대비마마도 늙고, 윤종수도 늙었다.

그리고 어두운 광 안에는 약에 취하고, 사흘을 굶고도 팔팔한 젊은 피가 날뛰고 있었다.

'역시, 내 손에서 끝내야 해. 이자가 우리가 이룬 모든 걸 무너뜨릴 것이야.'

"굶어 죽고 싶은 게 아니라면 넣어주는 밥을 먹게. 궁이 잠잠해지면 풀어줄 것이니."

"너를 믿지 않는다."

"아직도 그 눈빛은 사그라지지 않는구나. 혹시라도 아직 궁에 미련이 남은 것이냐? 이제 네 자리는 없다. 주인이 돌아오셨으니."

'주인!'

그 말을 남기고 윤종수는 광을 나갔다. 월두는 팔다리가 묶인 채 닫힌 광문을 노려보았다.

'주인이 돌아왔다고?'

월두는 가짜 왕의 자리에 올랐다. 도둑을 왕좌에 앉히다니. 이 일이 끝나면 저들이 자신을 죽일 것을 알고 있었다. 그래서 저들의 감시하는 눈을 피해 원하던 것을 찾아 움직였고, 저들에게 위협이 되지 않도록 술이나 퍼마시며 궁인들이나 희롱하는 모습을 보였다.

'왕이 돌아왔다고? 차홍의 곁에 있는 건 이제 왕이라고!'

마지막 보았던 차홍의 웃는 모습이 떠올랐다. 그러다가 이내 눈앞에서 서서히 사라졌다. 약 기운에 눈앞이 점점 어두워졌다.

"월두야."

자신도 누군가는 제대로 된 이름으로 불러주었다. 그녀의 입에서 '월두'라는 이름으로 불리는 게 좋았다. 개처럼 이름도 없던 놈이 넘보아서는 안 될 여인을 마음에 품었다.

'차홍아.'

조금 더 빨리 움직여야 했다. 그녀를 데리고 궁을 빠져나올 길을 알아보았지만, 조선 땅에 그들이 갈 곳은 없었다. 중전을 납치해 도망친 사내가 숨을 곳이 어디겠는가.

조선 땅이 아니라면 어쩌면 가능할지도 모르는 일이었다. 그래서 명으로 밀수품을 옮기는 배를 알아보았다. 그 배를 타고 명으로 가 신분을 바꾸어 살 계획을 짰다. 상인으로 위장하여 십 년 정도 조용히 살다가, 그때 조선 땅이 그리우면 돌아올 수도 있지 않을까 생각했다. 그러나 차홍의 남은 가족까지 안전하게 빠져나갈 길이 막막했다. 그 궁리를 하다가 시간이 지체되었다. 그리고 결국, 모든 계획은 실현되지 못하고 월두는 잡혔다.

월두의 몸에 점점 힘이 빠져나갔다. 이내 월두의 고개가 힘없이 떨어지고 몸이 축 늘어졌다. 정신을 잃어가면서도 월두는 그녀의 이름을 마음속으로 되뇌었다.

'차, 홍…….'

월두는 다시 돌아가지 못할 꿈을 꾸며 눈을 감았다.

*

윤 판윤 대감은 은밀한 회동을 위해 여에 올라탔다. 양원군을 양자로 둔 좌의정 손 대감을 만나기 위해 길을 나섰다. 가마가 향한 곳은 대감 댁이 아닌 그의 사위 문가네였다.

집사의 안내로 사랑채로 들어선 판윤 윤종수는 방에 모인 인사들의 얼굴을 보고 표정이 굳었다. 밤 시각을 틈타 회동을 알려 올 때부터 예상한 일이었지만, 생각했던 것보다 더 많은 수의 조정 신료가 모여 있었다.

'양원군으로 갈아타는 움직임이 있는 줄은 알았지만.'

은밀히 이렇게나 힘을 모으다니 저들을 과소평가하였다.

"윤 대감, 앉으시지요."

판윤 윤종수가 방에 들자 오늘의 회동을 위한 안건이 토의되기 시작했다.

"중대한 사안이라 밤에라도 모여 의견을 모아야 했습니다."

밤을 틈타야 할 만큼 은밀한 안건이겠지. 판윤 윤종수는 그들이 왕의 외척인 자신을 이곳에 부른 이유를 이미 알고 있다. 왕이명이 다시 자리보전하고 눕게 되었다. 궁으로 돌아온 지 얼마 되지 않아 다시 쓰러졌다.

"아시다시피 주상전하께서 위독하십니다. 하루라도 빨리 후계자를 세워야……."

"이보시게, 우상. 말을 삼가시게. 주상전하의 건강이 악화되었으나 일전에도 자리를 털고 일어나셨네."

윤종수가 입을 열었다.

"대감, 대비책을 마련하자는 겁니다. 매번 주상전하께서 자리보전하실 때마다 반복되는 파국을 막고자 모인 것이 아닙니까."

우의정에다가 이 회동을 주선한 좌의정까지. 국무를 수행하는 정전에서 왕을 따르는 신료의 수보다 이 방에 모인 조정 실세의 수가 더 많았다. 조선은 왕정이었지만, 당파 간의 균형에 의한 정치 구조를 가지고 있었다. 왕의 오랜 투병으로 서로 대립을 일삼던 양 당파는 이렇게 의기투합하여 왕권에 도전하고 있었다.

"판윤 대감을 이 자리에 부른 것은 동의를 구하기 위함이 아닙니다. 이제까지 우리의 뜻을 막은 대비마마께 오늘의 회동을 전하기를 바라여 불렀습니다. 대감이 찬성하든 아니든 우리를 막을 수 없습니다."

신료들은 이렇게까지 반발하는 것이다. 이제껏 대비마마 혼자의 힘으로 누르던 힘이 반작용으로 튀어 올라 이렇게 더 크게 반발하게 되었다.

어둠 속에 있을 때는 빛이 눈부셔 손으로 가리게 된다. 그러나 일단 빛에 눈이 적응하면 어둠 속으로 들어가길 원치 않는다.

'역시 월두를 가짜 왕으로 세운 일은 잘못이었나.'

한번 힘을 가진 왕의 표상을 보았으니 저들이 더 저러는 것이다. 왕이 건재하여 정사를 돌보고, 군사들을 독려하고, 민심을 잡고. 왕이 제구실을 하지 못했던 시절에는 보지 못했던 모습을 이미 보았으니, 이들이 힘 있는 왕을 원하는 것은 당연지사였다.

"그래서 무얼 원하시오. 그대들이 미는 것이 양원군이오?"

"현왕은 대를 이을 능력이 없으니, 이미 양원군을 후계로 삼기 위해 준비해 온 과정이 아닙니까. 대감께서도 이를 모르시지는 않았을 테지요."

십육 년 전 이명이 세자에 오른 다음 해, 지금의 좌의정 손태균은 양원군 이청을 양자로 삼았다. 덕망 있는 유학자 손태균이 양원군을 양자로 들인 일은, 왕자 이명의 세자 임명을 반대하던 손태균의 뜻을 다시 한 번 나타내는 일이었다. 이와 같은 신하의 행동이 잘못된 것만은 아니었다. 왕권으로 휘두를 수 있는 폭정을 적당한 권력의 균형으로 신하는 막을 의무가 있다. 그때의 손태균의 행동이 왕권에 대한 도전이 아닌 견제로 인정받을 수 있었던 건, 그간 왕위를 쟁탈하기 위한 어떤 대립도 없었기 때문이다. 대신 손태균은 차근차근 조정의 주요 관직을 밟으며 지금의 좌의정에 올랐다.

"이제 때가 되었다는 걸 인정하십시오. 왕위를 엎자는 것이 아닙니다. 계승을 원합니다. 조정을 흔들지 않고 계승하는 일이 우리 충신들의 바람입니다."

판윤 윤종수는 말없이 그들이 하는 말을 들었다. 더는 귀를 막을 수 없다는 것을 깨달았다. 이것이 마지막인가. 내가 대비마마와 함께, 우리가 만들어낸 왕조가 이렇게 허망하게 끝을 짓는단 말인가.

'시간을 늦출 수는 있어도 저들을 막지는 못한다. 누군가는 왕

위를 이어받아야 한다.'

윤종수의 눈매가 냉철하게 번뜩였다.

*

'월두야!'

귓가에 울리는 여인의 목소리에 월두는 놀라 눈을 떴다. 생생히 자신의 이름을 부르는 차홍의 목소리에 정신을 잡으려 애썼다.

휘익.

본능적으로 고개를 숙여 칠흑 같은 허공을 가르는 날 선 바람 소리를 피했다.

슝. 슝.

짧은 단도. 공기를 가르는 소리로 공격하는 자가 단도를 쓰고 있다는 걸 감지했다. 사지가 벌려져 장대에 손발이 묶인 상태였지만 단도라면 시간을 끌 수는 있다. 월두는 또 한 번 들어오는 날카로운 공격에 묶인 팔을 움직여 방어하려 했다. 날카로운 통증이 팔을 긁었다. 힘을 다해 묶은 줄을 풀고 싶었지만, 몸에 퍼져 있는 약 기운에 팔다리가 제 마음대로 움직이지 않았다.

으억!

미처 피하지 못해 옆구리가 터지는 통증이 일었지만, 소리도 내지르지 않았다. 어둠 속에서의 공격에 적도 월두의 상태를 알지 못한다. 월두도 적의 위치를 파악하기 힘들었으니, 같은 조건의 환경에서 흔들리는 자가 죽는 거다.

헉헉헉.

월두는 숨을 헐떡였다. 이대로 죽을 수 없었다. 마지막 죽을힘을 다해 자객의 공격을 피했다. 적의 칼날이 만드는 바람 소리에 월두는 팔을 들었다. 그러자 한쪽 팔을 묶었던 밧줄이 잘렸다. 월두는 몸을 숙이며 다음 공격을 피하고, 자유로워진 팔로 적의 복부를 강타했다.

컥.

제대로 급소를 치자 자객의 공격이 잠시 멈추었다. 월두는 신경을 곤두세워 그자의 움직임을 읽었다.

슉.

그러나 무공이 뛰어난 자객도 월두의 움직임을 읽었다. 날카로운 칼날이 월두의 복부를 스치는 것을 느꼈다.

월두는 묶여 있어 불리한 싸움이었다. 몇 번의 공격으로 월두의 동선 범위를 파악한 자객은 같은 곳을 공격했다.

허어.

다시 자객의 칼이 복부를 제대로 찌르자, 월두는 소리 지르며 칼을 쥔 적의 팔을 잡았다.

크읍.

다음 순간 월두의 팔은 허공에서 부르르 떨었다. 자객은 잡힌 팔을 두고, 다른 손으로 다리에 꽂아둔 칼을 뽑아 월두의 복부에 깊이 박아 넣었다.

"흐어어."

월두는 소리를 지르며 자객을 밀치고 배에 박힌 칼을 만져보았다. 칼끝까지 깊이 박혀 있었다. 자객이 다시 움직였다. 자객은 칼을 쳐들고 월두에게 달려들었다. 월두는 순식간에 배에 박힌 칼을 빼내어, 그 칼로 달려오는 자객의 목을 그었다. 자객의 육중한 몸이 풀썩 월두의 앞에 쓰러졌다.

"흐으읍."

월두도 무릎을 꿇었다. 배를 찔렀던 칼을 뽑아내자 피가 터져 나와 바지를 흠뻑 적셨다.

"흐, 크읍."

입에서도 피가 터져 나왔다. 월두는 풀썩 주저앉아 손에 쥔 칼로 팔을 묶은 끈을 잘랐다. 손의 움직임이 점점 느려졌다. 몸에 힘이 빠져 그 자리에 쓰러졌다. 거친 숨을 몰아쉴수록 배에 타들어가는 통증이 일었다. 월두는 신음을 흘리며 팔을 움직여 묶인 다리의 밧줄을 잘라내려 하였다. 그러나 허공에 칼을 몇 번을 휘저어도 밧줄을 스쳐만 가고 잘라내지 못했다.

'차홍아…….'

그녀에게 돌아가야 하는데. 네 곁을 다시는 떠나지 않기로 했는데.

'너와…… 약속했는데…….'

손에 들렸던 칼이 금속음을 내며 바닥에 떨어졌다. 월두는 바닥에 쓰러져 버렸다.

*

대비 윤 씨는 잠자리에 들었다. 자리에 눕는다고 잠이 올 리 없지만, 눈을 감았다.

주상이 또 쓰러져 자리보전하고 누웠다. 정말 누군가 주상을 해하고 있는 거라면 빨리 손을 써야 하는데 방법이 없었다. 실마리 하나 찾지 못한 상황에서 조정 대신들의 눈치나 보며, 그저 주상에게는 건강상 문제가 없는 듯 덮어야 했다.

대비 윤 씨는 궁에는 아무 일도 없는 척 태연히 저녁을 들고, 정해진 시간에 잠자리에 들 뿐이었다.

왕의 신변에 위협이 있다는 사실이 알려지면 왕위를 노리는 자들이 득달같이 달려들 것이다. 왕의 후손이 없는 것을 이유로 사촌인 양원군이다, 상명군이다, 다음 후계자 자리를 찾는 대신들이 이 기회를 그냥 두지 않을 것이다.

이런 때 중전이 회임을 한다면 왕권은 안정을 찾을 수 있다.

대비 윤 씨는 누워 천장을 바라보았다.

그 아이, 그 아이를 알아본 것은 아마도 처음부터였을 것이다. 아무리 남의 손에 제 자식을 맡겨 키웠으나, 어미는 어미인 것이다. 저녁 문안 인사를 하러 왔다는 주상의 움직임을 보다가 이상한 느낌이 들었다. 말도 가리고 별다른 행동이 없었지만, 신경 쓰이게 하는 무언가가 있었다.

곶감을 좋아한다는 말에 그럴 수도 있지 생각하려 했다. 약처럼 곶감을 먹어 신물이 난다는 주상의 식성과 달랐지만, 아프고 난 후에는 사람 식성이 바뀌니 그럴 수 있지 넘기려 했다. 그런데 월두, 그 아이가 자신을 꼭 안았을 때, 덜컥 겁이 났다. 최 상궁이 남긴 유언대로 정말 이 아이가 살아남았던 거였구나. 그때, 확실히 알았다.

월두의 품이 따듯하다 느낀 순간은 두려움이었다. 조선의 왕실을 위한 거라며 제 자식의 숨통을 막은 어미였다. 이제 제 손으로 죽인 자식이 살아 돌아와, 서서히 죽어가는 자신의 몸을 따듯이 감싸 안고 있었다.

'월두'라는 이름으로 누군가에게 불리며 키워졌을 아이. 내가 버린 자식.

안아준 적 한 번 없었지만 열 달을 품었던 아이였다. 복중에서 활발히 움직이던 아기를 느끼며 어미는 배 속에 품은 자식과 교감했었다. 윤 씨는 자신이 쌍생아를 품고 있으리라는 생각을 한 적이 없었다. 복중에서 움직이는 아이는 하나로 느껴졌었다.

이명은 태어나면서부터 한 번 소리 내어 울지도 않던 조용한 아기였다. 윤 씨는 자신이 죽인 아이가 어미에게 말을 걸며 열심히 배를 차대던 아기였구나, 일을 벌인 후에 알아챘다. 그때 윤 씨는 자신이 저질렀던 일을 되돌리고 싶어 제 가슴을 쳐대었다.

그래서 갓 태어난 첫째 왕자 이명을 제대로 안지도 못했다. 그 아이를 보면 버린 왕자가 생각나 마음이 약해졌다.

이제는 늙어 감정이란 없이 산 지 오래였다. 그러나 오랜 세월이 흘렀어도 윤 씨는 아직도 배 속의 아이를 품었던 그 느낌을 기억하였다. 세상에 태어나 처음 느낀, 자신의 분신을 품었던 느낌을 어찌 잊겠는가.

대비 윤 씨는 눈을 꼭 감았다. 잊을 수 없는 사무친 아픔만 담아둔 가슴은 딱딱하게 굳어 감정도 제대로 느끼지 못하였다. 슬프면 눈물이라도 흘리고 싶었으나, 늙어 눈물도 마른 눈에는 아픈 통증만 일었다. 그래서였다. 늦은 후회의 마음이 죄책감으로 남아, 그때 최 상궁이 죽으며 보내온 일기를 받아 들고도 월두의 존재를 밝히려 하지 않았다. '월두'라 불리는 그 아이를 찾지 않는 것이 생을 물려준 어미가 할 수 있는 마지막 일이었다. 월두를 찾으면 그 아이는 또다시 운명의 회오리 속에서 목숨을 위협받게 될 일이었다. 강력한 왕권을 원하는 대신들이 또 다른 왕자의 등장을 빌미로 현왕의 적통성을 걸고넘어질 것이었다. 그러면 대비는 이번에는 정말 월두를 살게 해서는 안 되었다. 왕권을 위해서는 무슨 짓이든 하는 사람이었으니.

그래서 숨겼다. 월두 그 아이가 세상에 드러나는 일이 절대 있어서는 안 되었다. 그러나 결국, 그 아이는 스스로 제 앞에 나타났다. 붉은 곤룡포를 두르고 익선관을 쓴 월두가 자신에게 걸어오는 모습을 보면 숨이 막혔다. 대비가 그리던 왕의 모습을 한 사내. 그리고 작은 후회가 이는 가슴은 더 용서할 수 없었다.

'그때, 다른 아이를 선택했다면.'

그건 두 번, 제 아이를 죽이는 일이었다. 그러나 조선을 위해 산 여인이 할 수 있는 생각이었다. 그때, 월두를 선택해 그가 조선의 왕이 되었다면. 내 눈앞에 저리 늠름한 모습으로 신하들 앞에 군림하는 왕으로 자라주었을까.

그래서 외척인 윤종수가 월두를 궁으로 불러들였다는 사실을 눈치채고도 모르는 척하였다. 헛된 욕심이라 해도, 그 아이가 곁에서 살아 움직이는 모습을 잠시라도 지켜보고 싶었다.

'월두야, 끝까지 너를 지켜주지 못해 미안하구나. 하나, 나의 선택은 네가 아니었다.'

궁에서 갑자기 사라진 월두를 찾지 않았다. 월두라는 이름은 세상에 없다. 이전처럼 조선에 뜬 해는 하나뿐이다. 그 하나를 지키려 산 지난 세월을 이제 와 무너뜨릴 수는 없다.

궁 안에서 가장 높은 자리에 오르기까지 하루도 편히 눈을 감아본 날이 없었다. 그리고 이제는 남은 하루마다 너를 보낸 일을 후회하며 살지도 모르겠구나.

그때, 방 안에서 바스락거리는 소리가 났다. 대비 윤 씨는 눈을 떴다.

"누구냐?"

어둠 속에서 대비 윤 씨의 곁으로 다가오는 인기척이 느껴졌다. 방에 든 자객의 소리에도 대비는 자리에서 일어나지 않았다.

'누군가의 손에 이렇게 끝나는 것도 나쁘지 않지. 내 시대는 끝이 난 거 같군.'

자신에게 다가오던 발자국이 멈추더니 철퍼덕 몸이 떨어지는 소리가 들렸다. 대비는 자리에서 일어났다. 어두운 방에는 검은 그림자 하나가 웅크리고 앉아 있었다.

"너는."

대비가 사내에게 다가가 어깨를 쥐자 손에 물기가 묻어났다.

"월두야."

월두는 자신의 이름을 부르는 사람을 올려다보았다. 대비마마가 자신을 바라보고 있었다.

왜 그랬는지 모른다. 왜 죽을 자리를 찾아 이곳으로 왔는지. 월두는 힘없는 눈빛으로 대비마마를 보았다.

겨우 자신의 목숨을 노리는 적을 제압하고는 쓰러졌다. 의식이 혼미해지다가 가까스로 깨어나 죽지 않기 위해 버텨내었다. 복부에 흐르던 피가 지혈되어 의식이 겨우 깨어났다. 월두는 정신을 차리려 애쓰며 다리에 묶인 줄을 끊고 도망쳤다. 칼에 찔린

배에서 흐른 피가 옷을 흥건히 적시었다. 옷을 찢어 배를 동여매고, 흔들리는 걸음으로 걸었다.

움직일 때마다 흐르는 피의 양이 늘었다. 살기 위해서는 움직이지 말고 지혈을 먼저 해야 했다. 그러나 겨우 정신을 차리자 궁으로 돌아갈 생각밖에 나지 않았다. 죽어도 저곳에서 죽어야 한다. 그 생각만이 월두의 머리에 가득 차 걸음을 이끌었다.

개처럼 이용했어도 그 시체까지 거두는 일은 번거로울 거다. 왕의 얼굴을 한 놈이 대자로 뻗어 죽은 걸, 아침에 입궐하는 대신들이 보면 가관이겠군.

월두는 웃음마저 났다. 저들의 꼭두각시 노릇 한 번 제대로 해줬으니. 죽어서라도 값은 받아야 속 시원하겠지. 마지막 죽음을 느낀 순간 원망의 마음은 궁으로 향하였다.

궁의 북쪽 산과 이어진 수로를 따라 나무숲이 형성된 후원으로 잠입하였다. 왕실의 정원 쪽으로는 군사의 감시가 허술하였다. 부상으로 지붕을 뛰어넘을 수 없으니, 몸을 숨길 방도를 찾았다. 왕족의 피난로로 설계된, 단을 높여 공간을 만든 궁의 마루 아래 기단(基壇) 내부 통로로 이동해 대비전에 숨어들었다. 몸을 구부리고 마루 아래를 기어갈 때마다 피가 줄줄 흘러 땅에 떨어졌다. 피를 흘릴수록 정신이 혼미해졌지만, 끝까지 살아남기 위해 숨을 내뱉었다. 이렇게 개처럼 죽을 수는 없다!

아직도 이유는 모르겠지만, 월두의 죽을 자리는 이곳이라 느껴졌다. 사람 목숨을 마음대로 하는 이분, 대비마마의 앞에서 죽어줘야 이 일이 끝이 나는 거야.

"월두야."

자신을 불쌍하게 내려다보는 대비마마의 얼굴을 보았다. 월두가 그 얼굴에 대고 웃자 입에서 피가 쏟아졌다.

그때, 늙고 불쌍해 보이는 대비마마를 안았을 때, 월두에게 안긴 대비마마는 울고 있었다. 눈에 눈물이 흐른 것은 아니지만, 분명 마마는 동요하며 흔들리고 있었다. 월두에게도 혼란스러운 감정이었다. 월두가 모르는 궁에서의 삶이 이리도 힘든 것이겠지. 그래서 최고의 권력을 가진 왕족이면서도 작은 위로에 이리 무너지는 모양이지. 그리 여겼다. 그러나 월두의 가슴에도 이해할 수 없는 감정이 일었다. 이분을 안았을 때, 월두도 위로를 받는 느낌이 들었다.

깐깐한 노친네를 구워삶기 위해 안은 일이었는데. 따듯한 느낌에 동요되어 대비마마를 꼭 안게 되었다.

"제 이름을 아십니까?"

피를 많이 흘린 월두는 정신을 놓치지 않기 위해 눈을 다시 뜨고, 또다시 뜨려고 노력했다.

"제가 왜 이곳으로 숨어들었는지 모르겠습니다. 왠지…… 대비마마는 내가 죽기를 바라지는 않을지도 모른다고, 컥컥."

월두는 숨이 막히고 피가 입으로 터져 나왔다. 힘이 풀린 월두가 스르르 자리에 쓰러지자 대비가 그의 몸을 잡아 지탱하였다.

"가만, 가만히 있거라."

"마마…… 살려주십시오."

피를 토하면서도 월두는 눈을 들어 대비를 보았다. 월두는 제 목숨줄을 결정할 사람을 찾아왔다.

"살고 싶습니다."

월두의 정신이 혼미해졌다. 대비 윤 씨는 월두의 배에서 붉게 흘러나오는 피를 손으로 막으며 부들부들 떨었다. 월두는 손을 들어 대비의 옷깃을 잡았다.

"마마……."

월두의 눈이 감기고 옷깃을 잡던 손이 툭 떨어졌다.

"헉."

대비는 숨이 멎을 것 같았다.

"월두…… 아가, 안 된다. 안 돼."

대비의 볼을 타고 뜨거운 눈물이 흘렀다. 대비는 월두를 안고 오열하였다. 자신이 버린 아이. 홀로 살아남아 사내가 되어 돌아왔지만, 품에 안긴 자식은 그저 이십삼 년 전 자신이 버린 아이로만 보였다.

"안 돼. 죽지 마. 안 된다. 내가 잘못했다. 너, 너는 제발 살아다오."

대비전에서 들리는 통곡 소리에 상궁이 방으로 뛰어들어 왔다. 대비는 바닥에 철퍼덕 앉아 숨을 헐떡이며 오열하고 있었다. 그러면서도 치마를 들어 쓰러진 자식의 얼굴을 덮어 가렸다.

"장 어의를 들이게. 어서. 이 일이 새어 나가지 않도록. 장 어의를 어서."

대비의 하얀 속치마가 붉은 피에 흠뻑 젖어들었다.

제8장.
독이 되다

“독이 발견되지 않았지만 증세가…….”

의관들이 모인 자리에서 박 의관이 꺼낸 말에 모두 입을 다물었다. 맥도 활발하고 지병도 이겨낸 듯한 왕이 갑자기 쓰러져 사경을 헤매고 있었다.

“말조심하게. 목을 걸고 그 말에 책임을 져야 할 걸세.”

왕의 병세가 악화된 이유를 찾으라는 대비전의 명이 있었다. 이를 밝혀내지 못할 시에는 어의뿐 아니라 의관 모두의 책임이다 엄포하였다. 만약 왕이 죽는다면 의관 모두 국문을 당할 것이다.

왕이 승하하면 어의는 따라 죽거나 사약을 받는 일이 비일비재했다. 그러나 현왕의 병세에 대해 의관들은 억울했다. 세자에 오른 해, 여덟의 나이부터 미약하셨다. 지병인 것을, 의관이라고 어찌 마음대로 명을 늘리겠나. 이 모두 하늘의 뜻인 것을.

중궁전을 맡은 장 어의가 중전마마 진료를 위해 들었다. 합궁일로부터 한 달이 꽉 찼으니, 직접 의관이 중전마마의 진맥을 짚었다. 가만히 맥을 잡던 의관이 고개를 떨구었다.

"아닌가?"

"송구하옵니다, 중전마마."

"수고했네."

의관의 걱정과는 반대로 차홍은 안심하였다. 월두의 생사를 모르는 지금의 상황에서 차홍이 할 수 있는 일은 이것뿐이었다. 월두를 차홍에게 보낸 일이 회임을 위한 일이라면, 차홍이 회임을 하게 되면 월두는 더 이상 필요가 없어진다.

차홍은 이미 회임을 막는 약을 복용하고 있었다. 중전의 몸은 어의의 손에 관리되어 모든 것이 기록된다. 차홍이 회임을 한다면 절대 이 궁을 벗어날 수 없다는 말이었다. 왕과의 합궁일이 정해진다는 말을 듣자 손을 써야 했다.

의관이 사용하지 않는 약재이니, 차홍이 직접 대극(大戟)을 구해 중궁전에 들이는 약탕기에 넣었다. 대극 같은 생약이야 탕기에 들어가면 형태도 분간할 수 없이 쪄져 이를 눈치채는 사람이 없었다.

월두가 궁에서 사라지고는 이도 불안하여 부자를 더 섞어 넣었다. 부자는 독성이 강해 자궁을 차갑게 만들어 자칫 몸을 상하게 할 수도 있었다. 그런 위험이라도 감수해야 했다.

월두가 없다면 아무것도 필요 없다.

지난밤, 병환으로 자리에 누운 현왕의 침전에 들어 곁을 지켰다. 그때 대비마마께서 자리에 드셨다. 대비마마는 밤새워 왕의 곁을 지키는 일은 이제 그만두라고 하셨다.

"중전의 몸까지 상하면 안 됩니다. 이제 그럴 필요 없습니다."

그러고는 아무도 왕의 침전에 들지 못하도록 감시가 삼엄해졌다. 차홍은 궐 내 분위기가 미세하게 바뀌었다는 것을 눈치챘다. 빈껍데기로 산 세월이었으나, 차홍도 궁에서 지낸 지가 삼 년이었다. 평소와 같이 교묘히 위장하여 고요한 듯하나, 그것은 마치 폭풍전야의 고요함 같았다.

'죄를 지은 몸, 나는 죽어도 상관없어.'

다만, 미련이 남는 것은 월두 그리고 남은 가족들의 생사였다.

*

판윤 윤종수는 빠른 걸음으로 편전에 들었다. 입궁하자마자 들은 소리를 직접 눈으로 확인해야 했다. 왕이 자리에서 일어나다니. 병을 이기고 일어나 정무를 보고 있다니!

윤종수는 불길한 예감이 들었다. 한 달이 넘도록 자리보전하고 누운 왕이었다. 어제저녁만 해도 생사를 오간다 들었거늘, 갑자기 완쾌하여 거기에다 정무라니.

"주상전하, 판윤 대감 들었사옵니다."

편전 문이 열리고 윤종수는 신료들 없이 비어 있는 편전 안으로 들었다. 중앙 단상 위, 용상에 그가 앉아 있었다. 용상에 가까이 다가가며 윤종수의 눈이 가늘어졌다. 그럴 리 없다. 저자가 살아남아 돌아왔을 리 없다.

"어찌, 어찌 이런 발칙한 짓을 하느냐?"

"내가 살아 있는 것이 외숙부를 화나게 한 모양입니다."

윤종수의 얼굴이 붉어졌다. 살수에게 저자의 목을 따라 명하였을 때, 이미 그는 왕위를 위협하는 자로밖에 여겨지지 않았다.

"이놈! 감히 여기가 어디라고. 아무나 앉을 수 있는 자리가 아니다."

"나 말고, 다른 이를 앉히고 싶으신 거요? 이 자리에 나를 앉힌 건 외숙부가 아니었소. 나를 죽이라 살수를 샀어. 왜지? 나를 이용한 것은 당신이면서 쓸모가 없자 죽이려 하다니."

"그 이유를 알고 싶어 나를 기다렸다는 말이냐?"

월두 저자는 윤종수가 생각한 것보다 더 위험한 자였다. 사지를 움직일 수 없는 상태에서 제일간다는 살수를 처치하고 도망쳤다. 한 달이 다 되도록 나타나지 않던 놈이었다. 처음에는 불안하였으나, 도망치며 흘린 피의 양으로 보아 어딘가에서 죽은 줄로만 알았다.

"권력의 달콤한 맛을 보았으니, 죽기 전에는 포기하지 않았을 것이다!"

윤종수가 분노하여 소리쳤다.

"하하, 하하하."

갑자기 월두가 웃었다.

"당신이 그렇게 잘 알아? 모든 걸 다 알아 틀린 적이 없다니. 사람이 아니군."

지금의 대비마마를 보필하여 금상의 자리를 넘보는 무수한 시도를 넘긴 윤종수였다. 이런 대신에게 너 따위가 감히.

그때, 편전 문이 열리며 한 줄기 빛이 들어왔다. 김 종사관이 긴 칼을 차고 안으로 들었다.

"종사관, 명을 따르라."

왕의 우렁찬 소리가 정전에 울렸다.

"현왕이 아니다. 이자는 가짜다."

자신의 수하인 김 종사관을 보자 윤종수가 도리어 명을 내렸다. 그러다가 김 종사관이 걸어오는 뒤로 무관들이 줄지어 들어오는 모습을 보았다.

"무엇이냐?"

이 또한 오랜 기간 궁 안에서 살아남은 잔뼈가 굵은 자의 직감이었다. 윤종수는 김 종사관의 결연한 입매를 보며 뭔가 일이 잘못되었다 느꼈다.

"종사관, 저자는 가짜야. 정신 차리게. 잘 보게, 주상전하께서 위험에 처해 있네. 어서, 저자를 막아야 해!"

"대감, 같이 가주셔야겠습니다."

군사들이 윤종수의 주위를 에워쌌다.

"어, 어찌, 감히 나를!"

윤종수는 곤룡포를 입고 익선관을 쓰고, 왕의 흉내를 내는 자를 노려보았다.

"판윤, 오늘 이 자리에서 과인을 능멸한 경의 불충에 대한 대가는 똑똑히 치르게 해주지."

"네, 네가 무슨 힘으로! 이 가짜! 넌 왕이 아니다!"

구석진 곳에서 편전에서의 정무를 기록하는 사관이 나왔다.

"더 떠들수록 왕을 능멸한 죄가 낱낱이 기록될 것이니, 마음대로 지껄여 봐."

월두가 용상에서 내려와 윤종수에게 다가가며 섬뜩한 미소를 지었다. 월두가 가까이 서자, 윤종수는 뒷걸음질 쳤다. 가짜 왕이었지만, 그가 풍기는 기운은 위협적이었다.

그래. 윤종수가 두려워한 모습이 이것이었다. 그에게는 왕가의 피가 흐르고 있었다. 강인한 군주의 모습. 이 모습을 본 신하는 그를 받들어 왕좌를 잇게 할 것이다. 오랜 기간 강한 군주상을 꿈꾸며 굶주려 온 대신들이 아니던가.

월두는 윤종수를 번뜩이는 눈빛으로 바라보았다.

"내 피를 본 자는 꼭 내 손으로 처리해야 속이 시원한데 말이야. 그분이 그러지 말라더군. 왕이라고 기분에 따라 목숨은 거둘 수 없다니. 법대로 당신을 처리해 주지."

그분이라니? 서, 설마…….

"끌고 가라."

군사들이 윤종수를 결박해 끌고 나갔다.

"그럴 리가 없다. 그럴 리가 없어. 넌, 가짜야……."

윤종수는 몸부림치며 마지막 발악을 하였다. 그간 삼십 년을 바쳐 대비마마를 모셨는데, 어찌 저를 버릴 수 있습니까.

자신을 죽이려던 자가 끌려 나가고 월두는 숨이 벅차올라 허리를 굽혔다. 곤룡포 안으로 손을 넣어 깊은 자상을 입은 부위를 만졌다. 상처가 거의 아물었으나 힘을 쓰면 이렇게 아팠다. 조금만 위로 폐를 찔렸다면 죽을 목숨이었단다. 월두는 상처에 힘들어하다가 허리를 펴고 일어났다. 홀로 남겨진 월두는 정전을 둘러보았다. 그리고 자신이 앉았던 용상을 올려다보았다.

"월두가 돌아왔다."

이제 그가 있어야 할 곳은 이곳이라는 강한 느낌에 월두는 한동안 용상을 바라보며 서 있었다.

*

중궁전.

자리에 누운 차홍은 예전의 모습으로 돌아와 있었다. 그리움만 쌓여 한이 된 여인. 한 번 품었던 빛을 잃자 삶의 의지는 모두 꺾여 있었다.

"중전마마, 내관이 이것을 전해 드리라 하였습니다."

차홍이 자리에서 일어나지 못하자 박 상궁은 마마의 손에 그 물건을 전했다. 차홍은 손안에 담긴 딱딱한 감촉의 물건을 만졌다. 그것을 보고는 벌떡 자리에서 일어났다. 그리곤 곧장 치마를 쥐고 달려 부용지로 갔다. 차홍의 손에는 반짝이는 돌 하나가 쥐어져 있었다.

정말 그가 앞에 서 있다. 정말 월두, 그가.

'월두.'

그는 뒷짐을 지고 연못가를 배경으로 서 있었다. 그가 돌아서 차홍을 본다. 눈빛으로 차홍을 보는 사내는 하나뿐이었다.

"월두……."

차홍은 곤룡포를 입고 익선관을 쓴 사내의 품에 안겼다.

"어디 갔었어?"

차홍의 눈에 눈물이 쏟아졌다. 하염없이 눈물을 흘리며 월두에게 매달리는 여인은 중전임을 버리고 한 여인으로 섰다. 예전 산에 살던 시절, 월두가 어딘가로 사라질 때면 그가 돌아오기를 기다리며 불안감에 떨던 소녀가 있었다. 차홍은 어릴 적 그 소녀가 되어 주체할 수 없는 가슴을 헐떡이며 돌아온 그를 끌어안았다.

"중전."

"어디 갔었……."

차홍은 이게 꿈일까 봐, 그를 꼭 끌어안아 확인했다. 그리고 손으로 그의 몸을 더듬어 어디 다친 곳은 없는지 살펴보았다.

"나를 기다리고 있었는가."

월두는 아무 일도 없었다는 듯 미소를 지어 보였다.

"또…… 다시 나 혼자 남는 줄 알았어."

차홍은 아이처럼 울고 있었다. 주변을 둘러싼 궁인들의 눈도 개의치 않았다.

'월두가 살아왔는데 다 무슨 소용이야.'

월두는 차홍의 얼굴을 들어 눈물 젖은 눈동자를 바라보았다.

"기다렸습니다. 당신만을 기다렸어."

차홍이 울먹이며 말하자 월두가 다시 차홍을 품에 안았다.

두 사람은 오후 동안 후원을 산책하였다. 월두는 차홍의 손을 꼭 잡고 걸었다. 차홍은 아무 말도 하지 않고 눈물을 흘리며 그를 바라보기만 하였다.

'네가 죽은 줄 알았어. 나는 너를 따라갈 생각만 하였다.'

월두가 차홍을 중궁전까지 마중하였다.

"이 안에서 꼭꼭 숨어 있어. 다른 건 내가 알아서 할게. 기다려. 할 수 있어?"

차홍은 고개를 끄덕였다.

"너는 내가 지킬 거야."

차홍은 그를 위해 당당한 모습으로 중궁전에 들었다. 그러나 속마음은 앞으로 어떤 일이 닥칠는지 두려움에 싸인 채였다.

그날 밤, 대비 윤 씨는 오랫동안의 칩거를 마치고 밖으로 나왔다. 대비는 의금부 옥사로 가 하옥된 동생을 내려다보았다.

"너를 믿었건만. 그런 짓까지 하다니……."

"대비마마……."

대비는 분노에 찬 눈으로 윤종수를 내려다보았다.

"왕족의 피를 보려 하다니. 그러고도 살기를 바랐는가?"

"죽여주시옵소서. 하오나 소인은 충심으로 한 일이옵니다. 조선을 위해, 마마를 위해 제 손을 더럽히고자 하였사옵니다. 마마는 절대 그자의 손을 놓지 못했을 것입니다. 왕으로 태어났다 한들, 왕으로 키워지지 않으면 성군이 될 수 없습니다. 현왕이 왕위에 오르기까지 어떻게 키워냈는지 잊으셨습니까?"

"때로는 타고난 걸, 노력으로 덮을 수 없는 법이야."

"마마, 우매한 자입니다. 나라에 칼을 들이대던 도적의 수장이었던 자입니다. 그리고 아주 형편없는 소양으로 이 나라를 더럽힐 그런……."

"그래서 그대가 세울 임금은, 양원군인가?"

"마마, 그런 것이 아니옵니다."

“뒷방 늙은이라 얕게 본 모양이군. 아직은 내가 죽지 않았네.”

“하늘 아래 속일 수 있는 일은 없사옵니다. 언젠가 그 사실이 드러난다면……. 마마를 지키고, 조선을 지키고 싶었습니다.”

“차라리 나를 치지 그랬나.”

“마마!”

“그래서 찾은 것이 양원군이라니. 겨우 그런 아이에게 용상을 내어주려고, 내 평생을 걸어온 줄 아는가.”

“대비마마, 결국 사실이 밝혀지면 역사는 마마를 용서치 않을 것입니다. 조선을 이은 왕가의 순수 혈통은 끊어질 겁니다.”

“그리 오랜 시간을 정치판에 있었으면서도 순진한 소리를 하는군. 역사는 말이다, 결과를 기록한다. 강한 왕이 만든 역사는 모든 걸 뒤집을 수 있어.”

‘나도 그걸 이제야 알게 되었구려, 동생.’

대비 윤 씨는 허탈한 웃음을 마지막으로 윤종수에게서 돌아섰다. 윤종수는 대비마마가 걸어가는 걸음마다 옥사를 쥐고 따라 걸으며 소리쳤다.

“마마, 부디 바른 정치를 펼치시옵소서. 한낱 정에 무너지시면 안 되옵니다. 마마는 조선의 수장이십니다.”

‘한낱 정? 그런데 이보게. 그래도 내 아이를 두 번 죽일 수야 없는 일이질 않나.’

대비의 눈앞에서 펼쳐진 일이었다. 제 자식이 피범벅이 되어 죽어가는 모습을 두 눈으로 보자, 대비는 눈이 뒤집혀 하나만 생각하게 되었다.

‘월두를 살린다. 무슨 짓을 해서라도 이 아이를 살린다.’

윤종수는 의금부 옥사에 갇힌 이틀 만에 판결을 받고 유배를 떠났다. 그리고 닷새 만에 사약을 받았다. 마지막 가는 길에도 윤종수는 왕이 아닌 대비마마를 목 놓아 부르며 사약을 받았다.

대비 윤 씨는 윤종수를 그냥 둘 수 없었다. 윤 씨는 동생 윤종수를 잘 알았다. 윤종수가 월두에게 칼을 든 순간 두 사람의 길은 갈라졌다. 한번 칼을 들었으니 월두를 끝까지 죽이려 했을 것이다. 월두와 윤종수, 둘 다 살릴 수는 없었다. 그리고 대비는 월두를 다시 보낼 수 없었다.

그것이 대비가 어려운 선택에 놓일 때마다 택했던 방법이었다. 더 잃기 싫은 것을 잡는다. 그리고 칼을 들어 혈육까지 베어낸 이상, 왕을 노리는 무리들의 뿌리를 뽑아내야 했다.

월두가 왕위를 대신하던 지난 시간 동안, 현왕 이명의 건강은 호전되었었다. 대비는 이와 같은 사실로 누군가 왕을 노렸다고 생각했다. 아무리 조사를 해도 독을 쓴 건 아닌 거 같다 하니. 달리 증거는 없었다.

이렇듯 적이 누구인지 모를 때는 강한 놈을 먼저 죽인다. 이어진 피바람은 왕위를 노렸다는 역모죄로 양원군 일가로 향하였다.

'왕위 찬탈은 역도의 힘으로 만드는 것이 아니라, 방어하지 못한 빈틈이 만들어낸다.'

이제껏 이렇게 미리 싹을 잘라왔다.

대비의 혈육인 윤종수가 역모를 도모한 비밀 회담이 있던 정황을 근거로 줄줄이 일당을 엮었다. 왕위를 빼앗으려던 양원군과 역모를 도모한 주역 좌의정 손태균은 참수를 당했다. 우의정 박원은 유배에 처해져 사약을 받았으며, 역모를 위한 비밀 회동에 수결을 남긴 자들을 발본색원하여 모두 형을 내리고 파직시켰다. 처결은 모질게 이어져 역모를 꾀한 가문은 멸문지화를 당했고, 여식들은 노비로 팔려갔다. 역모에 가담한 죄로 형을 받은 자들의 수가 아흔여덟에 달하였다.

대비는 다음 왕조를 위해 판을 엎었다. 심증으로 칼날을 들었으나, 제대로 된 과녁이었다. 정작 그들이 쓴 것은 독이 아니었다. 왕이 후손을 보지 못하도록 비방을 썼을 뿐이었다.

현왕 이명이 세자에 책봉되자, 선왕의 형인 도상군의 가슴에 원망이 피어올랐다. 도상군은 장자로 태어났으나 아우에게 밀려 왕위를 빼앗겼다. 나이 어린 조카가 세자에 오르자, 마치 자신의 자리를 또 한 번 빼앗긴 듯 느껴졌다. 도상군은 자신이 안 된다면, 아들 양원군이라도 제 자리를 찾아주어야 한다고 생각했다.

이명은 날 때부터 허약한 왕자였다. 이명이 열셋이 되던 해, 세자는 자신의 존재를 알리기 위해 무과 시험장에서 활을 쏘아 실력을 선보였다. 매일같이 연습하여 저 정도 실력을 갖추지 못한다면 그것이야말로 멍청한 놈이었다. 그건 왕의 기질이 아니라, 억척같은 대비 윤 씨의 손에 왕으로 키워진 꼭두각시의 모습에 불과했다. 도상군은 세자를 염탐하며 호시탐탐 기회를 보았다. 그리고 기회는 찾아왔다.

열다섯이 되자 성에 눈을 뜬 세자는 장악원의 어린 기생을 가까이하였다. 그 어린 기생의 존재를 알게 된 도상군의 머리에 수가 하나 떠올랐다. 도상군은 양매창(매독)을 앓는 사내 한 명을 사주해, 어린 기생을 납치하게 하고 그 기생을 품게 하였다. 어린 기생은 세자의 눈에 들고 싶어, 다른 사내에게 안긴 사실을 숨기고 세자의 수청을 들었다. 그리고 그 기생 아이는 세자에게 양매창을 옮겼다.

그러니 도상군이 세자를 병들게 하였으나, 독은 아니었다. 그저 운 좋게도, 지독한 양매창에 걸린 세자는 생식 기능을 잃었고, 겨우 목숨은 건졌으나 독한 약의 치료로 신장이 상하고 담낭과 심장의 기능까지 안 좋아져 병환을 달고 살게 되었다.

고맙게도 대비 윤 씨는 세자가 양매창에 걸렸다는 사실을 덮기 위해 이를 치료한 내의관들을 자결케 하였다. 후에 왕위에 오를 때 난잡한 생활이 대신들의 입에 오르내릴까 미리 방지한 것이었다. 병을 옮긴 어린 기녀까지 자결하라는 강요에 못 이겨 목을 매었다. 그렇게 세자가 성병을 앓았던 모든 기록은 사라졌다.

세자의 병 치료에 대한 기록도, 내의관도 살아 있지 않으니 그 병이 다시 재발하였을 때 내의관들은 목숨이 두려워 의심되는 병을 두고 다른 병으로 오진했다. 양매창이라는 의혹을 제기한 자가 제일 먼저 목숨을 내놓아야 한다는 걸 알았기 때문이다. 현왕 이명은 제대로 된 약을 쓰지 못해, 오히려 약을 쓰면 지병이 도졌다. 그러니 궁을 떠나 약을 쓰지 않는 시절이 오히려 건강을 찾는 꼴이 되었다. 결국, 대비가 끝까지 왕의 명예를 위해 성병을 덮은 탓에 이명은 지금 어두운 별궁에서 죽어가고 있었다. 대비는 왕이 위독하다는 사실을 숨기고 왕의 곁을 홀로 지켰다. 이렇게 하는 것이 또한 조선을 위한 길이라 믿었기 때문이었다.

인간의 욕심으로 씨를 뿌렸으나, 그 싹이 자라 어떤 결실을 볼지는 인간이 모두 알 수 없는 일이었다. 악의 씨를 뿌렸던 왕의 숙부인 도상군도, 조선에서 벌어지는 모든 일을 굽어살핀다고 여기던 대비도 모든 걸 알지 못했다.

그래서 인간은 하늘 아래 사는 법이었다. 모든 건 하늘만이 알았다.

*

차홍은 낮에는 중전의 본분을 지키느라 그리움을 가릴 수 있었지만, 밤이 되자 안절부절못하였다. 그를 기다리던 밤의 길이만큼 베틀로 검은 비단을 짜내면 밤하늘을 다 덮을 테지. 차홍은 그동안 그를 걱정하며 보낸 밤들을 생각했다.

중궁전의 방문이 열리고 하얀 버선발이 들어섰다. 차홍은 무릎을 세우고 앉아 그를 올려다보았다. 월두, 그가 차홍의 방 안으로 저벅저벅 들어왔다. 차홍은 걸어오는 그의 얼굴에서 눈을 떼지 못하였다.

"월두."

붉은 곤룡포를 입은 월두가 차홍을 내려다보고 있었다. 차홍은 그를 보며 천천히 자리에서 일어났다. 그에게 다가가 손을 들어 그의 얼굴을 만졌다. 그의 이마를 만지고 눈을, 코를 내려와 그의 볼을 타고 입술을 만졌다.

"월두."

"많이 기다렸어?"

월두도 감정이 북받쳐 올랐지만 애써 미소를 지었다.

"난 이게 또 다 꿈이 될까 봐. 무서웠어."

"잘 들어. 우린 함께할 수 있어. 너와 나, 이 궁에서 같이 사는 거야. 넌 지금 그대로 중전의 모습으로 있으면 돼."

"어떻게 그래?"

월두는 차홍의 어깨를 꽉 쥐며 확고한 표정을 지었다.

"내가 그렇게 만들게. 너와 함께 있을 방법을 찾았어."

"우리가 궁에서 산다고……."

"내가 이 옷을 벗지 않는 한, 우린 괜찮아."

차홍도 예상했다. 궁 안에 피바람이 불었을 때 두 사람의 목은 잘려 나가지 않았다. 지금 살아남은 자가 다음 왕조를 이끄는 것이다. 그런데 어떻게? 차홍은 모든 걸 다 이해할 수는 없었다.

"주상전하는?"

차홍의 말에 월두가 그녀의 얼굴을 보았다.

'주상전하.'

그래 주상전하가 제자리로 돌아오면 난 또 널 지키지 못하겠지.

"내가 이 자리를 지킬게. 널 지킬 수 있게."

"우리 그냥 떠나면 안 돼? 배를 타자, 그때 말한 것처럼. 나 어디든 갈게."

월두가 미소를 지으며 차홍의 얼굴을 만졌다. 그런 그의 표정에 감출 수 없는 어둠이 드리우자 차홍은 방금 했던 말을 후회했다. 언제 쫓아온 관군의 화살을 맞을지 모르는 도망자 생활을 그에게 하라는 말이었다.

"궁은 무서운 곳이야. 저들은 우리처럼 생각하고 행동하는 사람들이 아니야. 난 그게 걱정이 돼."

말하는 차홍의 목소리가 떨리고 있었다.

"그분, 내게 원하는 것이 있어."

대비마마, 그분이 월두의 목숨을 지켜주겠다 약조하였다. 월두가 칼에 맞아 죽어가던 날 밤에 이미 한 번 그리하였다. 죽어가던 월두를 대비가 한양성 밖 사가로 옮겨 치료해 주었다. 죽일 생각이었다면 그때 죽게 두었겠지.

월두는 그분을 믿어보기로 했다. 지금 왕의 병세는 위독하다. 지금의 상황에서 왕이 다시 깨어나지 못한다면.

"내가 왕이 될 거야."

차홍은 걱정스러운 표정으로 월두를 보았다. 차갑게 눈을 빛내는 그의 표정이 낯설었다. 월두는 이내, 씩 미소를 보였다.

"내가 지킬게. 우리를 지킨다."

단호한 그의 약속을 차홍 또한 믿고 싶었다. 월두가 차홍을 향해 손을 내밀었다. 차홍은 그 손을 꼭 잡으며 고개를 끄덕였다.

제9장.
운명이 이끈다면

월두는 정전에 들어 용좌 위에 앉아 있었다. 그의 뒤로는 발이 쳐지고 대비마마가 신료들을 내려다보고 있었다. 조정 신료들은 건강한 왕의 용안을 확인하고는 술렁였다.

피바람이 불었던 조정에서 살아남은 신료들에 대한 경고였다. 아직 왕은 살아 있고, 그의 뒤에는 대비마마가 있다는 걸 보여주기 위한 자리였다.

위축된 분위기에서 신료들은 서로 눈빛을 나누었다. 정전에 들기 전 미리 모여 모의를 하고 왔지만, 누구 먼저 입을 열기를 주저하는 분위기였다.

"주상전하, 한양성으로 들어온 군사의 수가 기백이 되옵니다. 이로 말미암아 지방성을 지키는 군사들의 수가 부족하니 화적들의 공격을 받기가 일쑤이옵니다."

현 우의정과 좌의정의 자리가 공석인 상황에서 병판에 올려진 최문성이 먼저 포문을 열었다.

"맞사옵니다, 주상전하. 이 같은 군사의 이동은 병조에서도 미리 전해 들은 바가 없사옵니다."

불안정한 조정의 정황을 읽고 대비 윤 씨는 미리 한양성 주변 군사들을 중앙으로 불러들였다.

"기백이 뭔가. 정확히 얼마의 군사가 어떻게 이동했다, 체계적으로 보고가 올라왔을 게 아니야."

왕의 매서운 비판에 병판 최문성은 허흠, 기침을 하고는 적어 온 자료를 보고는 읊었다.

"전라도 남원에서 차출된 군이 팔십이요, 임실에 삼십, 함양, 거창을 거치며 늘어난 군이 총 칠십이며, 충청도를 지나……."

"그러니 총 이백하고 여덟. 그리 보고가 올라왔지."

왕이 말을 자르자 병판은 목소리를 가다듬고 다시 고하였다.

"그리하여 하단부터 진형을 만들어 올라온 군사의 수가 성문을 넘을 때마다 늘어나니, 백성들은 전쟁이라도 발발한 것인가 민심이 불안하였사오며, 다른 성을 지키던 군관은 위에서 받은 보고가 없어 아군인지 적군인지도 모르는 상황에서 칼을 들어야 했으며……."

"병판, 과장이 지나치군. 아군인지 적군인지도 모르는 병이 무슨 훈련받은 병사인가. 그럴 바에는 눈썰미 좋은 아낙을 데려다가 성문을 지키지."

"주상전하, 이번 일은 신들도 그냥 넘길 수 없사옵니다. 이백하고도 여덟이나 되는 군사가 어찌 사용되는지 알아야겠습니다."

"그 군사를 이용해 역모를 꾀한 남은 잔당을 숙청하는 데 쓰지는 않을 것이니, 걱정 마시오."

왕의 말에 정전 안이 술렁였다. 아무리 왕이라고 하나, 조정 신료들과 팽팽히 균형을 이루어 조정을 이끌어야 하거늘. 지금, 말 안 들으면 싹 다 쓸어버리겠다는 경고인가. 그런데 그 경고가 먹히고 있었다. 동요 없이 앉아 있는 왕의 눈빛이 마음만 먹으면 무슨 일이든 할 수 있다는 걸 보여주었다.

"그저 신료들은 군의 정확한 이동 경로와 사용처를 알고 싶을 뿐입니다."

원로대신인 전 이조판서 장서익이 조곤조곤 말하였다. 이조판서를 맡던 김태식이 역모 사건에 연루되어 귀양살이를 떠나, 병들어 거동이 어렵다는 장 대감이 돌아와 맡은 자리였다.

"군사기밀을 이렇게 많은 신료들 앞에서 말해 달라니. 황당하군. 정말 그걸 다 알아야 속이 시원한가, 이조판서."

"간청드리옵니다."

신료들이 합창하였다.

"대신들 중 적의 간자가 없기를 바라야겠군. 군사의 이동이 아니라 교체이네. 군이 한 곳에 너무 오래 소속되어 있으면 기강이 해이해져 오히려 전투력에 문제가 생기지. 군은 남에서 북으로, 또 북의 군은 남으로 이동을 하네. 물이 고이면 썩어. 그런 이치이네. 군의 순환이야."

신료들이 수군댔다.

"그러나 북으로 이동한 군사의 수가 점점 느는 이유는 무엇이옵니까. 늘어난 군의 최종 주둔지가 어찌 한양성이옵니까."

"한양성에서 군사 훈련을 하네. 군을 정비한 후, 북으로 보낼 것이야. 군은 북으로 진군한다."

다시 조정 안이 술렁였다.

"북으로 진군이라면…… 전쟁을 일으킨다는 말씀이옵니까."

전쟁이라는 말에 신료들은 불안해하였다.

"필요하다면."

"전하!"

"북방을 순찰하여 조선군의 실태를 파악하고자 한다. 지금 북방을 지키는 관군은 무사가 아니라, 겁에 질려 언제라도 적에게 무기를 넘기고 도망칠 자들이야. 이건 지난 십여 년간이나 북방에 군사력을 보강해 달라는 청원을 깡그리 무시한 경들의 책임이 크다. 처소나 세워 군을 심어놓는다고 그 땅을 지킬 수 있나. 조선의 땅이 되려면 조선인이 그 땅에 살아야지."

"전하, 하지만 북방은 오랑캐가 출몰하고 땅이 척박하여 농경지도 이룰 수 없어 백성이 살지 않습니다. 그래서 그간 버려진 땅으로……."

"그리 버려두다 북방인의 손에 넘어가게 생겼다. 지킬 것이다. 그러기 위해서는 군이 필요하다. 군의 이동을 막는다는 것은 제 땅을 지키지 못하겠으니 거저 주자는 말로 들린다."

"그, 그렇다면 왜 미리 언질을 주지 않으셨는지요. 국력에 관한 일은 신들과 의논을 하셨어야……."

"병조, 형조, 우의정, 좌의정, 병력을 좌지우지하는 자들이 역모를 도모하였는데 누구와 의논을 하나. 군을 장악하여 역모를 이어가려는 건가?"

목에 핏대를 올리던 이조판서는 이번에는 입을 닫았다.

"조선을 위한 군이니 조선 땅을 지키는 일에 쓸 것이다. 앞으로 북벌 정책을 의심하는 자는 군마 제일 앞 선봉에 세워 북으로 보낸다. 눈으로 직접 보면 내 뜻을 잘 알겠지."

신료들은 강경한 왕의 태도에 기가 눌려 말을 잇지 못하였다.

정무를 마치고 정전을 나오는 월두는 가뿐하니 기분이 좋았다. 사내들이 입만 살아서는, 그동안 말싸움이나 벌이던 인사들의 입을 꾹 닫게 만들었으니 아주 속이 다 시원했다.

"하나씩 천천히 이루면 된다."

월두는 다음 회동이 있는 삼사 관료들이 모인 집무실로 저벅저벅 걸어갔다.

*

차홍은 월두의 손을 잡고 조심스레 사다리를 올랐다. 뭘 보여준다는 것인지. 월두는 차홍을 이끌어 지붕 위로 오르게 하였다.

"떨어질 거 같아."

월두는 차홍을 지붕 위에 앉게 하고는 신발과 버선을 벗겨내어 아래로 던져 버렸다.

"아, 뭐하는 거야. 내 신발."

"맨발로 걸으면 미끄럽지 않아. 용마루 아래를 밟아, 발을 디딜 틈이 있을 거야."

대체 이 높은 곳에 올라 뭘 하려는 것인지.

"여기 앉아."

월두가 차홍의 손을 잡아주며 자리에 앉도록 하였다. 그리고 월두는 손가락을 들어 내려다보이는 한양성을 가리켰다.

"자, 봐. 여기서는 이 아래가 다 내려다보이지?"

그는 호탕하게 웃었다. 차홍은 이제야 왜 그가 이곳에 데려왔는지 알 수 있었다. 이곳에서 한양성을 바라보니 진풍경이었다.

"이제껏 이런 모습은 처음이야."

삼 년을 궁에서 살았지만, 한양성이 이렇게 넓고 아름다운 줄은 몰랐다.

"밤이 더 깊으면 저 불빛들이 하나둘씩 사라져. 불빛은 켜져 있을 때보다 꺼지며 존재를 알려와."

"저 안에는 백성들이 살고 있으니 불이 꺼지며 나도 살아 있소, 소리 내는 거구나."

"그래."

월두는 차홍이 하는 말에 씩 웃으며 그녀의 손을 꼭 잡았다.

"나는 불이 다 꺼지도록 잠들지 않을 거야. 나 그분과 약속했어. 백성을 위한 조선을 만들기로. 그리고 너를 가질 거다."

말하며 한양성을 내려다보는 그의 눈동자가 반짝였다. 그런 그의 옆얼굴을 보는 차홍의 눈동자가 흔들렸다.

"내가 할 수 있을 거 같아?"

그는 새로운 도전에 흥분한 듯 격양된 목소리로 말하였다. 차홍이 따듯한 눈빛을 지으며 고개를 끄덕였다.

"널 위해서 할 거야. 내가 지켜낼 수 있어. 우리의 미래를 여기서 만들자. 이 한양에서. 그러기 위해서는 잠시 떨어져 있어야 해. 난 북으로 간다. 북의 조선인들을 보호하고 군을 정비하고 올 거야."

"북으로?"

"이건 일종의 시험이야. 대비마마가 나를 시험하는 관문이야. 내가 이 자리에 앉아 있을 만한 놈인지 보려는 거지."

"그러실 거야. 대비마마는……."

우리는 생각지도 못하는 일을 하시는 분이야. 그러니 너도 그 분을 조심해야 해. 차홍은 월두에게 하고 싶은 말을 아꼈다. 저렇게나 들떠 있는 기분을 망치고 싶지 않았다.

사내라면 한 번 이런 세상을 맛보고 싶은 게 당연하지.

"음, 이별을 할 때는 뭔가 근사한 말을 하길래. 난 뭐 재간이 없어서 너에게 여길 보여주고 싶었어. 앞으로 밤에 켜지는 불빛을 보면 나를 생각해라."

"그럴게. 매일 밤 월두를 생각할게."

"저 불빛을 지켜내야 너를 지킬 수 있는 거야. 그게 내가 지키고 싶은 일이야."

그래, 저 불빛이 다시 밝혀지기를 기다리듯, 우리가 지키고 싶은 것을 기억할게.

걱정의 말도 생각났지만, 차홍은 다른 말을 하지 않았다. 이런 사내의 곁을 지키는 여인이라면 조용히 그가 가는 길을 지켜주어야 한다. 그는 우두머리에 설 기질을 타고난 사내이니. 나의 사내가 그런 사람이니. 나는 그를 믿고 따른다.

"내 걱정 말고, 꼭 북방을 정비하고 돌아와. 다치지 말고 조심해야 해."

"나는 네 것이니 함부로 하지 말라는 말이냐?"

"그래."

차홍은 월두의 얼굴을 두 손으로 만졌다.

"내 것이니, 어디 한 군데도 다쳐서는 안 돼."

월두가 씩 웃어 보이자 차홍이 그의 입술에 입을 맞추었다. 월두는 가만히 자신에게서 떨어지는 그녀의 입술을 보았다. 그러자 차홍이 다가와 다시 입을 맞추었다.

"내가 입을 맞추고 싶을 때면 어찌 알고 미리 행동하는 거야."

"난 천박한 계집이니까."

월두가 환하게 웃으며 차홍을 끌어당겨 품에 안았다. 그리고 그녀의 입술을 덮었다. 지붕 위를 비추는 둥근 달이 두 남녀의 배경을 밝혔다. 월두는 입술을 열어 깊이 그녀를 음미했다. 차홍은 부드러운 입맞춤에 그의 옷자락을 잡았다.

"사랑해."

차홍에게서 떨어진 월두의 입술이 말했다. 귓가에 속삭이는 그의 고백에 뭉클해져 차홍은 미소를 지었다. 그의 품에 꼭 안겨 눈을 들어 별이 쏟아지는 하늘을 보았다.

그와 떨어져 있다, 슬퍼하지 않으리. 그는 이미 내 가슴에 와 박혀 있으니. 월두, 너를 사랑해.

차홍은 월두의 허리를 감은 팔에 힘을 주어 꼭 안겼다.

*

"중전마마, 함께 가주셔야겠습니다."

월두가 북방 정비를 위해 궁을 떠난 지 삼 일째 되는 날, 감찰부 상궁이 중궁전에 들었다. 차홍은 그 길로 궁녀들에게 둘러싸여 어딘가로 끌려갔다.

차홍은 내전 깊은 곳 감찰부 밀실에 앉아 있게 되었다. 오랫동안 그곳에 갇혀 심문을 받았다. 나중에는 잠을 자지 못해 이곳에 잡혀 온 지 얼마나 되었는지도 헷갈렸다. 차홍은 멍한 눈빛으로 홀로 남겨진 취조실의 어둠에 고개를 떨구었다.

쾅.

문소리가 크게 울리자 떨군 고개를 다시 들었다. 마지막 남은 자존심으로 버텼다. 죄를 지은 몸이나 중궁전의 주인이었다.

"마마, 빨리 끝내시지요. 그래야 편히 눈을 감으실 수 있습니다."

중전이었던 사람의 몸을 상하게 하는 고문을 할 수 없으니, 그들은 잠을 재우지 않았다. 감찰 상궁이 저 문을 드나든 게 몇 번인지 모른다. 취조가 시작되면 정신을 차리고 앉는 중전은 독하디독했다.

상궁은 일부러 자리를 비워 중전이 잠이 들 시간을 주었다. 달콤한 맛을 본 후, 그것을 빼앗으면 더 괴로운 법이었다.

"한 마디면 잠을 잘 수 있습니다. 그만 털어놓으시지요."

"나 혼자 벌인 일이다. 몇 번을 물어도 대답은 같다. 내가 약을 들였다."

"나인 하은과 말이 다릅니다. 그이가 모든 걸 실토하였습니다."

"그건 모진 고신을 당해서가 아닌가. 내 말을 믿게. 정말 그 약은 나에게 썼네."

감찰부 어딘가에서 차홍이 부리던 나인 하은의 비명을 들었었다. 그들은 일부러 차홍이 들을 수 있도록 하은에게 모진 고문을 해대었다.

"마마의 몸을 상하는 약을 직접 쓰셨다는 말을 어찌 믿을 수 있겠습니까. 그보다는 나인이 한 말이 더 신빙성이 있습죠. 주상전하의 탕약에 손을 댄 것입니다. 궁에 들인 대극, 감수, 원화, 부자가 약방에서 발견되었습니다. 이를 들인 것이 마마이시지요."

"아니네. 나는 대극과 부자만을 들였네. 소량으로 내 약재로 써 이제는 남지 않았네."

"중전마마께서 직접 대극과 부자를 약탕기에 넣었다? 대극과 부자의 효능을 아십니까."

"회임을 막는 데 쓰이는 약재이네."

"회임을 원치 않아 약을 쓰셨다는 말이십니까. 왜 회임을 원치 않으셨습니까. 주상전하의 신변에 위협이 생길 시, 그를 대비하기 위함이었습니까?"

"만에 하나라도 주상전하의 신변에 위험이 따른다면, 내가 회임해 왕자를 생산하는 것이 더 득이 되지 않겠나. 왕위를 계승할 적통을 출산하면 내 세를 떨칠 수 있을 테니 말이야."

"그래서 탕약에 손을 댔습니까. 주상전하께 해를 입히고, 마마께 세를 닿게 하기 위해서 말입니다."

"몇 번을 말해도 대답은 같아. 내 탕약에 넣었네. 내 탕약에 약재를 섞었어. 회임하기를 원치 않았네."

"손을 보기 위해 밤행을 따르시던 중전마마께서 회임을 원치 않으셨다는 말을 믿을 수 없습니다."

"나는 회임하지 않으려 약을 썼네. 원손을 낳으면 죽기 전에는 이 궁을 나갈 수 없겠지. 그래서 원손을 원치 않았네. 난 이 궁이 지긋지긋하게도 싫었어. 그게 이유였네. 그러니 죄 없는 사람은 풀어주고 나를 벌하게."

중전의 눈빛은 아무 동요도 없었다. 열흘간 지속된 취조에도 중전은 뜻을 굽히지 않았다. 그 말이 진실인지가 중요한 것이 아니었다. 중전이 감찰부에 넘겨진 순간 그녀가 살아 나갈 가망은 없는 것과 다름없었다. 조용히 지나갈 수 있는 일이었다면, 감찰부까지 오지 않고 대비전에서 눈감아주는 것으로 끝날 일이었다.

감찰부 상궁은 밀실을 나오며 표정이 어두워졌다. 중전의 편에 서고 싶었다. 궁에 든 여인이 궁을 나가는 길이란 죽음뿐이니까. 대극과 부자는 독 성분이 강한 약초였다. 자기 손으로 독을 쓸 정도로 이 궁이 싫었다는 말이 이해되지 않는 건 아니었다.

차홍은 다시 혼자 어두운 밀실에 남겨졌다. 그녀의 고개가 뚝 떨어졌다.

'월두.'

월두를 떠나보내며 가슴속에 일던 불안함이 이것이었나. 껍데기뿐인 국모였으나, 차홍은 삼 년간 중전의 자리를 지키며 궁 안에서 벌어진 일들을 제 눈으로 보았다. 하지만 자신의 곁에 남으라 그의 옷자락을 잡지 않았다. 그는 그에게 주어진 일을 해야 한다. 그는 큰 사내이다. 이 나라 조선을 안을 수 있을 만큼 큰 사내. 내가 그의 앞길을 열어주어야 하는데.

'월두야, 내가 느꼈던 정적은 이런 거였어. 난 그걸 느끼며 실은 두려웠어.'

고요했다. 궁 안이 너무 고요했다. 이런 정적을 느낀 후에는 꼭 큰일이 벌어지고는 했다. 차홍은 월두와 행복을 찾을 수 있다는 달콤한 입발림에 속아, 그 정적을 태풍 후의 안정으로 보려 했다. 그러나 이것은 더 큰 태풍을 예고하는 고요였다.

대비마마는 월두는 받아들여도 차홍은 안 된다는 거였다. 대비마마께서 차홍에게 왕의 밤을 허락한 이유를 이제야 알겠다. 후사는 차홍에게 보아도, 중전의 자리까지는 안 되는 거였다.

'월두야, 이런 끝을 보게 해서 미안해. 다 내 잘못이야. 네가 가슴 아플 텐데.'

취조실 문이 열리고 감찰부 상궁이 다시 들어와 차홍의 앞에 앉았다.

"상궁, 내 말은 모두 웃전에 전해지겠지. 이건 어떤가. 나는 말일세, 내 아이를 낳아 이 궁에 아이만 남겨두고 떠날 수 없었네. 나에게 후사를 보아도 나는 궁에서 내쳐질 것을 알았네. 그래서 회임하기를 원하지 않았어. 그렇게 이용되기 싫었네. 나도, 내가 낳을 아이도 말이야."

차홍의 눈이 붉어졌다. 대비마마를 원망하고 싶지 않다. 두 임금을 섬기는 정비란 없는 법이니. 차홍이 물러나야 월두의 세상이 오는 것이다. 그의 세상이 오면 월두의 곁에는 열여덟 꽃다운 나이의 순결한 여인이 서게 될 것이다.

차홍은 붉은색의 대례복을 입고 걷는 자신의 모습을 회상하였다. 눈물을 머금고 왕에게로 걸어가던 여인의 슬픈 혼례식은 상상 속에서 이내 바뀌어, 자신을 기다리는 사람은 월두가 되어 있다. 그를 향해 걸어갔다. 차홍은 자신에게 손을 내미는 월두를 보며 기쁨의 눈물에 젖는다.

'너는 왕이 되고, 나는 너의 비가 될게.'

월두와 차홍의 화려한 혼례식의 모습은 눈물로 범벅이 된 차홍의 눈 속에서 점점 사라졌다. 그리고 어두운 취조실이 눈에 들어왔다. 차홍은 회한이 섞인 미소를 지었다.

'미안해. 많이 아프지는 마라.'

너는 강한 사내이니까.

검은 군마 한 필이 수문을 지키는 문지기를 제치고 궁으로 달려 들어갔다. 월두는 궁으로 들어와 군마에서 뛰어내려 대비전으로 향하였다.

북방 지역 경계를 살피고 보름 만에 한양으로 돌아오는 길이었다. 작은 전투가 있었으나 피해 없이 수비대를 정비하고 돌아왔다는 보고를 먼저 하려 했다. 그러다가 궁으로 돌아오는 길에 저자에서 이상한 소리를 들었다.

월두는 대비전의 복도를 쿵쾅쿵쾅 걸어 들어갔다.

"대비마마, 주상전하 드셨사……."

상궁의 말이 떨어지기도 전에 월두는 스스로 문을 열고 방 안으로 들어갔다. 대비는 보료 위에 정좌하고 앉아 있었다. 월두가 다가오도록 대비는 흔들림 없이 기다렸다.

"주상, 북방에 교훈은 제대로 남기고 오셨는가."

"예, 제대로 한 방 날려줬습니다."

월두는 방을 걸어와 대비마마의 앞에 앉았다.

"들어오다 이상한 소리를 들었습니다. 중전이 폐비되었다는."
"그리되었네."
"허, 원래 그런 중대한 일은 왕도 모르게 벌어집니까."
"왕이 모르는 일은 없어야지. 하나, 자넨 진짜 왕이 아니잖나."
월두가 애써 속을 누르며 고개를 끄덕였다.
"그 일이 자네를 상심케 하였나."
"아닙니다. 내명부의 일이겠지요."
"기분이 상했다면 미안허이. 이 모두 왕조를 위한 일이네. 국모의 자리에 아무나 앉을 수는 없는 일이었어. 덕목을 지키지 못하는 여인이라. 어쩔 수 없었네."
월두는 대비 앞에서 북방을 정비하고 돌아온 결과를 고하였다. 속은 들끓었으나 끝까지 자신을 눌러 보고를 마쳤다.
"피곤해서 오후에는 다른 용무가 안 잡혔으면 합니다."
"그러믄요. 먼 길 다녀오신 분을 쉬게 해드려야지요."
"네, 살펴주시니 감사할 뿐입니다."
"주상, 왕의 이름으로 여러 목숨을 살린 기분이 어떻습니까. 백성을 돌볼 자격을 지닌 자는 천명을 받습니다. 한낱 사람이 천명을 거역하며 살 수는 없지요. 대를 위해서는 작은 건 버릴 줄도 알아야 합니다. 천명이란, 태어난 이유입니다. 자네가 이곳에 있는 이유이지요."
왕이 될 운명을 타고났기에 돌고 돌아 이곳으로 찾아왔다. 월두는 대비마마의 말이 자신의 가슴을 뜨겁게 한다는 걸 알았다.
현왕을 대신하여 왕위를 지키는 일은 대비와의 계약과도 같은 일이었지만, 월두 스스로 이 일을 즐긴다는 사실을 부정할 수 없었다. 넓은 북방 벌판을 말을 타고 달리며 성취감을 맛보았다. 힘이 있고 옆에는 사람이 있고, 뜻만 있다면 뭐든 이룰 수 있을 것 같았다. 사내로 태어나 세상을 다 가질 수 있는 기회인데, 이런 큰 유혹이 또 어디 있겠는가.

월두는 이제껏 스스로 자신을 기생하는 버러지 같은 인생을 살아야 하는 이라 여겼다.

대비 윤 씨는 앞에 앉은 월두를 바라보았다. 그는 천명을 받들기에 충분한 자질을 가졌다. 왕의 자리에 오를 자를 대비의 눈으로 시험하였다. 이번 북방 토벌은 월두를 위한 시험대였다. 그가 만족스러운 승리를 쥐자, 대비는 다음 단계를 진행하였다. 월두의 여인인 중전을 제거하는 일이었다.

중전 간택에서 윤차홍을 보고 대비는 저 아이를 중전에 앉혀야겠다, 결심하였다. 차홍은 강한 여인이었다. 이 궁 안에서 살아남으려면 약해 빠진 규방규수로는 안 되었다. 아들 이명이 세자 시절 맞은 세자빈은 약하디약해 궁에서 버티지 못하고 병이 들어 죽었다. 이명의 곁을 지켜줄 생명력이 강한 여인이면 대비가 바라는 조건을 충족하였다. 어차피 왕의 사랑을 받아 중전이 외척 세력을 키우는 일을 바라지 않았으니, 중전으로는 그만그만한 가문 출신인 차홍이 제격이었다.

하나 월두를 진정한 왕으로 세우려면 차홍이 사라져야 한다. 아까운 아이였으나 그 아이의 운명이 여기까지이다. 두 임금을 섬기는 중전이란 있을 수 없으니.

“이만 물러가옵니다.”

월두가 인사를 하고 방을 물러나갔다. 문이 닫히자 대비 윤 씨는 나직이 혼잣말을 내뱉었다.

"제 여인을 빼앗은 나에게 소리 한 번 지르지 않는구나."

월두는 중전을 마음에 품은 사실을 대비가 알면, 중전을 살려 둘 리 없다는 걸 알 만큼 분별 있는 사내였다. 내놓아 자랐지만 강하고 거친 모습만 있는 게 아니었다. 저런 모습이 더 대비를 기대하게 만들었다.

"그런데 어쩌겠느냐. 이 궁 안에서 내가 모르는 것이 없는 것을. 세상에 왕의 자리를 버릴 만큼 값진 것이 있답니까."

대비는 평온한 자세로 앉아 월두가 전해준 북방 보고를 글로 기록하였다.

월두는 대비전을 나와 휘청하였다.

'차홍아, 어찌 너를. 어떻게 내가 없는 사이에.'

대비를 믿은 것이 잘못이었다. 사람을 쉽게 믿지 않는 월두였으나, 대비마마가 자신을 보호하려 하자 그분을 믿게 되었다. 세상을 주겠다는 꿈같은 대비의 말을 정말이지 믿고 싶었다.

"월두야, 함께하자꾸나. 내 너와 함께라면 백성을 위한 세상을 만들 수 있을 것이다."

자객의 칼에 맞아 한양성 밖으로 피신한 월두를 대비마마가 찾아온 밤에 해준 말이었다. 그날 어둠을 틈타 은밀히 움직인 가마에서 내린 대비마마는 월두와 독대하며 많은 이야기를 해주었다. 대비마마는 월두가 가진 꿈을 모두 이룰 수 있다는 말을 하였다. 그런 말을 하는 대비를 바라보는 월두의 눈에는 숨길 수 없는 갈망이 일렁였다.

"네게는 힘이 있다. 그리고 내게는 혜안이 있다. 이미 가서는 안 될 길을 걸어보고, 이제야 제 길을 찾아내었다. 네가 내 눈을 밝혀다오. 나는 너에게 길을 안내하마."

정말 대비에게는 혜안이 있었다. 대비는 마치 월두 제 속에 들어왔다 나간 사람처럼 월두가 원하는 걸 잘 알고 있었다. 세상을 원망하였으나, 또한 세상을 갈망해 왔다. 나는 짐승만도 못한 놈이 아니라고 소리치며 증명하고 싶었다. 그런 욕망이 들끓어 피가 뜨거워졌다. 몸에 흐르는 피가 외쳤다. 군림하고 싶다. 백성의 위에, 군림하는 군주가 되고 싶다.

"내가 너에게 세상을 주마. 모두 너의 것이다."

이 말을 하던 대비는 차분하였다. 사내로 태어나 세상을 다 가질 수 있는데. 그 유혹을 뿌리칠 자는 없다. 왕좌를 위해 제 아비에게도, 자식에게도 칼을 겨누는 것이 욕망이라는 이름이었다.

"그래, 더 스스로를 괴롭혀야 한다. 네 욕망이 얼마나 큰지를 인식할 때까지 너는 계속 시험에 들 것이다. 왕좌를 거머쥐고 누구에게도 뺏기고 싶지 않은 욕망에 눈을 뜨거라. 이로써 넌 힘을 키우게 될 것이다. 욕망이 그 실체이다. 세상을 다 가지고 싶은 마음을 품어라. 그래야 나의 왕이지."

월두는 대비전 마루에 털썩 주저앉아 머리를 감쌌다. 개문이라 불렸던 이전의 월두라면 지금 당장 궁을 박차고 나갔을 것이다. 차홍을 찾아 단둘이 야반도주라도 하였겠지. 그러나 가슴이 불덩이처럼 뜨거웠다. 이런 순간이 올 줄 몰랐다. 무언가를 놓고 차홍과 저울질을 하다니. 그런데 정말 그 일이 일어난 것이다. 눈을 내리 감은 월두는 그렇게 한참을 마루턱에서 떠나지 못했다.

*

"흠."

대비는 꿈에서 깨어나며 뭔가를 잡으려 손을 움직였다.

새벽이 밝아오자 대비는 눈을 떴다. 동이 트는 하늘의 푸른빛이 창에 비치었다. 새벽에 눈을 떠 늦은 아침 시간까지 정좌를 하고 기다렸다. 해가 하늘 중천에 높이 뜨고서야 대비는 고개를 저었다. 웃음이 새어 나왔다.

거의 잡은 꿈이라 여겼건만.

"오늘 문안 인사는 거르는 게냐. 이 궁 안에서 좋아하는 유일한 시간이 되었는데 말이다."

월두는 오지 않을 모양이다. 그간 대비가 그렇게도 지키려 했던 이 용좌가 하루 고민거리도 안 되는 것이었던가. 월두의 선택에 대비는 그저 실소하였다.

중전 윤 씨를 폐위시켜 유배시킨 일은 월두를 위한 또 다른 시험이었다. 조선의 왕이 될 사내가 한낱 여인에 빠져 선정을 그르치는 모습은 볼 수 없다. 중전을 내쫓은 것은 두 임금을 섬길 수 없어서라는 이유뿐이 아니었다. 왕위를 버리고 선택할 만큼 월두를 조종할 수 있는 여인을 곁에 둘 수 없기 때문이었다. 왕좌도 버리고 궁을 나간 월두를 보니, 역시나 중전을 폐위시킨 대비의 선택은 옳았다. 대비는 자리에서 일어나 대비전을 나왔다. 마당으로 나와 강렬한 태양이 비추는 하늘을 올려다보았다.

"오랜만이구나."

천륜을 제 손으로 끊은 날 이후, 이 하늘을 제대로 올려다본 일이 없다. 하늘이 벌을 내릴 테니 마음 놓고 하늘을 이고 살지도 못했다.

"결국, 버림받는 마음을 이렇게 이해하게 되는군요. 이제 죗값을 치르겠습니다. 그러니 잠시만 더 기다려 주십시오."

조선 왕조에서 받아들여지지 않는 쌍생아의 운명이었으나, 이 또한 하늘이 점지해 준 명줄이었다. 그 명줄을 이 손으로 잘라내었다. 그래서 평생 하늘 아래 죄인으로 살았다. 대비의 힘없는 다리가 땅을 디디고 걸음을 떼었다.

희빈 권 씨의 처소였으나 철거 명으로 지금은 금표가 둘러져 사람이 들지 않는 연화당(蓮花堂)으로 향하였다. 별궁의 침소로 걸어 들어갔다. 빈방을 바라보고 한숨을 짓고는 병풍 뒤로 들어갔다. 그곳에는 하얀 천을 덮은 사람이 누워 있었다. 죽은 지 삼일이 된 몸은 하얀 수의를 입고 있었다. 왕이 서거하였음에도 대비는 이 사실을 숨겼다.

"자식 먼저 앞세운 어미의 마음을 그 녀석이 알았는지 빨리도 결정하였구려. 그동안 많이 힘들었지요. 이제는 편히 쉬시오. 주상이 가는 길에는 만백성이 통곡으로 애도할 것이오. 주상의 선정을 알아주는 이가 있어야 억울함은 덜하지 않겠소. 백성이 우러러보는 왕의 얼굴은 주상의 차지요. 내 그걸 빼앗는다면 죽어 어찌 주상을 다시 보겠소. 그거 하나는 약속합니다. 하나, 이 어미의 마음도 이해해 주시오. 마지막까지 자네에게 온전히 품을 내어주지 않는 어미를 원망하게나. 잘 가시오. 고생했네, 욕심 많은 어미 만나 자네가 힘들었어."

이명은 다시 병환으로 쓰러졌고 이번에는 회생이 어렵다는 장어의의 말을 들었다. 그리고 하늘의 뜻이라도 되는 듯, 이명의 회생 불능 진단이 내려진 날에 칼을 맞아 죽어가는 월두가 대비 앞에 나타났다. 대비는 이명을 대신하여 월두를 선택하였다. 월두가 살아나 몸을 회복하자, 그가 왕을 대신하도록 궁으로 불러들였다. 그리고 사경을 헤매는 현왕 이명을 왕의 침전이 아닌 후궁의 침전에 숨겼다. 연화당은 희빈 권 씨에게 진노한 왕이 철거를 명한 버려진 궁이었으니 비밀을 숨기기에 적합했다.

태생이 허약하여 제대로 뜻을 펼쳐 보지도 못한 왕, 이명은 금표가 드리워진 을씨년스러운 별궁 안에서 그렇게 덧없이 죽어갔다. 그 또한 모질게만 대한 어미가 내린 결정이었다. 대비는 한동안 죽은 아들의 곁을 지키다가 연화당을 나왔다.

대비 윤 씨는 대비전에 들자마자 김 종사관을 불렀다.

"성미 급한 사람이 인사도 없이 떠났구려. 월두, 그 사람을 찾게. 떠돌이 도망자 생활을 하게 할 수는 없지 않겠나. 꼭 그 사람을 찾아."

대비는 김 종사관에게 작은 궤를 건넸다.

"자네에게 어려운 일 하나를 더 맡겨야겠는데."

김 종사관은 대비마마의 명을 듣고 급히 길을 나섰다. 다시 빈 방에 홀로 앉은 대비는 '또 무슨 일을 해야 하더라' 잠시 멍하니 서안 앞에 앉았다. 대비는 문밖에서 기다리는 대비전 정 상궁을 불렀다.

"사가로 연통을 넣어 광영군을 들이시게."

방에 든 정 상궁에게 명하였다.

"예? 광영군이라면 운영대군의 자제분을 말씀하십니까. 운영대군은 전라도로 낙향하신 것으로 알고 있사옵니다."

"그러니 찾아서 내 앞에 데려오게. 그 아이의 나이 열셋에 보았지. 기억에 남아, 어찌 자랐는지 보고 싶군."

이미 전라도 관찰사의 보고는 받고 있었다. 왕권을 보호하기 위해 모든 왕족은 관리 대상에 두었다. 장자가 아닌 셋째 아들이라는 광영군이 부각을 드러낸다 하였다. 월두를 왕에 세우고 싶으나, 모든 일에는 경우의 수를 두는 것이 대비의 방식이었다. 대비는 이전과 같이 이곳에 앉아 왕권을 지키고 있으면 된다.

세자 이명이 왕위에 오른 때부터 삼 년간 수렴청정을 해온 대비였다. 실제로 왕권을 쥐고 조선을 통치해 온 사람은 대비였다. 그러니 왕 이명이 젊은 나이로 홍서(薨逝)하고, 그 뒤를 잇게 하려던 월두마저 궁을 나간 이 상황도 대비 혼자 잘 버틸 수 있다. 그동안 수십 번은 이와 같이 벼랑 끝에 선 난관을 넘기지 않았던가.

왕의 부재를 설명하는 것이 문제인데. 그래, 그건 북에서 교전을 벌이고 돌아온 왕이 직접 한양성에서 훈련받은 지원군을 이끌고, 북방 정찰을 다시 떠난 일로 남기면 된다. 그러면 얼마간의 시간은 벌 수 있다. 대비는 힘이 빠졌지만, 쉬고 앉아 있을 수만은 없었다. 이것이 조선을 위해 살기로 한 여인이 사는 방법이었다.

'궁을 벗어나는 대가는 죽음으로 치러야 한다.'

이 일에는 누군가의 피가 필요했다. 대비는 왕가의 대를 이어야 할 의무를 저버리고, 제 몸을 해하려 했다는 죄목으로 중전을 폐비시켰다.

폐비 윤 씨는 궁에서 쫓겨나 전라도로 유배 보내졌다. 김 종사관에게 명을 내렸으니, 신하는 유배지로 이송되는 폐비 윤 씨의 가마를 따라잡을 것이다. 믿을 수 있는 충신에게 폐비 윤 씨의 사사를 맡겼다. 이는 김 종사관이 본전에서 받드는 마지막 명이었다. 대비의 눈을 속이고 왕을 바꾸는 일에 연루되었던 어떤 사람도 곁에 둘 수 없다. 그 일을 마친 후에는 김 종사관도 스스로 유배지로 향할 것이다.

누가 되었든 죗값은 치러야 한다. 다만, 이미 한 번 이와 같은 일을 겪어봤으니 결과를 뻔히 알아 망설여졌다.

세자 시절 이명의 연인이었던 어린 기생의 목숨을 거두었다. 왕에게 병을 옮긴 어린 계집에게 목을 매라 강요하였다. 그 일로 아들 이명은 제 여인을 죽였다며 평생 대비를 원망했다.

어차피 이 길은, 외로이 홀로 가는 길이다. 대비는 한숨을 지었다.

"나는 아직도 네가 돌아오길 바란다. 나도 이제 늙었나 보구나. 너를 놓지 못하는 걸 보면 말이야. 그래도 내가 할 수 있는 방법은 다 해 너를 다시 곁에 두고 싶구나."

그 아이, 달의 기운을 담아 이름 지어진 아이, 월두. 열 달만 품어줄 수 있었던 아이. 어미를 안아주는 그 아이의 품은 참으로 따듯했다. 가슴에 찬 서리를 품고 사는 여인에게 남긴 월두의 온기는 그 여인의 가슴 속에 깊이 파고들었다.

*

색이 없는 하얀 가마가 깊은 산을 넘고 있었다. 폐비 윤 씨를 태운 하얀 가마의 선두에는 말에 올라탄 김 종사관이 있었다. 종사관은 월두가 궁에서 사라졌다는 말을 듣자마자 말을 달려 먼저 떠났던 유배 행렬을 따라잡았다. 대비마마께서 내린 명은 폐비 윤 씨의 유배를 맡는 사령이 되라는 것이었다.

김 종사관은 월두가 유배 행렬의 어디쯤 따라왔을지를 가늠하여 보았다. 유배지는 비밀에 부쳐졌으니 행선지를 알아내고 추격하기까지 시일이 지체될 것이다. 그러나 알 수 없는 일이었다. 이제까지 보아온 월두라는 사내라면 방심할 수 없는 일이었다.

김 종사관의 계산대로 월두는 유배 행렬을 추격하는 데 어려움을 겪었다. 마을을 거치지 않았거나 밤에 이동한 것인지, 한양성 근처에서의 행방이 묘연했다. 그러나 병사에 둘러싸인 하얀 가마 하나를 보았다는 목격담을 바탕으로 남으로 향하는 방향을 알아내게 되었다. 그 후로는 망설임 없이 달리기 시작했다.

월두는 길이 없는 산세를 타고 평야를 뛰듯 달렸다. 잠시 묻으로 나와 노닐었으나, 산을 만나자 산사람으로 자란 본능적인 감각이 되살아났다. 화적 생활로 조선 팔도 산길은 제 손바닥을 보듯 하는 월두였다. 어디를 향하든 산길을 지키는 화적단을 지나치는 법이었다. 이동하는 중간중간 만난 화적단에게 들은 정보로 하얀 가마를 앞세운 행렬이 전라도로 향하는 것이 확실해졌다.

가마를 에워싼 병사들의 수는 스물. 군의 행렬이 덕유산을 넘을 때, 드디어 험한 골짜기를 타고 숲을 가르는 월두의 발자국이 그들의 뒤를 바짝 쫓게 되었다.

궁을 떠나기까지 잠시 망설였던 월두는 아직도 자신을 용서할 수 없었다. 차홍이 위험에 처했는데, 망설이다니.

그깟 왕좌는 허상이다, 그걸 여러 번 되뇌고서야 궁을 뛰쳐나올 수 있었다.

'차홍아, 기다려 내가 널 구하러 간다.'

스물이 되는 군사들을 혼자의 힘으로 습격한 후, 과연 두 목숨을 살려 도망칠 수 있을까?

싸움에 있어서는 숫자가 문제는 아니니 가능성은 있었다. 오십의 사병이 지키는 상단도 열다섯이 덮쳐 물건을 빼앗은 경험이 있었다. 머릿수가 아닌 물건을 지키려는 의지의 문제였다.

지금 월두만큼 간절히 차홍을 차지하고 싶은 자는 없었다. 그러나 김 종사관은 달랐다. 그는 맞수였다. 그와 진검 승부를 벌이게 되는 날에는 몇 수를 더 끌어내야 이길 수 있을까, 머릿속으로 무공을 견주어보았다. 그는 충신이었다. 모시는 분을 위해 목숨을 기꺼이 내놓을 사내였다.

산은 월두에게 유리하게 작용할 것이다. 화살을 피하는 데 나무가 월두의 병졸이 되어 뒤를 막아줄 것이다. 그러나 차홍에게 이 산은 너무 험했다. 도망치다 그녀는 뒤처질 것이다. 그녀를 두고 갈 수 없는 월두는 제대로 칼을 쓸 수 없게 될지도 모른다.

평지로 향할수록 월두에게 불리해진다. 하지만 기다려야 했다. 월두는 허리춤에 찬 긴 칼을 만지작거렸다.

'산에서는 안 돼. 유배지에 도착하면 밤을 타자. 도착한 후에는 지방 관병으로 대체될 테니 허점이 보일 거야.'

전라도까지의 유배는 궁에서의 관심이 멀어졌다는 걸 보여줬다. 뒤를 봐줄 든든한 가문도 뒷배도 없는 중전은 외진 전라도 고을로 유배가 보내진 것이다.

'그들의 관심이 멀어질 때, 차홍을 빼내면 돼. 시간은 충분해. 그 후에는 차홍이를 데리고 숨을 거다.'

그녀가 속했던, 내가 잠깐 발을 담갔던 저들의 세상과 멀어지면 우리는 괜찮아. 괜찮을 수 있어.

그러나 월두가 계산에 넣지 못한 것이 있었다. 보통의 유배 행렬에 열이 넘는 병사를 쓰는 일은 드물다. 멀리 떠나는 유배일수록 본궁에서 보내지는 군사 수는 적었다. 중죄인의 경우 중간에 성을 거치며 지원병을 받아 인계하는 게 통례였다.

월두는 그녀를 잃을지도 모른다는 두려움에 휩싸여 상황을 좀 더 면밀히 보지 못했다. 왜 성벽을 넘을 때마다 지원군을 받지 않았으며, 김 종사관이 말안장 옆에 봉인된 궤를 들고 가는지.

월두는 기회가 생길 거라 믿으며 그들의 뒤를 따랐다.

유배지에 도착하자 군사의 움직임이 대형을 이루었다. 유배지를 에워싼 군사의 수 스물, 빈틈없이 작은 초가를 둘러싸기 적당한 수였다. 누구도 유배지에 들 수 없었다. 안에서 무슨 일이 벌어지는지 호기심에 모여든 행인들은 군사들이 빼 든 칼날에 오십 보 밖으로 물러났다.

잘 정비된 군열의 모습을 살피던 월두의 피가 거꾸로 돌았다.

'안 돼.'

이내 월두는 달렸다. 칼집에서 칼을 뽑아들고 벽을 둘러싼 군사들에게 달려들었다.

"안 돼!"

월두는 칼을 휘둘렀다. 이십이 되는 병사가 모두 달려들어도 상관없다. 한 뼘의 틈만 나면 담을 넘어 뛰어들어 간다.

창, 창.

칼이 부딪쳤다. 선열을 지키던 군사 다섯이 덤벼들고 수가 밀리자 다시 다섯. 잘 훈련된 군사들이었다. 진형을 만들어 적의 공격을 대비하는 모습이 죄인을 유배지로 이송하기 위해 차출되는 오합지졸이 아니었다. 열의 군사가 달려들고도 남은 대형은 방어 범위 내로 간격을 넓혔다. 형을 집행하는 동안 누구도 접근하지 못하게 하라는 종사관의 명을 받들었다.

흔들렸다. 두려움에 싸인 월두의 검 끝이 흔들려 버렸다. 다시 다섯의 군사가 에워싸 열다섯. 월두의 두려움이 커졌다. 승산 없는 싸움이 될지 모른다는 두려움.

"이야!"

"멈추거라!"

월두의 뒤를 치는 무자비한 공격을 멈추게 하는 종사관의 날카로운 명이 떨어졌다.

"멈춰!"

군장의 명에 군은 일순간 칼끝을 내렸다. 월두만 칼날을 치켜세우고 종사관에게 달려들었다.

"이놈!"

챙.

종사관이 칼날을 빼 들어 월두의 칼을 막았다. 힘껏 막았으나 제정신이 아닌 사내의 힘에 밀려 칼을 잡은 손목이 꺾였다. 월두의 칼날이 쉴 틈도 없이 다시 날아왔다.

"그만하십시오. 형은 끝났습니다."

창, 창, 창.

월두의 칼은 멈추지 않았다. 그러다가 검 끝은 한순간에 무너졌다. 종사관은 월두의 칼날을 젖혀내었다.

"끝났습니다. 드십시오."

"으아아아!"

월두의 칼이 땅에 꽂혔다. 종사관이 월두를 위해 문을 열어주었다. 월두는 붉어진 눈으로 종사관의 뒤로 열린 사립문을 보았다. 월두는 문을 넘어 마당으로 들어섰다. 그곳에는 소복을 입고 앞섶을 붉은 피로 물들인 채 쓰러져 있는 여인이 있었다.

'차홍아.'

월두는 멍석이 깔린 바닥에 쓰러진 여인에게로 다가갔다.

'누구도 너를, 다시는 너를 해치지 못하게 한다 하였잖아. 너를 지키고 있겠다고. 내가 힘이 생길 때까지 기다린다고 했잖아.'

"아직이야. 나는 이렇게 약하다. 지키지 못한다고."

월두는 쓰러진 여인의 몸을 일으켜 세웠다. 숨을 거둔 여인의 머리가 힘없이 뒤로 젖혀졌다. 월두는 그 얼굴을 부여잡았다.

"끝났습니다."

뒤로 다가온 종사관의 말에 월두가 그를 올려다보았다.

"이…… 이게. 너희, 너희들은 대체 뭐야!"

죽은 여인은 차홍이 아니었다. 월두는 죽은 여인을 내려놓고 종사관에게 달려들었다.

"이게 재미있어? 너희들은 이런 짓거리를 벌이는 게 좋으냐. 사람 목숨을 버러지 다루듯."

월두가 종사관의 멱살을 잡고 늘어지다가 떨어져 나갔다. 월두는 힘이 풀려 풀썩 손을 내려놓았다.

"대비마마께서 살펴주신 일이옵니다. 그 뜻을 보시옵소서. 목숨은 살릴 것이나 절대 찾지 말라 명하셨사옵니다."

"그게 아니겠지. 목숨줄을 쥔 것이 누구인지 알려주시기 위함이겠지."

월두가 충혈된 눈으로 종사관을 노려보았다. 월두는 대비가 벌인 이 일의 의미를 간파하였다. 차홍의 죽음만큼 월두를 겁에 질리게 하는 것이 없었으니. 대비는 자신이 할 수 있는 일을 눈으로 보여준 것이다.

"대비마마께서 내리신 것이옵니다."

종사관은 들고 온 궤의 뚜껑을 열어 월두에게 내밀었다. 월두는 끓어오르는 분노를 겨우 누르고 있었다. 그래서 종사관이 들고 있는 궤를 보는 눈빛에 살기까지 일었다.

"대비마마께서 왜 이렇게까지 하셨는지를 생각하십시오. 여기, 대비마마께서 이 글을 전하라 하셨습니다."

"주인께 돌려드려라."

"하지만 죽은 상궁 최가가 남긴 비밀입니다."

월두는 어머니였던 최 상궁이라는 이름에 잠시 멈칫하였다. 그러나 월두는 종사관이 내민 궤에 손대지 않았다.

"나에게는 아무 의미도 없는 물건이다. 죽은 분이 내가 알기를 원했다면 나에게 전했겠지. 내가 주인이 아니다."

"대비마마께서 알기를 바라십니다."

저 궤에 손을 대면 또 월두는 흔들릴지도 모른다. 월두는 차홍을 위해 살고 죽기로 이미 결심하였다. 다시는 흔들리고 싶지 않았다. 월두는 피를 토하고 중전을 대신해 역모죄로 죽은 나인의 사체를 보았다.

"저 여인은 자신이 중전을 대신해 죽는 것을 알고 사약을 받았나?"

"역모죄에 연루된 죄인이옵니다. 이 일에서 빠져나갈 방법은 죽음뿐이라 하셨습니다. 궁으로 돌아오지 않는다면 다시는 그 얼굴을 들고 나타나서는 안 됩니다."

이는 왕위를 버리고 도망친 월두가 후에 궁에 나타났을 때를 위한 경고이기도 하였다. 왕의 얼굴을 한 월두가 다시 궁에 나타나면 어찌 되는지를, 죽은 나인의 시체가 말해주고 있었다.

"어디 있느냐?"

월두가 차가운 표정으로 종사관에게 물었다.

"저는 모릅니다. 돌아가십시오. 궁으로 돌아가 지키고 싶은 분을 보살피십시오. 대비마마께서 그리해주실 겁니다."

"그렇게 원한다면 한양으로 찾아가 주지. 그 사람에게 조금이라도 손댔다면 한양으로 돌아가 네놈부터 죽이고 다 죽인다."

월두는 그대로 돌아서서 유배지를 나가려 했다.

"대비마마의 전언을 받으십시오. 이 전언을 전하는 것이 제 목숨보다 중요합니다."

김 종사관은 무릎을 꿇고 궤를 월두에게 내밀었다. 그 물건이 미련 없이 떠나려는 월두를 멈칫하게 만드는 것은 사실이다.

"내가 보았다 하고, 그것을 태우게. 나는 그 글을 펴본 것으로 해. 그러니 자네는 임무를 완수한 것이야."

월두는 땅에 꽂힌 칼을 뽑아 들었다. 김 종사관이 바닥에 무릎을 꿇은 채 월두의 뒷모습을 바라보았다. 월두는 그 길로 다시 뒤도 돌아보지 않고 걸어갔다. 김 종사관은 손에 들린 최 상궁의 유언이 담긴 궁녀의 일기를 내려다보며 인상을 썼다.

"더 섬기지 못하는 것이 아쉽습니다."

김 종사관은 떠나는 월두를 향해 바닥에 엎드려 절을 하였다. 그리고 중전 윤 씨의 이름으로 죽은 나인 하은의 시신을 수습했다. 상전을 위해 죽음을 택한 궁인에게 잠시 연민의 마음이 들었다. 신하란 그런 것이었다. 군을 위해 일개 졸이 되어 희생되더라도 기쁜 마음으로 명을 받드는 거였다.

*

월두는 산으로 숨어들었다. 자신의 세상을 찾아, 그들의 세상을 미련 없이 버리고 떠났다.

'차홍아, 살아만 있어라. 견디거라. 내가 널 찾을 때까지 살아

남거라.'

다시는 흔들리지 않으리. 잠시나마 흔들렸던 자신을 원망하며, 그래서 혹시라도 그녀가 위험에 처해 이미 늦은 것이 될까 봐 월두는 발걸음을 재촉했다.

폐비의 유배 행렬을 따라 조선 남단으로 내려왔다. 한양에서부터 남쪽을 훑었으니 차홍이 숨겨진 곳은 북방이라 여겨졌다.

'이 모든 일을 계획한 그분이라면 어떤 결정을 했을까?' 생각해야 했다. 대비마마 그분이 차홍을 살렸다. '왜'라는 의문이 아직도 머릿속에 가득하다. 그분은 월두를 잘 알고 있었다. 그러니 차홍을 빼돌렸다면, 월두가 그 뒤를 끝까지 쫓을 것도 알고 계시리라. 그런데 왜 살려두었을까?

"설마……."

월두가 궁을 비운 사이 차홍을 빼돌렸다.

"나를 북방으로 보내고 벌인 일이었지."

싸움에서 이기려면 적의 머릿속에 들어갔다 나와야 한다.

"북으로 향했다면, 혹시……."

산꼭대기에 오르고서야 넓은 보폭으로 뛰어오르던 발걸음을 멈추었다. 앞길이 막힐 때면 이렇게 확 트인 공간에 선다. 월두는 사방을 둘러보다가 시선을 북으로 향했다. 갈 길을 결정한 월두는 산을 뛰어오른 속도보다 빠르게 산비탈을 타고 달렸다. 굽이굽이 흐르는 산길을 달리며 앞길을 막는 쓰러진 소나무를 밟고 번쩍 뛰어올랐다.

거의 길들여질 뻔하였다. 분출할 길이 없어 보였던 야생은 어느새 길들여져, 그 높은 담장 안에 갇혀 지내면서도 발광하지 않았다. 지금, 월두의 가슴은 차분했다. 궁 안에서 길들여졌던 시간 동안 월두는 자신도 모르게 변해 있었다. 그래서인지 낯선 감정이 월두를 괴롭혔다.

두렵다. 잃을 것이 없던 월두는 몰랐던 감정 때문에 지금 몹시 괴로웠다.

'두렵다. 널 잃게 될까 봐. 미치도록 떨려. 더 빨리 달리마. 이 가슴이 너를 향해 터지도록 달릴 거다.'

산등성이를 타고 내달리는 월두는 솔개 바람 같으니. 자연 바람은 거처를 두고 움직이지 않은 듯 보이나, 멀리 날아갔던 바람은 산세를 타고 같은 자리에 되돌아오게 마련이다. 분명 저마다 자리가 있는 게다. 어딘가에 마음 두지 않고 살려던 월두도 제자리를 찾아 떠났다. 그의 마음이 머무를 수 있는 세상 유일한 곳, 차홍에게로.

그러니 제발 제가 가는 발걸음의 끝에는 그녀가 있기를 빌고 또 빌었다.

해가 지고 달이 머무는 시각. 월두는 가시덤불 사이에 몸을 낮추고, 담장도 없는 돌로 지은 집을 바라보았다. 불씨도 없어 사람의 흔적은 없었다. 북으로 향하며 유배 행렬의 흔적이 아닌 여염집 가마 행렬이 이동한 흔적을 찾았다. 유배 행렬이 남으로 향하는 동안 북으로 빼돌렸다는 가정하에 움직였다.

한양에서 북으로 떠나는 상인이나 아녀자들이 다니는 안전한 길은 명나라로 가는 상단이 걷는 길이었다. 그 길 문턱에서 눈에 띄는 행렬이 지나간 흔적을 살폈다. 이 길, 북으로 가는 길은 익숙했다. 개마고원이 펼쳐진 황무지까지 가마가 이르렀다는 사실을 의심해 이곳까지 찾아왔다. 이건 마치 그분이 던진 패를 하나씩 뒤집으며 제 길을 찾는 기분이었다. 마지막 패를 손에 쥐고는 여기 함경도 땅의 끝자락까지 이르렀다.

눈앞에 보이는 돌집을 바라보며 월두는 눈을 가늘게 떴다. 집 주변을 지키는 군사는 보이지 않았다. 낮부터 주변을 경계하다가 해가 기울자 움직일 결심을 하였다. 월두는 가시덤불에서 나와 돌집의 마당으로 걸어갔다. 저벅저벅 마른 땅을 비비는 발걸음 소리가 밤공기를 타더니 크게 울려왔다.

월두는 집 마당에 섰다. 더 발길을 들이지 않고 가만히 그곳에 서서 기다렸다. 이번에는 제발 맞기를. 그녀를 제대로 찾아왔기를 바라는 마음 끝에 그 낯선 감정이 또 일었다. 이번에도 차홍을 찾은 것이 아닐까 봐 두려웠다.

삐걱.

이가 들어맞지 않아 소리를 내는 문이 열리고 버선발이 하나 나왔다. 안에 들어 있던 사람은 '누구요' 한 마디 소리도 없이 밖의 손님을 맞으러 나왔다.

"차홍아."

월두를 바라보는 차홍은 놀랐는지 눈을 크게 뜨고는 귀신을 보는 듯한 표정이었다. 소복을 입은 여인은 월두를 보면서도 그 자리에 서 있었다.

분명 차홍이가 맞았다. 월두의 입술이 떨려왔다. 그녀가 맞음에도 바로 달려가 덥석 안지 못했다. 그녀를 다시 만나면 여린 몸이 으스러지도록 안아주려 했는데, 월두의 다리는 땅에 박힌 듯 움직이지 못했다. 다리 힘이 풀려 버린 월두는 흙바닥에 목화 신을 끌며 차홍에게로 겨우 움직이기 시작했다.

"차홍아."

월두를 알아보고 그 자리에 굳은 차홍은 잠시 시선을 내렸다. 월두는 서서히 피가 도는 다리를 움직여 차홍에게로 한 걸음 두 걸음 다가갔다. 그러다가 찰나에 번뜩이는 섬광을 보았다. 달빛을 받아 반짝이던 그 물건은 차홍의 손에 들려 있었다.

"차홍아, 왜?"

차홍은 목에 단도를 겨누고 있었다. 가슴팍에서 은장도를 꺼내어 목을 그으려 하였다.

"왜?"

놀란 월두가 몇 걸음 더 가까이 다가갔다. 그러자 차홍의 목을 겨누던 칼날이 하얀 목에 핏자국을 냈다.

"안 돼! 제발, 그러지 마."

하얀 목을 흐르는 액체는 검은색을 띠고 있었다. 밤의 어둠을 담아 짙게 변한 색감이 이 상황을 더욱 처참히 느껴지게 했다. 월두에게 밝은 빛을 선사하던 여인의 얼굴에는 검은 그림자가 드리워졌고, 작고 고운 손에는 어울리지 않게 칼이 들려 있었다.

"차홍아…… 하지 마!"

제10장.
너를 위해

차홍이 눈을 떴을 때, 낯선 방 안이었다. 차홍은 열흘 동안 잠을 못 자는 형벌을 받고 유배에 처한 곳으로 향하던 중 가마 안에서 쓰러졌다.

깊은 잠에 빠져 있었다.

세찬 물줄기가 쏟아지는 폭포수에 하얀 안개가 자욱했다. 새벽의 차가운 공기에 피어나는 안개가 차홍을 뒤덮었다.

'괜찮아. 이젠 다 놓을 수 있어.'

이 말을 되뇌자 안개가 걷히고 떨어지는 폭포수의 물소리가 들렸다.

'월두.'

소리가 안겨준 기억에 그를 떠올렸다. 놓을 수 없는 끈을 이어주는 그의 이름.

"월두."

차홍은 그의 이름을 부르며 삶의 끈을 붙잡았다.

희미하게 뜬 눈으로 주변을 보았다. 차홍이 누워 있는 곳은 찬기가 서린 방이었다. 유배에 보내지고 그곳에서 사사당할 것을 알았다. 깊은 잠에서 깨어나 처음 든 생각은 이대로 죽음을 받아들여 그의 앞길을 막지 않겠다는 거였다.

감찰부에 갇혀 있는 동안, 처음에는 살아남아 그를 만나고 싶은 마음이 간절했다. 그러다 점점 갇혀 있는 시간이 길어지자, 차홍은 자신의 목숨을 포기하려 했다. 그렇게 자신을 희생해 월두라도 살아남기를 바랐다. 그와 함께하지 못하더라도 그는 새로운 삶을 살기를 바라는 마음에서였다.

마지막으로 보았던 그의 모습을 기억했다. 지붕 위에 앉아 한양성을 내려다보며, 세상을 다 가진 듯했던 월두의 표정을 기억하였다.

'너와 조금 더, 살고 싶었는데.'

자리에서 일어나 머리를 정갈히 빗고 옷매무시를 단정히 하였다. 마지막 가는 길을 준비하며 기다렸다. 그러나 밤이 되도록 아무도 죄인을 찾아오지 않았다. 도망칠 생각은 하지 않았다. 그에게 해가 될 짓은 하고 싶지 않았다. 이대로 죽음을 기다렸다. 편안히 죽음을 맞이한다는 건 있을 수 없는 일이었으나, 그를 위해 준비했다.

제가 죽으면 월두는 세상을 가질 수 있다. 그렇게 차홍이 앉아 있는 방에 빛이 들어오고 어둠이 깔리기를 여러 날 반복되었다.

차홍은 빛보다 어둠이 깔리는 이 시간을 참기 힘들었다. 어둠이 드리우면 그와의 기억이 더욱 짙어졌다. 어둠이 깔리면 그는 차홍에게로 왔다. 달이 뜨는 밤이면 여지없이 그의 품에 파고들었던 그 기억이 되살아났다.

어둠이 가득 들어찬 시각, 밖에서 인기척이 들렸다. 차홍은 잠시 눈을 감았다가 뜨며 자리에서 일어났다. 이제 시간이 되었다. 죄인에게 내려질 형벌이 어떤 것인지는 이미 알고 있었다.

문을 열고 나와 사자를 영접했다. 검은 그림자를 드리운 사자가 차홍을 향해 걸어왔다.

'월두…….'

다가오는 그의 얼굴을 보며 차홍은 자신이 꿈을 꾸고 있나 생각했다.

"차홍아."

정말 그가 차홍을 찾아왔다. 월두가 차홍이를 찾아왔어. 차홍의 눈동자가 흔들리다가 고개를 숙였다. 그리해서는 안 된다. 그는 이곳에 있어서는 안 되었다.

'나는 그를 놓아야 한다.'

차홍은 고개를 들고 차가운 시선으로 월두를 바라보았다. 그를 향해 이런 표정을 짓는 일은 어려운 것이 아니었다. 어릴 적부터 제 마음을 꽁꽁 싸맸으니. 그를 사랑하지 않은 순간이 없음에도, 그를 사랑하지 않는다 자신 또한 속여왔던 차홍이었다. 그러니 나는 너를 사랑하지 않는다. 나는 그리할 것이다. 너의 다리를 잡아 주저앉히지 않는다, 월두야. 이것이 내가 너에게 줄 수 있는 마음이다.

월두는 그 자리에 서서 차홍을 바라보았다. 차홍의 눈에 어린 빛에 굳어 섰던 월두의 다리가 조금씩 움직였다. 월두가 자신에게로 다가오자 차홍은 숨을 들이켜며 가슴팍을 더듬었다. 조선의 여인이라면 가슴에 품고 사는 은장도를 꺼내었다. 독한 계집이라, 이 물건을 제 손으로 찾는 날이 올 줄은 몰랐는데. 그날은 왔다. 여인은 지키고 싶은 것이 있을 때, 은장도를 든다.

차홍은 정확히 맥이 뛰는 목선에 칼을 대었다. 궁에 들며 받은 교육 중 은장도를 사용하는 법이 있다. 조선의 국모로서 수모를 겪게 되는 날에는 스스로 자결하도록 종용하는, 은장도를 품에 안고 사는 것이 이 나라 법도였다.

"왜?"

월두의 얼굴이 하얗게 질려 버렸다. 차홍은 단호한 표정으로 칼날을 치켜들었다. 그래도 그는 차홍에게 다가오는 걸음을 멈추지 않았다. 차홍은 바짝 칼을 움켜쥐었다. 손에 힘이 들어가자 날카롭게 선 날은 목선에 닿아 피를 내었다. 목에 그은 창상이 낸 날카로운 감각에도 차홍은 아픔을 느끼지 않았다. 가슴은 이미 무너져 내렸으니, 육체에 드는 고통은 아무것도 아니었다.

"안 돼. 제발, 그러지 마."

이렇게 하지 않으면 월두는 자신을 버리지 않을 것이다. 그를 잘라내지 않으면 안 된다. 차홍은 들고 있는 칼날을 목에 더 가까이 가져다 댔다.

"차홍아…… 하지 마! 제발, 그러지 말아다오."

"나를 찾아와서는 안 되었다."

"그게 무슨 소리야? 내가 널 찾지 않고…… 어떻게?"

월두가 다가왔다.

"더 가까이 온다면 자결하겠어."

"왜? 네가 왜? 무엇 때문에 내 손을 잡아주지 않아."

"넌 궁으로 돌아가. 이곳은 네가 있을 곳이 아니야."

월두는 실소를 뱉었다. 차홍이가 제 목숨을 위협하며 자신을 밀어내는 이런 상황이 말이 되는가. 차홍이 자신을 원하지 않을 거라는 생각 따위는 해본 적이 없었다.

"나는 궁으로 돌아가지 않아. 나는 네 곁에 머문다. 나를 사랑하지 않는다는 거짓 따위로 또 나를 밀어내겠다면……."

"그런 사랑 놀음이 아니다. 모르겠어? 너는 왕이 되는 거야. 네가 그 의미를 모른다면, 나라도 너를 일깨워 주려 한다."

"왕 따위, 안 한다고! 그러니까 그 칼 내려놔."

"나도 이렇게 죽고 싶지 않아. 하지만 네가 가지 않는다면 여기서, 네 앞에서 죽으마."

차홍의 목을 적신 피가 하얀 옷섶을 물들이는 모습에 월두의 입술이 바짝 말랐다.

"바보 같은 생각 마라. 내가 싫다. 나 같은 놈이 궁에서 어찌 버텨. 답답해서 한시도 더 못 있겠더라. 네가 없는데, 내가 왜? 내가 왜 그곳에 남아."

"왕이 죽었으니까."

차홍이 뱉은 말에 월두의 미간이 좁아졌다.

"그분, 너를 왕으로 만들어주실 거야. 대비마마께서 너를 선택했어. 그 의미를 나는 안다. 왕은 하늘이 내린다 하였다. 네가 왕이 된다. 네가 하늘이 되어다오. 나는 하늘 아래 사는 것만으로도 족하다. 나를 봐. 나는 죄인의 몸으로 이곳에 갇히게 되었어."

내가 도망치면, 네가 나와 도망치면 너도 죄인이 돼. 왕이 될 수 있는 사내를 도망자 신세로 만드는 여인이 될 수는 없다.

"대비마마, 너를 놓아주었어. 우리를 놓아주었다고."

"그분은 그럴 분이 아니야."

"너를 대신해 다른 여인이 죽었어. 네 이름으로 사사되었다고."

차홍은 그래도 흔들리지 않았다. 차홍이 아는 대비마마는 절대 저를 그냥 두실 분이 아니시다. 만약 그랬다면 그 또한 원하는 게 있어서이다. 지금 대비가 원하는 것은 하나, 월두였다.

"대비마마께서 왜 나를 살렸겠어? 네가 돌아가야 나도 사는 거야. 월두야, 나 살고 싶다. 너를 사랑한다. 그래도 나 자신보다 너를 더 사랑할 수는 없다."

"믿지 않아."

"내 어머니와 성구도 나는 지켜야 한다. 네가 돌아가야 우리 세 목숨이 다 살아. 제발 돌아가."

"거짓이다. 그렇게 제 목숨이 아까운데 왜 칼로 목을 그으려 해. 그런 식으로 나를 보낼 수 있다고 생각한다면 오산이다. 내가 누구인지 잊었어? 나는 한 번 물면 놓지 않는 개문이다. 내가 어떤 놈인지 잊은 거냐. 나는 앞뒤 보지 않고 너만 보고 궁에 들어간 사내란 말이다. 너를 그곳에서, 궁에서 꺼내와 평생 사는 게 내 꿈이었다. 이제 다 이뤘는데. 나보고 어디를 가라는 것이냐?"

월두가 무슨 말을 해도 차홍을 흔들 수 없었다.

지금은 나를 선택할 수 있지. 하지만 세월이 흐른 뒤에 너는 네가 잃은 걸 깨닫게 될 거다. 그러고는 나를 원망하게 될 것이다. 나는 보았다. 궁에서 산 삼 년간, 권좌에 오르기 위해 부라리는 탐욕의 눈을 똑똑히 보았다. 처음에는 그들도 우리와 같은 눈빛이었겠지. 월두 너와 같은 눈빛을 가진 그들이 변하기 시작한 것은 권력의 맛을 보기 시작하면서이다. 권력은 가지고 있을 때보다, 빼앗기면 그 힘을 발휘한다. 다시 그걸 가지기 위해 무슨 짓이든 하게 돼. 그 달콤한 유혹에서 비껴간 운 좋은 이들도 다시 구렁텅이에 몸을 담그게 된다. 목에 칼이 들어와도 내려놓고 싶어 하지 않은 것이 그것이었다.

"월두, 너는 왕이 되어야 해. 나를 위해서 그렇게 해줘."

말을 하고는 뒤돌아 방으로 들어가는 차홍을 보면서도, 월두는 그녀를 잡지 못하고 가슴을 씩씩거리며 서 있었다. 방금 본 차홍의 모습에 월두의 피는 싸늘하게 식어 내렸다. 저 모습, 본 적이 있다. 그 궁에서 살던 여인들의 표정과 닮아 있는 차홍이었다. 속내를 감추고 짓는 소름 끼치도록 차가운 표정을 차홍이도 지을 수 있다는 사실에 월두는 놀랐다.

월두는 마당에 서서 차홍이 닫은 문을 노려보았다. 그러다가 한걸음에 다가가 문을 발칵 열었다.

"나는 절대 네가 하라는 대로 안 해!"

방 안에 든 차홍은 뒤돌아 등을 보이고 앉아 있었다.

"날 떼어놓을 생각이라면 포기해. 나는 네 곁을 떠날 생각 없으니까."

등을 보이고 앉은 차홍의 입은 굳게 닫혔다. 대답 없는 차홍을 기다리던 월두가 소리 나게 문을 닫았다.

'그래. 나는 힘이 없다. 너를 밀어내야 하는데. 나는 벌써 힘에 부쳐.'

차홍은 뒤돌아 문에 비친 그림자라도 살피려는 마음을 억눌렀다.

'그런데 월두야, 너의 자리는 내 옆이 아니란다. 너는 그분의 곁에 있어야 해. 난 알아. 그러니 내 말을 따라줘. 그게 내 마지막 부탁이고, 한때 조선의 국모였던 죄 많은 여인이 할 수 있는 일이야.'

차홍이 궁을 나오기 전, 감찰실에 갇혀 취조를 받던 차홍은 끝까지 역모죄는 부인하였다. 끝까지 왕을 시해하려 했다는 죄목을 부인한 결과, 그분께서 직접 나섰다. 대비마마는 차홍이 갇힌 밀실 안으로 들어왔다. 차홍은 흔들림 없이 그분을 똑바로 바라보았다. 그런 오기가 생겼다. 분명 죄를 지은 몸이나, 그분이 뜻하는 대로 결말을 짓고 싶지 않았다.

제 뜻대로 살지 못했던 여인의 한이 만들어낸 원망이었는지도 모르지만, 결국 터져 나온 화가 대비마마에게로 닿았다. 차홍은 원망의 눈으로 대비마마를 바라보았다.

"죽음은 두렵지 않사옵니다. 그러나 역모죄를 안고 갈 수는 없습니다."

"죽어야 함은 알고 있구나."

"이제야 조용해진 전국을 뒤흔들 것입니다. 독살로 의심되는 선왕의 죽음은 있었사옵니다. 그러나 의심이었을 뿐. 기록이 되면, 천명을 타고난 왕이 한낱 인간의 손에 죽을 수 있다는 그 기록은 가능성을 열어주게 됩니다."

대비 윤 씨는 죄인이 하는 말을 들으러 온 자리였으니 차홍이 무슨 말을 하든 그냥 두었다. 가는 눈을 뜨고 차홍이 하는 말 중죄를 드러내는 순간을 잡으러 온 것이다. 끝까지 왕에게 약을 쓴 일을 부인한다니, 대비 윤 씨는 참지 못하고 감찰부까지 행차한 것이었다.

"중전 자리에 오른 여인이 왕을 독살하려 했다는 말이 퍼지면, 조선을 뒤흔들 것입니다. 백성은 왕가를 조롱할 것이고. 그 권력에 도전하려던 자들에게 먹잇감이 될 것입니다."

"그래서 네가 한 일이 아니라?"

"아닙니다. 저는 약을 쓰지 않았습니다."

"약을 쓰지 않았다면 왜 나를 겁박하는 것이냐? 죄를 짓고 겁을 먹으면 최후에 쓰는 방법이 겁박이니라."

"절대 제 말을 믿어주시지 않을 거라는 걸 알기에 겁박이라도 하는 겁니다."

"그래, 내가 너의 이런 면을 알아본 것이지. 너는 내내 숨겨 보여주지 않았지만 말이다. 그래서 나는 네가 무섭구나. 내 뒤에서, 왕의 뒤에서 어떤 일을 하는지. 더는 너를 믿지 않아."

대비는 싸늘한 표정으로 차홍을 보았다. 정말로 왕을 죽이려 했다면, 제 손으로 갈가리 찢어 고통스럽게 죽여주려 했건만.

"궁을 떠나라. 다시는 돌아올 수 없다."

차홍은 그 사실은 이미 받아들였다. 그러니 그 일을 따르는 건 힘들지 않다.

"월두는 놓아라."

차홍은 대비마마의 입에서 '월두'라는 이름이 불리자 놀랐다. 대비마마가 어찌 그 이름을 아는지. 월두가 알려주지 않았다면 알 수 없는 그 이름을. 차홍의 가슴에 뜨끔하니 불이 담겼다.

"월두는 내가 안고 갈 것이다. 내가 지킬 테니. 너는 놓거라."

"월두를…… 아십니까?"

"그 사람이 내 뜻을 이어 왕이 될 인물이다. 나는 월두를 선택했다."

대비마마의 입에서 월두의 이름이 오르는 순간 떠오르는 표정을 보았다. 나이 들어 빛을 잃었던 대비의 눈에 다시 빛을 찾게 하는 이름이 월두라니. 내 사내라니.

월두를 밀어내고 방에 앉은 차홍은 마음이 흔들리는 이 순간 대비마마의 그 표정을 떠올렸다. 그분은 절대 월두를 놓지 않을 것이다. 그 욕망은 지독해 보였다.

'왕이 죽었으니까.'

왕이 죽은 사실은 공표되지 않았다. 자신을 찾아온 월두에게 해주었던 그 말은 대비마마의 모습을 보고 알아챈 것이었다. 월두가 대비마마의 뜻을 이뤄줄 유일한 존재라는 그 말끝에 차홍은 왕이 죽었다는 사실을 알아챘다. 왕이 죽었다면, 현재 조선을 지킬 왕좌는 비어 있다는 소리다.

'그러니 넌 돌아가. 왕이 없으니, 네가 진짜 왕이 되는 건데. 뭐하러 나 같은 계집을 선택하느냐. 내 고집을 알지 않느냐. 너를 사랑하여 몸까지 허락하였으면서도, 너를 산에 두고 궁으로 제 발로 들어간 계집이다. 네 생각이 날 때면 살아 숨 쉬는 것이 느껴져 네 생각도 안 했더랬다. 이번에도 그리 살 수 있다. 그렇게도 나는 살아남았어. 몇 번이라도 너를 보러 궁 담을 넘어 네게 달려가고 싶어도, 한 번도 궁을 떠나지 않았던 독한 나다. 삼 년이 흐르니 점점 잊히더라. 그러니 나를 살리고 싶다면 네가 떠나

라. 목숨만 부지하면 어찌하든 산다. 내 경험해 보니, 알아.'

차홍은 입을 닫았다. 가슴을 흔드는 무수한 말을 다 뱉어내고 싶었지만, 이런 때 가장 잘 듣는 방법은 따로 있다. 입을 닫고 귀를 닫으면 살 만하다. 삼 년을 그리 살았으니 앞으로 몇 년을 더 그리 살아도 상관없다. 월두를 위해 그리할 수 있다.

'이게 내 사랑의 방식이다.'

월두는 닫아버린 방문 앞 툇마루에 털썩 주저앉았다.

"네 고집 안다. 너무 오래 걸리지는 마라. 이젠 한시도 너와 떨어져서는……."

월두는 가슴이 아파 말을 잇지 못했다. 월두가 왕좌가 싫다고 버렸듯, 차홍도 월두가 싫다며 버릴 수 있다는 사실에 충격을 받은 상태였다. 좋아하면서도 버리겠다는 두 상황의 공통점에 월두의 마음에 죄책감이 일었다. 그래서 지금은 바로 안으로 뛰어들어가 차홍을 부여잡고 정신 차리게 흔들지 못하겠다. 왕좌를 두고 잠시나마 흔들렸던 마음이 미안해서 오늘 밤은 차홍을 더 괴롭히지 않기로 했다.

"잠도 못 잔 것인지 눈은 퀭하니. 알았으니까 잠이라도 자라. 더 귀찮게 안 할 테니 잠이나 자. 내일 온다."

월두는 목청 높여 말하고는 마루에서 일어났다. 마당에 섰으나 담도 없어 안팎이 구분되지 않는 흙바닥이었다. 주변 가옥이라고는 없어 황량한 곳이었다. 이런 곳에 차홍을 혼자 두고 대체 어디를 가라는 것인지.

오래 걸릴 싸움이라는 걸 알았다. 차홍은 누구보다 제가 잘 아니. 저 고집을 꺾으려면 아까운 날이 흐를 거라는 걸 알았다.

월두는 집 주변의 경계를 살피다가 부엌에 딸린 작은 골방으로 들어갔다. 방바닥이 냉골이었다. 계절과 상관없이 고산지대 지형상 밤이 유달리 추웠다.

백두산 남서쪽 끝자락에 위치한 이곳에 사는 주민은 몇 없다. 월두가 이 지역에 대해 잘 아는 것은 이미 한 번 순방을 와본 곳이기 때문이었다. 일부러 이리 한 것인지. 이곳은 월두가 대비마마의 명을 받아 북방 경계를 살핀 지역 중 하나였다.

"관할 구역이 애매하여 주민들은 관의 보호를 받지 못하고 있었어. 대비마마, 이왕 살려주려면 제대로 살 수 있게 터를 내어주지. 여인 혼자 이런 위험한 곳에서 어찌 살라고."

월두의 원망하는 마음이 대비마마에게로 향하였다.

"이러나저러나 죽으라는 소리였군."

대비마마도, 이제는 차홍이까지 궁에서 살던 여인들은 너무 복잡했다.

"내가 좋다면 끝이지. 평안감사도 제 싫다면 그만이라는데. 왜 자기들 마음대로."

월두는 차가운 바닥에 벌러덩 누웠다.

"차홍아, 자라. 그래야 내일 나를 상대할 테니. 오늘은 자라."

월두는 눈을 감았다. 꼬박 이틀을 멈추지 않고 개마고원을 넘어 달려온 길이었다. 북방으로 차홍을 보냈다는 사실이 확실해질수록 두려운 마음에 시간을 지체할 수 없었다.

차홍이 살아남아 다행이었다. 그것이 지금은 월두가 생각할 수 있는 전부였다.

"나랑 싸우려면 먹어라."

월두는 구수한 냄새가 나는 고기를 차홍의 방 안에 놓고 문을 닫았다.

월두는 이른 아침 사냥을 나가 토끼 한 마리를 잡아와 불을 피워 고기를 구워 왔다. 혹시라도 집에서 불을 피워 떠돌이들을 끌어모을까 염려되어 식량을 준비하고는 불은 바로 꺼두었다.

월두는 차홍이 먹을 음식을 챙기고 자기 몫을 들고 방 앞 툇마루에 털썩 앉았다.

"그리 굶었으면 속이 요동칠 것이다. 내 오늘은 시비 붙이지 않을 테니. 한 입 먹어."

방 안에서 꼼짝을 않던 차홍은 당연히 대답이 없었다.

"너 굶는다고 나도 따라 굶지 않는다. 나는 기운 차려서 너보다 더 길게 버틸 거야. 머리가 있다면 생각해 봐라. 이대로 굶으면 누가 더 손해인지. 너 쓰러지면 내가 당장에 네 입으로 미음을 부을 거다. 그러면 굶어 죽으려는 이런 짓도 안 된다. 결국, 네가 용쓰는 대로는 다 안 된다는 말이다. 자, 나 먹는다."

월두는 토끼 고기를 죽 찢어 입에 넣고 씹었다. 그러다가 문을 벌컥 열었다.

"야! 윤차홍. 너, 정말 나 죽는 꼴 보고 싶어?"

월두는 씹던 고기를 뱉어냈다. 이런 식이었다. 저렇게 버티는 차홍을 상대하다 보면 월두의 가슴에 천불이 끓어오르기가 일쑤였다. 그러다가 다시 불이 꺼져 시름에 빠졌다. 또 감정은 수시로 변해, 그냥 방으로 뛰어들어가 차홍을 덮치고 싶기도 했다.

그러나 그러지 않았다. 한 번 겁을 먹은 가슴은 차홍의 눈치를 보며 바보처럼 행동하게 만들었다. 차홍의 하얀 목에는 날카로운 칼날이 만든 창상이 남아 있었다. 그 흔적을 볼 때마다 월두는 가슴이 철렁 내려앉았다. 또 허튼짓을 한다고 할까 봐. 방금 화를 냈던 일도 금세 후회했다.

"알았다. 아니다, 내 조용히 배를 채우마. 그래도 문을 열어두마. 냄새라도 더 맡아라."

차홍은 뒤돌아 앉은 자세 그대로 움직이지도 않고 있었다. 월두는 손도 대지 않은 고기를 보고는 한숨을 푹 내쉬었다. 툇마루에 다시 털썩 앉아 고기를 입에 넣었다. 질겅질겅 씹으며 질긴 고기에 인상을 썼다.

'어차피 여기까지 오는 동안 제대로 먹지도 못했을 차홍이가 먹기에는 고기가 질기다. 쌀이라도 어디서 구할 수 있으면 좋은데.'

쌀을 구하려면 십 리를 걸어 마을 사람들이 운집해 사는 지역으로 가야 한다. 그러나 마을로 찾아갔다가는 이곳 일에 관심을 두는 사람이 생길 수도 있다. 이런 작은 지역에서 외지인들은 쉽게 눈에 뜨일 것이다.

"땅이 황무지라 풀도 제대로 나지 않는 곳이다. 너와 힘을 합쳐야 겨우 살아남을 수 있다고. 네가 마음을 돌려라. 나는 어디도 가지 않는다. 내가 어디를 가면 잘 살 것 같으냐? 네가 없는데."

등을 돌리고 있는 둘 사이에 월두의 독백이 이어졌다. 월두의 목구멍을 타고 흐르는 소리였으나, 차홍은 귀를 닫고 들어주지 않으니 이 소리는 독백이 되었다.

"나 예전에 누군가의 혼례식을 보았다. 나 너와 그렇게 살아보고 싶다. 차홍아, 안 되겠느냐? 네가 나 한 번 봐주라. 나 말주변도 없는 놈이라 네 마음을 어떻게 돌릴지 모른다. 그러니까. 네가 좀 봐줘."

월두가 자리에서 일어나 차홍의 뒷모습을 보았다.

"나와 혼인하고, 나 닮은 아이 하나 낳고, 너를 똑 닮은 딸도 낳아서 기르자. 내 소원은 그게 다다. 내가 바라는 모든 것에 네가 있으니, 너를 빼고는 아무것도 할 수 없다."

감정이란 건 버려 버리고 버티려던 차홍이었다. 그러나 차홍은 그의 말에 서서히 귀가 열리기 시작했다. 그러나 월두의 고백은 차홍의 마음을 더 단단히 굳히는 작용을 하였다.

'월두야, 나는 네 아이를 가지지 못한다.'

감찰부에서 심문을 당하며 장 어의의 진료를 받아야 했다. 차홍 자신의 몸에 약재를 썼다는 사실을 주장하자, 몸을 시진하여 결백을 증명하라는 명이 있었다.

> "중전마마께서는 독한 약재로 장기가 상하고 신장이 기능을 제대로 못 하고 있어, 후사를 내기가 어려울 것입니다."

장 어의의 한 마디로 살아남을 수 있었으나, 여인에게는 죽음 통보와 다름없는 것이었다. 월두를 위해 아이를 품어줄 수 없는 몸이었다.

'나는 네 꿈을 이뤄줄 수 없는 몸이 되었다. 그러니 나란 건 이제 버려.'

월두는 자리에서 일어나 차홍의 방에 그릇을 하나 밀어 넣고는 사라졌다. 잘게 찢어 발려진 토끼 고기였다. 월두가 마당을 나가는 발소리가 멀어지자 차홍은 곧게 폈던 등을 풀썩 꺼뜨렸다.

*

차홍은 방 안에 앉아 이 오래된 돌집과 어울리지 않는 참나무로 만든 고급 문갑장을 바라보았다. 저 문갑장을 이 방에 들여놓은 사람이 누구인 줄 아니, 그동안 열어보지 않았었다. 차홍은 참나무 장으로 다가가 물고기 문양의 자물통을 열었다. 큰 나무장 안에는 덩그러니 비단 한 필만이 놓여 있었다. 차홍은 장 안에 놓인 옷감을 꺼내었다. 그리고 손으로 문갑장 안을 더듬다가 두드려 보았다. 얇은 나무판 소리가 났다. 나무가 엮인 틈을 더듬어 작은 나뭇조각을 찾았다. 그 조각을 잡아 비틀자 뒤판의 틈이 벌어져 분리되었다. 차홍은 다른 모퉁이에 있는 나뭇조각도 찾았다. 나무장의 뒤판이 떨어져 나가고 나니 공간이 보였다.

솜씨로 보아 한양 장인이 만들어 궁으로 들이던 장과 같은 모양새였다. 궁에서야 숨길 것이 많은 법이니 이런 장을 특별히 주문하여 사용하는 별궁이 많았다.

뒷벽의 공간 안에는 봉투 두 개가 있었다. 하나는 붉은 인장으로 봉인되어 있고, 다른 하나는 봉인이 없었다. 차홍은 봉인 없는 봉투를 먼저 집어 열어보았다.

"집문서."

이 집의 소유권 내용을 담은 문서로 보였다.

"김수영의 미망인 박은서."

집의 소유권은 박은서라는 여인 앞으로 되어 있었다.

"박은서."

차홍은 체념한 듯한 표정을 지었다. 이럴 줄 모르고 벽장에 손을 대었던가. 그리고 봉인된 봉투를 열었다. 그 안에는 박은서에 대한 신상이 적혀 있었다. 판서까지 배출한 안동 김씨 가문으로 시집을 가 남편인 김수영과 사별한 여인. 박은서의 수절을 기려 안동 김씨 가문의 소유인 집을 하사받았다.

차홍이 바로 박은서라는 여인이 되는 것이었다. 여인의 이름은 공문서에는 실리지 않는 법이었으나, 열녀를 기려 특별히 이름 석 자를 모두 기록한 나라의 공인이 찍힌 문서였다.

"열녀라고, 내가?"

차홍은 실소하였다.

다음 날 아침이 되어 차홍은 상복을 입고 깔끔하게 머리를 매만지고는 방을 나섰다.

"어딜 가?"

방 앞에 툇마루에 앉아 있던 월두가 일어나며 물었다.

"……."

"어디 가냐고?"

차홍은 대답 없이 집을 나와 버렸다. 차홍은 관아로 가 보호받기로 결심하였다. 차홍이 손에 든 짐 안에는 봉투 두 개와 비단 한 필이 들어 있었다.

"결국, 내 힘으로는 안 되는 거였구나. 누군가의 보호가 없다면 나는 살 수 없는 건가."

혼자라고 여겼던 시간들이 있었다. 그러나 이제 와 돌아보니 그때도 차홍은 누군가의 그늘 아래에서 살고 있었다. 집이라도 내어주고 나랏세를 대신 내주었던 아비. 그래서 아비가 차홍을 소유할 수 있었다. 그리고 아비의 품에서 벗어날 결심을 한 순간에는 월두의 품으로 뛰어들었다. 본능이었을지도 모른다. 누군가의 그늘이 아니라면 살아남을 수 없기에, 아비가 아니라면 다른 사내를 찾아야 했다. 월두가 자신을 보호해 줄 수 없다는 걸 안 순간, 선택은 궁으로 들어가는 것으로 기울었다. 월두를 버린 것은 차홍이었다. 불우한 운명이다, 다른 이들을 원망하였건만. 모든 선택은 차홍이 한 것이었다.

차홍은 하얀 보자기에 싸인 봇짐을 가슴에 움켜쥐었다. 관아에 가서 열녀로 이름을 올릴 생각이었다. 박은서라는 이름으로 살면 관에서 보호를 받는단다. 보따리를 쥔 손에 힘이 들어갔다. 대비마마의 뜻을 따르면 월두는 버려야 한다.

한숨과 함께 보따리를 쥔 손으로 아픈 가슴을 움켜쥐려던 순간이었다. 무쇠 같은 단단한 팔에 허리가 잡히고, 차홍의 몸이 그대로 들려졌다. 어느새 발이 땅에서 떨어져 차홍은 허공에서 버둥거리게 되었다.

"뭐냐? 놔라."

뒤를 따라온 월두가 차홍을 번쩍 들어 어깨에 둘러멨다.

"가긴 어딜 가!"

"놔!"

월두는 차홍을 이고는 저벅저벅 집으로 향하였다. 차홍이 그의 어깨에 걸려 발버둥 치고 그의 등을 때리고 저항하였지만, 월두는 요지부동 놓아주지 않았다.

"놔!"

그녀가 원하는 대로 월두는 차홍을 방에 던져 버렸다.

"너, 너 정말 왜 이래?"

방에 철퍼덕 주저앉은 차홍이 소리 지르며 눈을 치켜떴다.

"억지로 힘은 안 쓰려고 했는데, 이 방법밖에 없구나. 이러니 묵언 수행은 끝났네."

월두는 신을 신은 채 방 안에 서서 차홍을 내려다보았다. 차홍은 고개를 들어 그런 월두를 노려보았다.

"내 살길은 내가 찾을 것이다. 그냥 두란 말이야. 넌 네 갈 길을 가!"

월두는 차홍의 말은 들은 체도 않고 방에 널브러져 있는 봇짐을 잡아채었다.

"둬. 그냥 두라고, 제발."

차홍이 짐을 빼앗으려 매달렸으나 그의 힘에 밀려 그대로 자리에 쓰러져 버렸다.

"제발, 나 좀 그냥 둬라. 그냥 두란 말이다."

"이게, 다 뭐냐?"

월두는 하얀 봉투 안에 든 문서를 꺼내어 그 내용을 훑고는 차홍을 보았다.

"새 인생 사는 거다."

"이걸, 이런 걸 들고 어디를 가려고? 관에 열녀로 입적이라도 하려고? 이걸 준 게 누구인지 알잖아. 그걸 알면서도 관에 이걸 내밀고, 열녀 입적을 하겠다니. 네 이름이 박은서이더냐? 너는 차홍이다, 윤차홍. 네 이름을 버리고 어떻게 살려고?"

"너를 버린다. 나는 너를 버리고 살아남을 거야. 여인 혼자서 이런 위험한 땅에서 어찌 살아남겠느냐. 관의 보호를 받을 거다."

"나를 버리지 않고도 살 수 있어."

"어떻게? 이런 곳에서 도적 떼나 피하며 살라고? 아니면 너를 따라 떠돌아다니다가 이름도 없이 객사하라는 말이냐. 난 싫다."

"차홍아."

"관에 이름을 올리지 않으면 조선의 백성이 아니야. 보호를 받을 수 없다고. 열녀는 나라에서 특별한 관리를 받아. 대비마마께서는 나를 살려주시고, 살아갈 방도를 열어주셨다. 네가 아니라 대비마마가 그렇게 해주셨어. 나는 그분의 뜻을 따를 것이야."

"월두는 놓아라."

그것이 대비마마가 차홍에게 남긴 마지막 말이었다. 그 말만 따르면, 그도 차홍도 다 괜찮을 수 있다.

"네 입으로 말했잖아. 궁에 사는 사람 모두 무서운 자들이라고. 대비마마야, 그 뜻을 따르면 어찌 되는지 몰라? 넌 열녀라는 이름으로 행동 하나하나 감시당하고 보고될 거다. 날 다시는 만날 수 없도록 만들 거야. 그리고 감옥 같은 생활이 된다. 너는 자유롭게 살아야지. 차라리 도망자의 삶이 나아. 나와 달아나자."

차홍의 손은 한껏 움츠러들어 바닥을 긁으며 떨리고 있었다. 월두는 그런 그녀의 손을 바라보다가 손을 뻗어 잡으려 하였다. 그러나 차홍은 그의 손길을 원하지 않았다. 이미 이렇게 결심하였다. 쉽게 바꿀 마음이었다면, 그를 아프게 하지도 않았다.

"어디로? 우리가 갈 데가 어디 있어? 그럼 차라리 내가 죽으마. 나도 살고 싶어 이런다. 너 없이도 살아야 할 게 아니야."

"그러니까 그게 그들이 원하는 거야, 차홍아. 왕이 되고 나면? 그 후는 행복하다더냐? 내가 보니 그도 아니더라. 너도 보았잖아. 왕이 되어야만, 결말이 나는 이야기냐? 다른 선택은 안 된단 말이야? 그럼 왕이 아닌 자들의 인생은 다 허깨비가 되는 거냐고. 너와 나 처음 꿈꾼 건 그런 모습이 아니었잖아. 그냥 너와 나 떨어지지 않고 살면 되었다. 나는 더 바라는 게 없어."

"더 바라게 될 거야. 원망하게 될 거야! 지금까지의 인생이 고달팠다고, 다가올 시련이 비껴간다더냐. 우리는 끝없는 시련에 지쳐 서로를 원망하게 될 거다. 나는 자신이 없다. 너를 원망하고 미워할 나를 볼 자신 없어."

그리고 네가 나를 미워하게 되는 일은 더더욱.

"너를 사랑하지 않는다는 거짓말은 안 한다. 너를 사랑하니까, 그러니까 보내고 싶다. 너를 잊지 않으마. 평생 수절하며 살 거다. 그것이 저 글에 적힌 열녀가 아니냐. 내가 갈 길과 대비마마께서 내린 새로운 이름이 같다. 나 잘 살 거다. 그러니 내 걱정하지 말고……."

월두가 차홍을 그대로 끌어당겨 품에 안았다.

"윤차홍, 너 정말 궁에서 살더니 나쁜 물이 들었구나. 나는 그들처럼 살고 싶지 않다고. 내가 널 보호한다고. 왜 나를 믿지를 못해? 너 없이 돌아가 왕이 되라고? 죽을 때까지 너만 그리워하다 죽으라고."

차홍은 월두의 품을 밀어내었다.

“그분, 당신을 특별하게 생각해.”

월두의 이름을 입에 올릴 때 떠오르던 대비마마의 표정을 보았다. 자신의 아들인 주상전하를 대하면서도 차갑기만 한 모습이었는데, 월두를 원한다고 말하는 대비마마의 표정은 불쌍해 보이기까지 하였다. 그렇게 강한 분이 차홍의 앞에서 그걸 숨기지 못할 만큼 간절해 보였다.

“너를 지켜주실 거야. 그분이 선택한 사람은 월두니까.”

“이렇게 말이 안 통하다니. 싫다고, 내가 싫어!”

“그러면 나를 위해 해줘. 왕이 되어줘. 네가 왕이 되는 모습을 보고 싶어. 그러면 나는 행복해.”

“왕이 되기 위해 너를 버리라고. 그러면 너는 왜 중전 자리를 버리고 나를 선택했어? 여인으로서 조선 최고의 자리에 올랐는데, 그런 너는 왜 나를 선택했느냐?”

“네 마음을 들여다봐. 네 눈빛에 든 빛을 나는 보았다. 너는 왕이 되어야 할 사내야. 그런 걸 운명이라고 하는 거야. 너 같은 사내가 산을 떠도는 삶이나 살라고 운명 지어지지 않았다는 걸 안다. 넌 더 큰 사람이 되어 나를 보살필 수 있다. 우리에게 닥친 운명이라면, 이 생에서는 우리는 부부의 연을 맺을 수 없다는 사실이야. 그러니 한낱 여인과 엮인 운명 따위로 뜨거워지지 마라. 차갑게 이성으로 바라봐. 왕의 길이 당신의 숙명이야.”

“…….”

월두는 감정의 기복도 없이 차분히 말하는 차홍에게서 누군가의 모습을 보았다.

"제길, 궁에서 살더니 똑같이 굴어. 궁에서 물이 들면, 세상 이치는 다 꿰차고 살아? 내 숙명은 내가 알아. 내가 원하는 걸 아는 건 나라고. 그렇게 늙은 궁궐 마마 같은 눈으로 타이르면 내가 들을 줄 알아? 그렇다면 나도 궁에서 배운 대로 하겠다."

월두는 갑자기 벌떡 일어나더니 문을 벌컥 열어두고 마당으로 나갔다. 그러더니 그대로 무릎을 꿇고 거친 바닥에 앉았다.

"석고대죄의 끝이 어떤 줄 알겠지. 받아주지 않으면 청하다 이 자리에서 죽는 거다. 네가 받아주지 않는다면, 나는 이 자리에서 죽는다."

차홍은 열린 문 너머로 바닥에 앉은 월두를 보았다.

"월두, 넌 내 마음을 돌릴 수 없어. 궁을 나오며 나는 이미 죽을 각오를 하였다. 네가 나를 버리지 못하면 나는 죽어."

결국, 차홍은 제 뜻을 굽히지 않고 다시 짐을 다시 챙겨 집을 나갔다. 마당에 앉은 월두의 뒤로 차홍의 인기척이 사라지자, 월두는 주먹으로 흙바닥을 쳤다.

"대체 네 마음을 어떻게 돌리라고!"

모르겠다. 정말 모르겠다. 월두가 할 수 있는 방법이야 힘으로 빼앗는 방법밖에 떠오르지 않았다.

"그래. 죽자, 이렇게 죽어."

차홍이 집을 나가고도 월두는 자리에서 움직이지 않았다.

월두는 밤의 한기에 몸을 떨며 의식이 저물고 있음을 느꼈다. 벌써 사흘간 땅바닥에 앉아 버티고 있었다. 잠을 자지 못한 탓에 찬바람이 거세지자 체온이 떨어지며 잠에 빠지려 하였다. 월두는 정신을 차리려 하였으나 저절로 고개가 푹 숙여졌다.

정말 독한 계집. 가슴은 차홍을 원망하다가, 의식이 얕아지면 그녀의 차가워진 마음에 서글퍼하다가, 그렇게 고개를 저어 잠을 떨쳐내며 다시 마음을 붙잡았다.

월두 제가 아무리 힘으로 밀어붙이고 막무가내로 굴어도 차홍이 움직이지 않으면 월두는 그녀를 가질 수 없다. 언제나 그랬다. 결국, 모든 건 차홍이 쥐고 있었다. 그래서 월두는 더 몸을 부풀려 그녀로 인해 상처받지 않은 척해야 했다. 정작 저를 위한다고 저리 매정하게 구는 차홍에게도 월두는 상처를 입었다.

그녀가 받아주지 않으면 월두는 아프다. 나한테는 너뿐인데, 네가 받아주지 않으면 나는 어디에 뿌리를 박느냐. 나도 이제는 지쳤단 말이다. 객기 부리며 소리치는 것도 힘든 일이었다. 이제는 네 품에서 쉬고 싶단 말이다.

월두의 고개가 툭 떨어졌다.

'아, 제길. 정말 여기서 죽나 보다. 술이나 처먹고 객사하는 놈들을 비웃었는데. 이렇게도 죽을 수 있겠구나.'

월두의 머리가 푹 꺼져 일어나지 못했다. 그래도 방문은 굳게 닫혀 있었다.

"높은 산에 오르면…… 천하를 아래 두고 내려다보는 기분, 좋지. 나도 안다. 그러나…… 가장 높은 산은 거센 바람을 맞아. 나는 이제껏 바람 따라 살았다. 그러니 나도…… 따듯하게 잠 한번 자보는 게……."

의식은 저물려 하나 입이 저절로 움직여 월두의 마음을 털어놓았다. 방문은 굳게 닫혀 들어주는 이 없어 보였지만, 방 안 따듯한 이불을 덮고 누운 차홍 또한 눈을 뜨고 있었다.

“너는 참 따듯했는데…… 나를 이제 받아주면 안 되느냐……. 나는…… 지금…… 너무 춥다.”

방 안 따듯한 온기 안에 누운 차홍이라고 그 온기를 모두 품고 편히 잠들 수는 없었다. 월두가 웅얼대는 소리 하나라도 놓칠까 봐, 밤새 눈을 뜨고 그가 하는 말을 들었다. 그가 떠나고 나면 이 또한 그를 그리는 추억이 되리라는 걸 알기에 그가 하는 말은 모두 기억해 두려 했다.

절절한 그의 마음을 안다. 차홍의 눈가로 눈물이 흘렀다. 그의 말을 듣다가 눈물이 나도 소리를 죽여야 했다. 차홍의 마음이 약해진 걸 그가 알면, 또 비집고 들어찰 테니까.

월두는 정말 이대로 눈을 감고 잠에 빠지고 싶었다. 추위에 머리가 멍해져 입에서 제멋대로 나오던 말소리도 잠잠해졌다. 그렇게 고요해졌다.

“마셔.”

월두의 입에 물기운이 닿았다. 월두의 곁에 다가온 차홍의 손에는 물이 담긴 표주박이 들려 있었다. 월두가 움직이지 않자 차홍은 그의 몸을 일으켜 세우고 입에 표주박을 대었다. 차홍이 차가워진 그의 뺨을 감싸고 더듬자 월두가 눈을 떴다.

“차홍아.”

그는 바보같이 차홍을 보고는 미소를 짓고 있었다.

“어서, 마셔.”

차홍이 월두의 살짝 벌린 입으로 물을 흘렸다. 월두는 정신을 차리고 차홍이 주는 물을 받아 마셨다. 그리고 차홍이 월두의 손을 잡아 일으켜 세웠다. 자리에서 일어난 월두는 다리가 말을 안 들어 휘청하였다. 차홍은 그런 월두를 부축하여 방으로 이끌었다. 방으로 월두를 데리고 들어온 차홍은 이부자리에 그를 눕히고 솜이불을 덮어주었다.

"한숨 자."

월두가 누워 차홍을 가만히 보았다.

"관에 적을 올렸어?"

"……."

"왜 그랬어? 나를 믿어야지."

"너도 살고, 나도 살고."

차홍이 차가운 월두의 얼굴을 어루만졌다. 차홍이 월두를 향해 웃어주었다. 그러나 그녀의 미소 뒤에는 슬픔이 맺힌 걸 안다.

"자고 있어. 따듯한 미음이라도 쑤어올게. 비단을 팔았어. 숨겨둔 쌀이 있어."

차홍이 자리에서 일어나는데 월두가 그녀의 손을 잡았다. 차홍이 그런 월두의 손등을 두드리고는 이불 안에 넣어주었다.

"눈 감고 있어."

차홍이 방을 나가고 월두는 눈도 깜빡이지 않고 천장을 응시하였다. 이런 기분을 전에도 느낀 적이 있다. 차홍이 중전마마가 되었다고 동네 잔치가 벌어지고, 난동을 부리다가 옥살이를 하던 날 밤이었다. 그날 밤 옥에 갇혀 창살로 비치는 달을 보며 이런 기분을 느꼈더랬다. 결국, 나란 놈은 똑같은 짓거리를 한다.

시간이 지난 후, 차홍이 김이 오르는 채반 하나를 들고 방으로 들어왔다.

"미음이야. 오래 굶었으니 천천히 먹어야 해."

차홍은 월두를 일으켜 세우고 숟가락으로 미음을 떠 그의 입에 대었다. 차홍을 빤히 보던 월두는 입을 열어 미음을 받아먹었다. 그의 모습을 보는 차홍의 눈가에 눈물이 고였다.

"잘 먹네."

차홍이 한 숟가락 더 미음을 떠주었다. 월두는 묵묵히 차홍이 주는 따듯한 미음을 받아먹었다. 우습게도 그녀는 웃고 있는데 눈물이 얼굴을 타고 흐르고 있었다. 월두는 덥석덥석 미음만 받아먹었다. 그녀의 가녀린 어깨가 흔들리고 있어 미음을 먹는 월두의 목구멍이 막혀왔다.

미음 한 그릇을 다 비운 월두를 보고 차홍이 고개를 끄덕였다. 그녀는 얼굴에 미소를 지으며 월두에게 따듯한 눈빛을 주었다.

"잘했어."

"차홍아……."

월두는 차홍을 끌어당겨 품에 안으려 했다. 그러나 차홍은 손을 들어 월두의 가슴을 밀며 거리를 만들었다. 월두는 끝까지 받아주지 않는 차홍을 슬픈 눈으로 바라보았다.

"내가 궁에서 쫓겨난 것은 왕을 속이고 너를 사랑해서만은 아니야."

차홍의 목소리가 떨려오고 있었다.

"난 아이를 품을 수 없게 되었다. 그래서 나는 내쳐진 거야."

"왜? 왜 그렇게 되었어? 혹, 그게…… 네가 나를 밀어내는 이유야?"

"후사를 보지 못하는 여인이 무슨 소용이야."

"그런 거야말로 다 무슨 소용이야. 나는 너 하나만 본다. 나는 너만 있으면 다 필요 없어."

"그래서 네 곁에 있을 수 없어. 너는 나를 위한다, 다른 여인을 취하지도 않을 사내니까. 네 곁에 있으면 나는 평생 죄책감에 괴로울 거야. 비록 몸은 떨어져 있다고 해도 너를 생각하는 마음은 같을 거다. 그러니 우리가 좋았던 때를 생각하며 살게. 나는 괜찮다. 그 추억을 안고 살련다. 너도 나를 기억 속에 남겨줘. 그러면 돼. 그게 내 소망이야."

"바보같이. 그런 걸 왜 다 혼자 껴안는 거야."

월두는 힘으로 차홍을 끌어당겨 품에 안았다. 차홍은 이번에는 월두가 원하는 만큼 그에게 가슴을 내주었다. 밀어내기만 하던 때는 몰랐지만, 제가 그에게 매정하게 대하는 것조차 월두에게는 상처를 내는 일이라는 걸 깨달았다. 가족에게 버림받아 평생을 외롭게 살던 그에게 또 다른 가혹한 상처가 되리라. 차홍은 그의 등을 쓰다듬으며 어깨에 머리를 기대었다.

"우리가 떨어져 있어도 차홍은 월두의 여인이라는 사실은 변하지 않아. 나는 태어나기를 너와 맞는 짝이었어. 내가 일찍 인정하지 못하고 오기나 부려 미안해, 월두야. 너는 큰 세상에 나가 내 꿈이 되어줘."

산을 타는 사내아이를 좇던 눈이 있었다. 여인이라는 굴레에, 양반이라는 신분에 묶여 갇혀 살던 시절에, 월두를 보며 차홍의 가슴은 두근댔다. 그가 자유롭게 산을 타고 넘나드는 모습에 차홍은 제가 누리지 못하는 것들에 대한 만족을 그를 통해 느꼈다.

차홍은 이번에도 날개를 펴고 자유롭게 날지 못하고 이곳에 갇히게 되었지만, 월두가 대신 세상을 날아준다면 그의 꿈을 지켜보며 괜찮을 수 있다.

"넌 분명 잘할 수 있어. 너는 강한 사내니까."

월두는 그녀의 몸이 으스러지도록 껴안았다. 이 바보 같은 여인을 어쩌지. 너만 보면 숨 쉬는 일이 힘들 정도로 이렇게 사랑하는데도, 나를 밀어내려는 내 여인을 어쩌지.

비밀을 털어놓는 걸 보고, 차홍은 절대 저를 받아주지 않을 거라는 걸 알았다. 월두는 차홍을 꼭 품에 안고 그녀를 놓고 싶지 않아 몸부림쳤다.

*

월두는 부엌에 딸린 쪽방에 눈을 감고 누워 있었다. 다리를 다 펼 수 없는 좁은 방이었다. 이틀을 꼼짝 않고 방에 누워만 있었다. 마음을 정리하고 이 방을 나가면, 차홍을 떠나야 한다. 석고대죄나, 방에 틀어박혀 어쩌지도 못하는 이 짓거리나 한심하기는 마찬가지였다. 그러나 정말 월두는 더는 무얼 해야 할지 몰라 방에만 틀어박혀 생각을 정리했다. 가슴은 답답해 죽겠는데도 어둠이 깔리면 잠은 왔다는 사실이 허탈하기만 할 뿐이었다.

그래, 이런 거였어. 죽을 것 같다가도 잠은 오고, 배는 고프고, 또 그렇게 살아지더라.

월두는 눈을 꼭 감았다.

'차홍아.'

다시 눈을 뜬 월두는 결심하고 자리에서 벌떡 일어나 어두운 마당으로 나왔다. 월두는 차홍의 방 앞까지 걸어갔다. 차홍의 방에는 불이 꺼져 있었다.

"나 떠난다."

월두의 말이 남긴 슬픈 여운이 불이 꺼진 방 안에 가득 찼다.

방 안에 누운 차홍은 월두의 말을 듣고 조용히 자리에서 일어났다. 떠난다는 그의 말에 가슴이 철렁 내려앉았다. 그렇게 떠나라 애원하였으면서 막상 떠난다는 그의 말에 숨이 멈추었다. 차홍은 방문 앞으로 다가가 주저앉아 그의 목소리에 귀를 기울일 뿐 말소리도 뱉지 못했다.

"그래 가마. 널 버리고 왕이 되는 것이 소원이라면…… 너를 위해서 떠난다."

차홍은 문고리를 쥐고 문을 열고픈 마음과 싸웠다. 이대로 문을 열고 그의 얼굴을 보면 붙잡고 싶어질 것이다. 차홍은 사력을 다해 문을 열지 않으려 노력했다.

"내일……."

말을 시작하는 차홍의 목소리가 잠겨 떨렸다.

"내일 떠나. 오늘은 쉬고 내일 가. 밤이 늦었어. 쉬고 가."

문밖에 선 월두의 고개가 떨어졌다. 자신이 떠난다는 말에 역시 차홍은 잡지 않는다.

차홍의 말이 맞다. 대비마마의 감시에서 벗어난다면 그들은 평생을 도망자 신세가 되어 떠돌 것이다. 대비마마가 이곳에 차홍을 둘러싼 보이지 않는 형틀을 만들어놓았다.

차홍이 열녀로 관에 이름을 올리고 대비마마의 보호 아래 살려

했던 건 현명한 선택이었다. 살려면 그 방법밖에 없다. 살려면.

"네 마음이 그렇다면 살아남아라. 꼭 살아남으란 말이야."

월두는 차홍을 위해 다른 말을 하지 않았다. 지금 월두는 힘이 없다. 그녀를 잡고 고집을 피우기에는 제대로 그녀를 보호할 힘이 없었다.

어떤 약속의 말도 하지 않았다. 약속을 하고 월두가 돌아오지 못한다면 차홍은 삶의 끈을 놓아버릴지도 모른다.

"내일 떠나마."

월두는 짧은 말을 남기고 부엌에 딸린 방으로 들어갔다.

다음 날 아침이 밝자마자 부엌에서 달그락 소리가 들리고 조금 지나 구수한 밥이 지어지는 냄새가 났다. 방에 멍하니 앉아 있던 월두는 밥을 짓는 냄새를 맡으며 서글픈 마음이 들었다.

월두는 지금과는 다른 미래를 꿈꾸어 왔다. 밥을 짓는 냄새에 눈을 뜨고 일어나 차홍과 다정하게 아침상을 받는 날을 그렸다. 그러나 그런 미래는 영영 맞을 수 없을는지도 모른다.

'나는 오늘 떠난다.'

월두는 자리에서 일어나 검을 들고 방에서 나왔다. 부엌에 딸린 방에 문이 열리자 일을 하던 차홍이 돌아서 월두를 보았다. 잠시 둘의 시선이 서로를 마주 보았다. 먼저 움직인 것은 차홍이었다. 차홍은 하얀 천으로 싼 작은 보따리를 월두에게 내밀었다.

"길 가다가 먹어."

아침부터 분주하게 움직이던 차홍은 비단을 팔아 산 쌀로 밥을 지어 주먹밥을 만들었다. 먼 길을 떠나는 월두를 위해 해줄 수 있는 일이라고는 넉넉하게 주먹밥을 만드는 일뿐이었다. 월두는 차홍이 준 보자기를 손에 쥐었다.

차홍은 고개를 숙여 그의 눈을 피했다. 더 바라보다가는 눈물을 뿌리며 이별을 하게 될 것 같았다.

월두는 미어지는 가슴으로 손을 들어 차홍의 얼굴을 만졌다. 그리고 그녀의 얼굴을 들었다. 볼에 눈물이 흐르고 있었다. 매정한 말을 지어낼 수는 있어도 눈물을 숨기는 일은 힘들었다.

"나를 찾지 마. 지금 떠나면 다시는 돌아와서는 안 돼."

차홍은 울며 말했다. 차홍의 얼굴을 만지는 월두의 표정에는 변화가 없었다. 단단히 이별을 준비한 모습을 보며 차홍은 하염없이 눈물을 뿌렸다. 월두의 손이 떠나고 그가 돌아서 부엌을 나갔다. 그의 손길을 잃은 차홍은 바닥에 주저앉아 버렸다.

으 흐으으.

차홍은 흐느끼는 소리가 새 나가지 못하도록 입을 틀어막았다.

월두야, 월두야.

마지막으로 불러보고 싶은 이름이었지만 혹여나 그를 돌아보게 할까 봐 소리를 집어삼켰다.

월두는 그대로 집을 나가 뒤돌아보지 않았다. 되돌아가 그녀를 잡지 않기 위해 이를 악물고 앞만 보고 걸었다.

월두는 계획이 실패한다 해도 차홍의 목숨을 지킬 수 있는 방법을 택하였다. 자신의 계획이 실패하든 성공하든 다시 이곳으로 돌아오지 않는다. 비장한 마음으로 월두는 차홍을 두고 떠났다.

*

밤을 타고 함경도 관찰사의 관사로 들어가는 사내의 몸놀림이 날렵했다. 월두는 관병을 피해 관사로 잠입해 본관으로 들어갔다. 예상대로 본관 관찰사 직무실에는 불이 하나 들어 있었다. 월두는 주변을 경계하며 걸음을 떼었다. 관사에 가까이 다다르자 방 안에 들었던 불이 꺼졌다. 방에 들었던 불이 꺼진 것을 보고 월두는 몇 걸음 만에 관사 안으로 뛰어 들어갔다. 그리고 몸을 피하려는 함경도 관찰사 장혁수의 앞을 가로막았다.

"누구냐?"

어둠 속에서 관찰사 장혁수가 외쳤다. 직무실의 불을 꺼 위험 신호를 보냈으니 곧 병사들이 들이닥칠 것이었다. 그러나 앞에 나타난 침입자의 움직임이 너무도 빨라 병사들이 오기 전에 장혁수는 침입자의 손에 놓여졌다.

"관찰사, 내 그리 상비군을 곁에 두라 일렀거늘."

어둠 속에서 들리는 목소리에 장혁수의 눈이 커졌다.

"저, 전하? 주상전하."

장혁수가 그 자리에서 바닥에 엎드려 절을 하였다.

우당탕.

문을 부술 듯이 큰 소리가 나고 병사 다섯이 직무실 안으로 뛰어 들어왔다.

"멈추어라! 너는 관군에 포위되었다."

어두워 앞을 분간할 수도 없는 곳에서 창을 든 병사가 외쳤다.

"창을 거두거라. 내 집무를 마치고 생각 없이 불을 끈 것이다. 경계 신호가 아니니 비상령을 풀 거라."

관찰사 장혁수가 어두운 방의 구석에서 나와 얼굴을 보였다.

"정말입니까? 그렇다면 불을 다시 밝혀주십시오."

관찰사 장혁수가 책상으로 가 꺼두었던 불을 밝혔다. 직무실이 밝아졌다. 그러나 방금 목소리를 들은 주상전하의 모습은 없었다. 잠시 후, 직무실 안에 이상한 점은 없는지 구석구석 살피는 군사들만큼이나 장혁수도 정말 이 방에 든 사람이 없는 것인가 의아했다. 병사 하나가 기밀문서가 든 벽장 앞에 처진 병풍으로 다가가자 장혁수가 막았다.

"됐다. 너희들은 나가보거라. 내 직무실을 나갈 때도 불을 켜두어야 하는 새로운 규칙에 익숙하지 않아 소란을 만들었구나."

관찰사는 직무를 마친 후 퇴청을 하면서도 불을 남겨두어야 했다. 관찰사 스스로 불을 껐다는 것은 적이 침입했다는 신호였다. 북방 지역 수비의 총 결정권자가 머무는 관사에는 기밀문서가 많아 이처럼 경계를 재정비했던 일이었다.

병사들이 직무실을 나가자 장혁수는 병풍 쪽으로 다가가 뒤를 살폈다. 그러나 그곳에는 아무도 없었다.

"호위병을 곁에 두지 않는 고집은 여전하군."

창을 통해 몸을 피했던 월두는 어느새 직무실 안에 서 있었다.

"주상전하, 어찌 이곳까지 소리 없이 드셨습니까."

장혁수는 밝은 곳에서 다시 예를 갖춰 절을 하려 하였다.

"비상시이니 거두절미하고 본론으로 들어가지. 오늘 내가 이곳에 온 것이 새어 나가서는 안 되네. 오늘의 행보가 적에게 노출되어서는 안 돼."

절을 하고 일어난 장혁수는 비상시라는 말에 몸이 굳어왔다.

"오랑캐의 움직임은 없었사옵니다. 다시 남으로 침략한 것이옵니까. 소신, 군의 수장이기에는 덕이 부족하여……."

"북에서 침략한 적이 아니네. 적은 조정에 있다. 군을 모아 한양으로 진격한다."

"한양으로 말씀이십니까."

군을 모아 한양으로 들어가는 것은 반역이었다. 그러나 지금 앞에 선 왕의 얼굴이 명하고 있었다.

"철령을 지키는 군 중 오십을 도모한다."

"무슨 일이 벌어지는 것이옵니까, 전하."

"나를 따를 것인가?"

함경도 군사 통찰권을 쥔 관찰사였지만 문관이었다. 병사들을 앞장세워 출격 명령을 내리면서도 검을 쥐고가 아니라 붓을 들어 문서를 통해 승인하는 자였다. 왕의 얼굴이 명령하고 있었지만, 그 손에 옥새가 찍힌 문서를 들고 오지 않았다는 걸 안다. 장혁수는 문서를 믿는 문인이었다. 현 정세에서 옥새를 쥔 손이 대비마마라는 사실도 알고 있었으니, 지금 왕의 명이 무엇을 뜻하는지 문관은 머리를 굴려야 했다.

'한양성에 승인도 없이 군이 들어간다면, 반역이다.'

장혁수는 앞에 선 왕의 얼굴을 보았다. 이와 함께 그의 지난 모습이 떠올랐다.

지난 북방 정찰에 임금은 함흥 감영에 들어 관사를 한바탕 뒤집어놓았다. 그때의 장혁수는 변명만 늘어놓았다. 무관이 아닌 자가 북방을 지키는 통수권을 쥔 고뇌를 토로했다. 그러나 왕은 싸움은 검으로만 하는 것이 아니라 머리로도 할 수 있다며 일체의 변명을 묵살했다.

그러다 갑자기 민가를 습격한 오랑캐에 대한 보고를 받게 되었다. 왕의 앞에서 오랑캐에 대한 대응을 어찌해야 할지 고민하는 사이, 왕은 벌써 무장을 하고 신하의 앞에 섰다.

"장혁수, 뭘 망설이나? 조선인이 오랑캐의 칼에 죽어간다는데 한시가 급해! 어서 따르라."

장혁수는 전쟁터에 서는 장군도 아닌 자였다. 장혁수는 겁을 집어먹은 채 왕의 명을 따라야 했다.

왕은 직접 정예군을 차출하여 김 종사관을 우측에 두고 진군하였다. 조선군이 산채에 닿았을 때는 이미 전투가 벌어지고 있었다. 장혁수는 군열의 후방에 말을 타고 접전 지역과는 멀리 서 있었으나, 오랑캐를 직접 눈으로 보자 겁에 질려 금방이라도 도망치고 싶어졌다.

북에서 내려온 오랑캐의 큰 창칼이 허공을 갈라 조선 유목민의 마을에 피를 뿌렸다. 언젠가 보고를 받은 적이 있는 유목민 이십여 명이 떠돌다가 움집을 지은 것을 시작으로 촌락을 이뤘다는 산채 마을이었다.

"뒤를 따르라!"

왕은 한순간의 망설임도 없이 말에서 뛰어내려 칼을 들고 달렸다. 그 뒤를 김 종사관이 따르고 서른의 병사가 적진으로 향하였다. 적의 수는 조선군의 갑절은 되어 보였다. 후퇴하여 조선군을 더 불러 모은다면 모를까 승산이 없어 보이는 싸움이었다.

장혁수가 이대로 도망쳐 백율 장군에게 지원을 요청해야 할까 고민하던 때였다. 전투를 벌이는 왕의 모습을 본 장혁수는 놀라 그 자리에 돌처럼 굳어버렸다. 태어나 그런 광경은 처음이었다.

오랑캐에게 거침없이 달려가 몸을 날리는 사내는 사람 같지 않았다. 빠른 몸놀림으로 칼을 흔들자 그 앞에 목이 잘려 나간 오랑캐의 육중한 몸이 쓰러졌다. 왕은 적장에 맨몸으로 뛰어들었다. 조선군이 오랑캐의 큰 칼에 쓰러지며 전세가 밀리는 중에도 왕은 후퇴하지 않고 마을 깊숙한 진형으로 뛰어들어 갔다.

장혁수는 그대로 굳어 사내의 움직임을 눈으로 좇았다. 그가 휘젓는 칼날이 멈추는 곳에 피를 흘리며 떨고 있는 어린아이들이 있었다. 왕은 아이들과 아녀자들을 움집 안으로 모두 숨기고 그 앞에 섰다. 그 후 왕의 모습은 눈으로 보고도 믿을 수 없었다.

그는 살인귀 같았다. 검날이 웃고 있는 듯 춤을 추며 적의 머리를 베고 몸을 갈랐다. 왕의 주변을 감싸며 좁혀오던 오랑캐는 잔혹한 도륙의 현장에서 두려움에 싸여 도망쳤다. 그 자리에 있던 칼을 쓸 수 있는 자와 아닌 자 모두 본능적으로 알아챘다. 왕의 이름으로 선 그 사내는 살인귀였다.

귀신같은 솜씨의 칼날이 오랑캐를 두려움에 싸이게 만들자 수적으로 전세에 밀렸던 조선군의 기세가 곧 바뀌었다.

"하나도 살려둘 수 없다. 쳐라!"

왕이 소리치자 조선군은 함성을 지르며 왕의 뒤를 따라 오랑캐를 전멸시켰다. 그동안 오랑캐를 보면 도망치기에 바빴던 조선군이 이뤄낸 첫 승리였다. 오랑캐가 출몰하면 그 사실을 장계에나 기록하던 문관이 자신의 과오를 인정하던 순간이 되었다.

그 전투 후, 장혁수는 자신이 오랑캐로부터 지켜야 할 것은 땅이 아니라 그 안에 살고 있는 조선인의 목숨이라는 것을 알게 되었다. 그 후, 왕이 적장에 뛰어들어 지키려 했던 어린 목숨들의 눈망울을 한시도 잊은 적이 없었다. 그 아이들의 눈에 비친 조선 왕의 모습이 어떠하리란 걸 장혁수도 알았다. 장혁수에게도 왕은 그렇게 보였으니까.

구세주, 지키고 싶은 것을 위해서 칼을 뽑는, 하늘이 조선을 위해 보낸 사내.

"내가 하려는 일에 동참하겠는가?"

왕이 관찰사 장혁수에게 다시 물었다. 장혁수는 과거 왕의 용맹했던 전투를 기억하다가 미간을 좁혔다. 일이 어찌 되든 관서에 몰래 들어 군사를 내놓으라는 왕의 행동은 분명 수상하였다.

"반란이옵니까?"

"그렇다."

장혁수는 고개를 들어 왕을 바라보았다. 지금 앞에 선 왕은 무언가를 지키기 위해 칼이 필요하다 말하고 있었다. 왕이 칼을 들었다면 그런 이유이리라.

"나를 따를 것인가?"

군왕의 명이었다. 어찌 신하가 따르지 않을 수 있겠는가.

"분부만 내리십시오. 충심을 다해 따르겠나이다. 백율 장군을 부르겠습니다."

"선봉에는 내가 선다. 백율은 남아 이 땅을 지킨다. 함흥 감영 직계 소관인 철령 지역의 군사를 모으게. 백의 정예군 중 반을 떼어내어 내게 달라. 내가 이끌고 한양으로 진군한다."

"저도 따르겠습니다."

월두는 관찰사 장혁수의 어깨를 짚었다.

"자네의 충심은 내가 이 반란을 해결하고 난 후에 어디에 사용할지 결정하겠네."

군을 끌고 한양성으로 진군한다는 것은 반란이었다. 그리고 반란을 일으키려는 자는 월두였다.

월두의 정예군 오십은 모두 기마병이었다. 오십의 검은 군마가 북역 땅을 달려 평안도 성문을 넘었다. 평안도 감사는 함경도 관찰사에게서 하달받은 통행패를 가지고 있는 군이 성문을 지나는 것을 승인하였다. 한양 이북 지역 군의 통수권은 함경도 관찰사가 쥐고 있었으니, 그 통행패가 있으면 성문을 넘을 수 있었다. 단, 스물이 넘는 군의 이동은 위로의 보고를 해야 하는 법이 있었다. 그 보고를 받는 북경 지역의 별마절도사가 바로 함경도 관찰사였으니, 이는 함경도에서 내려오는 군력에 대해 함경도로 다시 보고하는 소모적인 체계가 되었다.

북방 다섯 개의 성이 모두 오십의 기마병에게 성문을 열어주었고, 오직 황해도 부윤 이철영만이 대규모 군사의 이동을 이상하게 여겨 자의적인 판단으로 한양으로 전령을 보내었다. 그러나 그 전령 또한 북방 산악 지역을 누비던 기마 군단보다 빠른 속도를 내지 못했다. 그러니 기마병이 한양성에 당도하도록 중앙에서는 어떤 대응도 마련할 수 없었다.

검은 군마의 행렬이 버젓이 한양 북촌을 지나 반촌으로 진입하였다. 시장 바닥을 누비는 줄줄이 늘어선 군 행렬에 상인들은 부리나케 물건을 정리하고 하얀 천막을 쳐 폐장을 알렸다.

군의 행렬은 저자를 지나 궁까지 이어졌다. 검은 군마의 후미에는 복면을 쓴 사내가 말에 올라타 있었다. 궁으로 들어가는 홍화문 앞에서야 복면을 쓴 사내는 말을 움직여 선봉에 섰다.

“멈추거라!”

수문장이 군열의 앞을 막았다.

선봉에 나선 사내는 복면을 거두어 얼굴을 드러냈다.

“저, 저, 주상전하?”

왕의 얼굴을 확인한 수문장은 고개를 숙이고 비켜섰고, 궁문 뒤에 진을 치고 적을 막아서던 병사들은 창칼을 내려놓았다. 월두는 오십의 군을 이끌고 홍화문을 넘어 정전까지 들어갔다.

왕이 군을 이끌고 궁 안으로 들어섰다는 말이, 정전에 들어 논쟁을 벌이던 조정 신료들에게 전해졌다. 궁 안으로 군마가 들어왔다는 말은 전쟁의 선포나 다름없었다. 경험 없는 일에 당황한 신료들은 지난 반정으로 조정에 분 피바람을 떠올렸다. 그리고 왕의 칼날은 아직 멈춘 게 아니었구나 생각했다.

오십의 기마병을 이끈 월두는 정전 밖으로 나와 선 조정 신료들을 마주하게 되었다. 조정 신료들이 월대 위에 서고 왕이 아래에서 신하들을 올려다보는 이상한 구조였다.

“주상전하.”

신하들이 고개 숙여 절을 하였다. 그리고 그들이 다시 고개를 들었을 때는 왕의 뒤에 선 뜨거운 김을 품어내는 군마의 위협에 식은땀을 흘렸다. 오십 필의 육중한 군마가 마당을 꽉 채운 광경은 칼날을 뽑지 않아도 충분히 위협적이었다.

왕이 걸음을 떼 저벅저벅 계단을 올랐다. 왕이 정전으로 걸어오자 신하들은 양 갈래로 나뉘어 길을 만들었다. 월두는 정전 안으로 들어가 용상 위에 올라앉았다.

신하들은 왕의 뒤를 따라 정전 안으로 들어가기를 꺼렸다. 마당에 늘어선 군사들이 찬 칼날을 의심하며 밀폐된 공간으로 들어서는 일을 두려워했다. 그러나 이미 주인이 들어선 정전으로 들어가지 않고 마냥 버틸 수는 없는 일이었다. 신하들이 하나둘 정전에 들기 시작했다. 신하들이 정전에 모두 들자 월두는 그들을 하나하나 내려다보았다.

"밖을 포위한 군을 보라."

신료들은 겁에 질려 제대로 눈을 돌리지도 못하고 있었다.

"오십이나 되는 군이 함경도에서 한양까지 군마를 달려 진군하는 데 사흘이 채 넘지 않았다. 군을 이끈 것은 내가 아니다!"

월두는 손에 든 통행패를 내밀었다.

"군을 끌고 내려온 것은 이 함경 관찰사의 통행패 하나였다. 다섯 개의 성문을 통과하는 데 어떤 저항도 없었다. 내가 이끈 군이 아니라, 오랑캐가 장악한 군이었다면 저들은 이 정전 안까지 들어와 그대들의 목을 쳤을 것이다."

신료들이 날카로운 왕의 말에 동요하였다.

"사흘이면 궁까지 진군이 가능하다는 말이다. 그대들이 지금의 평화에 안주하여 귀를 닫고 있는 사이, 썩을 대로 썩은 군 체계는 적에게 성문을 활짝 열어주고 있다는 말이야. 사흘이면 한양성이 함락된다. 이번에는 오십이었지만, 다음에는 백의 정예군이다. 직접 눈으로 보고도 정신 차리지 못한다면 그다음은 오랑캐의 대군이 쳐들어올 것이다."

이제껏 북역 땅은 지방 자치로 돌아가니 부족한 중앙의 세정을 북방 정비에까지 쓰는 일을 반대하던 신료들이었다. 북방을 지키려는 의지는 돈과 연계되어 있었다. 한양 세도가들에게는 제 땅이 있는 한양성만이 조선이었다. 당장의 안위만을 계산한 우매함이 아닐 수 없다. 그래서 월두는 직접 군을 이끌고 저들의 목까지 칼을 들이대 보여주었다.

"함경도 평안도가 무너지면 조선이 무너진다. 이제껏 북방을 지켜낸 것은 군사가 아닌 오랑캐가 출범하는 땅에서도 살려고 터를 닦아낸 백성이었다. 그러나 이제 백성도 버리는 땅이 되었다. 조선인이 살지 않는 땅이 어찌 조선의 땅이 되겠는가. 나라에서 지켜주지 않는데 백성이 어찌 조선인으로 살기를 원하겠는가."

조정 신료 누구도 입을 열어 반박하지 못했다.

"그대들의 입을 막는 것이 칼로 무장한 군사들 때문이 아니라, 깨달음이었으면 좋겠군. 위태로운 조선의 실상을 제대로 본 것이라면 좋겠단 말이야."

월두는 용상에서 일어나 신료들 사이를 걸어 나왔다. 정전 앞에 선 월두는 빼곡히 선 군사들을 바라보고 섰다.

"군은 이 앞에서 한 치도 벗어나지 말고 지키라! 내 제대로 된 교훈을 하기 위함이다."

군에 둘러싸인 조정 신료들은 정전을 떠나지 못하고 갇힌 신세가 되었다.

"대비마마, 큰일 났사옵니다."

대비전 상궁이 놀라 방에 들어와 대비 윤 씨의 앞에 주저앉으며 고했다.

"주상전하께서 궁으로 군사를 이끌고 들어오셨다 하옵니다."

조정에서 올라온 상소문을 서안에 두고 보던 대비의 손이 잠시 멈추었다.

"그랬나."

"대비마마…… 어찌하옵니까?"

"곧 이리로 들겠군. 자네는 나가 주상을 잘 모시게."

"하나…… 지금 주상전하께서는 연화당 별궁으로 향하셨다 하옵니다."

"연화당?"

그 말에 대비 윤 씨는 얼굴이 하얘져 자리에서 벌떡 일어났다. 대비는 침전을 나와 황급히 별궁으로 달려갔다. 몇십 년간 대비전을 모셔온 상궁이었지만, 대비마마께서 궁에서 뛰는 모습은 이날 처음이었다.

"네, 이놈!"

대비는 달려가 별궁의 방문을 열어젖히며 소리를 질렀다. 그 방 안에는 칼을 바닥에 놓고 앉은 월두가 있었다.

"감히, 이곳으로 무장을 하고 들어와!"

월두는 고개를 들어 화를 내는 대비마마를 보았다.

"왕이 죽었다는 사실이 아직도 비밀인가 보지요? 그럼 이야기가 길어지겠군요. 자, 앉으시지요."

대비는 병풍 뒤를 한 번 바라보고는 보호하려는 듯 그 앞에 자리하고 앉았다. 병풍 뒤에 누워 있는 죽은 이명의 시신을 지키려는 대비의 표정은 결연하였다.

"들으셨겠지요. 군 병력이 정전 앞에 진을 치고 있습니다."

"왜요? 대비전으로 와야 원하는 것을 얻을 수 있을 텐데요."

"군을 이끌고 대비전을 치다니요. 제가 어찌 그런 불효를 저지르겠습니까. 조선이란 나라는 삼강오륜에 의해 유지되고 명분을 만드는 법인 것을요. 제일 어른인 대비전을 무력으로 장악하고 어찌 명분을 만들겠습니까."

대비 윤 씨가 궁까지 말을 타고 들어온 군사는 자신을 위협하기 위한 것임을 모를 리 없었다.

"제 얼굴 하나면 군을 장악할 수 있더이다."

대비는 차가운 표정으로 월두의 도발을 정면으로 응수했다.

"조정을 장악한 것은 대비마마이지만, 군은 제 손에 놓여 있습니다."

"오십으로 무엇을 할 수 있답니까. 지난 역모로 중앙으로 불러들인 군의 수가 이백이오. 자네에게 불리한 싸움이네."

"모든 것은 명분 싸움이라고 하지 않으셨습니까. 장성한 임금을 두고도 수렴청정을 거두지 않으려는 대비의 욕망은 어떻습니까. 왕이 치마폭에서 벗어나고자 반항을 일으킨 것이라면요. 순순히 물러나는 것이 보기에 좋지 않겠습니까."

"그래, 왕은 죽었다. 그러나 왕과 닮았다는 이유만으로 조선을 장악할 수는 없어. 제대로 칼을 뽑아 힘으로 밀어붙였더라면 가능했을지도 모르지만, 더 많은 군을 이끌고 쳐들어오지 그랬나."

"왕권을 노린다고 북방을 오랑캐에게 넘겨줄 수는 없는 일 아니겠습니까."

대비는 월두는 보며 입꼬리를 올렸다.

"자네에게는 그런 약점이 있었군. 하긴 자네는 그랬지. 여인 하나 때문에 궁을 뛰쳐나갔던 일과 돌아온 명분이 같은가?"

"명분이란 오직 하나이죠. 제 마음을 움직이는 그 한 가지를 알려 드리려다 보니 일이 커졌지만. 궁에 든 분들은 목에 칼이 들어와야 말을 들어주는 성향이 있는지라, 불효를 저질렀습니다."

"내게 수가 없을 거라 생각하나. 나는 자네 수가 다 보이네만."

"수는 많겠죠. 지금 당장은 군을 물리게 하고 조정 인사들을 움직여서 왕권을 흔들 수도 있겠지요. 아니, 가장 빠른 수로는 죽은 왕의 얼굴을 보이면 되겠군요."

대비 윤 씨의 눈매가 가늘어짐과 동시에 심장이 뛰었다. 분명 제게 반기를 들고 군을 끌고 온 월두였다. 그런 지금 그를 보는 일이 괴롭기는커녕 어떤 일에도 좀체 반응 없던 마음을 흔들었다.

"왕의 얼굴이 둘이라……. 왕의 얼굴을 보이면 내게도 흠이 될 터인데. 가짜 왕을 세운 일을 해명할 길이 어디 있겠나. 그렇다면 전자의 경우가 더 나답겠군."

"쌍생아를 낳았다는 것은요? 그리고 자신의 아이가 왕위를 잇기를 바라며 다른 아이는 버렸다는 이야기는요?"

월두의 입에서 흘러나오는 그 이야기는 대비의 가슴을 난도질하였다. 월두 이 사람은 염려와는 달리 자신이 가진 무기를 제대로 쓰는 법을 알고 있었다.

"자네가 최 상궁의 일기에 손대지 않았다고 종사관이 전하더군. 그자는 마지막 명을 받들지 못한 벌로 유배의 형이 더 늘었고 말이야. 그 전언을 받지 않은 것은 이미 알고 있어서였던가?

그런 사람 앞에서 연기를 벌인 꼴이 되었군."

"병이 든 왕인 척 누워 있던 때에 방을 드나들며 욕창이 들까 하루 세 번 몸을 닦아주는 의녀가 있었습니다. 죽다 살아나 다시 궁으로 들어왔을 때, 그 의녀가 사람들 눈을 피해 어딘가로 드나드는 모습을 보았습니다. 궁녀를 뒤쫓았고, 연화당으로 들어가는 걸 알아냈지요. 그런데 이상하게도 그곳에 들어가 이 두 눈으로 확인하고 싶지 않더군요."

월두의 얼굴에는 아프게도 싸늘한 미소가 비치었다.

"결국, 궁을 떠나기로 결심한 날에서야 진실을 대할 용기가 났습니다. 그래서 궁을 떠나던 날 밤에 연화당으로 들어갔습니다. 그러니 이곳, 저 병풍 뒤에 나를 닮은 사내가 누워 있더이다."

월두의 이야기를 듣는 대비 윤 씨는 숨을 들이마셨다.

"참으로 이상하더이다. 나와 닮은 사람이 눈앞에 있다는 것이. 면경을 보듯 그 모습이 참으로 기괴하더군요. 그리고 소름이 돋았습니다. 같은 얼굴로 어찌 이렇게나 다른 삶을 살아야 했을까 말입니다. 결국은 이렇게 서로 얼굴을 보게 되는 것을."

그래서 궁을 나가 다시는 뒤도 돌아보지 않으려고 했다. 그들처럼 살기 싫었다. 도대체 무엇을 위해 인간이 하지 말아야 할 짓까지 하고 산단 말인가.

"나를 원망하게."

대비는 월두가 생각한 것보다 더 차가운 사람이었다. 그래서 이렇게 대비 앞에서 자신의 감정을 뱉어내는 일이 싫었다. 그러나 이것도 운명의 끈인지 결국은 이렇게 돌아와, 자신을 낳은 여인의 앞에 앉아 이 말을 한다.

"당신이 미워. 내 운명을 쥐고 흔드는 당신이 저주스러워."

월두의 말은 대비 윤 씨의 가슴을 찔렀다. 단단하게 마음을 연마하고 산 시간이 아무리 긴들 자식이 어미를 저주한다는 말에 흔들리지 않을 수는 없었다.

"그렇다면 나를 치거라. 그것이 네가 진정한 의미의 왕위를 차지할 수 있는 길이다. 나를 밟고 오른 강한 왕이 되거라. 그래야 나의 왕이지."

대비는 웃고 있었다. 이것이 윤 씨가 기다리던 일이었다. 월두가 자신을 향해 칼을 드는 모습은 어미로서는 슬픈 일이었지만, 조선의 왕위를 지켜낸 대비로서는 가슴 떨리는 일이었다. 강한 군주는 누구에게도 휘둘리지 않고 왕권을 지킨다. 그 상대가 혈육이라 해도 말이다.

현 조정의 모든 권력은 대비가 쥐고 있었다. 빠른 권력의 이전에 군력만큼 효과적인 방법은 없었다. 대비의 그늘 아래에서 왕권은 무너질 수밖에 없다. 친정을 펼치기 위해서는 대비와의 한판 대결은 예견된 일이었다. 그간 자신과 맞설 힘을 지닌 왕이 없었다는 것은 대비로서도 유감이었다.

'결국, 이 자리를 내놓는 날이 오게 되었구나.'

그다음 왕의 행보는 대비의 사람들을 조정에서 숙청하는 일이 돼야 한다.

"그건 마마의 방식입니다. 피를 쉽게 이용하려는 자는 그 피가 흐르는 사람에게 감정이 있다는 것을 모르기 때문입니다. 칼로 사람을 죽음에 이르게 할 때의 눈을 본 적 있습니까? 그 눈에 맺힌 두려움을 보았다면 다른 이의 목숨을 쉽게 거둘 수 없죠. 권력이란 목숨을 빼앗기 위해 차지하는 게 아니라, 지켜주기 위해 부리는 겁니다. 그게 내 방식입니다. 그러니 저는 권력을 끌어모은다, 괜한 피를 뿌려 조선을 두려움 아래에 놓지 않을 겁니다. 그건 낡은 방식입니다."

"남은 잔당의 씨는 후에라도 꼭 불씨가 살아나 자네가 지키려던 것을 위협할 것이네. 낡은 방식일지는 몰라도, 한 번도 틀린 적이 없다면 통치(統治)라 부르네. 조선은 피의 역사로 통치되었지."

젊은 피가 나타나 틀렸다고 말하자 대비는 차갑게 응수하였다. 월두는 대비가 차홍에 대해 암시하자 눈에 더욱 힘을 주었다.

"대비마마는 대비전을 지킬 수는 있지만 앞으로 모든 정치에서는 발을 뺍니다. 왕권에 도전하는 어떤 반란의 흔적이라도 보인다면 대비마마를 칠 것입니다. 역사에 이명이라는 이름 뒤에는 친모의 목에 칼을 겨눈 패륜의 왕이라는 기록이 남을 것입니다."

죽은 왕 이명의 이름이 나오자, 대비의 얼굴이 일그러져 웃는 것인지 우는 것인지 모를 인상이 되었다.

"당신이 선택한 아들의 이름이 그렇게 더럽혀지기를 원치 않는다면 대비전 안에서 한 발자국도 나오지 마십시오. 죽은 왕의 얼굴을 이용해 나를 끌어내리려 한다면 죽은 자의 얼굴을 도려내 왕의 흔적을 지울 것이오. 내가 이렇게나 잔인한 구석이 있다는 걸 의심하지 마십시오. 나의 피가 어디에서 이어진 줄 안다면 내가 할 일을 의심하지 못할 것이지요."

"내가……."

미안하다는 말을 하고 싶었다. 윤 씨는 강한 척하였으나 이 아이 월두에게 자신의 어리석은 과거에 대해서는 용서받고 싶은 마음이었다. 그러나 말을 뱉지 않고 가슴에서만 웅얼대었다. 무슨 말로도 월두, 이 아이의 마음을 흔들어놓지 못했는데. 제 여인을 지킨다며 칼이라도 뽑아 들고 찾아온 것은 다행이었다. 여인 하나라도 그의 마음을 움직여 놓았다니, 괜한 동정이나 일으킬 말로 큰일 할 사람을 흔들어서는 안 되었다. 윤 씨의 목숨은 이미 조선을 위해 살기로 내놓았으니. 무너지는 가슴이야 과오의 벌로 달게 받아야 마땅함이다.

"내가 이명의 시신이라도 수습하게 해주게. 그 사람의 몸에 어떠한 유해가 있어서는 안 되네. 자네가 내 틈을 찾아낸 것은 참으로 장하네. 아들을 바라보며 산 늙은이기는 하나 내게 조선보다 더 중요한 것은 없네. 핏덩이의 숨통을 내 손으로 막은 것만 보아도 알 것이지. 그러니 자네가 조선을 해치는 어떤 일이든 벌인다면, 내 이대로 눈을 감지는 않을 것이야."

월두에게 더는 두려운 말이 없었다. 차홍의 죽음까지 경험했던 마당에 뭐가 월두를 더 두렵게 만들 수 있을까. 대비를 향해 단단해진 마음으로 월두는 자리에서 일어났다. 눈 아래 앉은 늙어 힘을 잃은 여인의 모습은 가련하기까지 했다.

"눈 감지 말고 똑똑히 보십시오. 당신이 버렸던 패가 어떻게 조선을 만드는지를요."

월두는 한기를 남기고 연화당을 나갔다.

정적이 감도는 방 안에 앉은 윤 씨의 눈앞에 지난 생이 스쳐 지나갔다.

"이제야 이 자리를 놓을 수 있게 되었는데, 여전히 하늘을 보고 살 수 없는 거로군요. 그렇게나 잔인한 짓을 벌인 형벌이라니.

알겠습니다. 그 벌을 지지요. 하지만 눈 감지 말고 똑똑히 보라니 그 말은 고맙군요. 자네가 걷는 길을 보기 위해서라니. 눈 감고 싶지 않은 욕심이 생깁니다. 욕심 많던 중생이 또 욕심을 품으니. 이를 어찌합니까."

대비 윤 씨는 여러 감정이 뒤섞인 회한의 웃음을 지었다.

대비를 두고 별궁을 나온 월두는 칼을 움켜쥐었다. 대비의 말대로 한번 칼을 들었으면 피를 뿌리고 후에 번질지도 모를 불씨를 모두 제거해야 한다. 그러나 마음이 흔들렸다.

돌아온 궁에서 폐비된 중전의 기록을 살피다가 폐비된 기록만이 있고 사사의 기록이 남지 않은 것을 알았다. 왜 대비가 그렇게 하였을까? 월두는 대비에게도 혹시 자신을 위한 마음이 남아 있었던 것인가 생각이 들었다.

월두는 고개를 저었다.

지금은 차홍을 위해 할 일이 남았다. 마음 약해져서는 대비를 상대할 수 없다.

"당신이 선택한 아이가 나는 아니었지만, 살아남은 건 나야."

차홍을 살려주었으니 대비가 지키고 싶어 하는 한 사람은 살려주고 싶었다. 죽은 왕 이명의 이름만은 살려줄 것이다. 이명이라는 이름으로 대신 이 나라에 살아 있는 군주가 되어줄 것이다. 그것으로 대비가 월두에게 한 번 보여준 마음에 대한 빚은 갚는다.

월두(月頭)라는 이름을 버리고 이명(李明)이라는 이름으로 살 것이다.

*

한양을 떠나 왕명을 받든 정 종사관과 병사들이 함경도로 들어섰다. 무장한 군사들 뒤로는 화려한 가마가 따르고 있어 기이한 모습이었다. 가마는 개마고원을 넘어 황무지에 서 있는 어느 돌집 앞에서 멈추었다.

"폐비 윤 씨는 어명을 받들라."

방에 앉아 있던 차홍은 밖에서 들리는 소리에 놀라 마당으로 나갔다. 돌집을 둘러싼 수십이 되는 군사를 보고는 이제야 제대로 된 전언이 도착한 것이라 생각했다.

차홍은 한 번 눈을 감았다가 뜨고는 마음의 준비를 하고 스스로 멍석을 마당에 깔았다. 소복 차림으로 왕명을 받들기 위해 멍석 위에 무릎을 꿇고 앉았다. 사자는 긴 왕의 교지를 읽어내렸다.

"폐비 윤 씨의 지난 과오를 덮어둠이니, 환궁을 명한다."

사자의 말이 끝나자 차홍은 놀라 왕의 전언을 진 의금부 종사관을 보았다. 차홍은 자리에서 일어났다.

"폐비된 자를 사면한다는 명이오?"

"그렇습니다. 하교를 받아 궁으로 모시겠습니다."

이제야 집을 둘러싼 군사들 사이로 들어오는 화려한 가마가 눈에 들어왔다. 차홍은 일이 어떻게 된 것인지 의아했다.

"대비마마의 하교였나?"

"교지를 읽은 이 순간부터 각별히 모시라는 하교였습니다, 중전마마."

옥새를 쥐고 왕명을 대행하던 분은 대비마마셨다. 그러나 차홍이 알던 대비마마는 한 번 내친 사람을 다시 부를 분이 아니셨다.

'월두……, 정말 당신이 나를 부른 거야?'

차홍은 방으로 들어와 문갑장을 열었다. 그 안에는 하얀 봉투 두 개가 들어 있었다. 대비마마가 내린 자신의 처신을 담은 문서를 챙겼다. 차홍은 관에 열녀로 입적하지 않았다. 관에까지 갔으나 차마 그 문을 넘어 들어가지 못했다. 살아남으려면 대비마마의 뜻대로 해야 했지만, 제 손으로 월두를 끊어내는 일은 할 수 없었다. 대신 차홍은 주막으로 가 비단 한 필과 쌀을 바꾸었다. 쌀 석 되 값은 되어야 할 비단을 챙기며 주모는 쌀 한 되를 내밀었다. 차홍은 따지지도 않고 그걸 그냥 받아 품에 쥐고 돌집으로 돌아오는 내내 눈물을 뿌렸었다.

차홍은 궁에서 보낸 화려한 가마를 타고 한양으로 향했다. 무장한 군사들은 귀한 분을 모시는 가마를 둘러싸 주변을 경계하였다. 가마꾼을 바꿔가며 쉴 새 없이 달려온 가마는 한양에 열흘만에 도착했다. 왕실의 여가 북촌에 들었을 때는 궁내에서 벌어진 반정은 정리되고 월두가 궁을 장악한 후였다.

피부림이 난무한 숙청은 없었지만, 대비와 군을 장악한 왕 사이에서 벌어진 정쟁 후 권력은 왕에게로 이전되었다. 신료들은 조용히 벌어진 권력의 이동을 알아챘고, 기마군을 이끌고 궁으로 쳐들어온 지난 왕의 모습을 기억하였다. 대비를 따르던 자들마저 힘을 키운 왕에게 고개를 숙이게 되었다. 왕이 전국을 장악하고 제일 먼저 한 일이 폐비 윤 씨를 궁으로 불러들이는 일이었다.

차홍을 태운 가마가 궁으로 들어가는 길목을 지나고 있었다.

가마 안에 앉은 차홍에게 밖의 소란스러운 소리가 들려왔다. 들려오는 사람들의 환호 소리에 놀란 차홍은 작은 가마의 창문을 열었다. 그곳에는 가마가 가는 길을 따라 사람들이 줄지어 서서 환호하고 있었다.

차홍은 가마의 문을 열라 명하였다. 그러자 사방의 문이 위로 올라가 가마가 개방되었다. 가마에 탄 주인이 모습을 드러내자 백성들은 더욱 환호하였다.

"중전마마!"

차홍은 가마 밖으로 펼쳐진 광경에 놀라 손을 입가에 가져다 댔다. 가마가 가는 길마다 꽃이 만발하였다. 백성들은 손에 들꽃을 들고 중전마마가 돌아오는 길을 반겼다. 길을 따라 백성이 만든 꽃밭을 지나며 차홍은 참았던 눈물을 마음껏 흘려보냈다.

"중전마마!"

백성들은 얼굴을 들고 입궐하는 중전마마의 모습을 보았다. 이날만은 궁으로 돌아오는 중전마마의 모습을 보아도 된다는 허락이 떨어졌다. 폐비되었던 윤 씨가 얼마나 왕의 사랑을 받으며 환궁하는지 백성들에게 보이라는 명이었다. 백성들에게는 중전마마의 환궁을 기려 들꽃을 꺾어 꽃밭을 만들라는 지시가 내려졌었다. 꽃을 들고 온 환영단에게는 혜민국에서 엽전 두 냥씩이 지급되었다. 폐비의 환궁을 축하하는 의미로 내리는 백성을 위한 구휼이었다.

차홍은 가마에 앉아 하염없이 흐르는 눈물을 어찌할 수 없었다. 울다 웃다 만감이 교차했다.

"발을 올리라. 백성들의 얼굴을 보고 싶다."

가마에 드리웠던 발도 올려 차홍은 백성들의 얼굴을 마주하였다. 삼 년간 궁에서 살았지만 저의 백성이라고 여긴 적이 없었다. 궁으로 들어온 날부터 죄인이기에 백성의 앞에 떳떳이 얼굴을 드러낸 적 없이 살아왔다.

"고맙네. 고마워."

차홍은 자신을 반겨주는 백성들의 마음에 감복하였다.

궁으로 들어온 차홍을 열렬히 반기며 맞이하는 것은 백성만이 아니었다. 가마가 궁으로 들어서자 붉은 곤룡포를 날리며 가마로 달려오는 사내가 있었다. 그리고 그 뒤로는 미처 왕을 따라잡지 못한 내관들이 사모가 날아가도록 달려오고 있었다.

"차홍아."

왕이 다가오자 가마가 멈추었다. 차홍은 내려진 가마에 앉은 채 자신에게 달려오는 월두를 바라보았다.

"월두."

월두가 달려와 가마 앞에 무릎 한쪽을 바닥에 대고 앉았다. 차홍과 눈높이가 맞춰진 월두의 눈은 웃고 있었다. 차홍은 월두의 얼굴을 확인하고 이제야 가슴속에 감춰두었던 모든 두려움을 날려 버릴 수 있었다.

"중전마마, 여기서 한참 기다렸어."

월두가 손을 내밀며 미소를 지었다. 차홍도 그에게 따듯한 미소를 지어주며 월두의 손바닥 위에 손을 얹었다. 차홍은 그가 내민 손을 잡고 가마에서 내렸다.

왕이 환궁하는 중전마마를 맞이하기 위해 한걸음에 달려와 반기는 모습에 주변 신하들은 고개를 숙였다. 분명 법도에는 어긋나는 일이거늘, 왕의 마음이 그대로 전해지니 그런 마음에 대고 뭐라 할 말이 없었다.

"중전마마, 환궁을 감축드리옵니다."

신하들은 중전의 환궁을 축하하며 바닥에 엎드려 절을 하였다.

폐비 윤 씨가 환궁하여 다시 중전의 자리에 오르는 일은 대비 윤 씨의 시대가 끝났음을 알리는 확실한 선포였다. 이 일을 두고 조정에서는 왕이 북방 원정을 떠난 사이 독단으로 중전을 폐비시킨 일에 대한 대비를 향한 왕의 반발이라고 생각했다. 그리고 윤 씨의 환궁은 왕의 다른 속내를 비치는 것이라는 조심스러운 분석도 있었다. 중전 윤 씨에 대한 애정이 없던 왕이 굳이 대비의 결정에 반대하고 나선 것은, 홀로서기를 감행하려고 중전을 이용한 책략이라는 평이었다.

그러나 이 자리에 나와 직접 왕이 중전을 환대하는 모습을 본 신하들은 윤 씨의 환궁은 계략이 아니라는 걸 확인하였다. 왕은 사랑이 가득한 눈으로 중전을 맞이하였다. 보는 눈도 생각지 않고 길이라도 잃을까 염려되어 직접 중전을 중궁전으로 이끄는 모습에 거짓은 없었다.

"차홍아, 먼 길 오느라 힘들었지."

월두는 차홍의 손을 끌어다가 한순간도 놓치고 싶지 않아 두 손으로 꼭 쥐었다.

"내가 어떻게 다시 이곳에 있을 수 있지? 당신 곁에?"

차홍은 월두를 올려다보다가 가슴에 품고 온 봉투를 꺼내어 그에게 내밀었다. 그 문서 안에는 윤차홍이라는 이름 대신 박은서라는 이름으로 살라 적혀 있었다.

"내 신상을 결정할 사람은 당신뿐이야."

"관에 입적하지 않았어?"

월두는 차홍이 내민 물건을 보고 놀라 걸음을 멈추었다. 월두의 물음에 차홍은 웃으며 고개를 저었다.

월두는 그대로 차홍을 끌어당겨 품에 안았다. 그 바람에 왕의 뒤를 따르는 신하들이 민망하여 놀라 일제히 뒤돌아섰다.

"나를 믿어준 거야?"

차홍은 월두가 왕이 되기를 바랐다. 그는 어느 누구에게도 흔들리지 않고 조선을 이끌 군왕의 자질을 가지고 있었다. 그리고 궁을 떠나며 대비를 보고 알아차린 한 가지. 대비는 월두라는 이름의 사내에게 약점을 가지고 있었다. 그것이 무엇인지는 모르지만, 그렇게나 그가 아니면 안 된다는 대비의 말은 그분의 약점이 될 것이었다. 정치에서 제일의 권력을 쥐려면 자신이 아니면 안 된다는 생각을 가져야 한다. 차홍은 월두가 궁으로 돌아가 왕이 되어, 대비가 약해졌다는 것을 알아채고 힘을 차지하기를 바랐다.

그렇다고 차홍이 월두의 곁으로 돌아오기를 바란 것은 아니었다. 그에게 후계자를 낳아줄 수 없다는 마음의 짐은 아직도 여전하였다. 그래도 이런 저라도 괜찮다면 품을 열어 보여주는 그를 놓치고 싶지 않다. 다른 여인과 품을 나누는 한이 있더라도, 그가 불러준다면 욕심이라 해도 그의 곁에 있고 싶다.

차홍을 품에 안은 월두는 그녀를 놓아줄 생각이 없어 보였다. 그의 품에 오랫동안 갇혀 있다 보니, 차홍은 등을 돌리고 서 있다가 흘끔흘끔 뒤돌아 이제 끝난 것인지 확인하는 신하들이 의식되었다.

"이제 그만 놓아주세요."

"싫어."

"회포는 꼭 이곳에서만 풀 수 있는 건 아니잖아요."

그 말에 월두는 이제야 차홍을 품에서 놓아주었다. 그리고 차홍의 손을 꼭 쥐고 급히 발걸음을 옮겨 중궁전으로 향하였다.

중궁전에 밤을 밝히는 불이 밝혀졌다. 중궁전의 주인은 면경 앞에 앉아 정성스레 꾸민 외모를 살펴보았다.

"은으로 된 머리 장식은 어울리지 않는구나. 차가운 기운이 들어 싫어."

중전마마의 말에 나인은 부지런히 손을 움직여 머리 꾸밈을 손보았다. 이 모습을 중궁전에 새로 배치된 장 상궁이 지켜보았다. 차홍이 중궁전으로 돌아오고 난 후 궁 안의 살림은 많이 바뀌었다. 차홍은 우선 중궁전 식구들의 인사를 대대적으로 감행하였다. 다시 돌아온 이상 대비전에 힘을 실어줄 만한 요소를 모두 찾아 제거하였다. 그러다 보니 중궁전을 위해 움직이던 식솔 사십 중 열도 안 되는 수만을 남기고 모두 다른 침궁으로 보내야 했다.

"괜찮아 보이는가."

"예, 중전마마."

장 상궁은 말수가 적은 사람이었다. 꾸밈을 맡은 두 나인은 '화사하게 피어나시니 아름답사옵니다' 이런 말로 기분을 띄웠지만, 장 상궁 이 사람은 딱 필요한 말만 하는 사람이었다. 그 점이 좋아 곁에 두었지만, 이런 날은 좀 띄워줘도 괜찮으련만.

차홍은 특히 오늘 밤 치장에 신경이 쓰였다. 오늘이 월두와 맞는 첫날밤도 아닌데 왜 이리 가슴이 두근대는지 모르겠다.

차홍은 자리에서 일어나 궁녀들이 입혀주는 연분홍 치마를 걸치고 은은한 금박이 박힌 하얀 저고리를 입었다.

침소를 나온 차홍의 발걸음은 왕의 침전으로 향하였다. 왕과의 공식 합궁일로, 차홍이 궁에 들어오고 보름이 지난 후에야 잡힌 날이었다. 그동안 월두는 바쁜 공무에 쫓겨 몸과 마음이 모두 지쳤는지, 차홍의 방에 들어서도 그저 품만 내어주고 잠만 자고 나갔다. 정말 잠만.

차홍은 오늘 밤을 위해 몸 안 어딘가에 있을 음기를 모두 끌어올리기로 마음먹었다. 곁에 두고도 품지 않는 월두를 생각하며 불안한 마음마저 들던 참이었다. 그러다가 얼마나 피곤하면 자신을 곁에 두고도 곯아떨어지듯 잠에 빠질까 싶어 안쓰럽기도 했다.

그래도 서운한 마음은 어쩔 수 없었다. 보름이라는 시간 동안 반은 안타깝다가, 반은 여인을 곁에 두고도 저리 참을 수 있는 사내가 이상하지 않나 싶었다. 저를 향한 마음이 식은 것이 아닌가 의심스러웠다. 그러니 민망한 일이지만 스스로 왕과의 동침날을 잡아 교지를 내렸다. 이런 일은 위에서 알아서 내려오고는 했는데. 대비전을 지키는 대비마마가 정치는 물론 내명부의 일까지 일절 관여하지 않고 있었으니, 지금의 상황에서 합궁일을 스스로 정해야 하는 이런 민망한 일이 벌어졌다.

왕의 침전으로 향하는 차홍은 '법도대로 할 뿐인데 뭐' 하며 등을 꼿꼿이 세우고 걸었다.

'중전의 덕망은 떨어지겠지.'

아니지, 내 사내를 내가 모시겠다는데 남의 눈치를 볼 일이 뭐가 있다고!

차홍은 당당히 청사초롱을 밝혀 들고 왕의 침전에 들어섰다. 그곳에는 어둠이 드리워져 있었다. 매일 바뀌는 왕의 처소는 기밀이어서 불을 환히 밝혀 드러낼 이유는 없다 해도, 차홍이 들고 온 청사초롱보다도 어두운 궁이라니. 차홍은 혹시 월두가 오늘도 정무로 침전에 들지 않은 것인지 불안해지기 시작했다.

"전하는 안에 계시는가."

침전에 고하기 전에 차홍은 조용히 상선을 불러 물었다.

"예, 침전에 드셨습니다."

흠. 저절로 안심의 숨이 내쉬어졌다.

"고하시게."

"주상전하, 중전마마 드셨사옵니다."

"들라 이르라."

월두의 목소리가 또렷이 전해졌다. 차홍은 벌써부터 안면에 미소가 가득한 채 신을 벗어두고 마루에 올랐다. 어두운 마루를 걸었지만 길을 잃을 정도는 아니었다. 월두가 든 방을 지키고 있어야 할 나인들의 모습이 보이지 않아 어리둥절하기는 했다. 그러나 조금 걷다 보니 문풍지로 은은히 새어 나오는 촛불이 밝혀진 방이 눈에 들어왔다.

차홍은 종종걸음으로 방 앞에 섰다.

"주상전하."

방을 지키고 있어야 할 나인의 모습은 이곳에도 없어 차홍은 이 방이 맞나 싶어 재차 확인하였다.

"들어오시오."

월두의 목소리에 차홍은 스스로 문을 열고 방 안으로 들어갔다. 두 겹으로 닫힌 마지막 문을 열고 들어서던 차홍의 걸음이 멈칫하였다. 방 안의 광경에 차홍은 놀라다가 자신을 기다리고 있는 월두를 바라보았다. 방 안에는 작은 상에 물 한 사발이 놓여 있었다.

"이건……."

간소한 차림이었지만 차홍은 물 한 사발의 의미를 알아채고는 금세 눈가가 붉어졌다.

"이런, 시작 전에 눈물을 보이면 안 되지. 이날은 기쁜 마음으로 시작하고 싶어. 넌 그동안 눈물을 흘리는 날만 보냈잖아."

차홍에게 다가온 월두는 작은 손을 꼭 잡아 쥐었다.

"나의 각시가 되어주겠어?"

월두는 차홍의 손을 잡고 긴장되는 표정을 하고 서 있었다. 차홍이 감격해 눈물을 머금은 눈으로 환하게 미소를 지어 보였다.

"당신이 나의 지아비가 되어준다면."

"나는 너의 지아비가 되고 너는 나의 지어미가 되는 거야. 우리는 평생을 함께하는 거야. 나는 드디어 소원을 이루는 사내가 되는 거고. 네가 나의 소망이니까. 나와 혼인해 줘."

차홍은 그의 손을 마주 잡고 고개를 끄덕였다.

월두와 차홍은 작은 상을 마주 보고 섰다. 두 사람은 서로를 바라보다가 맞절을 하였다. 이 나라 왕과 중전의 자리에 오른 남녀의 혼례식으로는 간소했다. 그러나 이것이 월두가 바라는 전부였다. 진심으로 차홍을 맞이하는 것. 월두는 이날을 기다렸다.

부부의 연을 맺고자 천신과 서로에게 절을 올렸다. 부부의 결합을 알리고는 차홍은 옆에 놓인 술병을 들어 작은 잔을 채웠다. 그 잔을 월두에게 건네었다. 월두는 잠시 잔 안에 담긴 맑은 술을 바라보았다. 옅게 떨리는 차홍의 손 위에 들려진 잔 안의 술도 옅게 흔들리고 있었다. 월두는 차홍의 마음을 받아 술잔을 받아 반을 마셨다. 그리고 차홍의 입에도 술잔을 대었다. 차홍도 월두가 건넨 술을 마셨다.

"차홍아."

방금 백년가약을 맺은 신랑은 각시를 꼭 안아주었다.

"이제 무엇도 우리를 갈라놓을 수 없어."

"음, 평생을 함께. 당신과 함께."

월두의 품이 느슨해지고 그의 얼굴이 차홍에게로 내려왔다. 차홍은 그를 올려다보다가 눈을 감았다. 그는 부드럽게 입을 맞추었다. 마치 처음 입맞춤을 하는 것처럼 떨리는 마음으로 서로의 입술에 닿았다.

"사랑해."

월두의 입술 사이로 흐른 말에 차홍의 가슴이 떨려왔다. 월두와 차홍이 열넷, 열하나의 나이에 만나 지금까지 서로의 존재를 영혼에 각인하며 맴돌았다. 이제 그 영혼이 결합하여 몸과 마음이 하나가 되는 순간이었다.

"나의…… 월두."

차홍이 사랑스러운 눈길로 월두를 바라보았다.

차홍을 품에 안은 월두의 입맞춤이 깊어졌다. 그러면서도 첫날밤을 맞는 새신랑답게 떨려와 좀체 진정할 수가 없었다. 월두의 입술은 떨리고 있었다. 그런 그를 느끼며 차홍은 어찌 이런 사내를 사랑하지 않을 수 있을까, 가슴이 부풀어 올랐다.

그러나 밤을 맞음에 있어 수줍어 망설이는 성격의 사내는 아니었으니. 월두의 입맞춤은 점점 진해져 차홍의 입술을 벌리고 혀를 차지했다. 급작스럽게 변한 그의 입맞춤과 함께 월두는 차홍을 밀어 이부자리에 눕혔다. 월두의 감미로운 움직임은 점점 열에 들뜨게 만들어 차홍을 흔들어놓았다.

"흐음."

차홍은 입술 사이로 저절로 흘러나오는 신음을 삼키려 했다.

"괜찮아. 이 밤은 다 네 것이야. 주변의 신하들은 내가 다 물렸어. 이젠 참지 않아도 돼."

궁에서 온전히 차홍과 밤을 맞은 기억이 없었다. 도적이 되어 그녀의 마음을 훔치고 숨어 그녀를 안아야 했었다. 그래서 월두는 물 한 사발이라도 놓고 정식으로 혼례식을 올리고 그녀를 마음껏 사랑해 주고 싶었다.

"마음껏 소리 질러도 된단 말이다."

월두의 입꼬리가 짓궂게 올라갔다. 차홍은 낮게 웃으며 얼굴을 붉혔다.

"궁에 과연 듣는 귀가 없을까?"

"어명인데 누가 거역해. 침전 주위로 싹 다 물리라고 했어."

월두는 차홍의 촉촉한 입술에 입을 맞추다가 홍조 띤 볼이 어여쁜 얼굴에도 연신 입을 맞추었다.

"네 소리는 나만 듣고 싶거든."

그가 의미심장한 표정을 짓더니 손을 내려 차홍의 분홍빛 치마를 들췄다. 차홍은 갑작스러운 그의 도발에 작은 소리를 질렀다.

"더 크게, 네 목소리를 듣고 싶다고."

입술을 떨던 순정은 온데간데없고, 느슨한 미소를 머금은 자신감이 넘치는 사내가 있었다. 홀로 부끄럼을 타는 것은 차홍이었다. 맨 정신으로 이렇게 그의 품에 안기려니 당혹감마저 일었다. 그동안 그와의 정사에서 차홍은 자신의 모든 것을 던졌었다. 월두라는 사내에 취해 현실일랑은 다 잊고 그에게 자신을 내던지는 일에만 열중했었다.

"술이라도 마실까 봐. 첫날밤에는 떨리는 법이니까."

차홍이 긴 속눈썹을 떨며 말하자, 월두의 가슴에 야릇한 물결이 일었다. 월두는 자리에서 일어나 잔에 술을 따라 입에 머금고는 다가왔다. 차홍은 그가 하려는 진한 농을 알아차리고는 그를 맞아 입술을 벌렸다. 월두의 입에서 건네진 술의 반은 차홍의 목구멍으로 넘어가고 남은 술은 월두의 목을 뜨겁게 달구었다.

"이런 게 진정 합환주(合歡酒)렷다."

그리고 술이 묻어 쌉싸름한 입술이 차홍을 차지했다. 술기운 때문인지 몸이 유연해진 차홍은 그의 품에 사르르 녹아내렸다. 월두는 자신의 계획대로 차근차근 차홍을 차지했다. 가장 좋아하는 작고 도톰한 입술이 먼저요. 그녀의 하얗고 여린 목을 타고 내려 푸근한 가슴에 얼굴을 부볐다. 천천히 이 밤을 느끼려 했건만 부풀어 오르는 저고리 앞섶을 보고는 잠시 이성을 잃고 옷고름이 찢겨 나가도록 잡아당겨 저고리를 벗겼다. 그러다 또다시 이성을 차리고 천천히 치마끈에 묶여 풍만하게 오른 가슴살에 이리저리 입술 자국을 남겼다.

"몇 번을 나를 쥐락펴락, 내 마음을 이리 마음대로 하느냐. 너를 참기란 힘들었단 말이다."

욕정에 싸인 남자의 음성은 탁하게 변해 있었다.

치마가 아래로 끌려 내려가 부드러운 가슴을 드러내자 차홍은 숨을 몰아쉬었다.

"참은 것이야? 뭣 하러? 뭣 하러 그 많은 밤을 참아."

정을 통한 연인 사이에나 오가는 농을 나누며 월두는 차홍의 탐스러운 가슴을 입에 머금었다.

"불러주지 않으니 참을 수밖에."

월두는 차홍의 가슴을 움켜쥐며 혀로 봉긋 솟은 봉우리를 자극했다.

"흐음."

차홍은 입술을 깨물었다. 나른해진 몸에 스르르 힘이 풀리고 목구멍에서부터 웃음소리가 흘러나왔다.

"당신이 누구인데 참아. 왕은 다 가질 수 있어. 이곳의 모든 것은 다 당신 거니까."

"너도? 너도 다 내 것이냐?"

"흐음, 나…… 난, 당신 것이지."

"제길, 보름이나 참느라 죽을 뻔했는데."

월두는 씩 웃으며 단번에 차홍의 자리를 차지하고 몸을 실었다. 참지 말라 허락해 주니 월두는 차홍의 깊은 곳을 집어삼켰다.

"흐음, 아 아."

월두, 그를 향해 한껏 다리를 열어준 차홍은 달뜬 숨을 어찌하지 못하고 교성을 지르게 되었다.

"차홍아."

그의 입술에서 이름이 불리자 차홍은 고개를 흔들며 몸을 떨었다. 월두는 차홍에게로 깊이 빠져들었다. 차홍은 죽을 것 같은 위태로움을 느끼며 그에게 매달렸다.

한 번 시작되자 뭐 하나 흠이라도 될까 조심하였던 궁중 예절 따위는 지켜지지 않았다. 벗은 몸이 엉키고 서로를 탐하며 으르렁대는, 암수 한 쌍의 교미가 시작되었다. 차홍은 자신을 차지할 때 짐승처럼 변하는 이 사내가 좋았다. 거칠게 허벅지를 끌어당기는 사내의 폭발적인 힘에 무너져 애원하며 매달렸다.

"더, 아아 더, 나는 너를 원해."

가슴이 트이도록 소리를 뱉자 사내는 상상보다 더한 쾌락을 안겨주었다.

그의 위에 올라타 몸을 들썩이며 '월두' 그의 이름을 불렀다. 이성의 끈일랑은 일찌감치 놓았기에 그곳에는 월두와 차홍이 둘만 존재했다.

밤은 그동안 서로를 가질 수 없다는 갈증에 말라가던 연인을 흠뻑 적실만큼 충분히 길었다. 가지고 또 가지고 서로의 육체를 탐미하며 사랑을 읊었다.

월두, 네가 뜨는 밤에…… 너의 빛에 젖는다.

종장.
돌아온 자리

눈꽃이 녹아 한 계절이 저물고 하얀 벌판 사이로 노란 꽃망울이 고개를 드는 봄이었다. 또각또각 말발굽 소리가 들판에 울리고 검은 군마 위에 올라탄 철릭을 입은 사내와 여인이 있었다. 한 마리 말을 나눠 탄 사내와 여인의 모습이 다정하니 모꼬지를 나온 풍류가이신가. 그러나 신분을 감춘 차림의 사내는 이 나라 조선의 왕이요, 여인은 중전이었다.

월두는 말 등에 올라 자신의 허리를 꼭 잡고 뒤에 탄 차홍을 뒤돌아보았다.

"힘들어? 조금만 더 가면 돼."

"관사에서 너무 멀리 나온 것이 아니옵니까?"

"어허, 말투. 나와서까지 딱딱하게 할 필요 없다니까."

차홍이 그의 등 너머로 고개를 내밀어 작은 동산을 넘는 모습을 보았다.

"절경이네요."

월두가 능선을 타고 뻗은 산의 정기를 느끼며 크게 숨을 들이켠 후 차홍의 손을 꼭 잡아 쥐게 하였다.

"달리지 않고는 못 참겠다. 조금 빨리 달린다. 꼭 잡아!"

둘을 태운 말이 속력을 붙여 비탈진 벌판을 내달렸다. 차홍이 나부끼는 바람에 흥분하여 그의 허리를 꼭 잡으며 소리를 질렀다.

얼마를 달린 말이 다다른 곳은 돌로 지어진 어느 집 앞이었다. 월두의 손을 잡고 말에서 내려선 차홍은 눈에 익은 돌집의 모습에 놀랐다.

"여긴……."

"기억나?"

이곳은 차홍이 유배 보내졌던 외진 돌집이었다. 이번 북방 순찰에 차홍과 꼭 함께하자는 약속을 일 년 전부터 하였다. 그가 무엇인가 보여주고 싶어 한다는 것은 알았지만, 이 돌집이라니. 짐작할 수도 없는 일이었다.

"자, 우리가 묵을 집이야."

"여기서 머문다고요?"

"응, 보수하여 전보다 살 만할 거야. 자, 이리로. 남에게 일을 맡길 때는 마음의 반은 내려놓아야 하는 법이란 거 잊지 말고. 대충 수리가 되었다 싶으면 살기로 해."

월두가 차홍을 이끌어 집 안으로 들어갔다.

"자, 보자. 우선 튼튼하게 문이 달렸군. 싸리나무를 엮은 솜씨가 좋아. 손님이라도 들면 묵을 수 있게 방도 하나 늘리라 하였는데. 잘 지어졌어. 어때? 마음에 들어?"

차홍이 이해할 수 없다는 표정으로 여전히 월두를 보았다. 월두가 왕위에 오르고 차홍이 그와 함께한 지 벌써 이 년이 흘렀다. 정신없이 흘러간 시간이었다. 그간 월두는 왕권을 다지기 위해 북방 정비를 위해 힘을 쏟아왔다.

"북방 정찰이라면 함경도 관찰사 관서로 가거나 군사 경계를 살펴야지 여기는 왜?"

그러고 보니 갈 데가 있다며 말을 타기 전에 했던 말부터 이상하다 느꼈었다. 자신을 예전처럼 월두라고 불러달라고 했다. 이곳은 궁이 아니라 그곳과 멀리 떨어진 곳이니, 월두와 차홍이로 돌아가자고 하는 말도 들었다. 왕이 아닌 월두라 불러달라는 말은 의미가 있던 거였다.

'월두 당신은 궁이 답답해서 벗어나고 싶었던 거로구나.'

그래서 가끔은 자신의 역할 안에 갇혀 사는 그를 보며 불안하기도 하였고 미안하기도 하였다. 산을 뛰어다니며 자유롭던 사내를 가둔 것은 아닌지. 이것이 정말 월두를 위한 일이었나 생각한 적이 있었다.

차홍이 뭔가를 골똘히 생각하며 얼굴빛이 어두워지자, 월두가 집을 살피던 걸음을 멈추었다.

"왜? 마음에 안 들어? 너무 누추해?"

"아니, 마음에 들어."

"내가 조선을 내 손아귀에 쥐고 제일 먼저 한 일이 뭔지 알아? 이 집을 내 이름으로 만들어 버렸어."

"그랬어?"

"어, 여기서부터 시작이니까."

"월두……."

차홍이 그의 이름을 불러주자 사내는 환하게 미소를 지었다.

"다시는 이곳에 오지 않으려 했는데. 생각해 보니 내가 못 갈 곳이 어디더냐. 그래서 이 땅을 지배하기로 마음 고쳐먹었어."

차홍은 지배니 통치니 그런 말 대신 다른 마음을 먹었다. 그를 있는 그대로의 월두로 대하기로, 오늘만이라도 그를 예전처럼 대해주고 싶었다.

'월두' 그 이름을 차홍 또한 마음껏 불러보고 싶었다. '주상전하'라는 호칭 안에 평생 갇혀 살게 될 사내를 자유롭게 하는 이름이었으니. 그의 여인인 저라도 불러주었어야 했는데.

"그래, 여기서 지내자. 쌀은 있을까? 나 밥 짓는 게 얼마 만인지. 뭐라도 할 수 있을까 모르겠어."

월두에게 다가가 그의 손 아래 작은 손을 놓았다. 월두가 빙긋 웃으며 차홍의 손을 맞잡았다. 차홍에게 설레는 마음이 일었다.

산간 지역에 위치한 외진 돌집의 굴뚝에서는 연기가 피어올라 이 집에 사람이 든 흔적을 남겼다. 밥을 지어 소박한 상차림으로 한 상에서 저녁을 들었다. 궁에서는 같이 식사를 하는 일마저 날을 정해놓고 예법에서 벗어나지 않는 정도로만 나누어야 했다. 이곳에서의 하루는 생각보다 더 편했고 새살림을 차린 것처럼 그들을 흥분시켰다.

저녁을 함께 들고 잘 준비를 마친 월두와 차홍은 어둑해지는 하늘을 보며 툇마루에 나란히 앉았다. 주변에 집 한 채 없는 곳에 깔리는 어둠은 칠흑 같아 쏟아지는 별빛이 더욱 반짝여 보였다.

“여기 이렇게 있으니 참 좋다.”

차홍이 무릎을 세우고 앉아 하늘을 보며 말했다.

“그때 이곳에 버려졌다 생각했을 때는 두렵고 삭막하게만 보였던 곳이 이제는 달라 보여.”

월두는 차홍이 하는 말을 가만히 듣고만 있었다.

‘이런 곳이라면 당신과 더 행복했을까? 나는 지아비가 사냥터에서 돌아오기를 바라는 아낙이 되어. 평생 둘이 의지하며 사는 거겠지.’

이 말은 차홍의 입 밖으로 나오지는 못했다. 다시 그때로 돌아가 결정하라 해도 차홍의 선택은 같았을 것이다. 월두를 위하는 길을 선택했을 것이다. 그런데 지금은 그때처럼 용감하지 못하다. 지금 그를 위해 해줄 수 있는 일을 알면서도 차홍은 자신을 위해 사는 욕심 많은 여인이 되어버렸다.

“여기서 얼마나 있을 거야?”

그에게 정작 하고 싶은 물음은 따로 있으면서 차홍은 그 물음 또한 입 밖에 내지 않았다.

“닷새, 오롯이 둘만 닷새.”

월두가 편한 숨을 내쉬며 말하였다.

“닷새…….”

그러면 월두, 닷새만 오롯이 당신을 가지고 그다음에는 욕심내지 않을게. 그에게 차홍의 모든 것을 줄 수 있어도 원자를 낳아 줄 수 없는 여인이었다. 부질없는 바람이었는지, 무슨 방법을 써도 차홍은 회임할 수 없었다. 이 년이었다. 월두가 그의 자리를 다지는 데 보낸 시간. 그리고 차홍이 왕을 위해 원손을 낳아주지 못한 잔인한 시간이기도 하였다.

북방 정비를 통해 왕권이 강화되고 나라는 안정을 찾았다. 오직 이 평화를 방해하는 요인은 왕위를 이을 후손이 없다는 것이었다.

차홍은 조정에서 거론되는 후궁에 대한 이야기를 알고 있었다. 월두가 그 이야기만은 차홍의 귀에 들어가지 않도록 단속하였지만, 내명부의 일이니만큼 차홍의 귀에 들어오게 되어 있었다. 중전의 귀에 들어가도록 조정에 오랜 시간 뿌리를 내린 자들이 손을 쓰는 일이니, 어찌 모를 수 있겠는가.

차홍은 하늘의 별을 바라보는 월두의 옆얼굴을 가만히 보았다.

그와 이렇게 함께하는 닷새가 지나면 그의 옆자리를 채울 여인을 찾을 것이다. 대신들에게 등 떠밀려 억지로 들이는 자리가 아니라, 중전인 차홍이 직접 후궁을 세울 것이다. 그것이 월두를 사랑하는 차홍이 기꺼이 할 수 있는 일이다.

"내가 왜 이곳으로 널 데리고 왔는지 알아?"

월두가 기분 좋은 숨을 뱉으며 나지막한 목소리로 말했다. 차홍이 고민을 흘려보내고 맑은 눈을 뜨며 고개를 저어 보였다.

"여기를 봐. 너와 나 이렇게 깊은 밤에 앉아 있어도 좋을 만큼 안전해."

그가 말하는 목소리 사이로 부엉이 소리가 들렸다. 월두는 그 소리에 빙긋 미소를 지었다.

"정말 평온하다, 여기."

왕위에 오르고 월두는 북방 정비에 총력을 기울였다. 단순한

군 개혁이 아니었다. 조선의 비옥한 땅이란 땅은 죄다 양반들의 소유였다. 백성은 늘어가는 세전에 치이다가 결국 땅을 버리고 조선의 백성이기를 포기하고 있었다. 늘어가는 화적 떼는 월두의 골칫거리가 되었다. 한때 그 수장을 지낸 자였으니 그 생태를 알고 있음에도, 신료들의 주청대로 깡그리 다 죽일 수는 없었다.

새로운 땅이 필요했다. 그래서 월두는 북방을 선택했다. 백성이 안전하게 일굴 수 있는 땅. 북방은 월두에게 황무지가 아닌 희망의 땅으로 보였다.

"당신에게 보여주고 싶었다. 당신을 두렵게 했던 이곳이 이제는 안전한 곳이 되었다고. 내가 지켜냈다고. 그러니 이제 걱정하지 말라고."

월두가 손을 뻗어 차홍의 손을 깍지 껴 꼭 잡으며 말했다. 차홍이 이 집에 남겠다고 고집 부리던 시절, 월두는 스스로에게 한 약속이 있었다. 월두의 힘으로 차홍이를 지키리라. 다시 차홍을 이 집으로 데리고 왔다는 사실은 월두에게 큰 의미를 지녔다. 월두가 한 약속을 지키고 있음을 확인하고, 앞으로의 미래를 끌어갈 힘을 돋우기 위해 잠시 쉬어가는 것이었다.

"관에서도 제대로 지켜주지 못했던 이런 외진 곳까지 이제 안전해졌어. 이 주변으로 마을이 들어설 거야. 주변으로 빼곡히 가옥이 들어서게 될 거야. 그리고 오가작통(五家作統)을 통해 다섯 집씩 묶어 서로 어울리며 살도록 하는 거야. 그러면 이웃 간에 서로 경계를 살피게 되어 관군의 그늘에서 벗어난 지역까지도 두루 살필 수 있어."

"이주민이 있을까?"

월두는 화적민을 끌어안을 생각이었다. 조선인이면서도 버림받은 이 땅의 사람들을 모두 백성으로 포용할 것이다.

"안전하다면 땅이 있으니 모이게 되어 있어. 땅을 나눠줄 거야. 황무지를 개척하면 개간한 땅을 주고, 세전도 가볍게 할 거다. 여기서 거두어들인 세전으로 군사를 키울 거고."

차홍이 월두의 말에 고개를 끄덕였다.

"그러면 중앙의 관료들도 더는 불만이 없겠어. 북방으로 보내지는 군역에 대한 부담에 불만이 많으니까 말이야."

월두가 웃으며 차홍의 손을 꼭 끌어당겨 가슴에 놓았다.

"말해봐. 그렇게 조정에서 얻는 정보 중에 또 무얼 들었는지."

차홍이 고개를 저었다.

"신첩은 조정 일에는 관심이 없사옵니다, 주상전하. 지아비의 말만 듣기로 한 것을 잊으셨나이까? 후후."

궁에서 쓰던 말투가 이곳에서는 장난처럼 들렸다. 차홍의 말에 월두가 피식 웃다가 이내 의심스러운 표정을 지었다.

"듣기 싫은 말, 사실 아닌 말, 내가 하지 않은 말은 듣지 말기."

월두의 표정에 걱정의 빛이 담겼다.

"당신이 하지 않은 말은 듣지도 믿지도 않아."

"그래, 내 말만 들어. 내가 보여주는 것만 보고. 여기서부터 시작이야. 이곳이 여인 혼자의 힘으로도 살아갈 수 있는 곳이 되도록 만들게."

"가끔 궁이 답답할 때면 이곳을 생각하면 좋겠다, 그럼. 여인 혼자서도 살 수 있는 안전한 곳이라니. 여기가 좋겠어."

월두는 어떤 대답 대신 차홍의 턱을 끌어당겨 부드러운 입맞춤을 남겼다. 다가오는 월두를 향해 눈을 감은 차홍은 그가 달콤한 숨을 베어 물고 멀어지자 눈을 떴다.

"잠깐이라면 내 곁에서 마음이 떨어져 있는 건 봐줄게. 하지만 절대로 몸이 떨어지는 건 안 돼. 마음만이야. 힘들면 잠시 쉬었다가 돌아와."

월두, 그는 사랑스러운 사람이었다. 말투나 행동이 거친 듯하지만, 이렇게 정인의 마음을 알아줄 만큼 충분히 따스한 사내였다. 그리고 차홍만 아는 사내였다. 바보 같은 사내.

'월두, 당신 마음이 항상 나에게 머무는 것 알아. 그러니 나는 당신의 품을 나눌 수 있어. 이제 그럴 거야.'

차홍은 손을 들어 사내답게 도톰한 그의 입술을 만졌다. 그리고 손이 닿은 곳을 따라 입을 맞추었다. 월두는 가만히 차홍의 입맞춤을 기다렸다. 그녀의 입술이 섬세하게 움직여 입술 곳곳에 온기를 뿌리자 월두는 가슴이 떨려 그 자리에 굳어버렸다.

이 여인을 너무도 사랑한다. 마음에 품었던 시간을 따지고 들어보고, 이유를 생각해 봐도 다 알 수 없는 강한 끌림이 여전하였다. 이 여인이 있는 곳에 월두의 마음이 향하였다. 어느덧 자신의 마음에 좌표가 된 여인을 한결같은 마음으로 바랐다.

그녀의 얼굴에 가끔 스며드는 어두운 빛을 안다. 그 이유가 무엇인지도. 월두 또한 진심을 다해 그녀가 자신의 아이를 가질 수 있기를 바랐다. 그러나 그런 마음이 그녀에게 상처가 될 수 있다는 걸 안 후에는 마음을 고쳐먹었다.

월두는 차홍이만 있으면 되었다. 차홍이를 지킬 수 있도록 강한 군주가 되는 게 꿈이었다. 그 후의 일은 왕가의 후손 중에 세자를 뽑아 세우면 될 일이었다. 어차피 월두가 지키고 싶은 이씨 왕조란 없다. 한 번 살다 죽는 인생, 차홍이랑 떨어지지 않고 같은 날 함께 죽는 거, 그거 하나 바라며 산다. 왕좌까지 거머쥔 사내가 욕심이 없다 하면 누가 믿겠냐마는. 월두는 정말이지, 차홍이만 생각하면 가여워서 어떻게 해야 할지 모르겠다.

별 아래 앉아 월두는 차홍의 따듯한 입맞춤을 받자 행복했다. 차홍의 부드러운 입술이 떨어지고 감았던 눈을 뜨며 그녀가 월두를 바라보았다. 월두는 눈앞에 있는 자신의 여인을 보자 사랑스러워 감정이 울컥 올라왔다. 월두는 차홍을 번쩍 안아 들었다. 그리고 그대로 방으로 들어갔다.

궁에서 합궁일이다 하여 날을 정해 차홍을 안는 일, 그거 다 차홍에게는 상처만 주는 일이었다. 그래서 월두 마음대로 침소를 찾아가기는 하였지만. 그 또한 차홍에게는 기다림의 연속이라는 걸 알았다.

월두는 이제는 마음 편히 제 품에 안기지도 못하는 정인이 안타까웠다. 그래서 이렇게 궁에서 멀리 떨어진 곳에서라도 차홍과 함께하고 싶었다. 이런 것으로 그녀의 상처를 다 어루만져 줄 수 있을지 모르겠지만, 궁의 벽 너머로 감시하는 이들에게서 벗어나 마음을 다해 안아주고 싶었다.

차홍을 안아 들고 방에 든 월두는 그녀의 입술을 먼저 차지했다. 갑작스레 몸이 낚아채인 당혹감도 잠시, 애절함을 담은 입맞춤에 차홍은 그의 목에 매달려 단단한 그의 혀를 받아들여 입술을 활짝 열었다. 월두는 차홍이 허락의 뜻을 보이자 옷고름을 풀고 빠른 손길로 저고리를 벗겨내었다. 흥분한 월두는 차홍을 금방이라도 함락할 듯 몸을 밀어붙였다.

차홍은 그의 힘에 뒷걸음질 쳐 벽에 놓인 장에 등이 닿았다. 이불 두 채가 올려진 서랍장 앞에서 멈춘 월두는 차홍의 등에 닿은 폭신한 이불을 보았다.

"내가 너무 서둘렀지. 이러려고 한 게 아닌데."

겨우 참은 월두는 그 말을 하면서도 숨을 헐떡이고 있었다.

"안아줘, 지금."

차홍의 말이 떨어지자 월두는 다시 그녀를 끌어당기며 입술을 가졌다. 이불이라도 깔려던 정신은 어느새 끈을 놓아버렸다. 숨가쁜 숨소리가 방 안을 채웠다. 차홍의 치마끈을 한 번에 끌어내린 손이 드러난 젖가슴을 움켜쥐었다. 월두의 입술이 그녀의 가는 목을 타고 흐르다가 젖가슴을 물었다. 풍만한 가슴에 얼굴을 부비며 그녀의 살 냄새를 맡았다. 아무리 가져도 갈증을 느끼게 하는 여인이었다. 월두는 끓어오르는 소유욕에 입을 크게 벌려 부드러운 가슴을 입에 담고 빨았다.

자신의 가슴을 문 사내를 내려다보는 차홍의 눈빛이 탁해졌다. 가슴이 저릴 만큼 떨려왔다. 셀 수 없이 많은 밤을 함께하였건만, 그에게 안길 때마다 새로 가진 가슴처럼 반응했다. 차홍은 자신의 가슴을 입에 문 얼굴을 두 손으로 감싸 안으며 스르르 자리에 쓰러졌다.

월두는 차홍을 팔 안에 안으며 그녀에게 쓰러졌다. 그녀의 가슴에서 얼굴을 든 월두가 짙은 유혹이 담긴 눈을 바라보며 치마를 들췄다. 속치마 속으로 손을 넣고 속바지를 성급히 벗겨내었다. 그리고 자신의 바지도 벗어 던졌다. 월두는 손을 넣어 그녀의 다리 사이를 가린 속곳마저 벗겨내었다. 그리고 그대로 다리 사이에 자리 잡고 몸을 밀어 넣었다.

아직 촉촉해지지 않은 깊은 곳에 묵직하게 그가 들어오자 차홍은 신음을 흘렸다. 전희가 없어도 좋았다. 그가 얼마나 자신을 원하는지 몸으로 말해주는 것만 같아 뭉클하게 전해지는 압력이 좋았다. 차홍의 몸이 크게 흔들렸다. 사내다운 몸짓으로 자신을 흔드는 그의 아래에 짓눌리며 차홍은 아, 탄식의 소리를 내었다.

월두가 왜 이곳으로 저를 데리고 왔는지 알겠다. 궁 안에서 그에게 안기는 일을 반복할수록 가슴을 짓눌러 왔던 그 짐을 내려놓을 수 없었는데, 이곳에서는 그의 품에 안겨 탁한 신음을 내자 속이 비워지는 느낌이었다.

차홍은 그의 손 아래에서 예전처럼 소리치고 꿈틀대며 월두를 느꼈다. 그도 차홍에게 들어오며 쉰 목소리로 소리치고 있었다. 차홍의 입가에 미소가 걸리고 뜨거운 손이 그의 가슴을 타고 올라갔다. 차홍은 짙은 신음을 뿌리며 몸부림쳤다.

월두는 곧 몸을 움직여 차홍을 비스듬히 눕히고 그 뒤로 자리 잡았다. 하얀 다리가 들어 올려지고 그의 남성이 곧장 안으로 밀고 들어왔다. 차홍은 차가운 바닥에 이리저리 가슴이 쓸리며 그를 받아내었다. 그의 성난 욕망이 절정으로 치닫자 두렵기까지 하였다. 본능에만 매달리는 그는 황홀함과 잔인함을 동시에 안기는 사내였다. 차홍의 하얀 버선발이 더 높이 올려지고 그가 더욱 깊이 파고들었다. 차홍의 허리가 들썩들썩 그의 움직임에 따라 앞뒤로 요동쳤다.

"아! 하아."

절정을 맞았다. 그가 몸을 세워 차홍의 다리를 안고 허리를 빠르게 움직이자 더는 참을 수 없어 터뜨려 버렸다. 차홍은 소리 지르며 손톱을 세워 바닥을 긁었다. 그러나 잔인한 사내, 그 사내는 차홍의 다리를 놓고 허리를 끌어당겨 자신의 앞에 엎드리게 만든 채 그를 받아들이게 조종했다. 차홍은 그의 허벅지 위에 앉혀졌다가, 이내 바닥을 지탱하고 무릎을 세우고 밀고 들어오는 그를 받아야 했다. 그는 차홍이 정신을 차릴 틈도 주지 않고 가벼운 몸을 이리저리 움직여 원하는 자세로 가지고 또 가졌다.

이미 절정을 느낀 후였으나, 차홍은 자신이 모시는 주인이 어떤 사내인지 아는지라 다시 찾아올 그 뜨거운 물결을 기다렸다. 드디어 그 순간이 찾아왔다. 펄떡이는 모든 움직임을 일순간에 잠재울 그 뜨거운 물살을 타기 시작했다. 차홍은 하아, 소리를 뱉으며 몸을 일으켜 그의 허벅지에 앉아 스스로 허리를 움직였다.

월두는 차홍을 뒤에서 끌어안고 무릎을 세우고 일어나며 허리를 요동쳐 흔들어댔다.

"아아아."

차홍이 먼저. 그리고 월두도 '허어' 숨을 뱉으며 뜨거운 욕망을 터뜨렸다. 그러고도 잦은 물결이 발작하듯 자극하자 그는 차홍의 안에 푹푹 몇 번 더 몸을 넣었다. 드디어 월두의 감정이 모두 폭발하여 차홍을 뒤에서 안고 그대로 쓰러졌다.

둘은 천장을 보고 나란히 누워 헐떡이는 숨을 진정시켰다. 월두가 차홍을 끌어당겨 안으며 머리에 입을 맞추었다.

귀하게 대해주지 못해 미안했지만, 이렇게 정신을 다 내려놓고 그녀를 안자 더욱 흥분하였다.

"여기서…… 허, 열흘은 있어야겠어."

월두가 쉰 목소리로 말하자 차홍은 웃을 힘도 없어 그저 그의 품에 얼굴을 묻었다.

차홍은 월두의 품에 안겨 잠을 자고 있었다. 그러다 조용히 흔들어 깨우는 월두의 손에 잠에서 깨게 되었다. 음, 또 원하는 것인지. 차홍은 잠결에 눈을 뜨지 않고 빙그레 웃기만 하였다.

"일어나."

그러나 조용히 들리는 월두의 목소리는 다른 기운을 담고 있었다. 차홍이 눈을 뜨고 그를 보았다. 월두는 조용히 말소리를 내지 말라는 표시를 하였다. 그리고 차홍의 손을 잡고 자리에서 일어나 벽장문을 열고 그 안에 들어가 있으라고 하였다.

'침입자.'

월두의 입술이 그렇게 말하자 차홍은 놀라 그를 보았다.

조선군이 북방을 지켜 오랑캐의 손에서 안전한 지대였다. 만약 오랑캐의 침입이라면 봉화가 피워 올려져 밤을 밝혔을 것이다. 그렇다면 도둑이라도 든 것인가. 월두는 여러 가능성을 생각하며 차홍의 안전부터 확보하였다.

월두가 차홍을 벽장 깊숙이 숨기고 문을 닫으려 하자 차홍이 그의 팔을 잡았다. 월두는 괜찮다는 표시로 고개를 끄덕여 보이고는 벽장문을 닫았다. 닫히는 문 사이로 보이는 월두의 마지막 얼굴을 보는 차홍에게 두려움이 일었다.

둘만의 시간을 갖기 위해 항시 옆을 지키는 김 종사관마저 떼어놓고 온 것이 문제였을까? 유배령에서 사면된 종사관 김삼춘은 항시 왕을 호위하였다. 혹시 왕을 노린 자객이라도 든 것이 아닐까 하는 생각까지 닿자, 차홍의 몸은 사시나무 떨리듯 떨려왔다.

월두는 뒷문을 통해 조용히 밖으로 나갔다. 맨발로 땅을 밟으며 소리가 들리는 부엌 쪽으로 걸어갔다. 뒷마당을 통해 이어진 부엌의 뒷문으로 가 안에서 나는 소리의 방향을 살폈다. 그리고 소리가 문까지 가까워지자 문을 박차고 들어가 그대로 몸을 굴려 적을 덮쳤다.

월두의 몸 아래에서 저항하는 적을 짓누르고 주먹을 들어 가격하려 했다. 그러다가 월두는 자신의 손이 거머쥔 목이 한 손에 다 쥐어지도록 얇다는 것을 깨달았다.

"뭐냐?"

"캑캑캑."

월두가 목을 쥔 손을 놔주자 침입자가 기침을 해댔다. 나오는 목소리가 얇은 것이 역시나 계집이었다.

"캑캑, 놔! 왜 이래?"

사내처럼 바지를 입고 있었으나 분명 계집이었다.

"도둑이냐? 왜 남의 집에 침입했느냐?"

침입자는 숨을 제대로 쉴 수 있게 되자 눈을 치켜뜨고 월두를 노려봤다.

"내가 살던 집이다. 너는 누구냐?"

"뭐? 네 집?"

침입자 주제에 오히려 성질을 부리며 월두를 향해 눈을 부릅뜨는 아이였다.

"그래, 내 집이다. 작년 겨울에 여기서 살았으니 내 집이지. 너는 누군데 남이 먼저 찜한 집에 엉덩짝을 들이밀어."

이 아이 말본새 좀 보게. 어느 안전이라고, 너라며 천대를 하질 않나.

"잔말 말고 여기 집주인이 나니까, 어서 썩 꺼지거라."

"칫, 집주인이라는 증거 있어? 내가 매해 겨울이면 여기서 한철 나고 떠난 세월이 얼마인데. 갑자기 집주인이라니."

떠돌이 생활을 하는 유목민인 듯하였다. 옷차림도 동물 가죽으로 지은 조끼가 조선의 복식이 아니었다.

"아이, 너 혼자냐?"

"아이는 누가 아이야? 거기도 하룻밤 묵으려 든 것이면 그 방 써. 나는 어차피 여기 부엌 딸린 방에서 잤으니까. 대신 이 부엌으로는 들어오지 마. 오늘 밤은 내 자리야."

하룻밤 잠자리를 찾아온 모양인데, 이대로 쫓아내면 산짐승을 만날지도 모를 일이었다.

"너 오늘 밤은 묵게 해준다. 대신 너야말로 이 부엌에서 한 발자국도 나오지 마. 한 발자국이라도 나오면 넌 당장 승냥이 먹이로 내어준다."

월두는 으름장을 놓고는 부엌을 나와 방으로 들어갔다. 방 안에는 차홍이 벽장에서 나와 앉아 있었다.

"왜 나와 있어. 가만히 숨어 있으라니까."

"말소리가 들리던데."

"응, 아무것도 아냐. 귀찮은 객이 하나 들었더라고. 이동 중에 밤을 피해 든 모양이야. 어린 계집아이 하나."

"빈집인 줄 알았던 건가."

"그런가 봐. 후, 제집이라는데."

"그래…… 아무튼 별일 아니라니 다행이다."

"그렇다니까. 이곳 안전하다고. 긴장할 일 아니었는데 내가 너무 놀라게 했다. 자, 어서 다시 자. 잠 설치면 내일 피곤하니까."

"음, 얼른 당신도 자."

차홍이 월두를 끌어당겨 누우며 그의 품에 안겼다.

월두는 누워 아까 보았던 계집아이를 생각했다.

'유목민이 조선 땅으로 들어온다는 말인가? 어떻게 국경 경비를 따돌리고 자유롭게 드나드는 것이지? 백두산을 타 넘는다는 소리인가?'

조선인이 북역 땅까지 쫓겨 유목민으로 떠돈다는 사실은 이미 알고 있었다. 월두는 유목민에 대한 처우도 생각해 봐야겠다 생각하며 눈을 감았다.

월두의 숨이 느슨해지고 몸에 힘이 풀리자, 차홍은 등 뒤로 느껴지는 그의 편안한 품을 찾아 파고들었다.

월두가 차홍을 등 뒤에서 꼭 안다가 손이 점점 아래로 내려 허벅지에 놓였다. 그렇게 편하게 숨을 몇 번 내쉬고는 큰 손이 허벅지를 타고 내려와 앞으로 향하더니 다리 사이로 들어왔다. 차홍이 눈을 뜨고 뒤돌아 얼굴을 들어 그를 보았다.

"안 돼. 객이 들었다며."

"아, 짜증 나. 불청객이야."

월두는 차홍의 배를 끌어당겨 꼭 끌어안고 그녀의 등에 얼굴을 묻었다. 다른 생각이 더 나기 전에 눈을 감아버렸다.

*

차홍은 툇마루에 앉아 있다가 해가 하늘 중천에 닿으려는 것을 보고 비단 주머니를 꺼내 손바닥에 약환을 덜어내었다. 하루 세 번 스무 알씩 먹는 환이었다. 손에 쥔 약을 입에 털어 넣으려는데 그보다 빨리 손이 날아와 차홍의 손을 쳐내었다. 그 바람에 먹으려던 약이 바닥에 떨어졌다.

"뭐 하는 짓이냐?"

간밤에 들었다던 부엌 골방을 차지한 아이였다.

"아무거나 함부로 먹으면 큰일 나."

"방금 그것은 약재니라. 대체 무슨 생각인 것이냐?"

아이는 바닥에 떨어진 환을 손에 쥐더니 코로 냄새를 맡았다.

"이거 삼(蔘) 냄새도 섞였는데. 이런 거 먹으면 큰일 나."

"대체 네가."

차홍은 저 아이 머리가 좀 이상한 아이인가 하는 생각이 들어 더 나무라지 않았다.

"저리 가거라. 남이 약 먹는 것 방해 말고."

차홍이 주머니를 챙기자 이번에는 아이가 주머니에까지 손대려 했다.

"무엄하구나!"

"그 약 먹으면 안 된다고. 어디 돌팔이가 지어준 모양인데, 그런 거 먹으면 머리가 이상한 애가 나온다고."

"뭐야?"

이상한 것은 아무래도 저 아이였다. 차홍은 동생 성구가 생각나, 아이의 모자람을 타박하지 말고 그냥 피해야겠다 싶었다.

“나 같으면 그거 다 버리겠어. 내가 이래봬도 우리 할미 따라 다니며 받은 애가 이십이 넘어. 우리 할매는 거꾸로 선 얼라도 돌려서 받아냈다고. 삼 같은 거 잘못 먹으면 배 속에 애가 괴로워서 떨어지기도 하고.”

“뭐?”

말도 안 되는 이야기인 줄 알면서도, 계집아이가 배 속에 아기 이야기를 하자 차홍은 그 말을 듣고 있게 되었다.

“딱 보니 애 들어섰네. 맞지?”

“아니다.”

대꾸할 가치도 없는 말인데. 저런 아이의 말을 듣고 있었다니.

“맞는데. 아침에 여기 왔다 갔다 하는 거 보니까, 걸음걸이며 엉덩이가 내려가서 옴짝거리는 게 맞더구먼.”

“그만하거라.”

차홍은 주머니를 챙겨 치마끈에 묶으며 아이의 말을 무시하려 했다.

“암튼, 그거는 싹 다 버려. 나중에 나한테 고맙다는 말은 꼭 하고. 내 이제는 산 안 넘고 여기 살 거니 자주 볼지도 몰라. 여기 이제 살 만해졌다며? 그래서 댁들도 여기로 온 거야?”

“여기 산다고? 이 집에?”

“됐어, 안 살아. 안 산다고. 주인 있는 집이라며. 나도 살 만한 데 찾아서 갈 거야. 함경도 관찰사 나리를 찾아가면 막 땅도 주고 집도 준다 하던데. 그 말 맞아?”

“그래, 관서로 가면 네가 머물 수 있는 자리를 봐줄 거다. 이 땅에서 살려고 온 것이더냐?"

"뭐, 자세한 거는 알 거 없고. 아까 아침밥은 고마웠수다. 그래도 애 바보 되는 거는 막아줬으니까 밥값은 한 거요."

아이는 떠나려는지 부엌으로 들어가 짐을 챙겨 나왔다.

"어디를 가는 거니?"

차홍이 왠지 걱정되어 아이에게 물었다.

"집 찾으러."

아이는 그렇게 말하고는 빠른 걸음으로 사라져 버렸다. 마당에 홀로 앉아 있게 된 차홍은 손으로 배를 만져보았다. 그러다가 그럴 리 없지 고개를 저었다.

그러나 역시 아이를 애타게 기다리는 여인은 작은 희망이라도 흘려듣지 못하는 법이었다.

월두와 닷새간 밀월여행을 즐긴 후 말을 타고 돌아갈 날이 되자 차홍은 망설이게 되었다.

"말 타지 않고 걸어가고 싶어."

차홍의 말에 월두가 의아해했다.

"걸어가려면 반나절은 걸릴 텐데."

"흔들리는 말이 싫어."

"그러면 내 무릎 위는 어때?"

"무릎 위? 안 흔들리게 할 자신 있어?"

"그럼, 내가 꼭 안고 절대 흔들리지 않게 모실게."

월두는 차홍을 말 앞에 앉히고 천천히 말을 걷게 하여 돌집을 떠났다. 또각또각 천천히 걷는 말발굽 소리가 뒤로 멀어질수록 아쉬운 마음이 일었지만, 본래의 자리로 돌아가는 것 또한 함께 하니 행복한 일이었다.

함경도 관사로 돌아가는 길에 땅이 다져져 있고 주춧돌이 박혀 터를 이룬 자리를 곳곳에서 보았다. 그곳에는 튼튼한 주춧돌 위에 집이 올라서고, 물이 흐르고 있었다. 그리고 백성들이 하나 둘 찾아와 집터에 들어서고, 마을에 옹기종기 모여 환하게 웃고 있었다. 그가 설계한 미래가 눈앞에 펼쳐진 듯했다. 차홍은 그 모습에 미소를 지었다.

월두의 꿈을 믿는다. 그는 차홍의 꿈이기에 그만 믿고 따른다.

차홍은 월두의 품에 안겨 천천히 걷는 말에 몸을 싣고 함경도 관사로 돌아갔다.

*

왕과 동행하여 북방 경계를 마치고 돌아온 중전의 몸에 이상한 기운이 든 것은 그로부터 오십 일이 지난 후였다. 어의가 진맥으로 정확히 회임을 알려준 후에야 차홍은 이 사실을 믿게 되었다. 그러나 마음속에서는 혹시나 하는 기대를 품고 있었다.

"그때, 그 아이의 말이 사실이었나."

그러나 어찌 그 아이는 복중에 아이가 들어서자마자 알 수가 있나. 역시나 그 일은 그냥 우연이었을지도 모른다. 그래도 차홍은 이 같은 기쁨을 표현하고 싶었다. 차홍은 월두에게 말해 그때의 아이를 찾아, 함경도의 돌집에서 아이가 살 수 있도록 돌봐달라는 부탁을 하였다.

그리고 아이를 품은 지 여섯 달이 차자 차홍은 중궁전을 나왔다. 중전은 이 년간 발길을 끊은 대비전으로 향하였다.

중전인 차홍을 인정하지 않는 대비였다. 폐비시켜 궁에서까지 몰아냈던 대비였으니, 중궁전과의 반목은 당연한 일이었다. 그러나 왕의 씨를 품게 된 차홍은 태어날 아이를 위해 대비마마를 찾아갔다.

차홍은 위축되지 않은 채 대비전으로 들었다.

"그간 평안하셨사옵니까. 문안 인사 드리옵니다."

차홍의 인사에 대비는 아무 대답 없이 바라보기만 하였다.

"원하는 것이 있사옵니다."

이제까지 둘 사이에 문안 인사가 오가는 정다운 아침이란 없었다. 차홍은 바로 본론을 꺼내었다.

"제가 낳을 아이를 보호해 주십시오."

어미가 될 여인으로 아이의 안위만이 걱정되었다. 뒤편에 물러난 대비였지만, 그 권력은 아직까지도 잔재해 조정에 주요 인사들에게 손이 닿을 수 있다. 차홍은 대비마마를 잘 알았다. 한 번 버린 패를 다시 쥘 분이 아니었다. 차홍은 대비의 버린 패였다.

차홍의 몸을 통해 세상에 나올 왕손이 대비마마에게 받아들여지기를 원했다. 차홍을 내친 분이나, 이분은 자신이 사랑하는 사내의 어머니였다. 그 진실을 알게 되고, 차홍은 대비마마를 향했던 지난 미움마저 거두어야 했었다.

"아이만은 받아주십시오. 이 아이가 살아남도록 대비마마께서 지켜주십시오."

왕의 피를 물려받는다 하여 모두가 살아남는 것은 아니었다.

왕가에는 언제라도 왕위를 위협할 수 있는 왕손들이 존재했다. 왕위란 결국 힘을 가진 자가 차지하는 법이었다.

"아이를 가졌다 하여 적통의 자리를 얻는 것은 아니지."

드디어 대비마마가 입을 열었다.

"아이만 지켜주신다면 저도 한 가지를 내놓겠습니다."

대비마마가 끝까지 차홍에게서 나온 아이는 안 된다 하면, 결국은 그리될 것이다. 월두가 온몸으로 막아준다 하여도, 그 긴긴 싸움을 지켜보는 차홍이 괴로워 안 되었다. 차홍만 아니면 월두는 대비와 적을 지지 않고 쉬운 방법으로 성군의 자리에 올랐을 것이다. 강한 왕정에도 어쩔 수 없던 것은 후계 문제였다. 신료들은 툭하면 후계 문제를 걸고넘어졌고, 그때마다 월두는 타협안을 내놓으며 저들에게 하나씩 내주어야 할 것이 생겼다. 이는 모두 차홍의 책임인 것만 같아, 그의 곁에서 이를 지켜보며 괴로웠다.

"이 아이만은 올곧게 모두의 사랑 속에서 자라기를 소망합니다. 그러니 말씀하소서. 따르겠습니다."

대비마마는 잠시 차홍을 물끄러미 보았다. 그리고 나이를 더 먹어 빛을 잃은 눈동자가 과거의 한때를 생각하며 초점이 흐려졌다가 현실로 돌아왔다.

"그 아이……."

대비마마가 입을 열었다. 차홍은 고개를 들어 태어날 아이의 앞날과 맞바꿀 거래를 준비했다. 차홍이 중전 자리에서 물러나야 한들 지키고 싶은 건 이 아이뿐이었다.

"월두, 그 사람을 보고 싶네."

대비를 보는 차홍의 눈동자가 흔들렸다.

"그러니 월두 그 사람이 지키려는 건 해치지 않아. 그게 내가 이 방에 갇혀 결국 내린 결론이 되었군."

고집이 센 늙은이인지라, 이 년이나 그 아이 얼굴을 못 보고 지냈구려.

월두, 그 아이의 앞길을 이 손으로 방해한 일도 회임하지 못하는 중전을 끝내 버리지 않는 어심 때문이었다. 대비 또한 중전의 몸을 빌려 원자를 생산하기를 바랐다. 고집 센 사람이 대신들의 반발에도 이명의 후궁이었던 숙의 정 씨와 소용 안 씨를 퇴궁시켰다. 그리고 궁에 후궁을 들이지 않겠다고 선언하였다. 그런 왕이기에 어쩔 수 없이 대비가 나서 대신들을 조종하였다. 끝없이 후궁을 들이라 상소문이 올려졌다. 늙은이가 방에 앉아 조종하는 일이라고는 기껏해야 조정 신료들을 졸(卒)로 써서 수를 두는 일이 고작이었다.

"감사하옵니다, 대비마마."

차홍은 고개 숙여 절을 하였다. 대비는 다시 입을 열지 않고 중전을 방에서 내보냈다.

대비 윤 씨는 차홍이 회임을 했다는 소식을 들었을 때부터 이미 이 아이를 인정하기로 하였다. 그저 한 길만 알고 살아온 고집으로 얼마를 더 버텨볼 뿐이었다.

대비와의 약속은 다음 날부터 지켜졌다. 차홍은 의심하는 월두의 손을 이끌어 대비전에 들어 아침 문안 인사를 올렸다.

월두는 대비전을 의심하였다. 아직도 대신들이 사헌부 윤장현의 차녀에게 후궁 첩지를 내려야 한다는 말을 하는데 어찌 믿겠는가. 분명 이 일의 뒷배에는 대비마마가 있었다. 더욱이 외척이 되려는 윤장현은 대비마마와 같은 문중이었기 때문이다.

후궁을 들여야 하는 이유가 전에는 왕손이 없어서라더니, 이제는 하늘이 손을 점지하시니 더 윤택하게 번창해야 하는 이유란다. 그들이 하는 말을 듣다가 월두의 화만 치밀어 올랐다. 이럴 줄 알았으면 전에 대비마마가 하라던 대로 싹 다 숙청해 버릴 걸 하는 마음까지 들었다.

하여 월두는 차홍에게 이런 때일수록 대비전과 척을 져 중궁전의 기세를 세워야 한다 하였지만, 웬일인지 차홍은 완강히 대비전과 다시 화합하라 하였다. 그 시작으로 매일 아침 문안 인사를 해야 한다고 하였다. 이건 다 차홍이 몰라서 하는 소리이다.

대비마마와의 사이를 회복한 모습을 보이면 저들이 또 득달같이 달려들 것이다. 후궁을 들이라는 문제는 시작일 뿐이었다. 버젓이 살아 있는 정실을 두고도 후실을 맞은 중전의 아비 윤대광을 벌하고, 그 아비의 문란한 생활을 빌미로 중전 자격이 없는 윤 씨를 폐비하라는 말이 거론될 것이다. 차홍의 친어머니가 강원도 사가에 살고 있고, 왕이 지원한다는 일을 알아낸 자들이었다. 이를 빌미 삼아 다른 구실을 만들고 있음을 알았다.

차홍이 회임하였으나, 출산한 아이의 성별에 따라 자리가 위태로워질 것이다. 월두는 차홍이 그런 불안 속에서 아이를 기다리는 것 자체가 싫었다. 대신들이 저리 목청을 높일 수 있는 것은 대비전이 있어서였다. 대비전이 다시 사는 길은 반목하는 중궁전을 쳐내는 것이라 믿는 대신들이었다.

그래서 대비전과는 안 된다는 것이었는데, 차홍은 완강하였다. 정녕 대비마마가 의심스럽다면 차홍이 아이를 낳기 전까지 대비전에 직접 들어 눈으로 확인하라고 하였다. 아이를 낳아 궁 안에서 자기 손으로 직접 키우고 싶다, 눈을 붉히며 말하는 차홍의 청을 들어주지 않을 수 없었다.

결국, 아침을 맞자 월두는 차홍과 나란히 방에 들었다. 문안 인사를 하기 위해 든 방 안에는 대나무 발이 드리워져 있지 않았다. 얼굴을 내보인 대비마마는 전보다 나이 들어 약해진 모습이었다. 바깥출입도 안 하고 저렇게나 고집스러운 분이시니. 월두는 대비마마를 보자 어쩔 수 없이 드는 연민에 굳은 표정을 지었다.

그날 대비마마는 아무 말도 하지 않고 묻지도 않았다. 그저 왕과 중전이 나란히 서서 절을 올리는 모습을 보고는 자리를 물렸다. 누가 뭐라 해도 피를 나눈 모자지간이었다. 안 보고 살 수는 있어도 보고서도 아무것도 느끼지 못한다면 거짓이었다.

절대 아물지 않을 것 같던 왕과 대비의 갈등이 서서히 해결되고 있었으니, 이를 두고 역시 금년에 왕실에 복이 깃들었구나 여겼다. 이 모든 것은 하늘이 점지해 준 왕손이 부른 수복(壽福)이 아니겠는가. 이날 밤 이 궁 안에 사는 사람들 모두 몇 년 만에 편안한 잠을 청할 수 있었다.

외전.
궁궐 적응기

왕좌를 차지하고 차홍을 궁으로 데려온 지 한 달이 지난 날이었다. 하루 일과 중, 중요한 용무인 중식을 마치고 왕은 정자에서 일어났다. 정전과 편전을 넘나들며 안에만 갇혀 정무를 돌보느라 답답하였다. 그래서 잠시 짬이 나는 중식 시간에라도 밖에서 수라를 들고 싶다 명했다. 왕이 하는 말은 왕명인지라 크든 작든 말하는 대로 모두 이루어졌다.

"주상전하."

김 종사관이 무관의 관복을 차려입고 입궐하여 알현하기를 청하였다.

"무복이 아니라 관복도 꽤 어울리는군."

월두는 신을 신고는 바로 걸음을 떼었다.

김 종사관은 유배에 처해졌다가 죄를 사면 받고 한양으로 달려온 길이었다. 무관은 왕이 곁을 지나쳐 가도록 고개를 숙이고 있었다. 눈치를 보던 무관에게 상선이 다가와 따르시라 언질을 주었다.

김 종사관은 왕의 등을 보며 그 뒤를 따랐다. 그러다가 왕의 걸음이 멈추었다.

"가까이 오라."

왕의 명에 김 종사관이 그 곁으로 다가가 고개를 숙였다.

"홀어머니를 두고 줄줄이 아우만 넷이라지. 난 그것도 모르고 없는 사람 안주머니를 털었어."

왕의 이런 행동은 분명 농일진대. 유배지에서 이제 막 돌아온 죄인이었던지라, 김 종사관은 웃지 못하고 고개만 떨구었다.

"그간 자네를 괴롭혔던 일에 대한 보답은 해야겠지."

월두는 갑자기 왕의 신인 검은 적역을 벗었다. 그리고 버선을 한 짝씩 벗었다. 신을 벗고 맨발로 땅을 디디고 선 왕의 모습에 주변 신하들이 놀랐다.

"자, 하사품이다."

월두는 버선 한 쌍을 김 종사관에게 내렸다.

"성은이 망극하옵니다."

김 종사관은 무릎을 꿇고 왕의 하사품을 받았다. 월두는 이런 모습에 만족스러운 미소를 지었다. 매일 내려지는 왕의 버선 한 쌍을 받으려고, 궁 안 신료들은 혈안이었다. 왕의 버선을 하사받는 일은 충신 대우로 받아들여졌다. 월두는 아직도 이 일에 대해 이해할 수 없었지만, 저리 좋아들 하니 기꺼이 신하들에게 버선을 벗어 내주었다.

"이거 내다 팔면 값이 꽤 되나 보지?"
"내다 팔았다가는 포도청에 잡혀 목이 떨어져 나갈 것이옵니다, 전하."
이제야 김 종사관이 긴장을 풀었는지 왕의 농에 화답하였다.
"소신의 지난 과오를 용서해 주시니, 하해와 같은 성은에 감복할 뿐이옵니다."
왕의 얼굴을 닮은 자를 대비 몰래 궁에 들인 일로 유배에 처해졌던 김 종사관이었다. 대비의 명에 따라 스스로 귀양살이에 처했으나, 왕이 지난 죄를 용서한다는 교지를 내리셨다.
"여기 내 편 만들기가 힘들어서 말이지. 잘 왔네."
왕은 그 말만 하고는 맨발인 채로 저벅저벅 걸어갔다. 김 종사관은 잠시 서서 그 모습을 눈에 담았다. 그러다가 옆으로 고개를 돌려 자신의 손을 빤히 보는 상선을 보게 되었다. 상선의 눈은 이글이글 왕의 버선에 꽂혀 있었다. 김 종사관은 슬며시 버선을 다른 손에 쥐고는 감추었다.
"주상전하."
상선이 바닥에 남겨진 적역을 손에 쥐고는 주인을 찾으며 황급히 달려갔다. 김 종사관도 왕이 오후 정무를 위해 향하는 편전으로 따라갔다.

해가 기우는 시간이 되어서야 자유의 몸이 된 월두는 부용지를 거닐었다. 이곳을 서성이다 보면 그녀의 얼굴을 볼 수 있었다. 왕이 된 월두는 이 궁 안에서 못 할 일이 없었다. 딱 하나, 자신의 여인인 중전을 보는 일만 빼고. 며칠 전 중전의 방 창을 넘은 월두를 두고 차홍은 불같이 화를 냈었다. 앞으로 행실을 조심하라고 했다.

'왕한테 행실이라니.'

왕을 혼낼 수 있는 유일한 사람이 저 앞에서 걸어오고 있었다. 월두는 억울했던 감정은 금세 잊고 함박웃음을 지으며 빠른 걸음으로 그녀에게 다가갔다. 그러나 차홍은 멀찌감치에서 멈추더니, 고개를 한 번 숙여 인사를 하고는 그냥 지나치려 했다. 월두의 걸음이 딱 멈추었다.

'더는 못 참는다. 이렇게 옆에 두고도 참으라고 하다니. 나는 더는 못 참아!'

"수란아."

"예이, 주상전하."

열여덟의 나이에 키가 아담하고, 큰 눈이 아리따운 궁녀 수란이가 왕의 명에 앞으로 나섰다.

"너 저기 가서 중전마마께 진지는 드셨냐고 물어보고 오거라."

"예, 전하."

궁녀 수란이 종종걸음으로 걸어가 중전마마께 왕의 하문을 전하였다.

"찬으로 무엇이 나왔더냐 묻고 와."

답을 들고 돌아온 아이를 바로 돌려보내는 왕이었다. 그러고도 왕의 하문은 계속되었다.

"중궁전에 지붕 갈이는 언제 하누?"

"장 상궁이 고뿔이 걸렸다던데 낫기는 했나?"

"중궁전에 일찍 불이 꺼지는 이유는 무엇인가?"

왕의 요구가 계속되는 바람에 궁녀 수란이 분주히 왕과 왕비의 사이를 왔다 갔다 하며 말을 전했다.

"주, 주상전하."

잠시 후, 궁녀 수란이 중전마마의 답문을 듣고 돌아왔으나, 말하기를 주저하였다.

"어, 그래. 밤에는 추우니 요즘 불을 땐다 하시든?"

"그것이……."

"뭐래?"

"그만하시라…… 하시옵니다."

궁녀 수란이 죽을죄라도 지은 양 고개를 푹 숙였다. 누구도 왕에게 그만하라, 고할 수 없거늘. 지어미 중전이라 해도 중죄였다.

월두는 섭섭한 표정으로 차홍을 보았고, 차홍은 고개를 한 번 숙여 인사를 하고는 뒤돌아 왔던 길로 돌아갔다.

차홍은 원삼 아래 손을 넣고 천천히 걸어 중궁전으로 들어섰다.

"아악!"

차홍은 생각에 잠겨 고개를 숙이고 걷느라 반응하지 못했으나, 갑자기 뛰어든 사내의 몸짓에 궁녀들이 놀라 외마디 소리를 질렀다. 차홍이 고개를 들어 보니 눈앞에 왕이 서 있었다. 어느새 따라온 월두가 담이라도 넘은 것인지 중궁전 안에까지 들어와 있었다.

"나 말 안 끝났는데."

월두가 말하자 차홍이 뒤돌아 장 상궁에게 눈짓을 하였다. 이

내 궁인들은 물려져 월두와 차홍만 남게 되었다.
휴. 한숨 먼저 내뱉은 차홍이 입을 열었다.
"그만해."
월두가 갑작스러운 반말에 흠칫하였다. 정말로 화라도 난 것인가? 이제껏 반말을 한 적은 없었는데. 내가 뭘 어쨌기에? 같이 있어도 차갑게만 대하니, 화가 나는 것은 오히려 나인데.
"그만하시라고요, 주상전하."
존대를 해주어도 말투가 영 껄끄럽다.
"알았어. 그러니까 산책 때만이라도 얼굴 좀 펴. 자네는…… 내가 보고 싶지도 않나?"
"자꾸 이 궁녀, 저 궁녀 부르는 습관도 그만두시고요. 기대감 주지 말라고 했죠? 그 아이들에게는 이도 괴로운 일입니다."
'뭐야, 그래도 질투는 느끼나 보지.'
월두가 피식 웃자, 차홍이 눈을 흘겼다.
"조금만 참으세요. 후궁들을 퇴궁시킨 일로 조정이 시끄럽잖아요. 이럴 때 성심이 중궁전으로 향해 있다 말이 돌면, 또 공격받는단 말입니다."
"알아."
월두가 다가와 차홍의 두 손을 맞잡았다.
월두가 궁을 장악하고 차홍을 다시 부르고, 그다음에 한 일이 이명의 후궁이었던 숙의 정 씨와 소용 안 씨를 퇴궁시킨 일이었다. 왕의 후궁이었던 여인들에게는 가혹한 일일지도 모르나 왕의 사랑 없이 외진 궁에서 보호도 받지 못하고 늙어 죽는 거보다야 나은 일이다 여겼다. 한꺼번에 후궁을 둘이나 궁에서 내보내니,

조정에서는 이건 또 무슨 일인가 불안해하였다.

두 후궁을 보내기 전, 월두가 하나씩 만나 잘 설명한 일이었다. 다행히 소용 안 씨는 불심이 깊어 출가하기를 원했다. 문제는 숙의 정 씨였는데, 이 여인 만만하지 않은 것이 마지막으로 한 번 품어달라 청했다.

월두는 그건 안 될 일이라고 설득하느라 애를 먹었다. 지난 기록으로 보아, 숙의는 명의 사신단이 방문할 때마다 열리는 연회에 참석하는 일을 제일 큰 기쁨으로 알았다 하니, 분명 사신의 하사품을 즐기는 여인이었다. 그래서 돈으로 해결 보았다. 오십 칸 기와집을 안기고, 노비도 내려주었다. 죽을 때까지 생계와 품행 유지를 위해 지원하겠다는 약속을 하였다. 당연히 내쳐진 후궁에게 과한 대우라며 조정에서는 난리였고.

그깟 제물이야 줄 수 있지. 그 정도로 타협 본 게 다행인 것을. 옷고름 풀고 달려드는 모습이 정말 죽음을 각오한 의지였다.

"너는 나만 보면 맨날 참으라 하느냐?"

월두가 불만 가득하여 말하였다.

"참으셔요."

"후, 알았어. 언제까지?"

차홍이 다가와 맑게 미소를 지어 주었다.

"적어도 한 달."

"휴."

월두가 실망하는 모습에 차홍이 그런 그가 가여워 마음이 흔들렸다.

"그러면……."

아직 끝나지 않은 말에 월두가 고개를 바짝 들었다.

"누구도 찾지 않는 버려진 곳이라면 혹시……."

그렇지! 공문서나 보관하는 오래된 서고라면 누가 알까.

월두가 빙긋 웃으며 차홍의 손을 덥석 잡았다.

"으음."

차홍이 고개를 젓고는 뒤에 문밖에서 대기하고 선 궁녀들 쪽을 눈짓으로 가리켰다.

"지금은 안 되옵니다."

"그럼."

"이따가…… 밤에."

작은 입술을 열어 작은 목소리로 여운을 남겨 말한 차홍은 그대로 침전 안으로 들어갔다.

월두는 홀로 마당에 남아 그녀가 사라지는 뒷모습을 멍하니 보았다.

'아, 진짜. 저 여인을 어쩌지.'

몸이 달아 죽겠다. 차홍은 월두를 달구는 법을 제대로 알았으니, 손을 뻗으면 닿는 곳에 있으면서도 사내에게 상사병이란 걸 앓게 했다.

월두는 정신을 차리고 중궁전을 나왔다. 문밖에서 기다리던 나인들이 혹여나 안에서 들리는 소리를 엿들으려다가 왕이 나오자 고개를 숙였다.

"나인들, 오늘 다 일찍 자. 평소보다 한 시각 일찍."

그 말을 하고 떠나는 왕의 뒷모습을 보며 나인들은 가슴을 부여잡았다.

'우리에게는 언제 광명이 떨어질까.'

글쎄. 있는 후궁도 내쫓은 왕인데. 과연 성심이 어디로 흐르는지 눈치채지 못한 궁인이 있을까.

〈完〉

작가 후기

〈월두, 네가 뜨는 밤에〉 이 작품은 2012년도에 썼던 다른 작품 중, 중전이 쌍생아를 낳는 장면에서 발전시켜 다른 소설을 써봐야겠다 생각했던 글입니다. 그 후 사 년이나 흘러 글을 쓰게 되었네요. 계속 이야기가 머릿속에서 맴돌았지만, 두 개의 태양이라는 소재만으로는 매력적이지 못했습니다. 그러다가 왕의 침전에 몰래 씨를 받기 위해 든 여인이 떠오르며, 중전을 훔치는 사내 이야기까지 발전하였습니다.

이 소설은 구상부터 집필까지 한 달도 안 되어 마무리되었던 작품입니다. 묵혀왔던 이야기라 그런지 한번 시작하자, 정말 폭풍처럼 밀려온 글이었습니다. 물론, 수정은 몇 달에 걸쳐 이루어졌지만요.

월두의 성미처럼 한번 시작하자 글이 폭풍 전개되었습니다. 그만큼 제가 월두라는 캐릭터에 빠졌던 것 같습니다. 짐승남으로, 굳이 단련하지 않아도 조각난 근육에, 앞섶을 풀어 헤친 색기가 줄줄 흐르는 상남자 를 그리자, 글 전개에 탄력을 받았습니다. 후기에 무엇을 남길까 생각해 보아도 역시, 처음부터 끝까지 월두밖에는 없습니다. 월두로 시작해서 월두로 끝나는, 반전도 오직 월두인 글입니다.

많은 작품을 쓴 것은 아니지만, 이렇게 재미있게 글을 쓸 수 있다면 앞으로도 행복할 것 같습니다. 그렇기에 월두를 만난 것은 저에게도 행운이었습니다. 제가 원체 달을 좋아하기도 해서 달의 음기를 듬뿍 받아 월두가 탄생하였다지요. 그러고 보면 이 글도 주로 달이 뜬 밤에 집필하였네요. 자려고 누웠다가도 밤만 되면 그가 떠올라, 혼자 조용히 노트북을 켰었지요. 수위도 있는 글을 써보자 했던지라 주로 작업은 밤에 은밀히 이루어졌습니다.

글을 전개하면서 저도 긴장했던 부분은, 과연 중전이라는 성스럽기까지 한 여인을 어떻게 월두가 차지할 것인가였습니다. 왕의 얼굴이라면 중전을 가지는 일이 허락됩니다. 그러나 월두는 왕의 이름으로가 아닌, 월두의 이름으로 차홍을 가지고 싶었습니다. 그래서 월두와 차홍의 해후는 궁이 아닌 산속, 그들이 처음으로 서로의 영혼을 나누었던 동굴에서 이루어집니다. 그렇게 한 번 허락하자 그 후에는 장소를 가릴 수 없이 서로를 찾게 되지만요. 그런 게 상남자의 사랑법이니까요.

차홍의 캐릭터는 월두를 먼저 그리자 저절로 월두의 이상형으로 그려졌습니다. 세상과 담쌓고 살려는 월두를 자극하는 작은 입술을 가진 새침한 모습의 그녀였습니다. 차홍의 대사까지도 차홍이라는 캐릭터에서 창조되었다기보다, 월두가 말하면 그 상대역으로 말을 했어요. 이런 부분도 글을 쓰면서 재미있었습니다. 어찌 보면 여주인공 캐릭터가 약해질까 생각도 들었지만, 월두의 옆에 있는 차홍은 자연스러워서 좋았습니다.

후기로 말하자면 이 글은 초기에 중편으로 구상했던 글입니다. 그러나 월두가 궁 담을 넘는 순간, 그의 태생의 비밀과 매정하기만 한 대비와의 과거가 드러나며 장편이 되었습니다. 그 덕에 중편 이후 분량부터는 자판을 두드리는 저도 이 글이 어떻게 끝나려나 궁금하게 되었습니다.

계획대로 되지 않은 부분 또 한 가지. 처음 썼던 글과 출간된 책의 결말이 완전히 바뀌었습니다. 종이책으로 출간을 계획하며 결말을 두 가지로 썼습니다. 월두가 궁으로 돌아오는 결말과 궁을 떠나는 결말이 있습니다. 저는 두 가지 결말 다 좋아, 편집자님께 뽑아달라고 했었다지요. 결말 분량을 두 가지로 써본 것은 처음이었는데요. 그래서 저는 월두가 궁을 떠나 개마고원을 달리며 자연을 품고 사는 결말도 마음속에 간직하고 있습니다. 제 컴퓨터 깊숙한 폴더에도 있고요.

작가로서 바람이 있다면, 제가 상상을 하며 글을 쓰는 대로 독자분들도 같은 상상을 하였으면 합니다. 독자분들도 월두와 함께 산을 뛰어다니며, 자유롭게 가슴이 뻥 뚫리도록 맞는 바람을 상상하였으면 좋겠어요. 그리고 차홍이 되어 월두를 향해 가슴 떨려 했던 기억이 남았으면 하는 바람입니다.

제 글을 읽어주셔서 감사합니다. 앞으로 재미있게 글 쓰도록 하겠습니다.

청어람과는 이번이 두 번째 인연인데요. 출간을 위해 고생해 주시는 편집팀께 감사드립니다.

사랑합니다. 모두 행복하세요.